KNAUR

VITU FALCONI

Das korsische Begräbnis

KRIMINALROMAN

KNAUR

Besuchen Sie uns im Internet:
www.knaur.de

FSC
www.fsc.org
MIX
Papier aus verantwortungsvollen Quellen
FSC® C083411

Originalausgabe März 2018
Knaur Taschenbuch

Ein Imprint der Verlagsgruppe
Droemer Knaur GmbH & Co. KG, München

Redaktion: Birgit Förster
Covergestaltung: ZERO Werbeagentur, München
Coverabbildung: FinePic / shutterstock
Satz: Adobe InDesign im Verlag
Druck und Bindung: CPI books GmbH, Leck
ISBN 978-3-426-52170-0

2 4 5 3 1

Der Ungewissheit gewidmet

Nessuna Certezza

Ghjuntu u timpurali i ghjàcari
facini a so casa.

Wenn ein Gewitter in der Luft liegt,
verkriechen sich Hunde und Katzen
in den Häusern.

(Korsisches Sprichwort)

1

In jenen frühen Morgenstunden nahm Paolo Cesari die Welt intensiver wahr als jemals zuvor. Die harzig duftende Macchia, über die kürzlich der erste Regen niedergegangen war. Die aufgeweichte Erde, die nach Oregano und Rosmarin roch. Sowie die Kastanien, deren süßlich moderndes Laub an manchen Stellen eine rutschige Bodenschicht gebildet hatte. All das war in seiner Intensität gleichsam vertraut wie beunruhigend. Vor allem vor dem Hintergrund, dass es vielleicht das letzte Mal war, dass er diese Luft atmen durfte.

Er wischte mit dem Handrücken den Schweiß von seiner Stirn. Ihm war warm geworden. Während die sternklaren Nächte und frostigen Morgenstunden bereits einen Vorgeschmack des Winters in sich trugen, kam später am Tag der Sommer zurück. Dann ließen einen die erhitzten Felsen, die plätschernden Bäche und schweren Kräuteraromen vergessen, dass die dunkle Jahreszeit bereits ihre dürren Finger ausstreckte.

Paolo sog die Luft ein und öffnete den Mantel. Das schwere Tuch war feucht vom Schweiß. Hinter dem stahlblauen Himmel erhob sich scharf und kantig das Profil des Monte Cintu, des Königs der Berge, in dessen Schatten Paolo sein ganzes Leben verbracht hatte. Er, seine Frau sowie seine beiden Söhne, die bald keinen Vater mehr haben würden. Ghjuvanni, mit seinen pechschwarzen Strubbelhaaren, der breiten Zahnlücke und den sanften braunen Augen. Er würde nächsten Monat dreizehn werden. Fast schon ein Mann. Um ihn machte sich Paolo keine Gedanken. Er würde es verstehen.

Es war Saveriu, der seine Hilfe brauchte. Der Kleine hing an ihm wie die Klette am Wollpullover. Mit seinen neun Jahren war er noch ein Frischling. Wer, wenn nicht sein Vater, würde künftig mit ihm die kleinen Ziegen an die Zitzen der Mütter zurücktreiben, die halbwilden Schweine mit Kastanien bewerfen oder die Wälder nach Pilzen durchstreifen? Wer würde ihm abends Geschichten erzählen und ihm zeigen, wie man mit der Schleuder umging – seine Frau? Gewiss, Ghjulia war wunderbar. Sie war seine Geliebte, seine Vertraute, die beste Köchin der Welt. Aber sie war eben nur eine Frau. Und ab morgen würde sie Witwe sein. Sie würde ihre farbigen Kleider gegen das traditionelle Schwarz tauschen und selbst darin umwerfend aussehen. Sie würde ihren Söhnen erzählen, was geschehen war, und damit etwas in Gang setzen, was auf Korsika seit Jahrhunderten Tradition hatte: die Blutfehde, auch Vendetta genannt. Söhne rächten ihre Väter, Enkel ihre Großväter. Ein immerwährender Kreislauf, der nicht deswegen endete, weil Menschen sich anschickten, den Mars zu erobern oder das Atom in noch kleinere Bestandteile zu spalten. In der großen weiten Welt mochte das von Bedeutung sein, hier auf Korsika aber zählten andere Dinge. Jungs brauchten ihren Vater. Einen Mann, zu dem sie aufschauen konnten. Der ihnen das Jagen beibrachte, der sie lehrte, wie man mit dem Messer umging und einen Hund abrichtete. Sie brauchten jemanden, der sie in den Umgang mit anderen Männern einwies und sie den strengen Ehrenkodex lehrte, der den Korsen seit Jahrhunderten in Fleisch und Blut übergegangen war. *Auge um Auge, Zahn um Zahn.*

Bei dem Gedanken an seine Söhne wurde ihm schwer ums Herz. Am liebsten wäre er zurückgegangen, hätte sie in den Arm genommen und gesagt: Tut es nicht. Lasst nicht den Wunsch nach Rache euer Leben überschatten. Befleckt nicht eure Hände mit Blut, das ihr nie wieder abwaschen könnt.

Aber dafür hätte er den Lauf der Gestirne ändern müssen. Solange die Sonne im Osten aufging, würde sich hier nichts ändern.

Er zuckte zusammen. Über den nördlichen Hügeln sah er Silhouetten. Aufgereiht wie auf einer Perlenschnur. Da waren sie. Die Füße in schweren Lederstiefeln, gekleidet in Tarnjacken und Hosen, Gewehre über den Schultern und Schirmmützen auf dem Kopf, standen sie mit mindestens zwanzig Meter Abstand zueinander. Sie alle hatten nur ein Ziel: *ihn.*

Als Paolo sie von Vallica hatte herabkommen sehen, war ihm klar geworden, dass seine Zeit abgelaufen war. Sie würden ihn nicht entkommen lassen. Der Clan hatte beraten, der Clan hatte entschieden.

Paolo senkte den Blick und streichelte Lumio über den Kopf. Der Atem des Cursinu kondensierte zu weißen Wölkchen. Aus dem feuchten Fell stieg Dampf auf. Die gelben und braunen Streifen waren mit Tautropfen bedeckt. Sein Hund war der Letzte, der jetzt noch zu ihm stand.

»Komm«, sagte Paolo. »Machen wir uns auf den Weg.«

Der Pfad war kaum mehr als ein verwitterter Fußsteig, der während der Sommermonate von Hirten und Schafen benutzt wurde. Jetzt, Ende September, traf man hier oben kaum noch jemanden. Die Herden waren bereits seit zwei Wochen unten im Tal, und die paar Wanderer, die sich während der Nachsaison von dem spektakulären Anblick der Berge verzaubern lassen wollten, bevorzugten den westlich gelegenen GR 20.

Das lang gestreckte Tal südlich von Vallica war menschenleer. Wer hierherkam, der hatte etwas zu erledigen.

Paolo schulterte sein Gewehr und setzte den Abstieg fort. Nieselregen hatte eingesetzt, machte die Steine schlüpfrig. Das schroffe, karge Antlitz des Monte Cintu wirkte abweisend – als habe sich der Berg von ihm abgewendet.

Lumio trabte voraus, stieß schnuppernd die Nase in den einen oder anderen Busch und vergewisserte sich, dass er kein Kaninchen übersah. Er bellte nicht, er winselte nicht, stattdessen war er aufmerksam und lauschte. Plötzlich hielt er an. Er hob den Kopf und hielt witternd seine Nase in die Höhe. Seine Haltung verriet Anspannung.

Kein Zweifel, da war etwas.

Oder jemand.
Paolo nahm das Gewehr von der Schulter, prüfte Munition und Visier, dann entsicherte er die Waffe. Er war ein guter Schütze, einer der besten hier im Tal. Er konnte mehrere Schüsse abgeben, ehe sie ihn erwischten. Und kampflos würde er sich nicht ergeben.
Er spürte, wie Hitze unter seinem Mantel emporwallte. Das Adrenalin pulste durch seine Adern. Alle seine Sinne waren geschärft. Seine klammen Finger umschlossen Schaft und Abzug, während er langsam weiterging.
Nebel kroch vom Tal herauf, hüllte Bäume und Felsen in geheimnisvolles Zwielicht. Sonnenfinger tasteten durch den Dunst. Wie schnell das Wetter doch umschlagen konnte. Nach nur wenigen Minuten hatte sich die Sicht auf unter fünfzig Meter verringert. Oben am Hang hörte er das Kläffen der Hunde. Die Jäger waren also auf dem Abstieg.
Vorsichtig ging er weiter.
Nach einer Weile blieb er stehen und sah sich um. Wo steckte Lumio? Es war jetzt etliche Minuten her, dass er ihn zuletzt gesehen hatte. Er stieß einen leisen Pfiff aus. Mehr wagte er nicht, um den Verfolgern seine Position nicht zu verraten.
Voraus im Nebel hörte er das Prasseln von Steinen.
»*Lumio?*« Seine Stimme war kaum mehr als ein Flüstern.
»Komm zurück.«
Er hielt den Atem an und lauschte. Der Nebel antwortete mit Schweigen. Täuschte er sich oder bewegte sich dort etwas? Paolo meinte, einen menschlichen Umriss zu erkennen, der seitlich gegen einen mächtigen Felsblock gelehnt war und zu ihm herüberblickte. Er schien zu warten.
Beim Näherkommen erkannte er, dass er sich nicht getäuscht hatte. Da war jemand. Ein Mann. Breitschultrig und hochgewachsen. Schwarzer Mantel, Wollmütze, das Gesicht von einem Dreitagebart umrahmt. In der Hand hielt er ein Messer. Als er Paolo kommen hörte, hob er den Kopf.

»Grüß dich, mein Freund. Lange nicht gesehen.«

Paolo blieb stehen und kniff die Augen zusammen. Er erkannte eine mehrfach gebrochene Nase und sanfte braune Augen, in denen sich Bedauern spiegelte. Ein Gesicht, das man nicht vergaß. Paolo war nicht überrascht. Er hätte sich denken können, dass sie ihn schicken würden.

»Mateu.«

»Ich bin erfreut, dass du mich noch kennst. Du scheinst ja in letzter Zeit etwas Probleme zu haben, zwischen Freund und Feind zu unterscheiden.«

Mateus Stimme war dunkel, besaß aber dieses leichte Lispeln, das für die Santini so typisch war.

»Wer sagt, dass ich nicht zwischen Freund und Feind unterscheiden könnte?«

»Oh, das zwitschern die Spatzen von den Dächern«, erwiderte Mateu. »Man kann es überall hören. Du musst nur mal die Ohren spitzen. *Paolo hat uns verraten,* pfeifen sie. *Er hat seine Seele verkauft.*«

»Man sollte nicht alles glauben, was die Spatzen von den Dächern pfeifen.« Paolo kniff seine Augen zusammen. Es war merkwürdig, dass Lumio gar nicht mehr zurückkam. Es sei denn … »Wo ist mein Hund?«

Mateu löste sich aus dem Schatten des Felsens und trat ihm entgegen. Er besaß weder ein Gewehr noch eine Pistole.

Der Lauf von Paolos Waffe wanderte hinauf zu Mateus Brust. »Was hast du getan?«

Der groß gewachsene Mann breitete die Arme aus. Die Geste mochte auf jemanden, der ihn nicht kannte, entschuldigend wirken, doch Paolo wusste es besser. Der Sohn des Clanchefs entschuldigte sich nicht. Bei niemandem. Vielmehr bedeutete die Geste: *Schau her, ich habe keine Angst vor dir.* Jetzt sah Paolo, dass auf der Messerklinge ein roter Schimmer lag.

»Du weißt, dass ich ihn nicht am Leben lassen konnte«, sagte Mateu. »Er hätte niemals zugelassen, dass ich seinem Herrn

etwas antue.« Er senkte seine Arme. »Ein Jammer. So ein schönes Tier. Korsisch, durch und durch. So ganz anders als du.«
»Ich bin mehr Korse, als du es je sein wirst, *du Monster*«, stieß Paolo aus. »Was ich getan habe, habe ich für meine Familie getan. Aber das wirst du niemals verstehen.« Der Lauf der Waffe zitterte.
Mateu kam einen Schritt auf ihn zu.
»Stehen bleiben«, zischte Paolo. Sein Finger krümmte sich um den Abzug. »Bleib stehen, oder ich werde dich erschießen. Gleich hier und jetzt.«
»Erschießen willst du mich? Mach dich nicht lächerlich.«
»Warum nicht? Ein Jagdunfall, kann immer mal passieren. Besonders, wenn der Nebel aus den Tälern aufsteigt. Wer ist auch so dumm und geht nur mit einem Messer auf die Wildschweinjagd? Hast du kein Gewehr dabei?«
»Das brauche ich nicht, denn ich jage keine Wildschweine«, erwiderte Mateu. »Ich jage Ratten. Und ich glaube, ich habe gerade eine gefunden.« Das Lächeln enthüllte einen goldenen Eckzahn. Paolo hasste dieses Lächeln. Er hatte es schon immer gehasst.
Ein Angstseufzer stieg ihm aus der Kehle. »Wenigstens werde ich dich mit in den Tod nehmen, Mateu«, stieß er aus. »Ich kann dich über den Haufen schießen, wann immer ich will.«
»Kannst du nicht, und das weißt du.«
»Ach ja?«
»Dir dürfte doch klar sein, was geschieht, wenn du mich erschießt, oder? Mein Vater wird deine Familie auslöschen. Nicht nur Ghjulia und die Jungs, ich rede von deiner ganzen verfickten Sippe bis runter zum letzten Halbcousin. Es wird sein, als hätte es euch niemals gegeben. Und jetzt lass den Unsinn und nimm die Waffe runter.«
Paolo bemerkte, dass Mateus linkes Auge nicht braun, sondern grau war. Lag das an den seltsamen Lichtverhältnissen? Wieso war ihm das früher nie aufgefallen?

»Was willst du von mir?«, flüsterte er. Die Stimme schien kaum noch ihm selbst zu gehören.
»Ist das so schwer zu verstehen?« Mateus Augen waren plötzlich sanft und voller Bedauern. »Ich will, dass du das Gesetz des Clans respektierst. So ist dein Tod wenigstens noch zu etwas nütze.«
»Schwachsinn.«
»Kein Schwachsinn, *Tradition*. Ich gebe dir hier und jetzt mein Wort, dass die Santini euch nicht fallen lassen werden. Wir werden uns um euch kümmern und dafür sorgen, dass es euch an nichts fehlt.«
»Die Santini hier, die Santini da. Ihr glaubt wohl, ihr könnt euch alles erlauben, was?« Paolo spürte, wie sein Widerstand ins Wanken geriet. Tränen füllten seine Augen, ließen seinen Blick verschwimmen. Als er bemerkte, dass sein Gewehrlauf nach unten gesunken war, riss er ihn trotzig wieder hoch. Aber irgendwie schien die Kraft aus seinen Armen gewichen zu sein. »Ihr herrscht hier wie Götter«, sagte er heiser. »Ihr bestimmt, wer welches Land bekommt, entscheidet, wer leben darf und wer stirbt. Aber eure Tage sind gezählt. Ihr habt es jetzt mit jemandem zu tun, der mächtiger ist als ihr. Mächtiger als alle Clans zusammen.«
»Gib nicht uns die Schuld, dass du dich mit den falschen Freunden eingelassen hast«, sagte Mateu. »Du hast einen Fehler gemacht, das kann jedem passieren. Aber dass du dich trotz eindringlicher Warnungen weiter gegen deinen Clan gestellt hast, war mehr als dumm. Du musst gewusst haben, dass du damit nicht durchkommen würdest. Doch jetzt genug davon.« Er hob die Klinge. »Wir wissen, warum wir hier sind. Du hast die Wahl. Stirb einen schnellen und ehrenvollen Tod, oder warte, bis du von den Hunden zerrissen wirst. Wenn du die Ohren spitzt, kannst du sie bereits hören. Sie sind gleich hier.«
Die Klinge funkelte geisterhaft. Wie ein Irrlicht tief in den Bergen.

Paolo schwankte. Seine Gedanken zuckten zeitgleich in verschiedene Richtungen. In wirrer Folge spielte er alle Möglichkeiten durch. Doch welchen Weg er auch einschlug, am Ende wartete stets Mateu auf ihn.
Mateu und sein Messer.
Er musste einsehen, dass er sich etwas vorgemacht hatte, als er glaubte, sich irgendwie aus der Situation rausmogeln zu können. Er saß in der Falle.
Zitternd ließ er sein Gewehr sinken.
»Braver Junge.« Mateu lächelte. »Und jetzt komm her.«
Paolo kniete sich hin, verschränkte die Arme hinter dem Kopf und entblößte seine Kehle. Mateu trat hinter ihn, sodass er ihn nicht mehr sehen konnte. Doch er hörte ihn atmen und roch den durchdringenden Schweißgeruch.
»Mögest du in der Hölle verrotten, Mateu«, flüsterte er. »Du und dein ganzer verfluchter Clan.«
Als er die Klinge sah, schloss er die Augen.

2

Du bist kein stattlicher Mann. Nicht so wie dein Vater.
Mit diesen Worten hatte seine Patentante Letizia ihn am Grab seiner Mutter verabschiedet, ehe sie in den Zug gestiegen und nach Brest davongefahren war. Das war vor fünf Jahren gewesen? War es wirklich schon so lange her? Es kam ihm so unwirklich vor.
Erics Leben war seither irgendwie aus den Fugen geraten. Alkohol, Frauen, Triumphe, Niederlagen – sein Leben glich einer Achterbahnfahrt, wobei die grobe Richtung deutlich erkennbar nach unten wies. Eigentlich wäre es mal wieder Zeit für einen kleinen Aufschwung. Aber woher sollte der kommen?

Nichts passierte auf diesem Erdball von allein. Alles war eine Folge von Ursache und Wirkung. Er hätte seinen Arsch bewegen müssen, sein Leben ändern. Aber dafür war er noch nicht bereit.
Seine Patentante mit ihren Marotten und Geschichten passte ebenso wenig in dieses Leben wie der Gedanke daran, dass er nach dem Tod seiner Mutter das letzte verbliebene Familienmitglied war. Sollte er keine Kinder zeugen, würde der Stammbaum an dieser Stelle enden. Ein toter Zweig, der irgendwann abfiel und verrottete.
Und wennschon.
Letizia gehörte zu einem Abschnitt seiner Vergangenheit, mit dem er nichts mehr zu tun haben wollte. Weder hatte er in den vergangenen fünf Jahren ihre Nähe gesucht noch sie die seine. Ein stilles Einverständnis, mit dem es sich gut leben ließ. Doch jetzt tauchten diese Worte auf, wie ein fernes Echo, und erinnerten ihn daran, wer er früher mal gewesen war. *Du bist kein stattlicher Mann, Eric Marchand.*
Eric strich über seine Stirn. Sein Vater stammte aus der Bretagne. Nachkomme einer Dynastie von Fischern. Hochgewachsen, kräftig – vermutlich mit Wikingerblut in den Adern. Ein Mann, nach dem die Frauen sich umsahen. Erics Gene hingegen waren eher mütterlicherseits geprägt. Dunkler Teint, markante Nase, schmale Schultern. Seit er vierzig geworden war, begann das Haar an den Schläfen lichter zu werden. Auch wölbte sich bei ungünstigen Lichtverhältnissen ein leichter Bauch unter dem T-Shirt. Das gefiel ihm nicht. Es gab Tage, da konnte er sich förmlich beim Älterwerden zusehen. Vor allem nach diesen Nächten, die nur aus Sex und Alkohol zu bestehen schienen.
Wie lange konnte ein Mann so etwas durchziehen, ehe er vor die Hunde ging? Und woran lag es, dass er immer noch so gut bei Frauen ankam? Vielleicht war es ja seine Ähnlichkeit mit dem Schauspieler Tim Roth, vielleicht aber auch sein

ungezügeltes Temperament. Es gab Frauen, die standen auf so etwas.
Dass er jetzt die Notbremse zog und nach Korsika kam, war mehr eine Verzweiflungstat als ein lange geplanter Vorsatz. Er musste sich über einige Aspekte seines Lebens Klarheit verschaffen – nicht zuletzt, was das schöne Geschlecht betraf.
Er war gerade frisch getrennt, das Problem war nur, dass Monique noch nichts davon wusste. Wie so vieles in seinem Leben war auch das eine spontane Entscheidung gewesen. Sie würde ihm die Hölle heißmachen, wenn sie davon erfuhr. O ja, das würde sie. Allerdings musste sie ihn dazu erst mal finden. Und er hatte peinlich genau darauf geachtet, keine Spuren zu hinterlassen.
Nach einem neuen Abenteuer stand ihm nun wahrhaftig nicht der Sinn. Wobei sich ohnehin die Frage stellte, ob sein morbider Charme auch bei Korsinnen wirkte.
Die rothaarige Stewardess an Bord des Fluges AF 4462 jedenfalls schien aus Paris zu stammen. Bereits kurz nach dem Start hatte sie begonnen, ihm Blicke zuzuwerfen, die keinen Zweifel daran ließen, dass sie ihn attraktiv fand. Alles an ihr vibrierte von erotischer Energie. Das vermeintlich schüchterne Senken des Blicks, das Knabbern an der Unterlippe – nicht mal einem Vollpfosten wie seinem Verlagslektor Albert wären die Signale verborgen geblieben.
Albert war übrigens der Einzige, der wusste, was Eric vorhatte, und war diesbezüglich zu absolutem Schweigen verdonnert worden. Und was diese Stewardess betraf: Eric hatte sich während des Fluges ein paarmal mit ihr unterhalten und festgestellt, dass sie recht nett war. Köpfchen hatte sie auch, immerhin wusste sie, wer er war. Aber für seinen Geschmack war sie einfach zu jung. Nicht, dass er etwas gegen junge Körper einzuwenden hatte, aber er wollte nicht schon wieder neben einer Frau aufwachen, die keine Ahnung hatte, wer Andy Warhol war oder Jean Cocteau. Andererseits war er auch kein

Mönch, weswegen er ihr dann doch einen Tipp gegeben hatte, in welchem Hotel er logierte.

Du bist kein stattlicher Mann.

Die Kabinentür war aufgegangen, und die Leute begannen das Flugzeug zu verlassen. Eric riss seinen Rucksack aus dem Gepäckfach und machte sich auf den Weg nach vorn.

»Au revoir, Monsieur«, hörte er die Stewardess zu einem älteren Herrn vor ihm sagen. »Danke, dass Sie mit Air France geflogen sind.« Dann war die Reihe an ihm.

»Auch Ihnen einen herzlichen Dank für Ihren Flug mit Air France, Monsieur Marchand. Ich freue mich schon auf Ihren nächsten Roman. Ich hoffe, es war alles zu Ihrer Zufriedenheit?«

»Hätte nicht besser sein können, Bernadette«, sagte er lächelnd. »Und wegen des verloren gegangenen Füllfederhalters – die Adresse meines Hotels haben Sie ja.«

»Selbstverständlich, Monsieur. Wir sind sicher, dass er wieder auftauchen wird. Wir melden uns dann bei Ihnen.« Sie zwinkerte ihm zu.

Eric lächelte zurück und verließ die Maschine.

Warmer Wind schlug ihm entgegen. Der Geruch von Kerosin mischte sich mit den Ausdünstungen des Brackwassersees, an dessen Ufern der Flughafen Poretta gebaut worden war. Die westlich gelegene Bergkette erstrahlte in flammendem Grün.

Außer Eric waren fast nur Korsen in der Maschine. Geschäftsleute und Reisende, die vom Festland in die Heimat zurückkehrten. Eric erkannte sie an den scharf geschnittenen Gesichtern, den schwarzen Haaren und kantigen Nasen, vor allem aber an der Art, wie sie miteinander sprachen.

Korsisch war ein italoromanischer Dialekt, der dem der Toskana oder dem im Norden Sardiniens ähnelte. Eine harte, rau klingende Sprache, deren bevorzugter Vokal das U zu sein schien. Eric hatte ein paarmal versucht, den Gesprächen im Flugzeug zu folgen, hatte aber bald aufgegeben.

Seit sie das Flugzeug verlassen hatten, wirkten die Leute deutlich gelöster. Die heimatliche Erde unter ihren Füßen vermittelte ihnen anscheinend das Gefühl von Sicherheit. Eric nahm sich vor, so schnell wie möglich ins Hotel zu gelangen. Rasch noch den Koffer vom Band geholt, dann machte er sich auf den Weg in die Ankunftshalle.
Die Autovermietung hatte ihren Schalter an der gegenüberliegenden Seite, vis-à-vis dem Parkhaus. Eric war der einzige Kunde. Ein junger Mann saß hinter dem Schreibtisch und sortierte Dokumente. Als er Eric bemerkte, hob er den Kopf. »*Bonjour, Monsieur.* Herzlich willkommen auf der Ile de la Beauté. Was kann ich für Sie tun?«
Eric zog seine Unterlagen heraus und legte gleich noch Führerschein und Kreditkarte dazu. Der Mann tippte alles in den Computer, geriet dann aber ins Stocken.
»Alles in Ordnung?«, fragte Eric.
Das Gesicht drückte Bedauern aus. »Ich sehe gerade, dass Ihr Fahrzeug noch nicht bereit ist, Monsieur Marchand.«
»Was soll das heißen, nicht bereit? Sie wussten doch, dass ich heute komme.«
»Das ist richtig, Monsieur, nur leider habe ich gerade erfahren, dass sich der Wagen noch in Bastia befindet. Zur Reinigung.«
»Das ist aber ärgerlich. Wie lange muss ich denn warten?«
»Schwer zu sagen. Aber es wird sicher noch eine Weile dauern.«
»Dann geben Sie mir einfach einen anderen.«
»Das geht leider nicht. Im Moment steht kein freies Fahrzeug zur Verfügung. Sehen Sie, Sie haben keine Angaben über die Ankunftszeit gemacht.«
»Keine Angaben …?« Eric stutzte. »Wie viele Maschinen kommen denn hier täglich aus Paris?«
»Eine, Monsieur.«
»Eben.«

Der Junge sah ihn verständnislos an. Vielleicht spielte er auch nur den Ahnungslosen, und der Grund für die Verzögerung war ein anderer. Eric war Franzose, und die waren, dem Hörensagen nach, hier nicht besonders beliebt. Ihm war das egal, Hauptsache, er war bald mobil.

»Bastia, hm? Das trifft sich gut, dahin bin ich auch unterwegs. Sagen Sie Ihren Leuten Bescheid, dass ich den Wagen in der Stadt abhole. Oder besser noch, lassen Sie ihn direkt zu meinem Hotel bringen. Ich nehme ein Taxi.«

»Ihren Wagen bringen wir Ihnen gerne, Monsieur. Nur, hm …«

»Was?«

»Die Kosten für das Taxi werden leider nicht von unserer Firma getragen. Wie ich schon sagte, es fehlen die Angaben über die Ankunftszeit …« Der betrübte Blick wirkte so einstudiert, dass Eric sich fragte, ob es wohl spezielle Seminare dafür gab.

»Lassen Sie's gut sein«, sagte er. »Ich zahle selbst. Sorgen Sie einfach dafür, dass der Wagen heute noch bei mir eintrifft. Hier ist meine Handynummer. Schicken Sie mir eine SMS, wenn er da ist.«

Das Taxi verließ das Flughafengelände und rollte auf der N 193 in Richtung Norden.

Die Umgebung von Bastia sah aus wie die Peripherie vieler großer Städte. Autowerkstätten, Einkaufszentren, Baustoffhandel. Eric kurbelte die Scheibe ein Stück herunter und genoss den Fahrtwind. Das Wetter war schön, und er hatte vor, den Tag zu genießen. Der Geruch von Oregano und Rosmarin drang ihm in die Nase. Korsika besaß tatsächlich einen eigenen Geruch, das ließ sich bereits auf den wenigen Metern vom Flughafen in die Innenstadt feststellen.

Der Fahrer betrachtete Eric im Rückspiegel. »Sind Sie zum ersten Mal hier?« Sein Französisch klang wie eine Pfeffermühle.

»In der Tat«, erwiderte Eric. »Herrliches Wetter hier.«
»Das kann sich schnell ändern. Sie sind Geschäftsmann?«
»Nicht wirklich«, sagte Eric, der sich momentan eher wie ein Flüchtling fühlte. Er sagte das dem Fahrer, erntete dafür aber nur verständnislose Blicke.
»Flüchtling?« Die beiden Augen musterten ihn wie Silberspäne.
»Nicht *so* ein Flüchtling natürlich«, winkte Eric ab. »Ich stamme aus Paris.« Was wiederum gar nichts bedeutete, wenn man es genauer betrachtete. Aber der Fahrer hätte so oder so nicht gelacht, selbst dann nicht, wenn Eric ihm den Witz von dem Friseur und dem einäugigen Papagei erzählt hätte.
»Sie sind also kein *Arab?*«
»Sehe ich so aus?«
»Vielleicht.« Die Silberspäne zwinkerten argwöhnisch und wandten sich dann wieder dem Verkehr zu. Schweigend.
Eric überlegte, was er sagen sollte. Dieses unbehagliche Schweigen gefiel ihm nicht. Humor wurde hier anscheinend mit der Pinzette angebaut.
»Ich habe das nur so dahergesagt«, lenkte er ein. »Es war ein Witz, verstehen Sie. Bitte verzeihen Sie, wenn ich mich da missverständlich ausgedrückt habe.«
»Hm«, grummelte der Fahrer. »Flüchtlinge sind gerade ein ziemliches Problem auf der Insel. Seien Sie besser vorsichtig.«
»Im Ernst?« Eric runzelte die Stirn.
»Ja«, der Fahrer schien sich wieder zu entspannen. »Ich sag's Ihnen ganz ehrlich: Es wäre am besten, wenn diese Leute ihre Koffer packen und zurück nach Hause schwimmen würden. Wir wollen hier keine Flüchtlinge, nicht auf Korsika.«
»Tja, wer will die armen Schweine schon …?«
»Meiner Meinung nach hat jeder Mann die Verpflichtung, in seinem eigenen Land für Ruhe und Sicherheit zu sorgen. Zu kämpfen. Für die eigene Familie, verstehen Sie?«
»Ja schon, nur …«

»Bringt ja nichts, wenn alle guten Männer abhauen. Dann bleiben nur noch die bösen zurück. Das ist doch auch keine Lösung. Ich bin Korse, ich weiß, wovon ich rede.«
Eric schwieg. Klar, er hätte jetzt eine Diskussion über Menschenrechte und Flüchtlingsfragen vom Zaun brechen können, spürte aber, dass er damit nichts erreichen würde.
Es war schon paradox: Da kam er extra aus Paris hierher, und kaum ausgestiegen, erwarteten ihn hier dieselben Probleme wie daheim. Die Welt war ein Dorf.
»Rinaldi.« Der Fahrer sah ihn erwartungsvoll an.
»Wer bitte?«
»Unser neuer Präsident. Ein guter Mann. Konservativ. Nationalist. Sein Vater war lange Jahre im Widerstand aktiv. Seither ist vieles besser geworden, aber es gibt immer noch eine Menge Probleme.«
Eric nickte und biss sich auf die Unterlippe. Er stellte fest, dass er sich bisher viel zu wenig mit Korsika beschäftigt hatte. Wäre er nicht auf die Unterlagen, Briefe und Tagebücher seiner verstorbenen Mutter gestoßen, in denen von einem ehemaligen Familienanwesen die Rede gewesen war, so hätte er vermutlich ein anderes Reiseziel ausgewählt. Aber manchmal spielte einem der Zufall die Karten in die Hand. Und dann nahm man sie und spielte sein Spiel.
Der Rest der Fahrt verlief schweigend. Eric ließ sich im Stadtzentrum absetzen, zahlte eine unverschämt teure Taxigebühr und machte sich in verdrießlicher Stimmung auf den Weg in Richtung Meer.
Während der Fährhafen eher nüchtern und funktionell war, wirkte der Altstadthafen deutlich pittoresker. Hufeisenförmig von der Rue de la Marine umrandet, beherbergte er Kais und Stege, an denen Dutzende kleiner bis mittelgroßer Segeljachten vor Anker lagen. Möwen kreischten, und das Wasser schwappte müde gegen die Hafenmole. Eine Mischung von Salzwasser, Fisch und Kaffeegeruch lag über dem Ort. Die steil

aufragenden Altbauten verliehen der Szenerie den Anschein eines Amphitheaters. Eine Bühne, auf der sich das tagtägliche Drama des Lebens abspielte. Freud und Leid, Liebe, Versöhnung, Verbrüderung – sowie immerwährende Feindschaft. Ein Brennglas menschlicher Emotionen, in dessen Zentrum sich Erics Laune sofort besserte.

Zwei Männer stritten, wobei nicht ersichtlich war, wieso. Ging es um Wettschulden oder ein falsch geparktes Auto? Der Streit wurde lautstark vor aller Augen ausgetragen. Eric verstand kein Wort, lauschte aber amüsiert. Wieder einmal schwor er sich, baldmöglichst ein paar Brocken Korsisch zu lernen. Er folgte der Auseinandersetzung eine Weile, dann setzte er seinen Rundgang fort.

Manche der Häuser waren acht Stockwerke hoch und so windschief, dass sie jeden Augenblick zur Seite wegzukippen drohten. Wäscheleinen waren zwischen ihnen gespannt, an denen Schlüpfer, BHs und andere Kleidungsstücke hingen. Blickte man in die Fenster, so konnte man wunderschön hergerichtete Altbauwohnungen mit kostbarem Mobiliar entdecken. Ein interessanter Kontrast zu den heruntergekommenen Fassaden mit ihren schiefen Fensterläden und der abgeblätterten Farbe. Doch das Bild, das sich dahinter verbarg, gefiel Eric. Warum Potemkinsche Dörfer errichten, wenn man das Geld in die Instandhaltung des Wohnbereiches investieren konnte? Wem außer den Touristen nützte schon eine hübsche Fassade?

Alles an diesen Gebäuden sagte ihm, dass die Korsen gerne unter sich waren. Wer sich durch die rohe Einfachheit belästigt fühlte, konnte jederzeit wieder verschwinden.

Als er am Scheitelpunkt des Hufeisens angelangt war, blieb er stehen. Eingezwängt zwischen einem Laden für korsische Spezialitäten und einem Shop der Kleidermarke Blanc du Nil, bemerkte er ein unscheinbares kleines Café. Graue Stoffmarkise, ein paar Metalltische und Stühle, dazwischen einige Holzfässer mit Barhockern, an denen die Eiligen ein Bier oder

einen Kaffee genießen konnten. Eric wäre vermutlich achtlos daran vorbeigegangen, wenn er nicht zufällig kürzlich einen Artikel in dem Magazin *L'Express* gelesen hätte, in dem das *Méditerranée* abgebildet gewesen war. Zu seiner Glanzzeit hieß es noch *Brise de Mer* und war der Gründungsort der gleichnamigen und weltberühmten Mafiagruppe.
Ende der Siebzigerjahre hatten sich hier etliche junge Männer aus guten Familien getroffen, Poker gespielt und Pläne geschmiedet, die Welt zu erobern. Da sie nicht auf den Kopf gefallen und gut organisiert waren, waren sie zu einer Bande zusammengewachsen, die Banken und Geldtransporter überfiel und ihre Raubzüge bis nach Paris und ins nicht französische Ausland ausdehnte. Über mehrere Jahrzehnte hinweg verbreitete die Meeresbrise Angst und Schrecken. Sie prägte die organisierte Kriminalität in Frankreich und galt als unbesiegbar. Doch im April 2008 fing ein Gemetzel in den eigenen Reihen an. Mehrere der Anführer wurden erschossen oder fielen dubiosen Unfällen zum Opfer. Ob von der konkurrierenden FLNC, der Korsischen Nationalen Befreiungsfront, oder einer anderen Vereinigung, blieb ungeklärt. Bis heute wurde über den Untergang der Brise de Mer spekuliert. Darüber, ob diese Gruppe wirklich zerschlagen war. Aber natürlich waren das Räuberpistolen. Andererseits liebten die Leute solche Geschichten, vor allem, weil das Banditentum hier auf Korsika eine so lange und abenteuerliche Tradition besaß. Zumindest hatte es so in dem Artikel gestanden, von dem Eric sich wünschte, dass er ihn nicht weggeschmissen hätte.
Neugierig geworden, nahm er an einem der Tische Platz, bestellte einen Kaffee und wartete. Das Hafenpanorama wirkte beruhigend auf seine Nerven. Stimmengemurmel, das Klatschen der Wellen, der Geruch nach Seetang – er spürte, wie seine Gedanken auf Reisen gingen. Zurück in eine nicht allzu ferne Vergangenheit. Hin zu der Frage, warum er eigentlich hier war.

3

Damals …

»Komm rein, mein Freund, und nimm Platz. Kaffee? Oder lieber etwas Stärkeres? Ich weiß doch, dass du einem guten Tropfen nicht abgeneigt bist.«
»Schon mal auf die Uhr geschaut?«
»Als ob dich die Uhrzeit jemals vom Trinken abgehalten hätte.« Albert lachte, aber seine Stimme wirkte angespannt. Ein feines Tremolo, das stets Vorbote unangenehmer Nachrichten war.
Eric runzelte die Stirn. »Was ist los?«
»Nichts.« Ein verlegenes Lachen. »Warum muss denn etwas los sein, damit ich meinen Lieblingsschriftsteller in unserem Haus begrüßen darf?«
»Weil du das sonst nie tust. Und weil du nicht am Telefon darüber sprechen wolltest. Ach, weißt du was? Scheiß drauf. Ich nehme den Drink.«
Albert stieß ein kleines hysterisches Lachen aus, vergewisserte sich mit Blick in Richtung Gang, dass niemand sie belauscht hatte, dann schloss er die Bürotür. »Wohl gesprochen, mein Freund. Ich glaube, ich nehme auch einen.«
Albert Montreuil war Erics Lektor bei Gallimard, dem traditionsreichen Verlagshaus in der Rue Sébastien-Bottin. Es vereinte knapp siebentausend Autoren unter einem Dach und brachte jedes Jahr über tausend Neuerscheinungen auf den Markt. Ein Schlachtschiff in dem immer stürmischer werdenden Buchgeschäft. Großen Verlagen ging zunehmend die Puste aus. Bedroht von Onlineriesen, Selfpublishern und dem eigenen starren Management, schlingerten sie durch die raue See, immer auf der Suche nach dem nächsten großen Bestseller. Doch die wuchsen nicht wie Obst auf den Bäumen. Häufig entstanden sie dort, wo man sie am wenigsten vermu-

tete. Albert hatte es ihm einmal erklärt. Gäbe es ein Rezept für Bestseller, dann wäre alles ganz einfach. Dass die Verlagsriesen aber weiterhin so taten, als ginge es ihnen prächtig, und nicht müde wurden, sich auf den Buchmessen selbst zu feiern, war ein Anachronismus, der an der Realität vorbeiging. Eric fühlte sich bei dem Gedanken daran an das berühmte Streichorchester auf der RMS Titanic erinnert, das an jenem schicksalhaften 15. April 1912 zusammen mit tausendfünfhundert Passagieren im Meer versank. Albert war eine der armen Seelen, die pausenlos unter Deck schufteten und Kohlen in den hungrigen Rachen der Dampfmaschine schaufelten.
Während sein Lektor in seinem Privatschrank nach Flasche und Gläsern kramte, glitt Erics Blick über die Wände und Regale. Viel hatte sich nicht verändert, seit er zum letzten Mal hier gewesen war. Zwischen Buchstapeln und überfüllten Regalen strahlten ihm die Helden der Vergangenheit entgegen. Marcel Proust, Georges Simenon, Jean-Paul Sartre, Simone de Beauvoir, Albert Camus, Antoine de Saint-Exupéry. Und natürlich der ungekrönte Meister des Absurden, Eugène Ionesco. Eine beeindruckende Ansammlung stummer Helden, die Eric schmerzhaft bewusst werden ließen, welch kleines Rädchen er in diesem gigantisch komplexen Mechanismus war.
Albert kauerte vor seinem Teakholzschränkchen, holte zwei Gläser und eine Flasche Whisky hervor, kam damit zu ihm zurück und platzierte sie voller Stolz vor ihm auf dem Tisch.
»*Balvenie 12 Jahre, Single Barrel.*«
Eric musterte das Etikett. »Offenbar hast du mir zugehört und endlich mal in guten Stoff investiert.«
»Als ob ich dir nicht immer zuhören würde.« Albert schenkte ihnen je einen Fingerbreit ein, dann hob er das Glas und prostete Eric zu. »Auf die Sonne, das Leben und die schönen Mädchen von Paris.«
»Mögen ihre Röcke niemals länger werden«, erwiderte Eric. »Santé!«

Der Whisky brannte wie Feuer, und Eric verdünnte ihn mit etwas Wasser. Er nickte zufrieden. »Guter Stoff.«

»Wie kommst du voran?«, erkundigte sich Albert beiläufig. »Als wir das letzte Mal miteinander sprachen, wusstest du noch nicht, wie der Roman ausgehen würde.«

»Daran hat sich nichts geändert«, räumte Eric ein. »Ich bin immer noch davon überzeugt, dass es das Beste sein wird, Figuret sterben zu lassen. Jede gute Tragödie endet mit dem Tod des Helden, wie du weißt. Und Europa ist nun mal eine verdammte Tragödie.«

»Ja, du hast recht.« Albert wurde leise. »Dennoch bitte ich dich: Tu das nicht.«

»Wie bitte?« Eric stellte das Glas ab. »Ich habe mich wohl verhört.«

Albert starrte in seinen Whisky, als läge dort unten die Antwort auf die Fragen der Welt. »Ich weiß, wie du darüber denkst, und ich befürworte deinen radikalen Ansatz. Aber die Verlagsleitung hat immer noch Hoffnung, dass die Reihe sich noch erholt.«

»Warum sollte sie?«

»Es gibt Gerüchte, dass Gaumont sich für eine Verfilmung interessiert. Das würde deinen Romanen einen riesigen Aufwind bescheren. Stell dir das Plakat vor: Regie Luc Besson. Du wärst im Nu wieder auf den Beststellerlisten.«

»Luc Besson. Dreht der nicht nur noch Science-Fiction-Filme?« Eric lachte zynisch. »Und auf Gaumont ist auch geschissen. Die kaufen Rechte wie im Ramschwarenladen. Und ihr liefert ihnen die Preise dazu.«

»Für die Chance einer Verfilmung würden wir sie vermutlich sogar umsonst hergeben«, sagte Albert schulterzuckend. »Die Tantiemen sind uns egal, es ist der Werbeeffekt fürs Buch, auf den wir scharf sind. Wenn du aber hergehst und Figuret sterben lässt, gibt es keine Möglichkeiten mehr, die Reihe fortzusetzen.«

»Als würde es davon Fortsetzungen geben. Die werden doch nicht mal den ersten verfilmen. Glaubst du im Ernst daran?«
»Möglich ist alles. Aber keiner wird sich diesen Film ansehen, wenn bekannt wird, dass die Figur stirbt. Das ist wie mit John McClane in *Die Hard*. Die Leute wollen, dass so eine Figur unsterblich ist. Sie darf altern, abstürzen, auf die Beine kommen, wieder hinfallen – alles egal. Hauptsache, sie bleibt am Leben.«
Eric verfiel in Schweigen. Sollte er die Sache mit der Verfilmung wirklich für seine Schreibarbeit in Betracht ziehen? Wie wahrscheinlich war es, dass daraus etwas wurde?
Sein Erstling, *Die brennende Stadt*, war seinerzeit mit dem *Grand Prix du Roman Noir* ausgezeichnet worden. In der Laudatio hatte es geheißen: »*Marchand versteht es virtuos, Bilder aus Alltag, Abenteuer und Sozialkritik mit den Klängen eines großen Roman noir zu verbinden. Seine erzählerische Reduktion, seine knappen Dialoge, die kurzen Sätze und der hintergründige Humor knüpfen an die Tradition von Raymond Chandler und Dashiell Hammett an. Womit Marchand eine moderne – auf Europa zugeschnittene – Form des amerikanischen Hard-boiled-Krimis gefunden hat. Er darf damit zu Recht als Vertreter des neueren sozialkritischen französischen Kriminalromans, des sogenannten Néo-Polar, angesehen werden.*«
Das war fünf Jahre her.
Seitdem gingen die Verkäufe stetig zurück. Was nicht an den Kritiken lag, sondern daran, dass die Leser anscheinend müde geworden waren, auf Probleme hingewiesen zu werden. Besonders seit Macron zum Präsidenten gewählt worden war. Eine unerklärliche Euphorie hatte das Land erfasst. Erics Romane spielten fast ausnahmslos in den Pariser Vororten, den *Banlieues*, den Schmelztiegeln und Brennpunkten, in denen die Abgründe von Finanzkapitalismus, Korruption und Geldverschwendung am deutlichsten klafften. Dort, wo sich die

Polizei nicht mehr hineinwagte und wo völlig neue gesellschaftliche Strukturen entstanden.

Erics Geschichten handelten vom Aufstieg und Fall schillernder Persönlichkeiten, von Drogenbossen, Undercover-Ermittlern und Staatsanwälten, aber auch von Kleindealern, Prostituierten und Menschen, die in dieser Hölle einfach irgendwie überleben und ihre Kinder großziehen wollten. Die schmerzhafte Klarheit, mit der er die Dinge beim Namen nannte, hatte Eric zu Beginn seiner Karriere gute Verkäufe beschert, doch inzwischen schienen sich die Leute an die Zustände gewöhnt zu haben. Sie wollten davon nichts mehr hören und interessierten sich mehr für ihre Vorgärten als für Flüchtlingsproblematik und Finanzkrise.

Eric hatte in Interviews keinen Hehl daraus gemacht, dass er Frankreich für ein Land hielt, das es bereits hinter sich hatte. Griechenland hatte den Anfang gemacht, jetzt waren Italien, Spanien und die Grande Nation an der Reihe. Wie Dominosteine würden sie fallen und dabei alles mit sich reißen, was in jahrzehntelanger Arbeit aufgebaut worden war. Es war ein Prozess, der erst dann aufhörte, wenn von Europa nichts mehr übrig war. Doch selbst erzsozialistischen Blättern wie der *L'Humanité* war eine solche Sichtweise zu radikal. Pessimismus sei out, hieß es. Heute müsse man wieder nach vorn blicken. Europa müsse zusammenwachsen. Mit vereinten Kräften würde man es schon schaffen.

Eric konnte darüber nur den Kopf schütteln. Die nächste große Finanzkrise stand bereits in den Startlöchern, selbst die Spatzen pfiffen es von den Dächern. Trotzdem taten alle so, als würde schon nichts passieren. Doch diesmal würden die Erschütterungen gewaltig sein. Viel stärker als 2008. Aber sollten die Leute ruhig weiter am Abgrund tanzen, Eric würde sich davon nicht von seiner Meinung abbringen lassen.

»Und was denkst du?«, fragte Albert. »Meinst du, du könntest dich überwinden und deine Hauptfigur nicht sterben lassen?«

»Ich weiß nicht …«
»Bitte. Tu's für mich.«
»Für dich?« Eric hob eine Braue und lächelte amüsiert.
»Ja«, sagte Albert. »Ich habe diese Reihe von Anfang an begleitet. Ich habe dich, wenn du so willst, entdeckt, auch wenn natürlich du es warst, der die Romane erdacht und geschrieben hat.«
»Das will ich doch meinen …«
»Aber Figuret war ein Stück weit auch mein Baby. Erinnere dich an die nächtelangen Diskussionen, die wir miteinander geführt haben. Ihn sterben zu sehen, wäre unerträglich für mich.«
Eric runzelte die Stirn. Meinte Albert etwa ernst, was er da sagte?
»Ich brauche diesen Hoffnungsschimmer, verstehst du? Ich möchte mich in den Gedanken flüchten können, dass Figuret irgendwo am Strand liegt, eine Blondine im Arm, einen Mai Tai im Glas.«
»Was redest du da nur für einen Quatsch? Figuret am Strand?«
»Warum nicht? Lass ihn die Koffer packen, die Welt bereisen, den ganzen Scheiß hinter sich lassen. Alles, nur nicht den Tod …« Albert verstummte.
Eric sah ihn an und runzelte die Stirn. Dabei fiel sein Blick auf das Porträtfoto auf dem Tisch seines Lektors.
Alberts Vater war vor zwei Monaten gestorben. Einer der Großen bei Gallimard. Verlegerisches Urgestein. Er und Albert hatten ein schwieriges Verhältnis gehabt. Die alte Geschichte: der Sohn im Schatten des Vaters, die Scheidung der Eltern, Affären und Skandälchen. Für die Presse ein gefundenes Fressen, für den Sohn ein Albtraum. Dann folgten Schlaganfall und Niedergang, vor zwei Monaten schließlich der Tod. Eric hatte gehofft, dass Albert sich nach dem Tod seines alten Herrn freischwimmen und zu eigener Stärke finden würde, aber anscheinend war das Gegenteil der Fall. Zu viele unerle-

digte Angelegenheiten, zu viele unausgesprochene Worte, für die es jetzt zu spät war. Wie für Eric war die Reihe um Kommissar Figuret für Albert mehr als nur ein paar simple Kriminalromane. In gewisser Weise standen sie für ihre eigene Vergangenheit. Und die ließ man nicht einfach hinter sich.
Darum ging es also. Endlich war die Münze gefallen.
»Hör mal, Albert …« Er hatte ein flaues Gefühl im Magen. Mochte der Whisky auch noch so einladend riechen, er verspürte plötzlich kein Verlangen mehr danach.
Er wollte eigentlich ablehnen, aber dann sah er in dieses niedergeschlagene Gesicht und wusste, dass er es nicht konnte. Nicht jetzt. »Ich werde darüber nachdenken«, sagte er leise.
»Ehrlich?« Alberts Blick zuckte hoch, ein Lächeln auf den Lippen. »O ja, bitte tu das.«
»Ja doch. Aber ich werde mehr Zeit brauchen. Große Teile des Textes müssten umgeschrieben werden.«
»Nimm dir so viel Zeit, wie du brauchst. Den Erscheinungstermin kann man verschieben, ich habe das bereits abgeklärt. Lass dir die Sache noch mal gründlich durch den Kopf gehen. Hauptsache, du findest einen positiven Abschluss. Die Leute mögen es nicht, wenn Türen endgültig zugeschlagen werden. Sie lieben Happy Ends. Und dieses Buch muss ein Erfolg werden. Unbedingt.«
»Wem sagst du das!«
Albert lächelte. Es war ein Lächeln der Erleichterung und Hoffnung. »Vielleicht täte dir eine kleine Luftveränderung gut. Urlaub machen, mal den Kopf frei kriegen. Das kann manchmal Wunder bewirken. Miete dir irgendwo eine kleine Hütte, geh wandern, fahr Rad und schreib. Viele deiner Kollegen machen das so. Und übrigens komme ich nicht mit leeren Händen.« Er zwinkerte ihm zu. »Ich habe da noch einen kleinen Bonus.« Albert griff in seine Schreibtischschublade und holte einen Briefumschlag heraus, platzierte ihn auf dem dunklen Holz und tippte mit dem Finger darauf.

Eric zog amüsiert eine Braue in die Höhe. »Was ist da drin, Opernkarten?«
»Schau rein.«
»Du willst mich doch nicht etwa bestechen?«
»Nur eine kleine Entscheidungshilfe. Eine Aufstockung deines Garantiehonorars ...«
Eric öffnete den Umschlag und blickte auf den Scheck. »Zehntausend Euro?«
Das Lächeln wurde zu einem Grinsen. »Was sagst du?«
»Ich bin sprachlos ...«
»War nicht leicht, das bei der Verlagsleitung durchzudrücken, aber ich kann ziemlich hartnäckig sein, wenn es um etwas geht.«
»Das kann ich bestätigen«, sagte Eric. Zerknirscht blickte er auf den Umschlag. Albert hatte da einen wunden Punkt erwischt. Er war gerade ziemlich klamm und konnte das Geld gut brauchen. Aber war er deswegen käuflich? Wohl kaum. Außerdem hatte er noch kein Zugeständnis gemacht, er hatte nur versprochen, es sich noch einmal zu überlegen.
Insgeheim wusste er, dass er sich etwas in die Tasche log. Ein Deal war ein Deal. Also doch käuflich. Eine Hure, genau wie alle anderen. Und warum auch nicht? Warum sollte ausgerechnet er sich als Einziger an die Spielregeln halten?
Scheiß drauf.
Scheiß auf Europa und das ganze verfickte Finanzgesindel. Wie wäre es denn, wenn er Figuret weiterleben und eine zweite Karriere als Hedgefonds-Manager beginnen ließ? So eine richtig brutale Kapitalistensau. Vielleicht wäre das ja eher nach dem Geschmack der Leser.
»Na gut«, sagte er. »Ich bin dabei. Ich werde es so machen, wie du sagst, und für eine gewisse Zeit verreisen. Und ich habe auch schon eine Idee, wohin es geht ...«

Das Klingeln des Handys riss Eric aus seinen Gedanken. Er brauchte einen Moment, um sich zu orientieren. Die Hafengeräusche hatten ihn völlig eingelullt.
Er schaltete ein und blickte auf das Display. Eine SMS von Europcar. Der Wagen stand am Hotel zur Abholung bereit. Und dann war da noch eine zweite Nachricht. Von Bernadette. Sie hatte jetzt frei und wollte sich mit ihm treffen. Ob drei Uhr okay wäre. Er schaute auf seine Uhr. Viertel nach zwei. Damit blieben ihm noch fünfundvierzig Minuten.
Er überlegte kurz, dann traf er eine Entscheidung. Bernadette würde ohne ihn klarkommen müssen. Er würde das Hotel stornieren, Bastia verlassen und direkt zu seinem Zielort weiterfahren. Hier hielt ihn nichts mehr.
Hastig packte er alles zusammen, zahlte und machte sich auf den Weg zum Hotel.

4

Laurine sortierte die letzten Pressluftflaschen, prüfte, ob sie wirklich alle entleert waren, und verschloss den Stahlschrank. Dann ließ sie ihren Blick ein letztes Mal durch den Sicherheitsraum schweifen, vergewisserte sich, dass sie nichts vergessen hatte, und verließ die Taucherzentrale. Das Schild über dem Eingang des einstöckigen Gebäudes verkündete: *Diving Corsica – Scuba Resort.*
Sie fühlte sich heute Morgen ziemlich eigenartig. So, als hätte sie etwas Schlechtes gegessen. Wobei sie sicher war, dass es nicht daran lag, sondern daran, dass heute ihr letzter Tag war. Zumindest für die nächsten sechs Monate.
Sie hatte überhaupt noch keine Ahnung, wie sie die lange Zeit überstehen sollte. Nicht des Geldes wegen, sie hatte genügend

zusammengespart, um sich um das Finanzielle keine Sorgen machen zu müssen. Nein, es waren ihre neuen Freunde, die ihr fehlen würden. Yvette und all die anderen.
Mit langsamen Schritten ging sie hinunter an den Strand und blickte über das Meer. Zwar schien die Sonne, trotzdem wirkten die Wellen dunkler als sonst, unheilvoller. Als würden sie irgendetwas ausbrüten. Ein unangenehmer Gestank kam von Westen herüber. Es roch, als würde da draußen irgendetwas verwesen. Laurine rümpfte die Nase. Nicht mal das Meer vermochte ihr heute Trost zu spenden.
Sie zog die Schuhe aus und ging über den feinen Sand auf das Wasser zu. Als ihre Zehen die Wellen berührten, zuckte sie zurück. Kalt war es. Für diese Jahreszeit viel zu kalt. Darüber hinaus hatte sie für einen kurzen Moment das Gefühl gehabt, einen elektrischen Schlag zu spüren.
Merkwürdig. Irgendetwas stimmte nicht.
Sie starrte ins Wasser. Bilder tauchten vor ihrem geistigen Auge auf. Menschen in Aufruhr. Sie schienen Angst zu haben. Die unbestimmte Silhouette eines Mannes wurde sichtbar, doch sein Antlitz war von Wellen verhüllt. Selbst als er sich näherte, vermochte sie keine Details zu erkennen. Ein Fremder? Vielleicht. Und doch wirkte er irgendwie vertraut.
Eine Welle rollte heran, umspülte ihre Füße und zerstörte das Trugbild. Raues Möwenkrächzen holte Laurine zurück in die Wirklichkeit.
Sie hob den Kopf und sah sich um. Wie lange hatte sie hier gestanden? Jedenfalls lange genug, dass dieser grässliche Geruch verschwunden war.
Gedankenversunken drehte sie sich um und ging zum Elektrocaddy. Sie startete das Fahrzeug und fuhr die hundert Meter zurück zum Hauptgebäude im Schneckentempo.
Der *Club Med Sant'Ambroggio* thronte oberhalb einer felsigen Landzunge, knapp zehn Kilometer nördlich vor Calvi. Er war einer von zwei Club Meds auf der Insel. Während die

Anlage in den Sommermonaten aus allen Nähten platzte und von morgens bis abends mit Musik, Gelächter und Kindergeschrei erfüllt war, wirkte sie jetzt wie ausgestorben. Die letzten Reisenden waren vor einer Woche abgereist, und der Club bereitete sich auf den Winterschlaf vor. Ein paar Seminare und Schulungen, dann war hier nur noch das Wartungspersonal.
Laurine hatte den Job vor zwei Jahren angenommen und war im Großen und Ganzen sehr glücklich damit. Klar, manche der Tätigkeiten waren unter ihrer Würde. Zum Beispiel Chauffeurdienste für irgendwelche eingebildeten Promis. Oder das Abholen von Reisegruppen vom Flughafen. Aber meistens war es okay. Wo sonst konnte sie ihren sportlichen Neigungen nachgehen und wurde dafür sogar noch bezahlt? Die Kollegen vom Festland zogen sie – als Landei – gerne auf und witzelten darüber, dass sie in den Kategorien Tauchen, Wandern und Radfahren die einzige Frau war, aber sie respektierten sie. Laurine war nicht auf den Mund gefallen und kannte die Insel wie ihre Westentasche.
Mit ihren sechsunddreißig Jahren gehörte sie zu den Ältesten im Team, und das machte ihr ein bisschen zu schaffen. Ohnehin empfand sie sich nicht als sonderlich attraktiv. Ihre Nase war zu groß, ihre Augen standen zu nah beisammen, und ihre Brauen waren dicht und dunkel. Klar, um ihre pechschwarzen Haare wurde sie von vielen beneidet, aber was nützte das, wenn man ansonsten eine recht knabenhafte Erscheinung besaß?
Umso verwunderlicher, dass sie doch in regelmäßigen Abständen Anträge und Angebote erhielt. Anfangs war sie davon überfordert gewesen, doch inzwischen wusste sie damit umzugehen. Nicht zuletzt dank ihrer Freundin Yvette, die ihr erst mal einen Crashkurs in Sachen Flirten und Abwimmeln verpasst hatte. Yvette stammte aus Nizza. Eine trinkfeste, humorvolle und gut gepolsterte Südfranzösin. Sie hatten den Job zur gleichen Zeit begonnen und waren schnell gute Freundin-

nen geworden. Doch jetzt war die Saison vorüber, und Yvette fuhr wieder nach Hause. Bei dem Gedanken daran wurde es Laurine schwer ums Herz.
Sie fuhr vor das Hauptportal, stellte den Caddy auf den Parkplatz und ging zum Personalbüro.
Kaum war sie drinnen, wurde die Luft schlagartig stickig. Die Klimaanlage war bereits abgeschaltet worden, und hinter den Panoramafenstern staute sich die Hitze.
Laurine lenkte ihre Schritte nach rechts, als sie plötzlich fröhliches Gelächter hörte. In diesem Moment kamen Yvette und Simone um die Ecke gebogen.
»Da bist du ja endlich«, rief Yvette. »Wir haben schon gedacht, du wärst bereits abgereist.«
»Ohne euch Lebewohl zu sagen? Bestimmt nicht. Ich war bloß kurz drüben am Hafen und habe die Tauchersachen in Ordnung gebracht. Jetzt muss ich mich nur noch abmelden, dann geht es zurück nach Hause.«
»Ist alles okay mit dir? Du siehst so blass aus?«
Laurine überlegte, ob sie den beiden von ihrem Erlebnis am Strand berichten sollte, verkniff es sich aber. Sie hätten es ohnehin nicht verstanden.
»Alles in Ordnung«, sagte sie. »Es liegt sicher nur an der Party gestern. Ich fürchte, ich habe ein bisschen zu viel getrunken.«
»Das haben wir doch alle«, sagte Yvette lachend. »Diese Abschiedsfeiern haben es echt in sich.«
»Dafür siehst du aber blendend aus«, sagte Laurine und meinte es auch so. Wie gerne hätte sie etwas von dem Temperament und der Ausstrahlung von Yvette. Das Leben war einfach nicht fair.
»Danke«, sagte ihre Freundin und hakte sich bei ihr unter.
»Dabei habe ich immer noch einen Brummschädel. Ich hätte weniger von diesen Rumcocktails trinken sollen.«
»Ganz zu schweigen von den Kalorien«, sagte Simone und lachte. Laurine stimmte mit ein. Das Lachen tat ihr gut. Es

vertrieb die düstere Vorahnung. »Musst du wirklich schon heute Abend abreisen, Yvette? Ich dachte, wir könnten vielleicht noch ein paar Tage zusammen verbringen. Ein bisschen wandern gehen oder so …«
»Wandern, ich?« Ihre Freundin schaute sie mit großen Augen an. »Wie kommst du denn auf die Idee?«
»Na, oder irgendetwas anderes. Von mir aus auch shoppen gehen, obwohl du weißt, wie sehr ich das hasse.«
Yvette sah sie betrübt an. »Sorry, meine Liebe, aber die Koffer sind gepackt und das Zimmer geputzt. Raoul bringt mich nachher zum Hafen.«
»Das könnte ich doch übernehmen«, sagte Laurine schnell.
»Danke für das Angebot, aber besser nicht. Du weißt doch, wie nah ich am Wasser gebaut bin. Und lange Abschiede sind einfach nicht mein Ding.«
»Meins auch nicht …« Laurine hätte jetzt ebenfalls heulen können, aber sie verkniff es sich. Sechs Monate. »Aber im nächsten Jahr bist du auf jeden Fall wieder mit dabei, oder?«
»Das kann ich dir nicht versprechen«, sagte Yvette. Als sie Laurines entsetztes Gesicht sah, fügte sie schnell hinzu: »Wenn's nach mir ginge, sofort. Doch ich muss erst mal schauen, wie sich die Dinge daheim entwickeln. Ich gebe euch Bescheid, wenn ich Genaueres weiß, okay?«
»Ja, unbedingt. Ohne dich ist der Club nicht derselbe.«
»Das will ich doch meinen.« Yvette grinste. »Und jetzt lasst uns die Gehaltsschecks holen und einen Abflug machen, ich werde sonst noch sentimental.«

Als sie die D 71 in die Berge hinauffuhr, konnte sie sich nicht an der Schönheit der Natur erfreuen. Weder an den malerischen Dörfern noch an den atemberaubenden Hängen und Bergen der Balagne. Yvette würde im nächsten Jahr vielleicht nicht mehr mit an Bord sein? Das konnte nicht sein. Das *durfte* nicht sein. Wer außer ihr würde Laurine dann zum Lachen

bringen? Wer würde mit ihr zusammen von der großen, weiten Welt träumen?
Nicht, dass sie ihr Dorf nicht liebte – sie war hier aufgewachsen, hier kannte sie jeden Stein und jedes Gesicht –, aber manchmal sehnte sie sich nach der Ferne. Und nach einem edlen Prinzen auf einem weißen Pferd, der sie auf und davon trug. War sie etwa zu anspruchsvoll? Das fand sie nicht. Sie wollte doch nur das, was jeder Frau zustand.
Doch Mateu war wohl kaum dieser Prinz.
Die Trennung vor einem Jahr war mehr als überfällig gewesen. Spätestens an dem Abend, als er sie zum ersten Mal geschlagen hatte, war ihr klar geworden, dass sie einen riesengroßen Fehler begangen hatte. Und das war erst der Beginn des Albtraums gewesen. Im Nachhinein hatte sie sich oft gefragt, wie sie je auf diesen Choleriker hatte herreinfallen können.
Die Trennung war dann nur noch eine Frage der Zeit gewesen. Und auch wenn Mateu das nicht akzeptieren konnte und ihr immer noch nachstellte, so würde sie doch standfest bleiben. Ob mit oder ohne Yvette. Wenn ihre Freundin meinte, sie müsse Korsika den Rücken kehren, dann war das eben so. Laurine würde auch allein klarkommen. Hatte sie immer getan.
Sie bog von der D 71 rechts ab und erklomm in steilen Serpentinen den Hügel von Speloncato. Die Sonne schien durch die Zweige der Buchen und warf verwirrende Lichtmuster auf die Straße. Durch eine schmale Zufahrt gelangte sie auf den Place de la Libération – das Herz des Ortes. Im Café *La Voûte* hatte sich eine Gruppe von Radlern in schrill-bunten Outfits niedergelassen, die sich lautstark zuprosteten. Drüben vor der Pension U Sechju saßen ein paar grauhaarige Rentner und studierten Karten.
Laurine fuhr mit ihrem halb verrosteten Nissan Pick-up-Truck einmal im Kreis um den Springbrunnen herum, hupte und stellte den Wagen vor der Kirche Saint-Michel ab. Ihr Bruder hatte ihr diese Kiste vermacht, und da Laurine nicht

genug Geld besaß, um sich selbst ein Auto zu kaufen, hatte sie eingewilligt. Glücklich war sie damit nicht. Der Wagen passte kaum durch die Ortszufahrt.
Francine, die zusammen mit ihrem Mann Émile das Restaurant *Le Gallieni* betrieb, winkte und rief ihr etwas zu, was Laurine aber aufgrund des vorbeiknatternden Postautos nicht verstehen konnte. Sie gab Zeichen, dass sie später noch vorbeikommen würde, und machte sich auf den Weg zu ihrem Haus.
In jeder Hand eine Tüte mit Einkäufen, die sie unterwegs noch erledigt hatte, eilte sie die Stufen zur Oberstadt hinauf.
Speloncato war auf einem Granitfelsen errichtet worden, einem letzten Gebirgsausläufer des Monte Tolu, und schwebte einem Krähennest gleich auf sechshundertfünfzig Metern über der Ebene. An schönen Tagen sah das nur acht Kilometer entfernte Meer aus, als läge es ihr zu Füßen. Sicher ein Grund, warum das Dorf im Sommer zu einem der beliebtesten Ausflugsziele der Balagne zählte.
Laurines Haus gehörte zu den höchstgelegenen im Dorf. Es schmiegte sich an das Berggestein, sodass man fast nicht erkennen konnte, wo der natürliche Fels endete und das Mauerwerk begann. Der Eingang war so niedrig, dass man den Kopf einziehen musste, um nicht anzustoßen.
Sie hatte gerade mit Mühe den Schlüsselbund aus der Jeans gezogen, als sie hinter sich ein verhaltenes Hüsteln hörte. Sie fuhr herum. Ein Mann stand im Schatten des Torbogens und hielt einen Blumenstrauß in der Hand. Das schwarze Hemd bis zur Brust geöffnet, eine Baseballmütze auf der kahlen Stirn, deutete sich ein entschuldigendes Lächeln hinter seinem Bart an.
»*Mateu!*«
»Ganz schön bepackt. Darf ich dir helfen?« Ohne ihre Antwort abzuwarten, kam er auf sie zu, nahm ihr den Schlüssel aus der Hand und schloss auf. Dann reichte er ihn wieder zurück.

Sie nickte, trat ein und stellte die Einkäufe hinter die Tür. Mateu wartete draußen, den Blumenstrauß in der Hand.

»Ich hab gehört, dass heute dein letzter Arbeitstag war. Ich dachte, ich überrasche dich. Wir können einen netten Abend verbringen, Essen gehen und reden. Wie in alten Zeiten.« Er streckte ihr die Blumen entgegen. »Hier, die sind für dich.«

Laurine spürte, wie sich ihr Magen verkrampfte. Vermutlich war es das, was Francine ihr zurufen wollte. Dass ihr Ex oben auf sie wartete.

»Was soll das, Mateu? Du weißt doch, dass du nicht herkommen sollst«, sagte sie. »Ich habe dir gesagt, dass ich das nicht möchte. Was genau hast du bei unserem letzten Treffen nicht verstanden?«

»Ach komm schon. Heute ist so ein schönes Wetter, und ich dachte mir, du könntest vielleicht ein bisschen Aufmunterung vertragen. Letzter Tag und so. Ich weiß doch, wie sehr du an dem Laden hängst, auch wenn ich es nicht gutheißen kann, dass eine so schöne Frau wie du arbeitet. Dafür sind doch wir Männer da. Ich würde dich gerne auf einen Schluck einladen, nur deswegen bin ich gekommen. Oh, und natürlich um dir das zu geben.« Er zog eine Flasche Weißwein aus der Manteltasche. Seine Bewegungen waren geschmeidig wie die eines Panthers.

»Lass es, Mateu.«

»Aber das ist ein Clos Nicrosi. Weißt du, wie viel der kostet?«

»Ist mir egal. Vermutlich ist er doch nur wieder Teil von irgendeinem Schutzgeld. Ich will ihn nicht.«

»Nun komm schon, Laurine, zier dich nicht wie eine Jungfrau. Ich weiß, dass du keine mehr bist.« Er grinste anzüglich. »Es ist Samstag, da geht man aus. Lass mich dich wenigstens nachher noch zum Essen einladen. Das ist doch wohl das Mindeste.«

»Nein.«

Mateus Miene verfinsterte sich. »Dann willst du mich hier einfach stehen lassen?«

»Will ich, ja. Und jetzt geh. Oder möchtest du, dass ich mit deinem Vater über die Sache rede?«

»Lass meinen Vater aus dem Spiel.«

»Und überhaupt, was ist mit Julietta? Wie ich hörte, hat sie ihre bombastische Hochzeit doch noch gekriegt. Und sie ist schwanger. Glückwunsch. Wann ist es denn so weit?«

»Im Dezember.« In Mateus Augen war ein kurzes Glimmen zu sehen, das aber schnell wieder verschwand. Er setzte erneut sein unverbindliches Lächeln auf. »Du musst doch wissen, dass ich dich liebe. Ich werde nicht aufhören, um dich zu kämpfen.«

»Du bist jetzt mit Julietta verheiratet, vergiss das nicht. Außerdem besteht immer noch eine einstweilige Verfügung. Du musst fünfzig Meter Abstand zu mir halten. Solltest du das vergessen und ich diese Begegnung beim nächsten Mal zufällig mit dem Handy filmen, bist du dran.«

Er sagte nichts dazu, sondern grinste schief und wandte sich dann zum Gehen. »Kommst du morgen zur Beerdigung?«

»Beerdigung?« Laurine hob den Blick. »Wer ist denn gestorben?«

»Das wusstest du nicht? Paolo ist tot. Wildschweinangriff. Es hat ihn übel erwischt – ihn und seinen Hund. Er ist noch auf dem Weg ins Krankenhaus gestorben. Die Beisetzung findet morgen früh um elf statt. Na dann …« Er tippte sich zum Gruß mit zwei Fingern an die Stirn. »Ich wünsche dir noch einen schönen Samstag und eine wundervolle Nacht. Träum von mir.« Er lehnte den Blumenstrauß gegen die Hauswand und verschwand in den Gassen.

5

Laut Google Maps sollte sich die Pension *U Casone* etwa hundert Meter rechts vom Marktplatz befinden. Eric ließ die Fensterscheibe des Wagens herunter, blickte konzentriert in die betreffende Richtung und entschied, dass es wohl besser wäre, das Fahrzeug stehen zu lassen und zu Fuß zu gehen. Die Straße schrumpfte auf die Größe einer Gasse zusammen, durch die höchstens noch ein Citroen 2CV passte.

Er parkte vor einem obeliskenförmigen Kriegerdenkmal zu Ehren der Gefallenen des Ersten Weltkriegs, holte sein Gepäck aus dem Kofferraum und legte die letzten Meter zu Fuß zurück. Spätnachmittägliches Licht strömte über die Dächer. Sein Trolley polterte über das Kopfsteinpflaster, als er das Gewirr der Altstadtgässchen betrat. Der Geruch von Fettgebackenem lag in der Luft.

Gut versteckt hinter einem Feigenbaum befand sich ein gemauertes Steinhaus, dessen Fassade von wildem Wein überwuchert wurde. Durch die Fenster strömte Licht auf den schattigen Vorhof. Das musste es sein. Kein Schild, keine Hausnummer, nur ein schwerer Messingtürklopfer.

Eric warf einen letzten Blick auf sein Handy, dann trat er vor und klopfte an.

Eine Weile war es ruhig, dann waren Geräusche zu hören. Zum Glück hatte er auf der Fahrt nach Speloncato noch einmal angerufen und gefragt, ob er einen Tag früher anreisen könnte, jetzt kamen ihm nämlich Zweifel, ob man ihm sonst überhaupt geöffnet hätte. Er hörte, wie ein Metallriegel von der Tür entfernt wurde. Ein heller Streifen entstand, der rasch breiter wurde.

Vor ihm stand eine alte Dame mit kurzem weißem Haar und einer schwarzen Hornbrille auf der Nase. Die Augen hinter den Gläsern blinzelten misstrauisch. »Ja?«

»Madame Borghetti? Mein Name ist Marchand, ich hatte angerufen.«
»Marchand? Ach ja, richtig. Der junge Mann, der es so eilig hatte. Eigentlich waren Sie ja erst für morgen angekündigt.«
»Das ist wahr. Leider ist etwas dazwischengekommen. Ich hoffe, ich bereite Ihnen nicht allzu große …?«
Umstände wollte er noch sagen, doch die Alte hatte sich bereits umgedreht, war zurück ins Haus geschlurft und ließ Eric an der Tür stehen. Er interpretierte das als Zeichen, dass er eintreten durfte.
Eric schnappte seinen Koffer und schloss die Tür. Dann folgte er der alten Dame.
Der Eingangsbereich war über und über mit Erinnerungen an vergangene Zeiten dekoriert. Mit alten Gemälden, Webarbeiten, kupfernen Kannen, bemalten Vasen und antiken Möbeln. Ansonsten sah er vor allem Regale. Dutzende davon. Krumme, windschiefe Dinger, die unter der Last der darin enthaltenen Bücher zusammenzubrechen drohten. Im Zimmer nebenan lag ein riesiger Hund. Die Räume waren höher, als es von außen den Anschein hatte. Was wohl damit zusammenhing, dass das Haus in den Hang hineingebaut worden war und die Räume auf unterschiedlichen Ebenen lagen. Sie waren mit Stufen untereinander verbunden, was eine herrlich verschachtelte Konstruktion ergab.
Eric hatte fast den Eindruck, in einem Museum gelandet zu sein. Er war kein Experte in solchen Dingen, aber die Sachen wirkten nicht wie der billige Tand, den man üblicherweise auf Flohmärkten fand, sondern authentisch. Vermutlich waren sie seit vielen Jahrzehnten in Familienbesitz. Er kam zu dem Schluss, die richtige Wahl getroffen zu haben.
Madame Borghetti wartete am Ende der Eingangshalle auf ihn. Ihr Blick war argwöhnisch auf seinen kleinen Trolley gerichtet. »Zwei Wochen?«
»Wie bitte?«

»Sie bleiben doch zwei Wochen. Das hatte ich mir notiert.«

»Ja. *Mindestens*«, fügte er schnell hinzu. »Könnte sein, dass ich noch ein paar Tage dranhänge, wenn es gut läuft. Ich hoffe, das ist kein Problem?«

»Nein. Folgen Sie mir.« Sie setzte ihren Fuß auf die mit Teppich bespannten Treppenstufen. »Normalerweise empfange ich um diese Jahreszeit keine Gäste mehr. Nicht, dass ich etwas dagegen hätte, aber außerhalb der Saison kommt kaum noch jemand. Die Leute wollen immer nur ans Meer.«

»Verstehe.«

»Das wahre Korsika lernt man nicht am Meer kennen, sondern hier, in den Bergen.«

»Hm.« Eric hatte Probleme, ihr zu folgen. Sie war so unendlich langsam, dass er immer wieder stehen bleiben und den Koffer absetzen musste. Überholen konnte er sie ja schlecht, und einfach unten zu warten wäre unhöflich gewesen. Irgendwann kamen sie oben an.

»Hier drüben.« Als ihr Blick ihn streifte, hielt sie kurz inne. Ihre Augen musterten ihn gewissenhaft. »Sagen Sie mal, junger Mann, kenne ich Sie irgendwoher?«

»Nicht, dass ich wüsste. Ich war noch nie zuvor auf Korsika.«

»Bitte verzeihen Sie die Frage, mir war nur so, dass ich Sie schon mal irgendwo gesehen hätte.«

Im warmen Nachmittagslicht, das durch die Fenster hereinfiel, sah er, dass sie viel älter sein musste, als er ursprünglich angenommen hatte. Vielleicht achtzig oder neunzig. Sie schien noch etwas sagen zu wollen, doch dann wandte sie sich ab, steckte den Schlüssel in die Tür und schloss auf.

Dahinter erwartete sie ein großes, luftiges Zimmer mit Fenstern nach zwei Seiten. Auch hier gab es viel altes Mobiliar. Bett und Bad hingehen waren neu.

»Noch nie auf Korsika gewesen, sagen Sie? Ein sträfliches Versäumnis. Wieso nicht?« Sie trippelte voraus und öffnete ein Fenster. Warmer Wind wehte herein.

»Keine Ahnung.« Eric wählte einen Platz für seinen Koffer und stellte ihn ab. »Meine Eltern sind mit mir immer nur in die Bretagne gefahren. Es lag einfach näher. Außerdem hatten wir nie viel Geld. Korsika war ihnen zu teuer.«
Madame Borghetti war anzusehen, dass sie das nicht nachvollziehen konnte. Vermutlich gab es in ihrer Welt keinen Grund, nicht nach Korsika zu kommen.
Sie zeigte ihm, wie alles funktionierte, und wandte sich dann zum Gehen. »Wenn Sie mögen, können wir nachher zusammen eine Kleinigkeit zu Abend essen«, sagte sie. »Meine Haushälterin ist eine gute Köchin. Was sagen Sie? Passt Ihnen sieben Uhr?«
»Sehr gerne«, erwiderte Eric.

Die schwere Standuhr im Erdgeschoss hatte gerade aufgehört zu schlagen, als Eric das Speisezimmer betrat. Er hatte sich für den Anlass rasiert, die Haare gekämmt und ein Jackett angezogen. Bei älteren Damen empfahl es sich stets, etwas gepflegter aufzutreten. Außerdem hatte er nichts dagegen, von Zeit zu Zeit mal über seinen Schatten zu springen.
Wie richtig er mit seiner Einschätzung lag, wurde ihm bewusst, als er den Raum betrat. Nicht nur, dass Madame Borghetti ein langes Abendkleid angezogen hatte, der Raum war dekoriert wie für ein Festbankett. Kerzen an jeder Ecke, ein Feuer im Kamin und leise klassische Musik. Der lange Holztisch war mit Blumengestecken dekoriert und am Kopfende für zwei Personen eingedeckt. Eric sah erlesenes Porzellan, silbernes Besteck sowie geschliffene Weingläser, in denen das Feuer funkelte. Aus der Küche drang geschäftiges Klappern.
Die Herrin des Hauses empfing ihn mit einem strahlenden Lächeln. »Da ist ja mein lieber Gast. Treten Sie doch näher, Monsieur Marchand. Machen Sie es sich gemütlich. Etwas Wein?« Sie wartete seine Antwort erst gar nicht ab, sondern schenkte gleich beiden ein.

Eric hob verwundert die Brauen. Was war aus der schroffen alten Dame geworden, die ihn zu Beginn so misstrauisch beäugt hatte? Woher diese plötzliche Freundlichkeit?
Von Madame Borghetti schienen die Jahre auf wundersame Weise abgefallen zu sein. Hatte sie einen korsischen Verjüngungszauber eingesetzt, oder war es der Kerzenschein, der die Falten glatt bügelte? Für einen kurzen Moment hatte er das Gefühl, ein junges Mädchen vor sich zu sehen. Lächelnd deutete er eine Verbeugung an. »Vielen Dank für die Einladung. Es riecht ganz köstlich.«
Madame Borghetti drückte ihm das Glas in die Hand. Sie stießen an und prosteten einander zu. Der Wein war ausgezeichnet.
»Ich muss mich bei Ihnen entschuldigen, Monsieur Marchand«, sagte sie. »Dass ich Sie nicht gleich erkannt habe, ist unverzeihlich. Aber ich werde auch nicht jünger, und mein Gedächtnis lässt mich in letzter Zeit immer öfter im Stich. Kurz nachdem ich Sie verlassen habe, ist mir wieder eingefallen, woher ich Sie kenne. Schauen Sie mal nach links.« Sie deutete auf ein gut gefülltes Regal. Reihen um Reihen schmaler und teilweise recht zerlesen aussehender Bücher standen dort. Einige von ihnen kamen Eric bekannt vor.
Die Augen hinter der Brille blinzelten fröhlich. »Ich bin so etwas wie die Vorsitzende unseres Krimiklubs«, sagte Madame Borghetti. »Wir sind eine Runde älterer Damen, die nichts anderes im Kopf haben als Mord und Totschlag.« Ihr Lächeln wurde breiter. »Da drüben stehen übrigens Sie. Alle Romane rund um Kommissar Figuret, sehen Sie? Eine ziemlich heruntergekommene Persönlichkeit, wenn Sie mich fragen. Aber ich mag ihn. Er hat so etwas *Zupackendes.*« Sie machte eine Bewegung, als würde sie einem Kaninchen den Hals umdrehen.
Eric ging am Regal entlang. Er fand alles, was er in den letzten Jahren geschrieben hatte, und dazu noch ein paar Frühwerke. Alles säuberlich geordnet.

»Wie schaffen Sie das nur, sich so in die Personen hineinzuversetzen?«, fragte sie über seine Schulter. »Da kann einem richtig unheimlich werden. Denken Sie sich das nur aus, oder hatten Sie schon mit solchen Leuten zu tun?«

»Natürlich habe ich viele Interviews mit Tätern und Opfern geführt, aber das meiste von dem, was in den Büchern steht, entspringt meiner Vorstellungskraft«, sagte Eric. »Man sagt mir eine etwas kranke Fantasie nach und auch eine gewisse kriminelle Energie. Aber nur auf dem Papier – hoffe ich jedenfalls.«

»Und die Ortsbeschreibungen?« Madame Borghetti hing an seinen Lippen. »Nehmen Sie zum Beispiel *Fressen und gefressen werden*. Diese Untergrundstädte, schauderhaft. Man könnte meinen, dass Sie selbst an diesen Orten gewesen wären.«

»Das war ich auch«, erwiderte Eric. »An den meisten jedenfalls. Vor allem in Bobigny. Aber es gibt auch ein paar Gegenden, wo selbst ich mich nicht hintraue. Ich mag neugierig sein, aber lebensmüde bin ich nicht.«

»Ist Ihnen je etwas passiert?«

Eric sah sie an und lächelte. Er hätte ihr einiges erzählen können, aber er wollte sie nicht unnötig aufregen. Bei so alten Menschen wusste man ja nie. Also hielt er die Beantwortung dieser Frage vage, krempelte den linken Ärmel hoch und zeigte ihr eine Narbe, die er von einer Messerstecherei davongetragen hatte.

»Ich recherchiere gerne ausgiebig und stecke meine Nase in Dinge, die mich nichts angehen«, sagte er. »Manch einem passt das nicht. Man hat mich schon des Öfteren für einen verdeckten Ermittler gehalten. Ich hoffe, Sie sind nicht beunruhigt, einen so zwielichtigen Gast unter Ihrem Dach wohnen zu haben.«

»Beunruhigt, nein. Aufgeregt, würde ich eher sagen. Nennen Sie mich Elisa. Darf ich Sie Eric nennen?«

Eric zögerte. Ihm ging das ein bisschen schnell. Andererseits wollte er seine Gastgeberin auch nicht verärgern. Er streckte ihr die Hand entgegen. »Gerne.«

Sie strahlte. »Ist mir eine große Ehre, Eric. Ich kann gar nicht abwarten, meinen Freundinnen von Ihnen zu erzählen. Die werden aus allen Wolken fallen. Sie haben doch nichts dagegen, oder?«

Bei dem Gedanken an eine Horde alter Frauen, die ihm wie Groupies an die Wäsche wollten, zuckte er unmerklich zusammen. Aber er brachte es nicht übers Herz, Elisa einen Korb zu geben. Nicht, nachdem sie sich ihm gegenüber gerade als Fan geoutet hatte. Für eine alteingesessene Korsin war das sicher ein großer Schritt. Abgesehen davon war es gut möglich, dass er noch mal auf ihre Hilfe angewiesen sein würde. Nicht bei der Fertigstellung seines Romans, das bekam er schon allein hin – sondern bei dieser Familiengeschichte, auf die er gestoßen war und die ihn seither nicht mehr losließ. Fragmente einer rätselhaften Sache, die er in den Unterlagen, Briefen und Tagebüchern seiner verstorbenen Mutter gefunden hatte.

Ihm wurde bewusst, dass Elisa ihn immer noch ansah. Sie wartete auf eine Antwort.

»Bitte entschuldigen Sie, Elisa«, sagte er. »Ich war gerade etwas in Gedanken. Was wollten Sie noch mal wissen?«

»Meine Freundinnen. Ich hoffe, ich darf sie Ihnen vorstellen.«

»Selbstverständlich. Ist mir eine Ehre.«

Sie strahlte. »Dann wollen wir jetzt etwas essen. Setzen Sie sich. Ich werde mal in der Küche nachsehen, wie lange es noch dauert. Und bedienen Sie sich ruhig mit dem Wein. Ich will nachher alles über Sie wissen. Was Sie hier tun, warum es Sie ausgerechnet nach Speloncato verschlagen hat und natürlich, woran Sie gerade arbeiten.«

6

Samstagmorgen ...

Es schlug elf, als Laurine sich auf den Weg machte. Der strahlend blaue Himmel und das goldene Licht konnten nicht darüber hinwegtäuschen, dass die Tage bereits kürzer und kälter zu werden begannen. Der Sommer verlor an Kraft. Schon bald würden die Herbststürme hereinbrechen, und oben in den Bergen würde der erste Schnee fallen.

Sie hatte einen schwarzen Rock angezogen, dazu eine dunkle Bluse sowie einen blauen Mantel, der ihr fast bis zu den Knöcheln reichte. Während ihre hochhackigen Stiefelabsätze über das Pflaster klapperten, bemerkte sie, dass bereits etliche Dorfbewohner vor der Kirche standen und auf die Trauergesellschaft warteten. Sie sah Francine mit Émile und deren zwei Töchtern. Dann waren da Jean-Jaques und Sandrine, die beiden Bäcker des Dorfes, Marie-Ange, die den kleinen Lebensmittelladen in der Rue Porciletti führte, sowie die Familie Canetti mit ihren vier Kindern. Ernestu gehörte die Bar *La Voûte*, doch war er gleichzeitig auch Bürgermeister. In dieser Funktion hatte er zwar nicht wirklich viel zu tun, was jedoch nicht bedeutete, dass er überflüssig war. Jedes korsische Dorf, mochte es auch noch so klein sein, leistete sich einen standesgemäßen Repräsentanten. Das gehörte einfach dazu. Und Ernestu, dessen Leibesumfang von Jahr zu Jahr zunahm und dessen raue Stimme und grau melierter Bart sein Auftreten als Respektsperson unterstrichen, war für diese Position wie geschaffen.

Laurine nahm allen Mut zusammen, trat auf den Dorfplatz und mischte sich unter die Gesellschaft. Köpfe drehten sich, und Blicke trafen sie. Manche von ihnen triefend vor Ablehnung. Knapp lächelnd, ging sie an ihnen vorbei.

Es gab nichts, wofür sie sich schämen musste. Ihre Scheidung von Mateu war ihre Angelegenheit, und es war ihr schwer genug gefallen. Aber die anderen sahen das natürlich ganz anders. Dass ihr Ansehen gelitten hatte, damit musste sie leben. Sie konnte nicht mit einem Mann verheiratet sein, der bis zu den Ellenbogen in illegale Geschäfte verstrickt war und der es nur seiner Familie zu verdanken hatte, dass er nicht längst schon hinter Gittern saß. Warum sie sich überhaupt mit ihm eingelassen hatte, stand auf einem anderen Blatt. Aber die Trennung war richtig und wichtig gewesen.

Sie grüßte ein paar ihrer Freunde und stellte sich dann zu den anderen vor die Eingangstür. Paolos Familie war noch in der Kirche.

Sie hatte mit den Cesaris einen nicht eben freundlichen Umgang gepflegt. Zumindest während der letzten beiden Jahre. Paolo war korrupt gewesen, und Laurine hatte ihm unmissverständlich zu verstehen gegeben, was sie davon hielt. Als sie ihn an jenem schicksalhaften Tag im Mai vor zwei Jahren ins Gewissen geredet hatte, war ihr nicht bewusst gewesen, welches Risiko sie damit einging. Aber sie konnte die Verlogenheit einfach nicht ertragen. Manche Dinge mussten beim Namen genannt werden, vor allem, wenn man sich so lange kannte wie sie beide. Sie waren gleich alt, hatten zusammen die Schulbank gedrückt und viele lange Nachmittage zusammen verbracht. Laurine war davon ausgegangen, dass er diskret und verschwiegen sein würde, aber da hatte sie sich offenbar getäuscht. Bereits am nächsten Tag war ihr Freundeskreis merklich geschrumpft. *Russura à la muntagna, aqua e ventu à li calcagna* – wenn am Abend rote Wolken in den Bergen hängen, regnet es morgen, oder es kommt starker Wind auf. Ein Sprichwort, das sich nur leider allzu oft als wahr erwies. Auch im übertragenen Sinne.

Seit diesem Zeitpunkt hatten sich ihre Wege kaum noch gekreuzt. Sie hatte gehört, dass Paolo in der Stadtverwaltung von Ajaccio eine beeindruckende Karriere hingelegt hatte, wusste aber nicht, was genau er da tat und woher das viele

Geld kam, mit dem er seinen Neubau finanzierte. Um ehrlich zu sein, es interessierte sie auch nicht. Manchmal war es besser, nicht alles zu wissen. Aber dass ausgerechnet dieser Mann jetzt tot war, gab ihr zu denken. Solche Todesfälle waren selten zufällig, am wenigsten hier auf Korsika.

Der Gottesdienst war zu Ende, und aus der geöffneten Kirchentür kam die Familie. Der Pfarrer vorneweg, dahinter Ghjulia mit ihren zwei kleinen Söhnen Ghjuvanni und Saveriu. Die Witwe war verschleiert und hielt einen Strauß Lilien in der Hand. Ihre Haltung war aufrecht, das Kinn streng nach oben gereckt. Sie stammte aus Penta-di-Casinca, einer kleinen Ortschaft an der Ostküste. Eine schöne und stolze Frau, wenn auch etwas geldgierig. Sie und Laurine waren sich bei verschiedenen Gelegenheiten im Dorf begegnet, eine richtige Freundschaft hatte sich daraus nie entwickelt. Dahinter folgten Paolos Eltern und seine beiden Schwestern, einige Cousinen und Cousins, Nichten und Neffen sowie entferntere Angehörige, von denen Laurine aber nur die wenigsten kannte.

Etwa hundert Meter die Dorfstraße hinunter sah sie den Bestattungsunternehmer mit seinen drei Söhnen, die den Handkarren mit dem Sarg in Richtung Friedhof bugsierten.

Der Trauerzug setzte sich in Bewegung. Laurine senkte den Kopf und reihte sich schweigend ein.

Plötzlich heulte irgendwo ein Motor auf. Ein schwarzer Range Rover kam aus der engen Ortseinfahrt geschossen und fuhr auf den Platz. Wie ein riesiges gepanzertes Insekt umrundete der Wagen die Verkehrsinsel, wurde langsamer und parkte seitlich vor einer Reihe anderer Autos. Einige der Trauergäste blieben stehen und warfen neugierige Blicke hinüber.

Hinter den geschwärzten Fenstern des SUV waren undeutlich die Umrisse mehrerer Männer zu erkennen. Zwei von ihnen stiegen aus und sondierten die Umgebung. Sie stanken förmlich nach Security. Nachdem sie zu dem Schluss gekommen

waren, dass keine Gefahr drohte, klopften sie auf das Wagendach.
Als Erster verließ Mateu den Wagen. Schwarzer Mantel, Sonnenbrille, eine Wollmütze auf dem haarlosen Kopf. Er zündete sich eine Zigarette an, inhalierte tief, dann ging er um den Wagen herum und öffnete die gegenüberliegende Tür.
Ein kleiner, unscheinbarer älterer Herr mit Hut und Spazierstock erschien. Sein Gesicht lag im Schatten, aber Laurine erkannte einen getrimmten Bart, hohe Wangenkochen und eine markante Nase. An seiner linken Hand funkelte ein Goldring. Jean-Baptiste Santini. Mateus Vater. Laurine hatte ihn schon länger nicht gesehen, aber er schien seither keinen Tag gealtert zu sein. Immobilienmagnat, Besitzer etlicher Hotels, Restaurants und Nachtklubs sowie Oberhaupt des Santini-Clans. Ein Mann, dessen Einflussbereich sich über den gesamten Norden der Insel erstreckte. Der Kopf hinter vielen legalen und illegalen Geschäften, die hier auf der Insel getätigt wurden. Viel sickerte über ihn nicht nach außen, aber es hieß, dass die Hälfte aller Abgeordneten der nationalkonservativen Partei auf seiner Gehaltsliste stand.
Er war gut befreundet mit Edmond Rinaldi, dem Gründer der *Action pour la Renaissance de la Corse*. Aus ihr war 1976 die bis heute aktive Untergrundbewegung *Frontu di Liberazione Naziunalista Corsu*, kurz FLNC, hervorgegangen. Edmonds Sohn Gerome, der ehemalige Bürgermeister Bastias, war inzwischen Chef der korsischen Nationalisten und hatte zusammen mit seinen Parteigenossen während der französischen Regionalwahlen erstmals die absolute Mehrheit errungen. Damit waren die Autonomisten nun stärkste Kraft im korsischen Regionalparlament. Eine Entwicklung, die nicht nur Laurine mit Besorgnis erfüllte.
Dass Jean-Baptiste auf dieser Trauerfeier erschien, war für sie ebenso überraschend wie beunruhigend. Was wollte ihr ehemaliger Schwiegervater hier? Und vor allem: In welcher

Beziehung stand er zu Paolo und dessen Familie? Laurine spürte einen Knoten in ihrem Magen. Den Kopf voller düsterer Gedanken, folgte sie der Trauergesellschaft.
Wo immer die Santini ihre Hände im Spiel hatten, drohte Unheil. Wie eine Wolkenwand, die sich über den Bergen zusammenbraute.

7

Eric ging von Westen den Hügel hinauf. Er war früh aufgestanden, hatte vor Sonnenaufgang bereits ein paar Seiten geschrieben und war danach hinaus an die frische Luft. So köstlich traditioneller Wildschweineintopf auch schmeckte, das Zeug lag wie Wackersteine im Magen. Im Nachhinein fand er es immer noch bemerkenswert, wie herzhaft seine Vermieterin zugelangt hatte. Ihre Portionen waren kaum kleiner gewesen als seine. Danach hatte es noch Brocciu-Krapfen mit Pflaumenkompott gegeben, kleine frittierte Bällchen, die traditionell aus Frischkäse, Eiern und Mehl zubereitet und dann heiß serviert und mit Puderzucker bestreut wurden.
Bei dem Gedanken an das gestrige Festmahl wurde ihm flau im Magen. Klar war das alles sehr lecker gewesen, aber seit er vierzig geworden war, steckte er diese Kalorienmengen nicht mehr so leicht weg. Der Blick in den Spiegel heute Morgen hatte ihn endgültig davon überzeugt, dass es Zeit war, sein Konditionstraining wieder aufzunehmen.
Also hatte er den Weg in die Berge eingeschlagen, die Straße hoch zur Bocca di Croce genommen, wo er knapp zwei Stunden später eintraf. Die Tour war genau nach seinem Geschmack. Ein bisschen eintönig zwar – immerhin ging es die ganze Zeit nur in Serpentinen bergauf –, dafür aber einfach

und mit vielen schönen Ausblicken. Als er oben ankam, ging ihm ganz schön die Pumpe. Er nahm sich ein paar Minuten, dann trat er den Rückweg an. Jetzt waren seine Beine müde, sein Kopf aber voller Ideen.
Als er an der Abzweigung Richtung Olmi, Cappella und Pioggiola vorbeikam, wurde er langsamer. *Route des Artisans* stand darunter – *Straße der Handwerker.* Hinter einer Mauer sah er einige Spitzdächer und Kreuze aufragen. Überall standen Autos geparkt. Ganz offensichtlich eine Trauergesellschaft.
Friedhöfe übten seit jeher eine große Faszination auf ihn aus. Einer Bestattung beizuwohnen, zumal, wenn sie an einem so exotischen Ort stattfand, war immer etwas Besonderes.
Die Sonne schien, und die Luft war erfüllt von Vogelgezwitscher. In der Ferne schimmerte blau und einladend das Meer. Was für ein wundervoller Tag.
Eine grob gepflasterte und mit Blumenkübeln bestandene Rampe führte hinauf zu einem Eisentor, hinter dem die Gräber begannen. Der Friedhof wirkte auf den ersten Blick recht heruntergekommen. Sehr steil, voller Stufen und ziemlich verwildert. Zwischen den Grabsteinen und schmiedeeisernen Kreuzen spross hüfthohes Gras. Klatschmohn und wilde Rosen wucherten dazwischen. Die Ruhestätten selbst wirkten ebenfalls, als würde sich niemand darum kümmern. Eckige Marmorkästen, darauf vielleicht mal ein verblichenes Foto, hier und da ein schief stehendes Messingkruzifix oder ein paar Plastikblümchen. Rechts und links sowie am oberen Hang befanden sich die Familiengrüfte und die Gräber der Wohlhabenden, während im mittleren und unteren Abschnitt die Ärmeren bestattet lagen. Eine klare soziale Hierarchie, die über den Tod hinausreichte.
Ob es jemanden störte, wenn er sich dazustellte? Vielleicht hielten sie ihn ja für einen entfernten Verwandten oder einen Freund, der von einer langen Reise zurückgekehrt war. Bei den

vielen Anwesenden würde er bestimmt nicht weiter auffallen, zumal er eine dunkle Hose und eine schwarze Jacke trug. Rasch zog er den Reißverschluss zu, damit man seinen hellen Pullover nicht sah, und ging die Rampe hinauf.

Verhaltenes Schluchzen drang an sein Ohr. Die Stimme einer jungen Frau. Mit gespannter Erwartung, die Hände tief in den Taschen vergraben, trat er näher. Leiser Gesang erklang, und eine Stimme rezitierte Psalmen.

Das Grab des Verstorbenen lag auf der rechten Seite, war aber wegen der vielen Trauergäste nicht zu erkennen. Dreißig oder vierzig Personen standen dicht gedrängt auf dem eng begrenzten Hang versammelt. Entweder war der Verstorbene sehr beliebt gewesen, oder er besaß eine große Familie. Vermutlich Letzteres, die korsischen Familienbande waren legendär.

Eric ging noch etwas näher. Madame Borghetti befand sich ebenfalls unter den Anwesenden. Da sie jedoch ihren Blick gesenkt hielt, hatte sie ihn noch nicht bemerkt. Neben ihr stand eine junge Frau. Schwarzer Rock, dunkle Bluse, blauer Mantel. Sie trug Stiefel mit hohen Absätzen und eine dunkelbraune Handtasche. Interessantes Gesicht, wie Eric feststellen musste. Eine Mischung aus Amy Winehouse und der jungen Geraldine Chaplin. Ob sie eine Nichte von Elisa war? Er beschloss, seine Vermieterin irgendwann mal auf sie anzusprechen.

Die Trauerrede wurde auf Korsisch gehalten, was wenig verwunderlich war. Nicht nach allem, was er bisher über diese Insel gelernt hatte. Interessanter war da schon die Witwe. Ihre Schluchzer endeten in einzelnen spitzen Schreien, die wie Möwenschreie über den Hang aufstiegen. Neben ihr standen einige Frauen, die auf seltsam teilnahmslose Weise ein Klagelied intonierten. Eric benötigte eine Weile, bis er dahinterkam, was ihn daran so irritierte. Ihre Trauer wirkte nicht authentisch. Eher so, als würden sie ein einstudiertes Theaterstück spielen.

Und noch etwas war eigenartig. Eric konnte nicht genau festmachen, woran es lag, aber ihm kam es vor, als würde sich eine unsichtbare Mauer quer durch die Trauergemeinde ziehen. Menschen, die neben anderen Menschen standen und trotzdem kilometerweit von ihnen getrennt waren.
Eine Gruppe nahm in dieser Hinsicht eine besondere Stellung ein. Vier Männer, von denen drei groß und bullig, der vierte hingegen alt und schmächtig war. Obwohl sie unmittelbar neben der Witwe standen, hätten sie sich genauso gut auf einem anderen Planeten befinden können. Die Luft um sie herum wirkte wie aufgeladen, als wären sie von einem unsichtbaren Energiefeld umgeben. Unzweifelhaft bildeten sie das Zentrum dieser Veranstaltung, und doch wagte niemand, sie offen anzuschauen. Niemand außer Eric.
Er war so fasziniert, dass er erst nach einer Weile mitbekam, dass man auch ihn entdeckt hatte. Vier Augenpaare waren auf ihn gerichtet. Kalt, prüfend, unerbittlich. Als würden sie ein Insekt studieren.
Eric spürte, dass es Zeit war zu gehen. Er hatte genug gesehen und wollte nicht pietätlos erscheinen. Mit einem respektvollen Senken des Kopfes legte er den Rückwärtsgang ein, stieg die Stufen hinab und ging Richtung Tor. Aus der Ferne schlugen Kirchturmglocken. Es war bereits zwölf Uhr. Jetzt bekam er doch Hunger. Er beschloss noch kurz im Lebensmittelgeschäft vorbeizugehen, einen Käse und ein Stück Brot zu kaufen und sich dann in seinem Zimmer zu verkriechen. Auch wenn ihn das alles hier brennend interessierte, so war er doch aus anderen Gründen nach Speloncato gekommen. Nicht zuletzt der Arbeit wegen.
Das Buch lag wie ein Ziegelstein auf dem Tisch in seinem Zimmer und wurde mit jeder Minute schwerer. Aber eine Schreibblockade löste man nicht, indem man sich vor der Arbeit drückte. Da half nur eines: schreiben, und zwar viel. Egal, ob es gut war oder nicht. Rausstreichen konnte man später

immer noch. Allein das Bewegen der Finger auf den Tasten setzte in den meisten Fällen die Gehirnaktivität wieder in Gang.
Er hob den Kopf und fasste einen Vorsatz. Den heutigen und morgigen Tag würde er ausschließlich der Arbeit widmen. Durchschreiben, so, wie er es früher immer gemacht hatte. Wenn dann die neue Woche begann, hatte er sicher längst einen neuen Ansatz gefunden.

8

Montag ...

Antoine Pasquale verließ sein Haus gegen neun. Er setzte sich hinter das Lenkrad seines gepanzerten Wagens und überprüfte ein letztes Mal seine Unterlagen. Die Sitzung mit den Grundstückseignern und Investoren war für zehn Uhr anberaumt. Bis dahin galt es noch einige Vorbereitungen zu treffen. Es ging um die Verteilung und Neuzuweisung von Bauland, und das war hier auf Korsika immer eine heikle Angelegenheit. Zu viele Mäuler, die es zu stopfen galt, zu viele Gäste, die alle etwas vom Kuchen abhaben wollten.
Der stellvertretende Bürgermeister von Ajaccio nahm es genau mit der Zeit. Wenn er etwas hasste, dann war das Unpünktlichkeit. Von der Neubausiedlung Fontaine du Salario bis hinunter an den Hafen musste er nur ein paar Kilometer fahren, aber um diese Uhrzeit gab es auf dem Cours Napoléon grundsätzlich Stau. Er steckte den Schlüssel ins Schloss und startete den Wagen. Mit einem kraftvollen Röhren erwachten die 450 PS zum Leben.
Der Audi A8 war ein Fahrzeug der Schutzklasse B7 und stammte aus den Restbeständen der deutschen Bundesregie-

rung. Antoine besaß einen Freund an der Botschaft, der ihm dieses Fahrzeug besorgt hatte. Das hatte ihn zwar eine Stange Geld gekostet, aber man konnte in diesem Teil der Welt nicht vorsichtig genug sein. Mit seiner metallic-schwarzen Außenlackierung, dem Automatikgetriebe, den schwarzen Ledersitzen und der Nussbaumtäfelung machte der Wagen einiges her, und abgesehen davon war es ein Vergnügen, den Zweieinhalbtonner über die Piste zu scheuchen.
Antoine winkte seiner Frau zu und fuhr dann los.
Die Straße schlängelte sich an Palmen, Pinien und Platanen vorbei vom Hügel hinab, mündete dann auf die D11 und führte weiter Richtung Osten. Unter ihm sah er bereits die Bucht von Ajaccio und die Fähre, die gerade von Marseille kommend in den Hafen einfuhr. Der Montagmorgen begann so schön, wie man ihn sich nur wünschen konnte. Mit kühlen Temperaturen zwar, aber auch mit Sonnenschein und Wind.
Ein herrlicher Tag, um Geschäfte zu machen.
Er beschleunigte und genoss das Gefühl der Macht, das ihm dieses Auto schenkte. Als die Route du Salario eine scharfe Linkskurve machte und die ersten mehrstöckigen Wohnhäuser auftauchten, nahm er den Fuß vom Gas. An der Rue Henri Maillot begann der Berufsverkehr. Ab hier hieß es Stop-and-go bis hinunter an den Hafen. Er schaltete Musik ein.
Zehn Minuten später traf er am Lycée Laetitia Bonaparte ein. Wie immer um diese Uhrzeit war der Kreisverkehr verstopft mit Schulbussen, Eltern, die ihre Kinder abluden, sowie den üblichen Pendlern. Ein schreckliches Nadelöhr, für das es aber leider keine Umgehung gab. Eine Mutter, die meinte, ihre Tochter unbedingt in zweiter Reihe ausladen zu müssen, stand so unmöglich, dass niemand an ihr vorbeikam. *Ja, ging's noch?* Genervt hupend fuhr Antoine auf und wedelte mit den Händen. Als das nichts half, betätigte er die Lichthupe, aber auch das zeitigte keine Wirkung. Und sein Termin war in zwanzig Minuten.

Zu allem Überfluss schob sich jetzt auch noch von hinten ein schwarzes Motorrad mit zwei vermummten Gestalten an den Autos vorbei. Er konnte es im Rückspiegel sehen. Hupen erklangen. Antoine war also nicht der Einzige, den diese Kretins aufregten. Für wen hielten die Idioten sich eigentlich? Die Verkehrsregeln galten für sie genauso wie für alle anderen.
Der Mann auf dem Sozius hielt etwas Glänzendes in Händen. Mit welcher Dreistigkeit sie sich durch die Autos quetschten, war fast nicht zu ertragen. Antoine war versucht, die Tür zu öffnen und ihnen die Durchfahrt zu versperren, als sie auch schon neben ihm standen. Knatternd und die Luft verpestend, hielt die Kawasaki neben ihm an. Das Ende des schimmernden Gegenstands war auf Antoines Kopf richtet. Er blinzelte verständnislos.
»Was zum …?«
Plötzlich erkannte er, was das war. Der Schreck fuhr ihm in die Glieder. Er konnte sich gerade noch nach hinten werfen, als ein ohrenbetäubendes Rattern ertönte. Die Karosserie wurde von heftigen Stößen erschüttert. Die Scheibe überzog sich mit einem Netz aus Spinnweben.
Draußen brach das Chaos aus. Es war, als hätte jemand einen Böller in einen Hühnerstall geworfen. Autos fuhren los, knallten ineinander, während die Passanten sich panisch in Sicherheit zu bringen versuchten. Selbst durch die dicken Panzerglasscheiben konnte Antoine die Schreie der Menschen hören. Wie betäubt saß er auf seinem Sitz. Er war gerade noch fähig, auf den Notfallknopf zu hämmern, der die Türen verriegelte. Sein Herz raste. Er konnte kaum atmen. Ein Anschlag.
Ein gottverdammtes Attentat!
Aus einem Reflex heraus trat er aufs Gas und schob den Wagen der Mutter zur Seite. Blech verbog sich. Rücklichter zerplatzten wie Christbaumkugeln. Die 450 PS röhrten wie ein startender Düsenjet. Weitere Schüsse prasselten auf ihn ein. Er hörte, wie die Kugeln an der Karosserie abprallten. Ein

ekelhafter Geruch nach verbranntem Gummi stieg ihm in die Nase.
Mit quietschenden Reifen umrundete er den Kreisel und schoss dann in die Avenue Beverini Vico.
Dort war etwas weniger los. Die Hand auf der Hupe, fegte er an den wartenden Autos vorbei und beschleunigte auf halsbrecherische fünfzig Sachen. Fußgänger, die ihn kommen sahen, hüpften mit angsterfüllten Gesichtern zurück auf den Bürgersteig. Antoine blickte in den Rückspiegel. Die schwarze Kawasaki hatte die Verfolgung aufgenommen und kam in atemberaubendem Tempo hinter ihm her. Er sah Mündungsfeuer aufblitzen, hörte das vertraute Scheppern der Kugeln.
Ruhig, ermahnte er sich. Sie können dir nichts anhaben. Dieses Auto ist gepanzert. Da können die mit ihrer jämmerlichen AK-47 noch so lange draufhalten, die Panzerung wird die Kugeln abwehren. Oder?
Seine Hände zitterten.
Das Rathaus war noch etwa einen Kilometer entfernt.
Er fuhr bis zur Kreuzung vor, bog rechts ab, zog mit quietschenden Reifen hinüber auf den Cours Napoléon und drückte die Notfalltaste seines Intercom-Systems.
Es dauerte einen Moment, dann meldete sich eine Stimme. Das Gesicht eines jungen Polizisten erschien auf dem Monitor.
»*Gendarmerie Ajaccio, was kann ich für Sie tun?*«
»Ein Anschlag, ich werde angegriffen«, schrie Antoine.
»Wer ist denn da?«
»Hier ist der stellvertretende Bürgermeister Pasquale. Auf mich wird geschossen. Helfen Sie mir, verdammt noch mal.«
Er hörte, wie im Hintergrund Telefone klingelten. Gendarmen hetzten durchs Bild. Vermutlich liefen wegen des Anschlags gerade überall die Leitungen heiß.
Der Junge schaute auf eine Anzeige oberhalb der Kamera. Seine Lippen waren zwei schmale Striche. Warum nur ließen sie solche Praktikanten ans Ruder?

»Ich habe Ihr Fahrzeug auf dem Monitor«, sagte er. »Das GPS-Signal ist klar und deutlich. Sie sind auf dem Cours Napoléon unterwegs?«

»So ist es«, schrie Antoine. »Ich wollte zum Rathaus, als ich angegriffen wurde. Zwei Männer. Maskiert. Auf einem Motorrad. Sie hatten eine Maschinenpistole. Sie schießen auf mich.« Er wischte sich den Schweiß von der Stirn. Was tat der Kerl da eigentlich? Warum dauerte das alles so lange?

»Sind Sie verletzt?«

»Nein, zum Teufel, das Fahrzeug ist gepanzert. Trotzdem müssen Sie mir helfen.«

»Das werden wir, keine Sorge. Ich sehe, Sie fahren einen Wagen der Schutzklasse B7. Das Fahrzeug sollte einem Angriff mit einer Maschinenpistole standhalten. Sie befinden sich also nicht unmittelbar in Gefahr. Trotzdem werden wir sofort eine Einheit zu Ihnen schicken. Sie sind auf dem Weg zum Rathaus, sagten Sie?«

»So ist es. Place Foch.«

»Fahren Sie weiter in diese Richtung, wir kommen Ihnen entgegen. Ich habe die Meldung schon rausgeschickt. Hilfe ist unterwegs. Und bleiben Sie auf keinen Fall stehen. Zur Not fahren Sie ein paarmal im Kreis. Sie dürfen sie nicht an sich heranlassen.«

Antoine nickte heftig. »Worauf Sie Ihren Arsch verwetten können. Dann sehen wir uns gleich.« Er schaltete ab.

Offenbar wusste der Jungspund doch, was er tat. Das beruhigte Antoine etwas. Aber nur für kurze Zeit.

Im Rückspiegel war noch immer dieses vermaledeite Motorrad. Die Verfolger hatten noch nicht aufgegeben. Sich zwischen den sich im Stau befindenden Autos hindurchschlängelnd, kamen sie unerbittlich näher.

Sie mussten doch inzwischen eingesehen haben, dass sie gegen ihn nichts ausrichten konnten. Die Panzerung seines Wagens war einfach zu dick. Es sei denn …

Antoine sah von vorn ein zweites Motorrad auf sich zukommen. Es benutzte den Mittelstreifen, um zwischen den wartenden Autos schneller voranzukommen. Es schienen ebenfalls zwei Personen daraufzusitzen. Der hintere hielt etwas in der Hand, das eindeutig größer war als eine Maschinenpistole.
Antoine kniff die Augen zusammen.
»Was zum …?«
Seine Hände verkrampften sich ums Lenkrad. Er war lange genug beim Militär gewesen, um zu wissen, wie eine Panzerfaust aussah. Das war nicht irgendeine verfickte Wasserpistole, das war eine Granatwaffe, die eine Reichweite von etwa dreihundert Metern besaß und selbst dicksten Stahl zu durchschlagen vermochte.
Ein ersticktes Grunzen ausstoßend, riss Antoine das Lenkrad nach rechts. Er wich zwischen zwei Mülltonnen auf den Gehweg aus und trat aufs Gas. Auf der anderen Straßenseite blockierten ein Straßencafé und eine Baustelle den Fluchtweg, doch auf dem Gehweg vor der *Préfecture de la Corse-du-Sud* waren zum Glück keine größeren Hindernisse. Er ließ den Motor aufheulen und fuhr auf den Bürgersteig.
Mit Entsetzen in ihren Gesichtern sahen die Passanten das schwarze Geschoss auf sich zurasen und sprangen zur Seite. Ein Motorrollerfahrer, der gerade dabei war, sein Zweirad abzustellen, konnte nicht rechtzeitig ausweichen und wurde vom Kotflügel des Audis erfasst.
Antoine spürte den Ruck, sah aber nicht, was aus dem Mann geworden war.
Scheiß drauf.
Der Idiot hatte ihn doch kommen sehen. Vor allem hätte er ihn hören müssen, immerhin hupte Antoine wie ein Blöder. Andere Passanten waren durch den Lärm auf ihn aufmerksam geworden und spritzen nur so zur Seite.
Das zweite Motorrad zischte an ihm vorbei und bremste ab. Was waren das für Typen? ARC oder FLNC?

Aber wie war das möglich? Er hatte doch sämtliche Absprachen eingehalten. Er wurde einfach nicht schlau aus der Situation.

Panisch sog er die Luft in seine Lunge. Das Blut pochte in seinen Ohren. Nur noch ein Block. Was für ein Glück, dass die Polizei schon alarmiert war. Hoffentlich beeilten sie sich.

Der Wagen donnerte den flachen Bordstein hinunter, auf der anderen Seite wieder hoch und fuhr dann an der Brasserie *Conca d'Oru* vorbei, in der Antoine sonst immer zu Mittag aß. Er riss das Steuer nach links und bretterte auf die Kreuzung hinaus. Reifen quietschten, als er gleich mehreren Fahrzeugen auf einmal die Vorfahrt nahm. Das Scheppern der ineinanderkrachenden Autos ignorierend, rauschte er in die Avenue du Premier Consul und dann in Richtung Hafen. Der Place Foch lag genau vor ihm. Wo war die verdammte Gendarmerie?

Im Rückspiegel bemerkte er die beiden Motorräder, etwa dreißig Meter hinter sich. Wieder schlugen Kugeln ein. Sein Blick zuckte nach links. Hinter dem Marmorbrunnen mit den vier weißen Steinlöwen war bereits das Rathaus zu erkennen. Die Palmen verdeckten den Blick zum Teil, aber was er sah, ließ ihm das Blut in den Adern gefrieren.

Die Müllabfuhr.

Wie hatte er die nur vergessen können? Montagmorgen veranstalteten die immer einen Radau, dass an Arbeit kaum zu denken war. Manchmal waren sie pünktlich, manchmal kamen sie auch erst um elf. Heute waren sie natürlich pünktlich und versperrten drüben auf der anderen Seite die gesamte Straße. Der Vorschlag, im Kreis zu fahren, erübrigte sich damit wohl. Antoine hämmerte aus Wut und Verzweiflung auf sein Lenkrad ein. »Scheiße, Scheiße, Scheiße!«

Wo blieben die vermaledeiten Bullen? Wie lange war es jetzt her, seit er angerufen hatte? Vier Minuten? Fünf?

Eine halbe Ewigkeit jedenfalls. Wenn es darum ging, einen Strafzettel auszustellen, da waren sie natürlich zur Stelle, aber

wehe, es ging mal um etwas Ernstes. Dann ließen sie sich ewig Zeit und kamen erst, wenn schon alles vorbei war.
Die Motorräder schlossen auf. Im Rückspiegel sah er, dass der Ärmel des einen Fahrers leicht nach hinten verrutscht war. Eine Tätowierung leuchtete auf der sonnengebräunten Haut. Der Fahrer klebte ihm so nah am Hinterteil, dass Antoine sie genau erkennen konnte. Im Bruchteil einer Sekunde wusste er, was hier gespielt wurde. *Um Gottes willen!*
Vor ihm tauchte jetzt der Hafen auf. Er musste sich entscheiden, ob er nach links oder rechts fahren wollte. Er entschied sich für links. Runter von der Landzunge und zurück in Richtung Innenstadt, das war die beste Option.
Er wollte gerade auf die Bremse treten und das Steuer herumreißen, als der Glascontainer neben ihm explodierte.
Antoine sah einen Lichtblitz, der von einem ohrenbetäubenden Knall begleitet wurde. Die Druckwelle war so heftig, dass der Wagen nach rechts gedrückt wurde. Nur mit Mühe konnte er verhindern, dass sich der Audi überschlug. Als er die Augen wieder öffnete, sah er, wie er unaufhaltsam auf die Hafenmole zuschoss. Er fegte einen Blumenkübel zur Seite, durchbrach ein weißes Metallgitter und zischte auf das Hafenbecken zu.
Er wollte bremsen, spürte aber seine Beine nicht mehr. Auf seinem linken Ohr pfiff ein hysterischer Teekessel. Blut füllte seinen Mund. Seine Hände klebten wie leblose Fremdkörper am Lenkrad, unfähig, dem selbstmörderischen Kurs Einhalt zu gebieten.
Die Kaimauer wurde schmaler und schmaler, das Meer hingegen größer und dunkler. In einer Momentaufnahme sah Antoine die Seemöwen über die Schaumkronen tanzen. Er sah die kleinen Jachten mit ihren flatternden Segeln und die Wellen, die gierig gegen die Kaimauern schwappten. Dann schoss er über die Kaimauer hinaus, ließ den festen Boden hinter sich, schwebte kurz in der Luft und fiel.
Fiel und fiel und fiel.

Der Audi kippte vornüber, stürzte tiefer und tiefer, kippte auf das Fahrerdach und durchschlug die Meeresoberfläche. Ein Donnern und Brausen wie in einem Sturm erklang. Das Wasser um ihn herum kochte, während der Wagen von seinem eigenen Gewicht in die Tiefe gezogen wurde. Es gab nichts, was ihn jetzt noch halten konnte. Der Wagen sank wie ein Stein.
Antoine Pasquale stieß einen Schrei aus, dann schlugen die Wellen des Hafenbeckens über ihm zusammen.

9

Eric erklomm den steilen Bergpfad. Geröll knirschte unter seinen Füßen. Vereinzelte Nebelschwaden machten die Orientierung schwierig.
Ihm war warm. Er öffnete seine Sportjacke und marschierte weiter. Eine innere Unruhe trieb ihn an. Eine Rastlosigkeit und Unzufriedenheit. Es war jetzt der dritte Tag seit seiner Ankunft, und noch immer hatte er nichts Sinnvolles zu Papier gebracht. Die Seiten, die er am zweiten Tag in seinen Laptop gehämmert hatte, waren allesamt wieder rausgeflogen. Nichts passte, es stimmte einfach nicht. Es war, als würde seine Hauptfigur Kommissar Figuret persönlich dagegen ankämpfen, wiederbelebt zu werden, als habe er seinen Frieden gemacht und wolle nun auch in Ruhe und Würde sterben. Er hatte keine Lust mehr, war müde und desillusioniert.
Genau wie sein Autor.
Wieso kämpfte Figuret so dagegen an? Gab es so etwas, Romanfiguren mit Eigenleben? Natürlich gab es die. Aus Erfahrung wusste Eric, dass dies sogar häufig die interessantesten Gestalten waren. Sie wurden nicht erfunden, so etwas glaubten nur Anfänger. Bestimmte Figuren waren einfach da. Sie

existierten und waren in der Lage, dem Autor ihren Willen zu diktieren. Und Figurets Wille war es nun mal, sterben zu dürfen. Er *wollte* einen Abgang machen. Alles, was er gewesen war, was er getan und wofür er sich eingesetzt hatte, war zu Bruch gegangen. *Hinfallen, Krönchen richten, weitermachen,* so etwas stand doch nur auf Postkarten. Ein Mann wusste, wann er geschlagen war, und zog daraus die Konsequenzen. Ihn dahin zu zwingen, dafür empfand Eric zu viel Respekt vor ihm.

Aber dann war da Albert, der ihn bedrängte, der ihn mit Geld und Privilegien lockte.

Eric war so entnervt, dass er einen Moment lang nicht auf den Weg achtete. Er trat auf einen bemoosten Stein, rutschte seitlich weg und knickte um. Ein brennender Schmerz zuckte seinen Knöchel empor. Er hatte das Gefühl, als wäre er in ein Fass mit siedendem Öl getreten. Mit einem Fluch auf den Lippen ließ er sich auf einen mit Flechten übersäten Felsen fallen, schnürte seinen Wanderschuh auf und sah sich die Bescherung an. Das Gelenk brannte wie Feuer. Eine dunkelblaue Färbung hatte eingesetzt, die sich rasch über das gesamte Gelenk ausbreitete. Man konnte förmlich dabei zusehen, wie der Knöchel dicker wurde.

Fuck!

Eric biss die Zähne zusammen und zog den Schuh wieder an. Vorsichtig versuchte er, den Fuß zu belasten. Es funktionierte, fühlte sich aber an, als wäre da Rollsplitt in seinem Gelenk. Er musste zurück, so viel war klar. Aber würde er es schaffen?

Zum Glück war das Auto nur etwa zehn Minuten entfernt. Bei dem Gedanken daran, was hätte geschehen können, wenn er tief in den Bergen gewesen wäre, wurde ihm übel.

Humpelnd machte er sich auf den Rückweg.

Eine knappe halbe Stunde später kam er unten im Dorf an. Er fuhr über den Platz, stellte den Wagen ab und legte die letzten

Meter humpelnd zurück. Der Schmerz war kaum noch auszuhalten.
Madame Borghetti, die gerade draußen stand und die Rosen schnitt, sah ihn mit großen Augen an.
»Nanu, schon wieder zurück? Meine Güte, Eric, was ist Ihnen denn passiert? Haben Sie sich verletzt?«
»Umgeknickt«, presste er zwischen seinen Zähnen hervor. Er fühlte, wie die Schwellung von innen heraus gegen das Schuhleder drückte. Er fragte sich, ob er den Schuh wohl jemals wieder vom Fuß herunterbekommen würde.
Elisa ließ alles stehen und liegen und kam zu ihm hinüber.
»Ist es sehr schlimm?«
»Wie man's nimmt. Es ist halt geschwollen und tut verflixt weh.«
»Aber gerissen ist nichts, oder? Eine Sehne meine ich.«
»Ich bin da kein Experte, aber ich glaube nicht, nein. Kennen Sie einen Arzt, der sich das mal anschauen könnte?«
»Wir haben eine Heilerin hier im Ort. Sie ist gut. Lassen Sie sie mal einen Blick darauf werfen.«
»Eine *Heilerin?*« In Erics Ohren klang das nach Handauflegen, homöopathischen Tropfen und Kräutlein.
»Ja. Ihr Name ist Laurine. Sie finden sie in der Oberstadt. Kommen Sie, ich begleite Sie.« Ehe Eric Widerspruch leisten konnte, marschierte Elisa an ihm vorbei.

Die wenigen Meter hinauf ins Labyrinth der Altstadt gehörten zu den schmerzhaftesten der jüngeren Vergangenheit. Schlimmer noch als der Weg aus den Bergen und zum Auto. Zumal Elisa ein Tempo vorlegte, das Eric ihr niemals zugetraut hätte. Wie eine Bergziege folgte die alte Dame den sich windenden Gassen, unter Torbögen hindurch und über schlüpfriges Kopfsteinpflaster, bis sie oben, am Ende der Stadt anlangten und auf einen terrassenförmigen Felsvorsprung hinaustraten.

Mit viel Liebe zum Detail waren hier Blumenbeete und Kräutergärten angelegt worden, für die Eric jedoch kein Auge hatte. Schweißüberströmt setzte er sich auf eine Steinmauer und sah dabei zu, wie Elisa an eine niedrige Holztür klopfte. Er verfluchte sich innerlich, dass er nicht wenigstens eine Ibuprofen eingeschmissen hatte.
Die Tür ging auf, doch im Inneren war es so dunkel, dass Eric nichts erkennen konnte. Elisa sprach leise und erhielt von innen heraus Antwort.
Dorfheilerin. Wie das schon klang. Vermutlich war es so ein vertrocknetes kleines Kräuterweiblein, das ihm Johanniskrauttee einflößte und Senfwickel verabreichte. Hätte er sich doch bloß nicht bequatschen lassen und gleich einen richtigen Orthopäden aufgesucht.
Aber da er jetzt schon mal hier war, konnte er sich wenigstens einen kühlenden Umschlag verpassen lassen.
Elisa drehte sich um. »Ist in Ordnung. Sie sollen kommen.«
»Dann wird sie mich behandeln?«
»Zumindest wird sie mal einen Blick darauf werfen.«
»Halleluja«, murmelte er, richtete sich mühsam auf und humpelte auf die schießschartenförmige Tür zu. Er fragte sich, wie beleibtere Menschen da wohl durchkommen sollten.
Ein schmaler Lichtschein fiel von hinten durch die Wohnung. Eric sah eine weibliche Gestalt im Gegenlicht. Sie schien jünger als erwartet, und buckelig war sie auch nicht. Sie sprach kein Wort, sondern stand nur da und sah ihn an. Er spürte ihre musternden Blicke. Es war ihm unangenehm, dass er ihr Gesicht nicht sehen konnte. Die Sekunden zogen sich. Dann sagte sie etwas, drehte sich um und verschwand. Das Wort lautete: »Komm.«
Eric hob verwundert die Brauen. Hilfe suchend sah er Elisa an.
»Heißt das, ich soll …?«
»Aber ja, gehen Sie nur«, sagte die alte Dame heiter. »Seien Sie ganz unbesorgt, Laurine weiß, was sie tut.« Sie zwinkerte

Eric zu, wandte sich dann ab und trippelte durch die Gasse in Richtung Unterstadt zurück.
Eric blickte ihr hinterher, dann zog er den Kopf ein, humpelte durch die Tür und schloss sie. Er konnte nur hoffen, dass sie sich nicht geirrt hatte und hier wirklich alles mit rechten Dingen zuging. Er hatte keine Lust, von irgendeiner Wunderheilerin über den Tisch gezogen zu werden.
Hinter ihm fiel die Tür ins Schloss.
Eric sah sich um und schnupperte. Warm war es hier drin, warm und schwül. Die Luft war mit einer Vielzahl von Aromen gesättigt. Er konnte Minze riechen, Basilikum und Thymian. Aber auch Rosmarin und wilden Majoran. Als passioniertem Marktgänger und Hobbykoch fiel es ihm nicht schwer, die Gerüche zu erkennen. Aber da war noch mehr. Er roch Rauch sowie ein paar Aromen, die er nicht zuordnen konnte. Wie es schien, war diese Frau auf Heilpflanzen spezialisiert. Er sah sie in Büscheln zum Trocknen von der Decke herabhängen. Er durchquerte den unbeleuchteten Eingangsbereich und steuerte auf das Wohnzimmer zu. Hier war es wenigstes hell. Die Fenster waren nach Südwesten gerichtet und boten eine überwältigende Aussicht.
»Elisa sagte, dein Name sei Eric.« Die Stimme kam von links. »Und wie weiter?«
Eric drehte sich um, und da stand sie. Die Frau vom Friedhof. Von der er angenommen hatte, es wäre Elisas Nichte.
Aus der Nähe betrachtet, wirkte sie sogar noch hübscher.
Volle Lippen, eine markante Nase und haselnussbraune Augen, über denen sich dichte Brauen wölbten. Die langen, pechschwarzen Haare waren mit einem Band zusammengebunden, sodass ihre kleinen, leicht abstehenden Ohren zur Geltung kamen.
Ihm fiel erst jetzt auf, dass sie ihn gleich geduzt hatte. Nun, das konnte ihm nur recht sein. Er räusperte sich.
»Marchand. Eric Marchand.«

»Kein sehr korsischer Name.«
»Nein, woher auch? Ich wohne in Paris. Wobei meine Familie ursprünglich aus der Bretagne stammt.«
»Wie ein Bretone wirkst du aber auch nicht.«
»Stimmt.« Er grinste. »Dein Name ist also Laurine? Gefällt mir. Heißt so viel wie *Die Lorbeerbekränzte*, nicht wahr?«
»Ich glaube schon, ja. Elisa sagte, du hast dir den Fuß vertreten?«
»Das stimmt«, sagte er.
Laurine musterte ihn von oben bis unten, dann wies sie auf eine Sitzgruppe neben dem Fenster. »Setz dich.«
Als er nicht gleich reagierte, sondern für einen weiteren Moment ihre aparte Erscheinung auf sich wirken ließ, wurde sie ungeduldig.
»Was ist? Du willst doch, dass ich mir den Fuß mal anschaue, oder?«
»Klar, gerne«, sagte er. »Ich war nur gerade etwas …«
Ja, was? Begeistert? Hingerissen? Vermutlich eine Mischung aus beidem. »Verwundert«, sagte er schnell. »Jemanden wie dich hätte ich nicht erwartet.«
»Und wen hattest du erwartet? Oh, lass mich raten. Elisa hat dir nichts über mich erzählt, stimmt's? Du dachtest wohl, du würdest bei so einer alten Kräuterhexe landen.« Ohne den Funken eines Lächelns rückte sie ein paar Kissen zurecht.
Er lachte verlegen. »So in etwa. Ich hatte noch nicht viel Umgang mit Dorfheilerinnen.«
»Die meisten von uns sind ausgebildete Physiotherapeutinnen, einige sogar richtige Sportmedizinerinnen. Es sind aber auch Heilpraktikerinnen darunter, Krankenschwestern und Hebammen. Allerdings gibt es durchaus auch ein paar, die deinen Vorstellungen entsprechen dürften. Weise, erfahrene Frauen, die noch die alte Magie beherrschen.«
Sie wartete, bis er saß, dann forderte sie ihn auf, seinen Fuß auf den massiven Beistelltisch zu legen.

Eric runzelte die Stirn. »Die Schuhe sind schmutzig. Soll ich sie nicht lieber vorher …«
»Ist doch nur Erde. Den Schuh ziehe ich lieber selbst aus, falls eine Sehne gerissen ist. Los jetzt, hopp.«
Eric folgte ihrer Anweisung.
Sie schien tatsächlich Ahnung zu haben. Außerdem besaß sie eine ziemlich aufregende Stimme. Tiefer, als man es bei so einer zierlichen Person vermutet hätte.
Um seine Nervosität angesichts des bevorstehenden Schmerzes zu vertreiben, sah er sich um. »Ein schönes Haus hast du hier. Ziemlich alt, oder?«
Sie löste die Schnürsenkel. »Es ist das Haus meiner Eltern. Hier wurde ich geboren. Halt still, das könnte jetzt etwas wehtun …« Sie begann den Schuh vorsichtig zu öffnen. Es zwickte ganz ordentlich.
»Das sieht nicht gut aus«, sagte sie. »Erkennst du die Verfärbung? Du hast einen massiven Bluterguss. Was ist passiert?«
»Ich war in den Bergen zum Wandern. Offenbar war ich zu sehr in Gedanken. Einmal nicht aufgepasst, schon war es passiert.«
»Das sollte man niemals tun«, sagte Laurine mit tadelndem Blick. »In den Bergen darf man nie unaufmerksam sein. So gesehen hast du noch Glück gehabt. Ich kenne Männer – erfahrene Bergsteiger –, die abgelenkt waren, ausrutschten und abstürzten. Die Berge verzeihen nichts.« Ein feines Lächeln huschte über ihre Lippen. »Waren es wenigstens schöne Gedanken?«
»Wie man's nimmt«, sagte Eric. »Ich habe über meinen neuen Roman nachgedacht, über das Ende.«
»Du schreibst?«
Er nickte. »Eigentlich hatte ich das Buch schon abgeschlossen, bis mein Lektor kam und sagte, er hätte da noch ein paar Änderungswünsche. Da habe ich … *Aua!*«
Laurine hatte den Schuh von seinem Fuß gezogen.

»Immer schön weiterreden, das hilft. Was für Änderungswünsche?« Sie zog auch die Socke aus. Das Feuer fraß sich sein Bein hinauf. Ihm stiegen Tränen in die Augen. Eric konnte den Fuß deutlich riechen und schämte sich etwas.

»Vor allem der Wunsch nach einem Happy End«, sagte er gequält.

»Daran ist doch nichts Verwerfliches«, sagte sie. »Ich mag Happy Ends. Vor allem in Filmen. Liebesgeschichten sollten ein Happy End haben, findest du nicht?«

»Es ist jetzt nicht direkt eine Liebesgeschichte …«

»Egal. Wenn die Personen schon die ganze Zeit lang gequält wurden, kann man ihnen doch wenigstens am Schluss etwas Erlösung gönnen, oder?«

»Theoretisch. Aber gute Geschichten funktionieren nun mal nicht so.«

»Nein? Wieso nicht?«

»Wie soll ich dir das erklären? Ich verstehe es ja selbst nicht so richtig.«

»Es ist doch dein Job, das zu verstehen, oder nicht?«

»Ja, schon …«

»Aber?«

»Fragst du einen Künstler danach, sein eigenes Werk zu interpretieren, bekommst du meistens nur dumme Antworten. Ich kann dir dafür auch keine Erklärung liefern. Die Mechanismen einer guten Geschichte sind zu komplex, um sie zu beschreiben. Gibt es überhaupt so etwas wie ein Rezept? Ich glaube nicht, denn dann würden es ja alle machen.« Er seufzte. »Nicht zuletzt deswegen bin ich hierhergekommen. Weil ich kein Rezept habe und weil meine jetzige Geschichte gerade dabei ist, den Bach runterzugehen. Und dann passiert mir auch noch so etwas Dummes …« Er biss die Zähne zusammen, als sie die Schwellung abtastete. Auch wenn es wehtat, ließ er sie gewähren.

Ohne ihn anzuschauen, sagte sie: »Ich habe dich übrigens auf der Beerdigung gesehen. Du kamst etwas später dazu, nicht wahr?«

»Du hast mich gesehen? Dann warst du auch dort?« Überflüssige Frage. Natürlich war sie dort.

»Du hast mich vermutlich nicht bemerkt, weil ich so klein bin«, sagte sie schmunzelnd.

»Eher, weil es so voll war. Ist lange her, dass ich so einen überfüllten Friedhof gesehen habe.«

»Ja, Paolo war sehr beliebt. Wir kannten uns von klein auf. Er war in meinem Alter. Wir sind zusammen zur Schule gegangen. Komisches Gefühl, wenn jemand stirbt, der so alt ist wie du.«

»Das glaube ich dir«, sagte er. »Dann war er also ein guter Freund?«

»Das nicht gerade …« Sie schien noch etwas sagen zu wollen, öffnete den Mund, schloss ihn dann aber wieder. Interessant. Als sie bemerkte, dass er sie weiterhin erwartungsvoll ansah, sagte sie: »Egal, ob befreundet oder nicht, in einer Dorfgemeinschaft steht man zusammen. Besonders, wenn die Zeiten hart sind. Das mag in Paris anders sein.«

»Warum glaubst du, dass das in Paris anders wäre?«

»Das hört und liest man doch überall. Die Anonymität. Menschen, die in ihren Wohnungen sterben, und niemand merkt es. Bis eines Tages mal jemand die Tür aufbricht. Ich könnte in so einer Umgebung nicht leben.«

Er zog eine Braue hoch. Es war nicht das erste Mal, dass Dörfler ihm erklärten, um wie viel schöner, entspannter und wertvoller doch das Leben auf dem Land war und wie kalt, unmenschlich und hart es in der Stadt zuging. Doch er wollte sich nicht auf eine Diskussion über die Rolle der Medien in derlei aufgebauschten Fällen äußern, zumal ihn die Sache mit der Bestattung viel mehr interessierte.

»Da du gerade die Beerdigung erwähntest«, sagte er. »Ich hätte da noch eine Frage.«

»Und welche?«
Er überlegte, wie er es ausdrücken konnte. »Bitte versteh mich nicht falsch. Es ist immer schrecklich, einen Menschen zu verlieren. Es gibt kaum etwas, das schwerer zu ertragen ist. Meine Mutter ist vor fünf Jahren gestorben, ich weiß also, wovon ich rede … Es ist nur so, dass ich das Gefühl hatte, als wären die Trauergäste irgendwie voneinander getrennt. Fast wie durch eine Mauer …«
»Eine Mauer?«
»Na, im übertragenen Sinne. Eine unsichtbare Barriere. Als würde die eine Hälfte nichts mit der anderen zu tun haben wollen.«
»Nicht alle hier im Dorf sind gut miteinander befreundet, wenn du das meinst …«
»Das ist es nicht«, erwiderte Eric kopfschüttelnd. »Es ging tiefer. Fast wie ein Keil, der die Menschen auseinandertrieb. Diese vier Männer schienen etwas damit zu tun zu haben. Sie waren das Zentrum der Trauergesellschaft. Nicht der Pfarrer, nicht die Witwe oder ihre Kinder, sondern diese Männer.«
»Wen meinst du, die Santini?« Ihr Ausdruck wurde auf einmal schroff. Geradezu abweisend. »Das sind nur entfernte Verwandte. Nein, ich glaube, du täuschst dich. Etwas zu viel schriftstellerische Fantasie vielleicht?« Sie arbeitete jetzt schnell und konzentriert.
Eric zog die Brauen zusammen. Er hatte feine Antennen für Menschen.
Die Art, wie Laurine seinem Blick auswich, wie ihre Augen schmaler wurden – er war da auf etwas gestoßen, so viel war klar. Andererseits gab es keinen Grund, sie weiter zu bedrängen. Er würde schon noch herausbekommen, was dahintersteckte. *Mit Geduld und Spucke*, wie seine Mutter immer zu sagen pflegte.
»Vielleicht habe ich da tatsächlich etwas falsch interpretiert«, sagte er schulterzuckend. »Ihr Inselbewohner scheint in man-

cher Hinsicht etwas anders zu sein als die Leute vom Festland. Andere Länder, andere Sitten.«

»Das wird es sein.« Noch immer wich sie seinem Blick aus. Die unsichtbare Mauer. Durch die Erwähnung eines einzigen Namens war sie in ihre Welt getreten. *Santini.*

»So«, sagte sie. »Untersuchung abgeschlossen. Gebrochen ist nichts, aber die Bänder sind überdehnt. Du solltest den Fuß mindestens einen Tag lang schonen. Danach vorsichtig belasten und kleinere Spaziergänge unternehmen. Wenn du magst, sehe ich morgen mal nach dir.«

»Das wäre schön ...« Er versuchte Blickkontakt aufzunehmen, doch sie wollte nicht. Er musste das akzeptieren.

»Und der Schuh?«

»Den solltest du erst mal nicht tragen. Ich leihe dir ein paar Krücken, mit denen kannst du runter ins Dorf humpeln.«

»Danke. Du bekommst sie auch wieder, versprochen.« Er war erleichtert. Die Vorstellung, wieder den Schuh anziehen zu müssen, hatte ihm den kalten Schweiß auf die Stirn getrieben.

»Da habe ich keine Sorge. Und vergiss nicht, den Knöchel regelmäßig zu kühlen. Ich gebe dir noch meine Spezialsalbe mit, die wirkt wahre Wunder. Innerhalb kürzester Zeit hilft sie beim Abschwellen.« Laurine zögerte kurz.

»Was ist denn?«

»Wenn du nichts dagegen hast, würde ich gerne noch ein kleines Ritual durchführen. Es regt den Heilungsprozess an und beschleunigt die Regeneration.«

Eric überlegte einen Moment, dann gab er sein Einverständnis. Er hatte es nicht eilig, von hier zu verschwinden, dafür fand er diese Frau viel zu faszinierend.

»Warum nicht. Ich habe kein Problem damit, solche Dinge auszuprobieren, auch wenn ich nicht wirklich daran glaube. Aber ich lasse mich gerne eines Besseren belehren.« Er grinste. Laurine schloss die Augen und bewegte die Lippen. Leise Worte drangen an sein Ohr. Sie klangen wie ein murmelnder Bach.

Er glaubte ein leichtes Vibrieren in seinem Knöchel zu spüren. War das eine Art Heilgebet? Das Ritual versetzte ihn in einen tranceähnlichen Zustand, und für Sekunden versank er in Schlaf.
Als Laurine sanft über sein Bein strich, öffnete er die Augen.
»Herrje«, stieß er aus. »Bin ich etwa eingeschlafen?«
»Keine Angst«, sagte sie. »Ich habe dich nicht verhext. Du wirst sehen, schon bald wird es dir besser gehen.« Er nickte. »Eine seltsame Erfahrung, aber es hat sich irgendwie angenehm angefühlt. Was schulde ich dir dafür?«
Sie winkte ab. »Für so etwas nehme ich kein Geld.«
»Ach komm schon. Ich würde dir wirklich gerne etwas bezahlen. Immerhin hast du …«
»*Nò.*« Sie hob die Hand. »Du bist eine Freundin von Elisa, das reicht mir. Der Service war kostenlos. Aber versprich mir, dass du beim nächsten Mal besser aufpasst. *Capitu?*«

10

Der Motor der Seilwinde heulte auf, als der Terex-Autokran seine Arbeit aufnahm. Die Kabeltrommel fing an zu rotieren. Das Gewicht am anderen Ende entlockte dem Stahlseil ein angsteinflößendes Knacken.
Chefinspektor Mahmoud Clément von der Police Nationale Ajaccio stand am Kai, die Hände tief in seinen Hosentaschen vergraben, während er den Tauchern dabei zusah, wie sie das gesunkene Fahrzeug aus dem Hafenbecken bargen. Eine Viertelstunde hatten sie benötigt, die Trosse am Rahmen des Fahrzeugs zu befestigen, jetzt war es an der Zeit, den Fisch an Land zu ziehen. In der Zwischenzeit hatten sich etliche Schaulustige hinter der Absperrung versammelt.

Mahmoud blickte argwöhnisch zu dem Ausleger hinauf, der sich langsam nach unten bog.

»Ich hoffe, das Ding hält«, murmelte er.

Lieutenant Renard folgte seinem Blick. Seit sie Mahmoud vor knapp einem Jahr von Lyon hierherversetzt hatten, war Philippe seine rechte Hand. Guter Mann und wie Mahmoud kein gebürtiger Korse. Das schweißte zusammen.

»Ich denke schon«, sagte er. »Wäre schlimm, wenn nicht. Der Kran hebt angeblich fünfundvierzig Tonnen. Das sollte selbst für ein gepanzertes Fahrzeug kein Problem darstellen.«

Mahmoud kratzte sich die Stirn. »Habt ihr Pasquales Frau benachrichtigt?«

»Sie ist auf dem Weg hierher«, sagte Philippe. »Sie dürfte noch eine Weile brauchen, so verstopft, wie die Straßen gerade sind. Die Stadt ist ein gottverdammter Hexenkessel.«

»Ja, ich weiß«, sagte Mahmoud seufzend. »Aber das hat auch was Gutes. So muss sie nicht mit ansehen, wie ihr Mann hier auf der Kaimauer ausgeleert wird.« Mahmoud trat einen Schritt zur Seite. Die Geräusche, die dieser Kran von sich gab, waren ihm nicht geheuer. Langsam kam das Heck des Fahrzeugs zum Vorschein. Die beiden Taucher schwammen zur Seite und warteten in gebührendem Abstand, um zu sehen, ob die Aufhängung hielt. Bislang sah alles gut aus.

»Was meinst du, wer das getan hat?«

Philippe wiegte den Kopf. »Die Zeugenaussagen sind ziemlich deckungsgleich. Zwei dunkle Motorräder. Eine Kawasaki und eine Honda. Auf beiden saßen jeweils zwei Männer, ein Fahrer und ein Schütze. Dunkle Jacken und Masken. Der eine mit einer Maschinenpistole, der andere mit einer Panzerfaust. Die haben ihm regelrecht aufgelauert.«

»Vier Täter. Das gibt's doch nicht, dass die einfach so untertauchen konnten.«

»Korsische Mafia, wenn du mich fragst. Die bekommen das hin.«

»Die *Omertà*, das Gesetz des Schweigens.« Mahmoud blickte gedankenversunken hinüber zu dem zertrümmerten Flaschencontainer. Die Glassplitter lagen über den gesamten Place Foch verteilt. »Sieht alles danach aus …«

»Die Handschrift würde passen. FLNC, vielleicht aber auch etwas anderes«, sagte Philippe. »Doch um das genauer sagen zu können, müssen wir erst die Ergebnisse der Spurensicherung und Forensik abwarten.«

»Jedenfalls wird sich die Presse darauf stürzen wie die Geier auf ein frisch geschlachtetes Lamm.« Mahmoud spürte, wie es ihm kalt den Rücken hinunterlief. »Ich kann die Schlagzeilen schon förmlich vor mir sehen. *Verbrecherhochburg Korsika wird ihrem Namen wieder gerecht* oder so.«

»Anzunehmen, ja. Aber darüber sollten wir uns nicht den Kopf zerbrechen. Das muss die Abteilung für Öffentlichkeitsarbeit regeln. Wir sollten vielmehr … « Er hob den Kopf. »Was ist denn da drüben los?«

Mahmoud drehte sich um. An der blauen Holzbude, an der die Tickets für die Bus- und Hafenrundfahrten verkauft wurden, war Unruhe entstanden. Flüche und wütendes Geschrei drangen an seine Ohren. Zwei Streifenpolizisten, die für die Absperrung zuständig waren, hatten offenbar Probleme mit einem Mann, der zu ihnen durchwollte. Klein, korpulent, auf seiner schweißbedeckten Halbglatze glänzte das Sonnenlicht.

»Ach herrje, wenn man vom Teufel spricht …« Mahmoud presste die Lippen zusammen. »Warte hier, ich bin gleich wieder da.«

Mit gesenktem Kopf eilte er hinüber zur Absperrung. Der aufgebrachte Mann schien fest entschlossen, lieber eine Festnahme zu riskieren, als klein beizugeben. Einer der Polizisten fingerte schon an den Handschellen herum. Mahmoud kam gerade noch rechtzeitig, um dazwischenzugehen. »Halt, was ist hier los?«

»Diese zwei Idioten wollen mich nicht durchlassen«, schnauf-

te der Fremde mit hochrotem Kopf. Er war so erregt, dass seine schwarz umrandete Brille von innen beschlug.
»Wen nennst du hier Idiot? Pass lieber auf, was du sagst, Freundchen«, knurrte der eine Beamte. Er stand kurz davor, die Beherrschung zu verlieren. So wie der Fremde, dessen Kopf aussah wie eine Tomate. »Wenn ich einen Idioten vor mir habe, dann nenne ich ihn auch so«, schnaufte er. »Ich habe ein Recht, hier zu sein. Ich bin Reporter.«
»Sind Sie nicht Monsieur Ciosi?« Mahmoud lächelte entwaffnend.
Argwöhnische Blicke musterten ihn. »Kennen wir uns?«
»Noch nicht. Aber das dürfte sich ändern. Selbst wir von der Polizei lesen von Zeit zu Zeit den *Corse-Matin*.« Er streckte dem Mann die Hand hin. »Chefinspektor Mahmoud Clément von der Police Nationale. Erfreut, Sie kennenzulernen.« Der Reporter zögerte erst und schlug dann ein. Die beiden Polizisten sahen zunächst ziemlich verblüfft aus, entspannten sich aber gleich wieder. Das Eis war gebrochen.
»Danke, meine Herren«, sagte Mahmoud. »Ich übernehme hier.« Er hob das Absperrband und ließ Ciosi durch.
»Clément? Sie sind der Neue aus Lyon, nicht wahr?«
»Nun, so ganz neu auch wieder nicht. Mit dem morgigen Tag sind es genau elf Monate.«
»Elf Monate, pff.« Der Reporter machte eine Geste, die man auch ohne Worte verstand. »Das ist, als wären Sie gestern erst angereist. Aber ich freue mich trotzdem. Ein neues Gesicht war längst überfällig. Vor allem, wenn man die Erfolgsquote Ihres Vorgängers berücksichtigt. Nichts gegen den alten Éduard, aber ich kann nur hoffen, dass Sie es besser hinbekommen. Da wir uns jetzt bestimmt öfter begegnen werden, schlage ich einen etwas formloseren Umgang vor. Nennen Sie mich Petru.«
Mahmoud zögerte kurz, dann zuckte er die Schultern. Aus seiner Zeit in Lyon wusste er, dass die Presse diesbezüglich

etwas lockerer drauf war. Allerdings hätte er das auf Korsika nicht vermutet. »Mahmoud.«

»Marokkaner?«

»Halbmarokkaner. Mein Vater stammt aus Rabat, meine Mutter aus der Provence.«

»Provence, tatsächlich? Wo da?«

»Bédoin. Liegt am Fuße des Mont Ventoux.«

»Ich weiß, wo Bédoin ist.« Er machte sich Notizen. Auf die altmodische Art, mit Stift und einem kleinen Block. » Meine ehemalige Freundin stammte aus der Region. Ich habe dort ein paar Sommer verbracht, bis mir der Rummel zu viel wurde. Ist kein bisschen besser als hier. Darf ich mir den Tatort ein bisschen näher ansehen?«

»Nichts dagegen einzuwenden.« Mahmoud begleitete den Reporter in Richtung Hafenbecken.

»Gibt es schon irgendwelche Hinweise, wer es getan haben könnte?«

»Es ist noch zu früh, um das zu sagen. Abgesehen davon dürfte ich Ihnen sowieso nichts verraten. Laufende Ermittlung und so. Aber das dürfte Ihnen ja bekannt sein.«

»Klar«, sagte der Reporter schmunzelnd. »Ich wollte nur mal testen, wie weit ich bei Ihnen komme. Der alte Éduard hätte mich nicht mal hinter das Absperrband gelassen.«

»Ich habe in Lyon die Erfahrung gemacht, dass es keinen Zweck hat, gegen die Presse zu arbeiten«, sagte Mahmoud. »Das führt nur zu Gerede und Fehlinformationen. Ihr schreibt ohnehin irgendetwas. Da ist es besser, wenn man weiß, was drinsteht. Außerdem kann ich ein paar neue Freunde gut gebrauchen. Menschen, die sich hier besser auskennen als ich. Wie Sie schon ganz richtig sagten: Elf Monate sind nichts. Da kratzt man noch nicht mal an der Oberfläche.«

»Wenn ich mich hier so umschaue, riecht das nach einer gottverdammten PR-Katastrophe. Die Hochphase der Anschläge auf Korsika liegt lange genug zurück, um im Gedächtnis der

Touristen zu verblassen. Sie dürfen drei Kreuze schlagen, dass das jetzt in der Nachsaison passiert ist und nicht zu Beginn der Sommerferien.«

»Da gebe ich Ihnen recht. Eine solche Sache ist nie gut für den Tourismus.«

»Unangenehm ist es trotzdem. Jedenfalls möchte ich nicht in Ihrer Haut stecken.«

»Ich auch nicht«, erwiderte Mahmoud mit grimmigem Lächeln. »Paris wird ganz schön aufgebracht sein, das kann ich Ihnen flüstern. Alles, was mit dieser Insel zu tun hat, macht sie nervös. Und hier deutet vieles auf einen Terroranschlag hin.«

»Was die Sache nicht besser macht …«

»Nein, aber es verkürzt die Abläufe. Sagen Sie *Mord*, bekommen Sie es automatisch mit Bürokraten zu tun, die ihren Job im Halbschlaf verrichten. Sagen Sie *Terror*, sind alle sofort auf hundertachzig. Zeugenbefragung, Spurensuche, Schadensbegrenzung – wir erwarten das volle Programm. Und die Maßnahmen zur Terrorbekämpfung greifen inzwischen recht gut. Vor allem die Vernetzung mit den internationalen Datenbanken.«

»Das wäre ja mal was Neues …«

»Ist aber so, und das dürfen Sie auch ruhig schreiben. Selbst auf lokaler Ebene geht es jetzt viel reibungsloser. Mit einer Notfallschaltung wurde die Gendarmerie aus den umliegenden Gemeinden herbeordert. Sogar Calvi hat eine zusätzliche Einheit zugesagt. Wir erwarten ihr Eintreffen binnen der nächsten halben Stunde.«

Petru pfiff durch die Zähne. »Allerhand …«

»Alles läuft jetzt zentral in Paris zusammen, wird dort gesammelt und analysiert und dann an die zuständigen Behörden weitergeleitet. Wobei es in diesem Fall eher zu viele als zu wenig Hinweise gibt. Die Stadt ist ein Trümmerfeld. Dutzende Blechschäden, zerstörte Straßenbegrenzungen und Schaufensterscheiben und mindestens ein Toter.«

»Im Ernst? Wer?«
»Der Halter des Motorrollers. Vor fünf Minuten habe ich den Anruf bekommen, dass er auf dem Weg ins Krankenhaus verstorben ist.«
»Scheiße …«
»Sie sagen es. Kein Opfer der Terroristen, wohlgemerkt, sondern des Mannes, der den Wagen gefahren hat. Er ist wie ein Irrer über den Gehweg gebrettert und hat dabei rücksichtslos alles über den Haufen gefahren, was ihm in die Quere kam.«
»Ja, ich war vorhin drüben«, sagte Ciosi. »Ein verdammtes Schlachtfeld ist das.«
Mahmoud sah den Reporter neugierig an. »Was denken Sie, wenn Sie das hier so sehen? Erkennen Sie da ein vertrautes Muster?«
Ciosi zog die hohe Stirn in Falten. »Auf den ersten Blick riecht das nach FLNC. Motorräder, Schnellfeuerwaffen, Panzerfäuste – das ist ganz nach ihrem Geschmack. Sie lieben die große Oper. Auch dass die Aktion nicht in der Touristensaison stattfindet, passt zu ihrem Stil.«
»Wieso das?«
Der Reporter zuckte die Schultern. »Geschäftliche Interessen. Viele der Separatisten sind selbst Hotelbesitzer. Die wollen sich doch nicht das Wasser abgraben.«
»Aber die FLNC hat doch 2014 offiziell das Ende des bewaffneten Kampfes bekannt gegeben. Wie passt das zusammen?«
»Keine Ahnung. Normalerweise machen die da kein großes Geheimnis draus. Ist denn noch kein Bekennerschreiben eingegangen?«
»Nein, und ich glaube auch nicht, dass da noch etwas kommen …« Er stockte. »Jetzt haben Sie mich doch zum Plaudern gebracht. Sie sind ein gerissener Hund, wissen Sie das?«
Ciosi grinste. »Das ist mein Job. Was dagegen, wenn ich ein paar Fotos mache?«

Der Kran hatte den schwarzen Audi inzwischen in die Höhe gewuchtet und sachte auf die Kaimauer herabgelassen. Wasser strömte aus Motor- und Kofferraum und schwappte über den Stein. Mit wenigen Blicken überschlug Mahmoud das Ausmaß des Schadens. Die gesamte linke Seite des Wagens war eingedrückt. Das Blech war von einer Unzahl von Einschlägen in eine Buckelpiste verwandelt worden. Die Wucht der Explosion war so gewaltig gewesen, dass winzige Glassplitter die Karosserie durchdrungen hatten und wie Schrapnelle darin steckten.

Der Fahrgastraum war bis unters Dach mit Wasser gefüllt. In der trüben Brühe war undeutlich der Umriss eines Mannes zu erkennen. Seine Arme schwebten geisterhaft im Raum. Mahmoud spürte, wie ihm flau im Magen wurde. Es hieß, Ertrinken sei eine der unangenehmsten Todesarten. Dicht gefolgt von Verbrennen und dem gefürchteten Bauchschuss. Wenn er die Wahl hätte, würde er gerne auf alle drei verzichten, doch das hatte sich der Fahrer bestimmt auch gedacht. Wenn er also nicht zufällig eine Atemmaske nebst Pressluftflasche neben sich liegen gehabt hatte, war er jetzt um eine Erfahrung reicher und Ajaccio um ein hochrangiges Regierungsmitglied ärmer.

Mahmoud zog den Ärmel seines Hemdes nach unten, ergriff mit dem Stoff die Türklinke und zog daran. Verschlossen, aber das war zu erwarten gewesen. Sicherheitsstandard bei Fahrzeugen dieser Art. Allerdings konnte sich das als Todesfalle erweisen, wie man hier sah.

Der Techniker mit der Flex stand schon bereit und machte sich auf einen Wink Mahmouds hin sofort an die Arbeit.

Es dauerte nicht lange, bis die Tür scheppernd zu Boden fiel. Ein Schwall von trübem Hafenwasser ergoss sich über den Kai.

Mahmoud trat näher. Die Leiche hing mit gesenktem Kopf in den Gurten. Er packte das Haar und sah dem Toten ins Gesicht. Petru Ciosi, der dicht hinter ihm stand, stieß einen überraschten Laut aus. »Himmel noch mal. Das ist ja Antoine Pasquale, der stellvertretende Bürgermeister. Der zweithöchste Mann in der Stadtverwaltung.«

»Und jetzt mausetot«, seufzte Mahmoud. Er winkte die Notärzte zu sich, die sofort herbeieilten und damit begannen, die Leiche aus dem Wagen zu bergen. Polizeifotografen machten Aufnahmen von dem Wagen und dem Toten.

Der Chefinspektor und der Reporter gingen ein paar Schritte zur Seite, um die Männer nicht zu stören. Es war der Teil der Ermittlungsarbeit, auf den Mahmoud am ehesten verzichten konnte.

Die Blicke des Reporters waren fest auf die Leiche geheftet. »Dass es der stellvertretende Bürgermeister ist, wirft natürlich ein paar Fragen auf«, murmelte er.

Mahmoud runzelte die Stirn. »Können Sie etwas genauer werden?«

»Ganz einfach. Pasquale war aktives Mitglied der Bewegung *Pè a Corsica* – für Korsika. Er verstand sich gut mit den Autonomisten. So gut, dass manche ihm Amtsmissbrauch und Vorteilsnahme andichteten. Doch er war klug. Hat sich nie erwischen lassen und seine Spuren gut verwischt. Das reicht schon, um hier auf Korsika im Amt zu bleiben.«

»Im Zweifel für den Angeklagten …«

»Eben. Aber wenn ich mir das hier so anschaue, beginne ich daran zu zweifeln, ob es wirklich die FLNC gewesen ist, die ihn umgelegt hat. Warum sollten sie einen Mann aus dem Verkehr ziehen, der ihnen wohlgesinnt war …? Niemand ist so blöd, an dem Ast zu sägen, auf dem er sitzt.«

»Das herauszufinden dürfte dann wohl meine Aufgabe sein«, sagte Mahmoud nachdenklich. »Mir schwant, dass meine Arbeit auf dieser Insel erst mit dem heutigen Tag so richtig begonnen hat.«

11

Eric saß in seinem Zimmer und starrte auf den Monitor. Wo sollte er mit der Überarbeitung ansetzen? Es war zum Verrücktwerden.

Das Problem bestand darin, dass er die Figur Émile Figurets von der ersten Zeile an mit einem Hauch von Untergang angelegt hatte. Alles, was der Kommissar im Verlauf der Geschichte tat und dachte, trug bereits den Tod in sich. Eric konnte also nicht einfach hingehen und ihm die Waffe aus der Hand nehmen. Das würde einen unüberwindlichen Bruch erzeugen, den ihm weder seine Leser noch die Kritiker abnehmen würden. Ein solch massiver Umschwung setzte ein starkes Motiv voraus. Einen Auslöser, der für Figuret stark genug war, um seine ursprünglichen Pläne über Bord zu werfen und sich nicht selbst zu opfern. Und selbst wenn Eric sich ein solches Ereignis aus den Fingern saugen konnte, so würde es doch den gesamten Ablauf der Geschichte beeinflussen. Man konnte nicht einfach das Pikass aus der Mitte des Kartenhauses entfernen und durch ein Bauklötzchen ersetzen. Das brachte die gesamte Konstruktion zu Fall. Die einzige logische Konsequenz lautete daher, das ganze Buch neu zu schreiben.

Eric griff nach der Flasche und schenkte noch einmal nach. *Gott verfluche dich, Albert Montreuil.*

Der Pegel seines Laphroaig sank in dem Maße, wie sein eigener stieg. Und dabei war es gerade mal früher Nachmittag.

Draußen schien die Sonne. Penetrantes Vogelgezwitscher drang durch die geöffneten Fenster. Unter normalen Umständen wäre er jetzt eine Runde spazieren gegangen, aber sein Sprunggelenk war immer noch nicht voll auskuriert. Laurine hatte zwar gesagt, sie wolle noch mal nach ihm sehen, doch das war vorgestern gewesen, und sie hatte sich seither nicht blicken lassen. Es war offensichtlich, dass sie kein Interesse an ihm hatte. Was er umso bedauerlicher fand, als er immerzu an sie denken musste – an ihre Augen, ihre Wahnsinnsstimme, vor allem aber an ihr Lachen. Wie gerne würde er dieses Lachen hören.

Apropos Lachen. Die Damen von Elisas Kaffeekränzchen im Erdgeschoss schienen gerade die zweite Stufe der Heiterkeit gezündet zu haben. Schallendes Gelächter und fröhliches Kichern drangen zu ihm herauf.

Eric nahm noch einen Schluck. Er hatte sich gerade wieder seinem trüben Werk zugewandt, als es an die Tür klopfte. Knarrend tat sich ein schmaler Spalt auf. Elisas gerötetes Gesicht erschien. »Störe ich?«

»Nein, kommen Sie nur rein.«

Sie folgte seiner Einladung bereitwillig und schlüpfte durch die Tür. »Ich wollte Sie fragen, ob Sie Lust auf etwas Gesellschaft hätten. Aber wenn Sie gerade bei der Arbeit sind …« Ihr Blick streifte die Whiskyflasche. »Wie läuft's denn?«

»Nicht gut«, entgegnete Eric offenherzig. »Um ehrlich zu sein, es ist ein Desaster. Ich beginne mich ernsthaft zu fragen, ob die ganze Sache nicht ein Riesenirrtum gewesen ist.«

»Oh, so etwas dürfen Sie nicht sagen. Ich bin sicher, dass Sie sich nur gerade in einer kleinen schöpferischen Krise befinden. Wie wär's, wenn Sie die Arbeit Arbeit sein lassen und sich stattdessen ein bisschen zu uns gesellen? Ich habe den Damen von Ihnen erzählt, und sie brennen darauf, Sie kennenzulernen. Na, was denken Sie?« Sie lächelte hoffnungsfroh.

Eric ertappte sich wieder mal bei dem Gedanken, wie hübsch sie früher mal gewesen sein musste. Jugendliches Aussehen mochte vergänglich sein, Schönheit war es nicht.

Er stöhnte. »Ich weiß nicht …«

»Nun kommen Sie schon. Geben Sie sich einen Ruck. Allein zu trinken ist doch deprimierend.«

»Vielleicht möchte ich ja deprimiert sein.«

»Unsinn. Sie brauchen sich auch nicht umzuziehen oder so. Wir freuen uns auf Sie. Also dann bis gleich …?« Sie strahlte übers ganze Gesicht, wobei Hunderte kleiner Lachfältchen erschienen.

»Ja. Von mir aus.«

Mit einem mädchenhaften Kichern verschwand sie.

Eric blieb noch einen Moment sitzen, dann klappte er seinen Laptop zusammen und stand auf.

Er ging kurz ins Bad, machte sich frisch und gurgelte mit Mundspülung. Elisas Worten zum Trotz wollte er nicht unbedingt eine Fahne vor sich hertragen. Auch Schriftsteller besaßen so etwas wie Würde. Schlimm genug, dass er das Gefühl hatte zu schwanken. Aber er konnte sich ja auf seine Verletzung rausreden.

Er zog sich ein frisches Hemd an, kämmte seine Haare und stieg dann hinunter in die Höhle des Löwen.

Dort wartete man bereits sehnsüchtig auf ihn.

Vier ältere Damen hatten sich versammelt, saßen an dem runden Tisch mit den wunderhübschen Intarsien und tranken Kaffee. Nicht nur Kaffee, wie Eric mit schnellem Blick bemerkte. Jede von ihnen hatte ein kleines Likörgläschen vor sich stehen, dessen Inhalt farblich zu der Karaffe mit dem Glasstopfen passte.

Als sie ihn sahen, erklangen Freudenrufe und Worte des Willkommens. Elisa, die eben noch in der Küche zugange gewesen war, stürmte heraus und kam ihm mit offenen Armen entgegen. »Hereinspaziert, mein lieber Freund. Ich war schon in Sorge, dass Sie es sich vielleicht anders überlegt hätten. Wankelmütige Künstlerseele und so.« Allgemeines Gelächter erklang. Einige der Frauen schickten sich an aufzustehen, doch Eric hob die Hände und sagte: »Bitte behalten Sie doch Platz, meine Damen. Ich möchte wirklich nicht stören. Unsere Gastgeberin bestand darauf, dass ich Ihnen Gesellschaft leiste, und wer bin ich, Madame Borghetti einen Wunsch abzuschlagen?«

»Du meine Güte, wie gewählt er sich ausdrückt«, rief eine Frau mit gewelltem und leicht violettem Haar. »Wo er das wohl gelernt hat?«
»In Paris sicher nicht«, entgegnete eine andere und beschwor damit einen weiteren Sturm der Heiterkeit herauf.
Elisa sah ihre Freundinnen tadelnd an. »Also bitte, meine Damen. Habt ihr denn gar keine Achtung vor den Traditionen? Wir wollten ihn doch willkommen heißen und nicht verschrecken. Ihr verschüchtert ihn noch mit eurem derben Humor.«
»So schnell lasse ich mich nicht einschüchtern«, sagte Eric grinsend und stellte sich den Damen vor.
Hände wurden geschüttelt, Namen prasselten auf ihn ein, und er hatte Probleme, sich alle zu merken. Ihm gefiel die Art, wie die Frauen miteinander umgingen. Dies war kein bunt zusammengewürfelter Haufen alter Weiber, die nur zusammenhockten, weil ihre Männer das Zeitliche gesegnet hatten. Diese Frauen waren vermutlich seit Kindesbeinen an miteinander befreundet. Und ihre Mütter davor.
Im Nu wurde ein Platz für ihn frei geräumt, er bekam einen Teller, Besteck und zwei Gläser. Ein großes mit Wasser und ein kleines, in das Elisa etwas von der violetten Flüssigkeit aus der Karaffe schenkte.
»Stellt euch vor«, sagte sie. »Er saß da oben ganz allein und trank Whisky.«
»So einen ausländischen Kram? Das können wir nicht zulassen. Jetzt bekommt er mal etwas Richtiges zu trinken. Etwas Korsisches.«
»Myrtenlikör nach eigener Rezeptur«, ergänzte Elisa. »Die Beeren habe ich selbst gepflückt. *Murtellina* oder *Licòr di Mortula,* wie wir auf Korsika dazu sagen. Und zwar der rote, der aus den Beeren gewonnen wird. Den weißen stellen wir aus den Blättern und Blüten her. Er ist sehr viel trockener und herber.«
Eric schnupperte misstrauisch daran. Ein seltsamer Duft stieg

ihm in die Nase. Roch nach Kräuterschnaps. Innerlich machte er sich auf das Schlimmste gefasst.

»Eigentlich wird er nur nach dem Essen getrunken, aber wir sind da nicht so streng«, sagte eine der Damen. Eine andere ergänzte: »Schließlich sind es bis zum Abendessen ja noch einige Stunden.« Wieder Gelächter.

An den roten Wangen konnte Eric ablesen, dass die Flasche vorhin vermutlich noch voll gewesen war.

»Der Legende zufolge stammt der Name von Myrsine ab«, sagte Elisa. »Sie war ein junges Mädchen aus Attika und unbesiegbar in den Disziplinen Turnen und Gymnastik. Sie gewann einfach jeden Wettbewerb. Eine Mittbewerberin, die das nicht ertragen konnte und eifersüchtig wurde, tötete Myrsine aus Neid und Hass. Doch den Göttern gefiel das nicht, und sie bestraften die Ruchlose. Myrsines toter Körper aber wurde von der Göttin Pallas Athene zum Leben erweckt und in einen Busch verwandelt, den wir heute als Myrte kennen.«

»Eine schöne Geschichte«, sagte Eric.

»Nicht wahr?« Elisa strahlte. »Dazu ein Stück von meinem *Fiadone?* Käsekuchen mit Schafsmilchricotta.«

»Den müssen Sie probieren«, rief eine Dame mit einem leichten Oberlippenbart. »Ich versuche seit Jahren, Elisa das Rezept aus den Rippen zu leiern, aber sie hockt darauf wie eine Henne auf dem Ei. Wem willst du es denn eines Tages mal vermachen? Deiner Schwiegertochter, diesem eingebildeten Weib?«

»Auf keinen Fall«, schnappte Elisa zurück. »Lieber nehme ich es mit ins Grab.«

»Na also. Dann gib es doch uns.«

Eine der Damen berührte sanft Erics Hand. »Stimmt es, dass Sie schon einmal mitgeholfen haben, einen wahrhaftigen Mörder dingfest zu machen? Ich habe da so etwas gelesen …«

»Mehrere«, erwiderte Eric. »Ich habe über eine Reihe ungeklärter Verbrechen recherchiert und bin offenbar zu den richtigen Schlussfolgerungen gelangt. So wurde die Kriminalpolizei auf mich aufmerksam. Danach durfte ich noch an drei weiteren Fällen mitwirken.«

»Es heißt, Sie können sich gut in Kriminelle und Psychopathen hineindenken. Ist das eine Begabung, oder sind Sie gar selbst einer?«

»Wenn ich das nur wüsste«, sagte Eric grinsend. Ihm gefiel es hier mit jeder Minute besser. »Um ehrlich zu sein, ich kann mich ganz gut in Menschen hineinfühlen. Das ist aber weniger eine Persönlichkeitsstörung als eine recht aktive Vorstellungskraft. Es gibt allerdings gewisse Personen – Frauen vor allem –, die mir einen leichten Hang zum Autismus vorwerfen. Wer weiß, vielleicht ist ja was dran.« Er zuckte die Schultern.

»Dann sind Sie also kein ausgebildeter Kriminalist?«

»Gott bewahre, nein«, sagte Eric. »Ich habe in Filmwissenschaften promoviert. Deutscher Expressionismus. Murnau, Lang und so weiter. Meine Eltern besaßen ein kleines Kino in der Nähe vom Montmartre. Leider musste es Anfang der Neunziger schließen. Ein großer Verlust ...«

»Haben Sie Kinder, Monsieur Marchand?«, fragte eine der Damen vertrauensvoll und klimperte dabei mit den Augenlidern.

»Leider nein, und bitte nennen Sie mich Eric. Monsieur Marchand klingt so seriös. So wurde mein Vater immer genannt.«

»Ja, Elisa erzählte uns schon, dass Ihre Eltern nicht mehr leben. Wie schade.«

»Das ist der Lauf der Zeit, meine Liebe«, sagte die Violette. »Wir werden auch nicht ewig leben. Heute stehst du noch vor dem Spiegel, doch schon morgen nagen die Würmchen an deinen Zehen.«

»Also bitte, Marielle. Du kannst manchmal so geschmacklos sein.«

»Ich bin nur ehrlich. Hat doch keinen Sinn, sich etwas vorzumachen. Genießen wir das Leben, solange wir noch können.«

»Darauf hebe ich mein Glas«, sagte Elisa.
»Haben Sie keine Freundin, die Sie daheim in Paris vermisst?«, fragte die mit dem Oberlippenbart. Sie schien sehr an seinem Privatleben interessiert zu sein.
Eric zwinkerte ihr zu. »Eine?«
Zuerst herrschte verdutztes Schweigen, dann brach wieder ein Sturm der Heiterkeit los. Das Gelächter bewahrte ihn davor, weitere Details ausplaudern zu müssen.
»Wie finden Sie übrigens unsere Laurine?«, fragte Elisa. »Ist sie nicht zauberhaft?«
»Die Ärmste, sie hatte nicht viel zu lachen in den letzten Jahren«, sagte eine andere.
»Wenigstens hat sie dieses Ungeheuer Mateu verlassen. Das war das Beste, was sie tun konnte.«
Zustimmendes Gemurmel.
»Nehmen Sie noch einen Schluck Myrte«, sagte Marielle. »Man sagt ihm nach, dass bei der Zubereitung Magie im Spiel ist. Und ein bisschen Magie hat noch niemandem geschadet, finden Sie nicht?«
Eric spürte, wie seine Gedanken abdrifteten. Das lag vielleicht an dem Myrtenlikör oder aber an der stickigen Luft. Jedenfalls ertappte er sich dabei, wie er das Medaillon befühlte, das unter seinem Hemd um seinen Hals baumelte. Seine Finger ertasteten die Unebenheiten auf der Oberseite.
Er hatte das Schmuckstück in den Hinterlassenschaften seiner Mutter gefunden, und es war ihm so wichtig vorgekommen, dass er es umgelegt hatte. Wenn man es aufklappte, entdeckte man darin das Abbild seiner Großmutter. Nicht, dass sie ihm wirklich etwas bedeutete – er hatte seine Großmutter nie kennengelernt –, aber es verströmte eine eigenartige Aura und schien ihn in gewisser Hinsicht zu erden. Immerhin wusste er jetzt, dass seine Familie Wurzeln in dieser Gegend hatte, er selbst also zu gewissen Teilen korsisches Blut in sich trug. Ein Gedanke, der neu war und ihn irgendwie erregte. In Mutters

Hinterlassenschaften hatte er Hinweise auf ein altes Anwesen entdeckt. Es musste irgendwo hier in der Gegend sein. Es lag ihm auf der Zunge, den Damen davon zu erzählen und sie um Rat zu fragen. Sie hätten ihm bestimmt sagen können, wo es sich befand – schließlich kannten sie hier jeden Strauch und jeden Baum –, aber irgendetwas hielt ihn zurück.

War es Vorsicht, Instinkt?

Vielleicht lag es an den seltsamen Begleitumständen. Das Thema Korsika hatte in seiner Kindheit nie eine Rolle gespielt. Weder hatte man je darüber gesprochen, noch waren sie irgendwann dorthin gereist. Was umso verwunderlicher war, als doch anscheinend ihre Wurzeln hier lagen. Die mysteriösen Briefe und Tagebücher seiner Mutter waren da nur der Tropfen gewesen, der das Fass zum Überlaufen brachte. Viele Worte, doch dazwischen nur Andeutungen, Ausflüchte und Schweigen. Ein echtes Familiengeheimnis.

Eric nahm noch einen Schluck.

In diesem Moment klopfte es an die Tür. Die Gespräche verstummten. Gläser wurden abgestellt, die Brillen auf den Nasen neu fixiert. Die Damen drehten ihre Köpfe wie fünf Erdmännchen zur Fütterungszeit.

»Erwartest du jemanden?«, fragte die Violette.

»Eigentlich nicht«, sagte Elisa.

»Sie, Monsieur Marchand?«

»Nicht, dass ich wüsste …«

Elisa richtete sich auf und brüllte in einer Lautstärke, die Eric ihr niemals zugetraut hätte: »Herein!«

Die Tür schwang auf. Es war Laurine. Als sie Eric bemerkte, blieb sie wie angewurzelt stehen.

»Oh, Verzeihung, ich störe«, sagte sie.

»Nein, überhaupt nicht. Komm doch rein. Es gibt noch Kuchen und Likör.«

»Nein, wirklich nicht, vielen Dank. Ich will auch nicht lange bleiben. Ich bin etwas in Eile, weil ich noch ein paar Besorgungen machen muss. Macht wegen mir bitte keine Umstände. Ich wollte mich lediglich nach Erics Bein erkundigen. Nachdem ich gestern den ganzen Tag zu tun hatte, bin ich einfach nicht mehr dazu gekommen …«

»Nun, hier ist er. Möchtest du ihn mitnehmen?« Elisa lächelte.

»Am liebsten wäre mir, ich könnte ihn schnell hier untersuchen. Dauert auch nicht lange«, erwiderte Laurine.

Eric räusperte sich verlegen. Wenn er ehrlich war, kam ihm Laurines Besuch gelegen. Die lautstarken Weiber fingen an, ihm auf den Wecker zu gehen, und er war inzwischen ziemlich angetüdelt. Dieser Myrtenlikör war ein gefährliches Zeug, zumal die Damen ununterbrochen nachschenkten.

»Na schön«, sagte Laurine, kauerte sich vor ihn hin und tastete seinen Knöchel ab. »Wie läuft's denn mit dem Schreiben?«

»Gar nicht gut«, gab Eric unumwunden zu. »Ich bin inzwischen so weit, dass ich mir überlege, den kompletten Roman neu zu schreiben.«

»So schlimm?« Sie riss die Augen auf.

»Wenn ihr mich fragt, das ist eine Schreibblockade«, warf die Violette ein. »Nichts, was man auf die leichte Schulter nehmen sollte. Ich hatte mal einen Bekannten in Sartène. Eduard Paretti, ihr kennt ihn vielleicht. Schrieb Lyrik und kurze Essays, bis er sich Ende der Achtzigerjahre aufgehängt hat. Ein äußerst sensibler und feingeistiger Mann. Hinterher stellte man fest, dass er eine Schreibblockade hatte. Ich weiß noch …«

»Greta, bitte«, unterbrach Elisa sie mit tadelndem Augenaufschlag. »Unser junger Freund muss nur ein bisschen Energie tanken und wieder auf andere Gedanken kommen, dann wird das auch wieder mit dem Schreiben.«

»Bin schon dabei«, sagte Eric, griff nach der Flasche und schenkte sich selbst nach. Er hatte inzwischen einen Pegel erreicht, bei dem es ihm egal war, ob jemand ihn als unhöflich empfand.

»Kannst du dich gut bewegen?« Laurine konnte nur mit Mühe ein Grinsen unterdrücken.
»Ich humple halt so vor mich hin. Bin gestern und heute noch gar nicht vor die Tür gekommen.«
»Das ist aber nicht gut. Etwas schonende Belastung sollte schon sein, damit die Muskeln und Bänder nicht einrosten. Steh mal auf und mach ein paar Schritte.«
»Was denn, jetzt?«
»Warum nicht? Einmal bis zum anderen Ende des Raums und wieder zurück. Ich will sehen, wie du dich bewegst.«
»Wir auch«, rief Marielle und kicherte. Auch die anderen Damen stimmten begeistert zu.
Eric fühlte, wie ihm der Schweiß ausbrach. Vor seinem geistigen Auge sah es sich schon der Länge nach auf den Teppich knallen. Kurz entschlossen stand er auf, hielt sich an der Rückenlehne seines Stuhls fest und prüfte das Gleichgewicht. Es war weniger schlimm als befürchtet. Er gab sich einen Ruck, humpelte bis zum Bücherregal, wieder zurück und ließ sich dann auf seinen Stuhl sacken. Laurine nickte anerkennend. »Macht einen recht guten Eindruck. Hast du Schmerzen?«
»Nicht übermäßig.«
Sie zog sich einen Stuhl heran, nahm darauf Platz und klatschte auf ihren Oberschenkel. »Leg deinen Fuß mal hier drauf, ich möchte ihn untersuchen.«
Diesmal hatte er zum Glück gewaschene Füße. Er streifte die Pantoffeln ab, zog die Socke aus und legte seinen Fuß auf ihren Schoß. Die Wärme ihrer Schenkel drang durch den Stoff. Sie fing an, seinen Fuß zu beugen, zu strecken und ihn vorsichtig nach rechts und links zu biegen.
»Wie ist das?«
»Scheint okay zu sein. Ich mag mich täuschen, aber dein kleines Ritual scheint tatsächlich gewirkt zu haben. Ich hatte früher schon Verstauchungen dieser Art, und die haben viel länger gedauert.«

»Das klingt gut.« Sie lächelte. »Und vergiss nicht, die Salbe regelmäßig aufzutragen, die ich dir neulich gegeben habe. Es ist eine korsische Geheimrezeptur, die mir eine weise alte Frau verraten hat. Schon bald wirst du kaum noch etwas von der Verstauchung spüren. Und jetzt darfst du dich wieder anziehen.« Zu den Damen gewandt, sagte sie: »Ich fürchte, ich muss euch euren Gast für eine Stunde entführen. Er sollte jetzt ein paar Meter gehen, damit sich sein Gelenk wieder an die Belastung gewöhnt.«

»Selbstverständlich«, sagte Elisa. »Du bist die Heilerin. Außerdem glaube ich, dass unser lieber Eric deine Gesellschaft der unseren vorzieht. Ist es nicht so?«

Eric wollte protestieren, kam aber nicht zu Wort.

»Sie brauchen es gar nicht zu leugnen«, sagte Elisa. »Ich danke Ihnen, dass Sie sich Zeit für uns genommen haben. Das war mehr, als wir erwarten durften. Ich bin sicher, ich spreche für alle, wenn ich sage, dass wir sehr glücklich wären, Sie irgendwann mal wieder in unserer Mitte begrüßen zu dürfen.«

Die anderen Damen nickten begeistert.

Eric stand auf. »Dann gebe ich Ihnen hiermit feierlich das Versprechen wiederzukommen. Es war mir eine Freude und Ehre. Und haben Sie vielen Dank für den Kuchen und den Myrtenlikör. Beides war ganz ausgezeichnet.«

Beim Rausgehen zwinkerte er Laurine zu und flüsterte: »Das war wirklich Rettung in letzter Not. Die Damen waren gerade dabei, mich nach Strich und Faden abzufüllen. Nicht mehr viel, und ich hätte unter dem Tisch gelegen.« Er grinste. »Eure Insel ist wirklich gefährlich, weißt du das?«

»Da hast du wohl recht«, erwiderte Laurine, aber ohne dabei zu lächeln.

Er runzelte die Stirn. War das Ironie, oder meinte sie das wirklich so? Er beschloss, es herauszufinden.

12

Mateu blickte auf die Uhr. Eine halbe Stunde schon. So viel hatte er dem Kerl gar nicht verpasst. Doch er war immer noch ohnmächtig. Speichelfäden zogen über sein Kinn, und seine dunkle Haut war schweißbedeckt. Vornübergebeugt saß er da und stieß beim Atmen leise röchelnde Laute aus.

»Mach mir noch mal einen neuen Lappen, Francescu.«

Sein Freund hielt das Tuch unter den Wasserhahn, wrang es aus und warf es Mateu zu. Vielleicht lag es einfach an der schlechten Verfassung des Mannes. Er war total ausgemergelt und wirkte wie ein gottverfluchter Junkie. Vielleicht war aber auch gerade mal wieder Ramadan. Bei diesen Muselmännern wusste man ja nie.

»He, Maghreb, aufwachen. Ich will mit dir reden.«

Sie hatten ihm in einer Altstadtgasse von Ajaccio aufgelauert. Ägypter. Ein ziemlich zwielichtiges Subjekt. Arbeitete als V-Mann für die Police Nationale und hatte Verbindungen zu unterschiedlichen politischen Gruppierungen. Vor allem aber war er Mitglied der Muslimbrüderschaft, was ihn für Mateu doppelt interessant machte. Würde spannend sein zu erfahren, was er über das Attentat wusste.

Mateu drückte ihm den Lappen ins Genick und erhielt endlich eine Reaktion.

Ein Zucken durchlief den dürren Körper. Die Hände ballten sich zu Fäusten. Damit er sich und andere nicht verletzen konnte, hatten sie dem Kerl die Unterarme hinter der Stuhllehne zusammengebunden. Auch die Füße waren mit Klebeband fixiert worden.

Mateu hob den Kopf des Mannes und presste ihm den Lappen auf das Gesicht. Die linke Seite war angeschwollen, die Haut blau verfärbt.

In diesem Moment schlug er die Augen auf.

Orientierungslos zuckte der Blick hin und her.
»Ich grüße dich, Maghreb. Ich weiß nicht, ob du mich kennst. Vielleicht hast du ja schon von mir gehört. Ich bin Mateu. Mateu Santini. Ich hätte da ein paar Fragen an dich.«
Die Augen richteten sich auf ihn. Entsetzen leuchtete in ihren Tiefen. »W… w…«
»Was wir wollen? Ein bisschen plaudern, mehr nicht. Eine ganz ungezwungene Unterhaltung unter Freunden.«
Der Blick seines Opfers zuckte zu dem Tisch mit den Instrumenten. Stromschläge, Waterboarding – Mateu beherrschte sein Handwerk, auch wenn er die gute alte Methode bevorzugte. Messer, Zangen, Sägen. Nichts wirkte nachhaltiger als die Furcht, wichtige Körperteile zu verlieren. Bei Folter ging es vor allem um Psychologie. Die Angst war effektiver als der Schmerz selbst, weswegen er sich bei der *Behandlung* gerne Zeit ließ.
»W… w…«
»Ja, ganz ruhig. Sieh mich an.«
Der Kopf zuckte zurück. Der Mann versuchte seine Hände zu befreien, aber das Tape hielt.
»Lass das doch. Ich möchte, dass du eines weißt: Du kannst hier wieder hinausspazieren. Unbehelligt und ohne einen Kratzer – wenn du mir ein paar Fragen beantwortest. Oder du verlässt diesen Ort in Einzelteilen. Stück für Stück, als Futter für die Schweine. Niemand weiß, dass wir in dieser Hütte sind. Dieser Ort liegt abgelegen genug, dass niemand dich schreien hört. Also, bist du bereit zu kooperieren?«
»W… w…«
Mateu platzte der Kragen. Hatte der Idiot einen Sprachfehler oder was? »Scheiße noch mal, was denn?«
»W… Walid. Mein Name ist Walid. Nicht Maghreb.«
Mateu stutzte, dann lachte er. »Aber natürlich, Maghreb. Wie unhöflich von mir.« Er rammte ihm die Faust ins Gesicht. Die Nase gab ein hässliches Knirschen von sich und klappte zur

Seite. »Ich werde versuchen, es mir zu merken. Können wir dann jetzt weitermachen?«

Das Nicken war kaum zu erkennen. In den Augen leuchtete Furcht. *Gut.*

»Dein Name ist also Walid?«

Ein Nicken.

»Du arbeitest bei der Hafenmeisterei?«

Wieder ein Nicken. Blut tropfte auf den Boden.

»Bitte beantworte die Fragen mit Ja oder Nein. Hast du etwas von dem Attentat auf den stellvertretenden Bürgermeister mitbekommen?«

Ein kurzer Moment, dann wieder ein Nicken.

»Beantworte die Frage.«

»Ja. Aber … ich habe es nicht … selbst gesehen. Erst als … erst als der Wagen bereits im Wasser lag.«

»Hast du gesehen, wer es getan hat?«

Kopfschütteln. Der Kerl blutete wie ein Schwein. Mateu nahm den Lappen und wischte ihn ab.

»Was hört man so in der Szene?«

»D… das Übliche. Ein Anschlag der korsischen Mafia. FLNC. Vielleicht auch Brise de Mer. Aber Genaues weiß niemand.«

Mateu schlang das nasse Handtuch um seine Finger. Zumindest dieser Teil der Geschichte stimmte. Er hatte Informanten, die genau das bestätigten. Das Muster stimmte exakt mit früheren terroristischen Anschlägen überein. Motorräder, schwarze Maskierung, Schnellfeuerwaffen. Das Problem war nur: Die FLNC hatte mit dem Anschlag nichts zu tun.

»Weißt du, wieso er ermordet wurde?«

»Woher sollte ich das wissen? Ich denke, so ein Typ hat genug Feinde, oder nicht?«

»Vielleicht hast du ja etwas gehört. Immerhin bist du ein gottverfluchter Spitzel. Die Bullen hätten dich nicht ausgesucht, wenn du nicht über entsprechende Kontakte verfügen würdest. Wie heißt noch mal der Neue bei euch in Ajaccio? Ah ja,

richtig, Clément. *Mahmoud* Clément. Noch so ein Maghreb. Was haben sich die Säcke in Paris nur dabei gedacht, uns noch eine Plattnase zu schicken. Als hätten wir nicht schon genug von euch.«
Francescu nebenan lachte trocken.
»Also, schieß los«, sagte Mateu. »Was hört man so darüber?«
»Ich ... Keine Ahnung. Wie kommt ihr überhaupt darauf, dass ich ein Spitzel bin? Das ist alles ein Riesenirrtum. Ich ...«
Klatsch. Mateu unterbrach den Wortschwall mit einer harten Rechten. Blut spritzte über den Betonboden. Das Gesicht des Mannes sah inzwischen aus wie ein tausendjähriges Ei.
»Versuch nicht, mich für dumm zu verkaufen, Maghreb. Es hat überhaupt keinen Sinn zu leugnen, was wir ohnehin schon wissen. Das kostet nur Zeit. Also noch mal: Warum ist er ermordet worden?«
»Ich ... ich weiß nicht«, stammelte Walid. »Irgendwas ... mit ... Landverkäufen. Vielleicht ... Oder Immobilien. Keine Ahnung ...«
»Landverkäufe, hm.« Mateu wurde nachdenklich. Das war jetzt das zweite Mal, dass er davon hörte. Da sollte ein großer Immobiliendeal laufen, irgendwo drüben an der Ostküste. »Wie man hört, ein Großinvestor aus Monaco.«
»Ich dachte, er wäre Italiener ... Aber ich weiß nichts Genaues. Wirklich nicht, das müssen Sie mir glauben.«
»Beruhige dich, ich glaube dir ja. Um das zu wissen, müsstest du Einblick in Pasquales Bücher haben, und das haben ja nicht mal wir. Noch nicht.« Mateu ließ seine Knöchel knacken. Seine Faust tat ihm weh. Das nächste Mal nahm er den Schlagring.
Der Maghreb zuckte bei dem Geräusch zurück.
»K... kann ich jetzt gehen?«
»Bald.« Mateu ließ sich das Handtuch noch mal neu anfeuchten. »Ganz offensichtlich will uns jemand schaden. Pasquale stand auf unserer Seite, er hätte uns niemals hintergangen.

Nicht so wie diese kleine Ratte Paolo. Warum ihn also umbringen?« Er neigte den Kopf. »Komm schon. Hier ist eine Verschwörung im Gang, das sieht doch ein Blinder mit Krückstock. Ich will Namen, und ich will sie jetzt.«

Ein winziges Flackern in den Augen, kaum zu sehen.

»Ich … ich kann nicht.«

Mateus Augen wurden schmal. »Du kannst nicht oder willst nicht?«

Kopfschütteln. Die Lippen schienen sich zu bewegen, wurden aber im letzten Moment zusammengepresst. Tränen flossen aus den Augen.

Was mochte das jetzt wieder bedeuten? Es war offensichtlich, dass der Kerl etwas wusste. Mateu spürte das. Aber er hatte vor irgendetwas Angst.

Wenn die Furcht vor den Konsequenzen größer war als die Angst vor dem, was Mateu mit ihm anstellen würde, war das in höchstem Maße beunruhigend.

»Wer ist es? Komm schon, sag's mir«, hakte er nach.

Stummes Kopfschütteln. Ein tiefes Schluchzen drang aus der Kehle des Opfers. Es klang wie ein verendendes Tier.

Mateu runzelte die Stirn. So langsam wurde ihm die Sache unheimlich.

Er stand auf, ging hinüber zum Werkzeugtisch und ließ die Finger über die Instrumente gleiten.

Die Augen des Mannes folgten ihm, blankes Entsetzen hinter dem Tränenschleier. Mateu überlegte, was wohl am wirkungsvollsten wäre, und entschied sich dann für den Schraubenzieher. Dreißig Zentimeter, blaugrauer Stahl. Vom Stuhl her drang Ruckeln und Schluchzen.

»Warum?«, wimmerte der Kerl. »Was haben wir euch getan? Warum dieser Hass auf uns?«

»Das fragst du? Ist dein Gedächtnis wirklich so schwach?« Mateu ließ den Schraubenzieher im Licht der nackten Glühbirne schimmern. »Les Jardins de l'Empereur, Weihnachten

2015. Fünf Dutzend von euch Brüdern zünden einen Stapel Paletten und Reifen an und locken damit die Feuerwehr und Polizei in eine Falle. Die Feuerwehrleute sind zuerst da. Normalerweise kommt ja keiner zu euch in diese beschissene Sozialwohnungssiedlung. Niemand will es mit Abschaum zu tun haben, aber bei Feuer hört der Spaß auf. Sie werden von euch eingekreist und bedroht. Ihr bewerft sie mit Steinen und beschimpft sie mit Sprechchören: *Scheiß-Korsen! Haut ab! Ihr habt hier nichts zu suchen!* Als sie fliehen wollen, kommt eine Gruppe mit Baseballschlägern und Eisenstangen und versperrt ihnen den Weg. In dieser Nacht ist mein Cousin gestorben. Erst als die Polizei eintrifft, gelingt es, den Rest zu befreien. Und du fragst mich ernsthaft, was ich gegen dich habe?«

»Ich … war nicht dabei …«

»Und in China fällt ein Sack Reis um. Glaubst du, das interessiert mich? Du und deine Glaubensgenossen, ihr sollt hier verschwinden. Reicht es euch nicht, dass Nordafrika und der Nahe und Mittlere Osten in Brand stehen? Wollt ihr den Krieg jetzt auch zu uns tragen? Hier ist kein Platz für euch.«

Mateu merkte, wie ihm die Wut die Kehle zuschnürte. Er ging drohend auf den Mann zu, der sich gerade eingenässt hatte. Die Hose war im Schritt dunkel geworden, und es tropfte auf den Boden.

In diesem Moment ging die Tür auf. Ein junger Bursche kam herein, blieb aber wie angewurzelt stehen, als er Mateu mit dem Schraubenzieher in der Hand sah.

Er senkte den Kopf. »Verzeihung, Monsieur Santini. Ich … ich bringe Nachricht von Ihrem Vater. Er wünscht Sie zu sehen.«

»Siehst du nicht, dass ich gerade mitten bei der Arbeit bin?«

»Er sagte: Sofort. Ich kann ihm aber gerne ausrichten, dass Sie beschäftigt sind …«

»Warte.« Mateu presste die Lippen zusammen. Jean-Baptiste war kein Mann, den man vertröstete. Wenn er sagte: *Komm*, dann kam man. Wenn er sagte: *Spring*, dann fragte man höchs-

tens: Wie hoch? Er ließ seinen Arm sinken. Der Maghreb brach in Tränen aus.
Mateu wickelte den Lappen von seiner Hand, warf ihn Francescu zu und sagte: »Mach ihn sauber. Gibt ihm zu trinken und zu essen und lass ihn aufs Klo. Vielleicht kriegen wir ja später was aus ihm raus. Ich sehe zu, dass ich bald wieder da bin.«

13

Das Haus thronte auf einem Hügel, hoch über den Feldern und Wäldern der Balagne. Wie ein Palast lag es inmitten eines prächtigen Gartens aus blühenden Orangenbäumen und duftenden Zypressen. Früher mal war es ein altes Kloster gewesen, doch inzwischen hatte man es zu einem feudalen Wohnhaus umfunktioniert. Eine hohe Steinmauer, zwei Eingänge mit Sicherheitsleuten, Videoüberwachung – die Anlage war gesichert wie eine Festung. Schwalben und Mauersegler umschwirrten den alten Kirchturm und erfüllten die Luft mit schrillem Geschrei. Gegenüber, auf der anderen Seite des Tals, waren die roten Dächer von Belgodère zu sehen. Dahinter schimmerte stahlblau das Meer.
Der Wind trug den Geruch von Oleander durch die geöffneten Fenster. Eine letzte Erinnerung an den vergangenen Sommer. Irgendwo in der Ferne läuteten Kirchenglocken.
Jean-Baptiste Santini zog die Vorhänge zur Gänze auf und schlich zu seinem Schreibtisch zurück. Er hatte schlecht geschlafen letzte Nacht. Die Vorgänge auf der Insel ließen ihm keine Ruhe. Da war etwas im Gang, das sich seiner Kontrolle entzog. Irgendeine geheime Strömung, die den Boden unter seinen Füßen in Treibsand verwandelte.

Mit einem Ächzen ließ er sich auf seinen Stuhl sinken. Er zog einen Schlüssel aus der Hosentasche und schloss die oberste Schublade auf. Ein einzelner Brief lag darin. Eine Notiz, die er gestern verfasst, dann aber wieder verworfen hatte. Noch einmal überflog er die Zeilen. Doch, er musste es tun. Es gab keine andere Lösung.

»Bring meinen Sohn her«, sagte er. »Ich muss mit ihm reden.«

Der Bedienstete deutete eine Verbeugung an und verließ das Zimmer. Etwa fünf Minuten später kam er mit Mateu im Schlepptau zurück. Sein Sohn wirkte mitgenommen. Auf seinem weißen Hemd waren kleine rote Spritzer zu sehen. In seinen Augen leuchtete ein fiebriges Feuer.

Jean-Baptiste wedelte mit der Hand. »Lass uns allein. Wir haben zu reden.«

Der Diener legte den Rückwärtsgang ein und verschloss die Tür von außen. Jean-Baptiste richtete den Blick auf seinen Sohn. »Wie ich sehe, warst du gerade beschäftigt. Ich hoffe, du kannst ein paar Minuten erübrigen.«

»Selbstverständlich, Vater.«

»Gut. Zieh dir besser beim nächsten Mal einen Kittel über. Diese Flecken sind nur sehr schwer wieder rauszukriegen. Schade um das schöne Hemd.«

»Ja, Vater.«

Jean-Baptiste schüttelte im Geiste den Kopf. Sein Sohn überragte ihn inzwischen um Haupteslänge und war beinahe doppelt so breit, trotzdem wirkte er manchmal wie ein Knabe.

Seine Mutter war eine kräftige Frau gewesen. Stramme Schenkel, große Brüste. Ein gewaltiger Arsch. Sie war ebenfalls größer als er selbst gewesen, doch das hatte ihn nie gestört.

Jean-Baptiste stand auf große Frauen. Sie waren ein Naturereignis. Eine Kraft, die es zu zähmen galt. Mateu hatte viel von seiner Mutter. Kraft, Temperament, leider auch ihren unsteten Geist. Ihr Tod hatte den Sohn in eine tiefe Krise gestürzt. Umso wichtiger, dass sein Vater jetzt nicht die Zügel locker ließ. Der Junge war zwar schon Mitte dreißig, aber er bedurfte noch immer einer starken Hand. Von seinen ehemals zwei Söhnen war Mateu der letzte. Leichtsinn und Unachtsamkeit konnten schnell zum Tode führen. So geschehen bei Enzo, seinem Ältesten, der bei einem Skiunfall in Cortina d'Ampezzo ums Leben gekommen war. *Ausgerechnet beim Skifahren!*

Eigentlich hatte Jean-Baptiste vorgehabt, Enzo die Amtsgeschäfte zu übertragen, doch jetzt war nur noch Mateu übrig, und es lag noch ein weiter Weg vor ihnen. Aber was sollte er tun? Er selbst war für sein Alter zwar erstaunlich fit und gesund, aber unsterblich war er nicht. Er faltete die Hände. »Wie macht sich unser Gefangener? Hast du schon Informationen aus ihm herausgekitzelt?«

»Noch nicht, aber ich stehe auch gerade erst am Anfang. Er ist in sehr schlechter körperlicher Verfassung. Ich fürchte, er wird nicht lange durchhalten.«

»Geduld«, sagte Jean-Baptiste. »Lass ihm Zeit. Gib ihm zu essen und zu trinken und lass ihn sich ausruhen, damit er neue Kraft schöpfen kann.«

»Das werde ich, Vater. Aber ein bisschen habe ich auch so schon erfahren. Er redete von Immobilien. Der Begriff *Landverkäufe* fiel. Ich glaube, er weiß etwas, traut sich aber nicht, es zu sagen.«

»Du hast ihm hoffentlich mit Konsequenzen gedroht?«

»Und ob. Er hat sich in die Hose gepisst vor Angst, trotzdem wollte er mir keine Namen nennen. Ich fand das etwas beunruhigend.«

»Ist es auch«, sagte Jean-Baptiste nachdenklich. »Es bedeutet, dass da jemand ist, vor dem er sich noch mehr fürchtet als vor uns. Das sollte es eigentlich nicht geben.«

»Sehe ich genauso.« Jean-Baptiste drehte den Bürostuhl und blickte aus dem Fenster. Wie friedlich das Land doch aussah. Fast wie der Garten Eden.

»Was denkst du, Vater? Ich sehe doch, dass du einen Verdacht hast. Willst du mich nicht einweihen?«
Es freute ihn, dass sein Sohn so sensibel war. Das war immerhin ein Anfang. »Ich habe da so eine Ahnung«, sagte er, »jedoch wage ich nicht, es offen auszusprechen – *noch nicht.* Ich muss erst ganz sichergehen, dass kein Irrtum vorliegt.«
»Kannst du mir nicht wenigstens einen kleinen Hinweis geben? Ich glaube, es wäre für das Verhör von Vorteil, wenn ich …«
»Besser nicht. Ich möchte nicht, dass du mit einer bestimmten Vorstellung in dieses Verhör gehst. Sei einfach ganz unvoreingenommen und hör genau hin. Ich hoffe, ihr lasst das Band mitlaufen?«
»Selbstverständlich«, sagte Mateu. »Du kannst dir später alles anhören.«
»Gut.«
»Und wenn es die Aktion von ein paar Einzeltätern ist? Was, wenn es nur Nachahmer sind, die sich mit fremden Federn schmücken wollen? Soll es geben.«
»Ja, die gibt es, aber hier liegen die Dinge anders. Es ist eine Warnung an uns. Sie besagt: *Seht euch vor, es gibt einen neuen Mitspieler im Revier.* Möglicherweise haben wir es hier mit jemandem zu tun, der die Fähigkeiten der Familien auf eine harte Probe stellen wird.«
»Eigenartig«, sagte Mateu. »Jetzt, wo du es sagst, fällt mir etwas ein. Paolo hat Merkwürdiges geäußert. Kurz bevor ich ihm die Kehle durchgeschnitten habe.«
Jean-Baptiste runzelte die Stirn. »Was denn? Du hast mir gegenüber nichts erwähnt.«
»Weil ich es für unwichtig hielt. Aber jetzt …«
»Raus mit der Sprache.«
Mateu presste die Lippen zusammen. »Er sagte so etwas wie, dass unsere Tage gezählt seien. Dass wir es diesmal mit jemandem zu tun hätten, der mächtiger wäre als wir. Mächtiger als

alle Clans zusammen. Ich habe nicht viel auf sein Geschwätz gegeben, dachte, er redet nur so daher vor lauter Schiss. Aber jetzt kommt es mir doch seltsam vor …«

»Mir auch. Du hättest es mir sagen müssen.«

»Tut mir leid …«

Jean-Baptiste strich mit den Fingern über sein glatt rasiertes Kinn. Vielleicht war es doch ein Fehler gewesen, Paolo aus dem Weg zu räumen. Vielleicht hätten sie noch mehr Informationen aus ihm herausholen können. Aber dafür war es jetzt zu spät. Er starrte auf den Brief, dann schob er ihn über den Tisch.

Mateu runzelte die Stirn. »Was ist das?«

»Lies.«

Während sein Sohn das Papier überflog, trank Jean-Baptiste einen Schluck Tee. »Es ist notwendig«, sagte er. »Ich tue das nicht leichtfertig, aber wir müssen diese Sache klarstellen. Keine Ahnung, was sie davon halten, aber drucken werden sie es auf jeden Fall. Und dann sollen die Leute glauben, was sie wollen.«

Mateu benötigte übermäßig lange für die Lektüre. Irgendwann hob er den Kopf. »Ein Bekennerschreiben? *Von uns?*«

»Wie gesagt, mir bleibt keine andere Wahl.«

»Aber warum?«

»Um keinen Staub aufzuwirbeln, um den Ball flach zu halten, um es mal mit den Worten von euch jungen Leuten zu sagen.«

»Aber wir waren es doch gar nicht.«

»Die Leute glauben, dass wir es waren, und das ist das Einzige, was zählt. Das Attentat trägt unsere Handschrift. Wir dürfen jetzt nicht die Kontrolle verlieren. Daher ist es ratsam, sie in dem Glauben zu lassen, wir hätten es getan. Besser, als zuzugeben, dass uns die Dinge aus der Hand geglitten sind.«

»Verstehe ich nicht …«

Jean-Baptiste verdrehte im Geiste die Augen. »Konstanz und Stabilität, das ist es, was diese Insel braucht. Seit über fünfzig

Jahren sorgen wir dafür, dass die Dinge hier ihren geregelten Gang gehen. Wir haben uns mit Dynamit dagegen gewehrt, dass unsere Insel, die Ludwig der Fünfzehnte dem Stadtstaat Genua 1768 abgekauft hat, von Paris kolonialisiert und mit Hotelkomplexen und Protzvillen zubetoniert wird. Das hat uns bis heute viel Sympathie eingebracht. Wir haben die Camorra vertrieben, die Cosa Nostra und die amerikanischen Großinvestoren. Bauland ist heute wertvoller als jemals zuvor. Nichts geschieht, ohne dass wir es wollen. Wir sorgen dafür, dass Korsika korsisch bleibt. Wenn wir nun zugeben, dass hier eine zweite Macht im Spiel ist, die die Frechheit besitzt, uns zu kopieren, und uns ihr Spiel aufzwingt, so würde das unsere Position empfindlich schwächen. Pasquale war ein guter Mann, er wird uns fehlen. Er war es, der uns auf Paolos Fährte geführt hat. Aber jetzt müssen wir ohne ihn klarkommen.«

»Du brichst damit das Versprechen, das wir 2014 gegeben haben«, warf Mateu ein. »Wir haben uns verpflichtet, keine Terrorakte mehr zu begehen. Wie steht es dann mit unser Glaubwürdigkeit?«

»Glaubwürdigkeit?« Jean-Baptiste machte eine abfällige Geste. »Wir sind dem Gesetz nach eine terroristische Vereinigung, vergiss das nicht. Glaubwürdigkeit ist eine feine Sache, aber wenn es hart auf hart kommt, zählen nur zwei Dinge: Furcht und Respekt. Unterm Strich ist es also das kleinere Übel, wenn wir uns zu dem Anschlag bekennen.«

»Und die Polizei …?«

»Die Polizei ist ein zahnloser Tiger. Viel Gebrüll um nichts. Wann hätten die schon jemals etwas aufgeklärt? Es wird unsere Aufgabe sein, den Schuldigen zu finden und auszulöschen – und zwar auf unsere Weise. Wir werden ein Exempel an ihm statuieren, von dem man noch lange reden wird. Doch bis es so weit ist, darf nichts nach außen dringen, begreifst du das? Deswegen dieser Brief.«

»Verstehe …«, murmelte Mateu, doch Jean-Baptiste sah ihm

an, dass dem nicht so war. Es war noch ein weiter Weg, bis er als Anführer des Santiniclans in seine Fußstapfen treten konnte.
»Soll ich mich dann wieder dem Gefangenen widmen?«
»Wer ist denn gerade bei ihm?«
»Francescu. Ich habe ihm gesagt, er soll ihn wieder hochpäppeln.«
»Belassen wir es vorerst dabei. Es gibt da eine andere Sache, um die du dich kümmern sollst.«
Mateu runzelte die Stirn.
»Erinnerst du dich an den Fremden, den wir auf Paolos Begräbnis gesehen haben?«
»Diesen Kleinen, Drahtigen? Aber natürlich. Ich habe mich schon nach ihm erkundigt. Er ist ein Tourist. Ein Schreiberling aus Paris.«
»Ein Schriftsteller?«
Mateu nickte. »Sein Name ist Marchand. Eric Marchand.«
»Was will er hier?«
»Keine Ahnung. Schreiben, vermute ich. Er wohnt momentan bei Madame Borghetti.«
»Bei der alten Elisa?« Jean-Baptiste wunderte sich, dann lächelte er. »Ob er wohl weiß, in was für ein Natternnest er sich da gesetzt hat? Trotzdem: Mein Instinkt sagt mir, dass an dem etwas nicht koscher ist. Es kommt mir fast so vor, als hätte ich ihn schon mal irgendwo gesehen.«
»Vielleicht im Fernsehen oder in der Zeitung. Scheint nicht ganz unbekannt zu sein.«
»Vielleicht ...«, sagte Jean-Baptiste nachdenklich. Er grübelte, kam aber nicht darauf, wieso ihm der Kerl so bekannt vorkam. Schließlich zuckte er die Schultern. »Ich kann nur hoffen, dass er nicht vorhat, über uns zu schreiben.«
Mateu lachte. »So dumm dürfte selbst er nicht sein.«
»Man kann nie wissen. Am besten, du fühlst ihm mal auf den Zahn. Versuch herauszubekommen, was er hier will und wann er wieder verschwindet. Ich kann hier keine Schnüffler ge-

brauchen. Vor allem nicht, wenn gerade jemand dabei ist, uns einen fetten Haufen in den Vorgarten zu setzen. Kümmere dich darum, verstanden?«

»Ja, Vater.«

»Gut. Und lass Laurine in Ruhe. Die Sache ist erledigt, haben wir uns verstanden?«

»Laurine? Ich soll …?«

»Sie in Ruhe lassen, ja. Du weißt, dass ich meine Augen und Ohren überall habe. Die Scheidung ist rechtskräftig, und du bist mit Julietta verheiratet. Ihr bekommt bald ein Kind, verhalte dich entsprechend. Und nun geh, ich habe zu arbeiten.«

Mateu schob den Unterkiefer vor, nickte knapp und verließ den Raum.

14

Laurine nahm die D 63 Richtung Pioggiola, fuhr ein paar Kilometer in die Berge hinauf und parkte ihren Pick-up dann in einer Kehre, unter den ausladenden Ästen einer alten Kastanie.

Von Westen her zogen Wolken auf, die den Himmel füllten. Der Monte Cintu war bereits vollständig eingehüllt. Laut Wetter-App sollte es heute Nacht noch regnen. Doch bis dahin hatten sie noch ein paar Stunden.

Sie atmete die reine Luft ein und ließ den Blick schweifen. Mein Gott, wie sie diese Berge liebte. Sie konnte sich kaum einen Ort auf der Welt vorstellen, an dem sie glücklicher wäre.

»Komm, steig aus«, sagte sie und klopfte aufs Autodach. »Bewegung!«

Und frische Luft, dachte sie. Das Innere ihres Wagens roch wie eine Hafenkneipe. Obwohl selbst Nichtraucherin, hatte sie

Eric gestattet, sich eine anzuzünden. Hin und wieder fand sie den Geruch sogar ganz angenehm, vor allem bei heruntergekurbeltem Fenster. Eric humpelte ein paar Meter um den Wagen herum und blickte sich argwöhnisch um. »Was machen wir denn hier?«

»Spazieren gehen.« Laurine verschloss den Wagen. »Uns ein bisschen die Beine vertreten. Ich möchte dir einen Lieblingsort von mir zeigen. Der Weg dorthin ist zwar nicht ganz unproblematisch, aber du bist ja nicht aus Zucker. Wenn es gar nicht geht, nimm die hier.« Sie warf ihm ein Paar Wanderstöcke zu und schloss den Kofferraum.

Einen richtigen Pfad gab es eigentlich nicht, höchstens einen ausgetrockneten Wasserlauf, der auch von Schafen und anderen Tieren genutzt wurde. Einheimische kamen nur selten hierher. Das lag zum Teil daran, dass die Gegend aufgrund der vielen Gesteinsbrocken und Erdklüfte kaum zu bewirtschaften war, zum Teil aber auch an dem dunklen Geheimnis, das über diesem Ort lag. Eine Menge Leute waren der Überzeugung, dass es hier nicht mit rechten Dingen zuging. Ob da etwas Wahres dran war, konnte Laurine nicht mit Bestimmtheit sagen, aber selbst wenn es stimmte, so hätte sie das eher angezogen als abgeschreckt. Sie kannte sich in den dunklen Künsten gut genug aus, um nicht gleich vor der erstbesten Krähe oder schwarzen Katze zurückzuschrecken.

Sie gingen ein Stück querfeldein, dann über eine Weide und hinein in einen schattigen Buchenwald.

Eric bewegte sich schweigend und konzentriert, um nicht erneut umzuknicken. Er machte seine Sache gut. Laurine war zuversichtlich, dass er auch den Rest der Strecke bewältigen würde.

»Und du hast gestern Abend wirklich noch mit deiner Ex-Freundin telefoniert? Was ist dabei herausgekommen?« Sie hoffte, dass er ihr die Neugier nicht übel nahm, aber er hatte auf der Fahrt hierher von sich aus angefangen, von seinem

Privatleben zu erzählen. Von seiner gescheiterten Beziehung, von dem Trümmerhaufen, den er hinterlassen hatte, und dem Versuch, die Wogen zu glätten. Offensichtlich war es ihm ein Bedürfnis gewesen, mit jemandem darüber zu sprechen. Jetzt allerdings musste sie unbedingt wissen, wie es weiterging.

»Nichts Gutes, fürchte ich«, erwiderte Eric. »Erst hat sie geweint, dann hat sie mich angeschrien, zum Schluss hat sie einfach aufgelegt. Habe ich einen Fehler gemacht? Aber ich musste ihr doch sagen, wo ich stecke. Ich konnte sie unmöglich im Ungewissen lassen, schließlich hätte mir ja auch etwas zugestoßen sein können. Ich habe auf ein bisschen Verständnis gehofft, aber das war wohl ein Irrtum.«

Seine Bewegungen wurden kraftvoller und geschmeidiger. Vermutlich hätte er nicht mal mehr die Stöcke gebraucht, aber Laurine wollte nicht riskieren, dass er noch einmal umknickte. Seine Bänder waren immer noch gedehnt.

»Ich hätte dir gleich sagen können, dass es ein Fehler ist«, sagte sie. »Einer Frau, die sitzen gelassen wurde, kannst du nicht mit dem Verstand kommen. Sie ist verletzt, sie ist wütend und sinnt auf Rache. In diesem Moment will sie nur eines: dass du genauso verletzt wirst wie sie.«

»Aber das bin ich doch …«

»Hast du ihr das gesagt?«

»Nun, vermutlich nicht deutlich genug«, räumte er ein. »Mir ging es vor allem darum, zu erklären, dass sie sich keine Sorgen zu machen braucht. Dass es mir gut geht und …«

»Eben.«

»Was, *eben?*«

»Sie will nicht hören, dass es dir gut geht. Und schon gar nicht will sie, dass du es ihr in diesem mitleidsvollen Ton erzählst. Damit hast du genau das Gegenteil von dem erreicht, was du eigentlich wolltest.«

»Meinst du?«

»Ganz sicher.«

Er seufzte. »Vielleicht hast du recht. Ja, ganz bestimmt sogar. Das nächste Mal werde ich dich um Rat fragen, ehe ich wieder so eine Aktion starte.« Er grinste schief. »Du scheinst dich in Beziehungsfragen recht gut auszukennen.«
»Schön wär's«, erwiderte Laurine. »Tatsache ist, ich habe jahrelang mit dem falschen Mann zusammengelebt. Und ich habe nicht mal die Ausrede, dass ich zum Zeitpunkt unserer Heirat besonders jung oder naiv gewesen wäre.«
»Was war es dann?«
Sie überlegte, ob sie wirklich bereit war, einem Wildfremden von Mateu zu erzählen, aber erstens fühlte es sich nicht so an, als ob Eric ein Fremder sei, und zweitens hatte er seine Karten vor ihr ausgebreitet. Da war es nur fair, diese Geste zu erwidern.
»Keine Ahnung«, sagte sie achselzuckend. »Er sah gut aus, stammte aus einer angesehenen Familie, besaß Geld, war charismatisch, wusste um seine Attraktivität und hat es irgendwie geschafft, mich um den Finger zu wickeln. Dass er ein zweites Gesicht besitzt, habe ich erst später festgestellt. Oder ich wusste es schon vorher und wollte es nur nicht wahrhaben.«
Eric nickte. »Zu einer Beziehung gehören immer zwei. Ich kann mich von einer gewissen Mitschuld ebenfalls nicht frei machen. Man kann gehen, wohin man will, aber man trägt sich ja selbst die ganze Zeit mit herum.«
»Das ist wahr«, sagte Laurine. »Das einzig Gute, was ich über diese Verbindung sagen kann, ist, dass keine Kinder daraus hervorgegangen sind. Das hätte alles noch viel komplizierter gemacht. Kinder sollten niemals der Kitt für eine gescheiterte Beziehung sein, findest du nicht?« Sie sah ihn neugierig an.
Er zuckte die Schultern. »Keine Ahnung …«
»Hast du welche?«
»Ich? Gott bewahre.« Eric lachte trocken. »Ich komme ja kaum mit mir selbst klar. Kinder …? Nein.« Er schüttelte entschieden den Kopf.

»Niemals?«

»Wer kann schon sagen, was die Zukunft bringt? In meiner jetzigen Situation wäre es allerdings ein viel zu großes Risiko. Aber sag niemals nie, heißt es nicht so?«

»Stimmt.«

»Was sagte denn deine Familie zu der ganzen Sache? Deine Eltern und Geschwister? Ich könnte mir vorstellen, dass so etwas hier auf Korsika nicht auf die leichte Schulter genommen wird.«

»Mein Bruder hat mich dafür beglückwünscht. Er konnte Mateu noch nie ausstehen. Für meine Eltern war es natürlich ein Schock. Klar, begeistert waren sie von der Ehe nicht, aber als dann die Scheidung folgte, haben sie unseren Heimatort verlassen und sind nach Bonifacio gezogen.«

»Weggezogen?« Eric hob die Brauen. »Das ist ein ziemlich krasser Schritt.«

»Sie sind sehr traditionell. Die Ehe ist in ihren Augen etwas Heiliges. Ich hatte in letzter Zeit nur noch wenig Kontakt zu ihnen.«

»Traurig ...«

»Du musst das verstehen«, sagte Laurine. »Die Santini sind eine reiche und mächtige Familie hier in der Gegend. Mehr als die Hälfte der Menschen in Speloncato steht in einem Abhängigkeitsverhältnis zu ihnen. Sei es durch Jobs, durch Pachtverträge oder Kredite. Dass jemand wie ich – eine einfache Altieri – den Santini die Stirn bietet und ihrem Sohn eine Abfuhr erteilt, das hat damals ziemlich viele vor den Kopf gestoßen. Es hat für Furore gesorgt. Für meine Eltern war es ein schrecklicher Gesichtsverlust. Da sie nicht täglich mit dieser Schande konfrontiert werden wollten, zogen sie die Konsequenzen und verließen den Ort.«

»Aber du bist geblieben.«

Sie zuckte die Schultern. »Ich bin ein Dickkopf, eine Kämpferin. Was andere über mich denken, interessiert mich nicht.

Wer mich aus meinem Haus vertreiben will, der muss sich warm anziehen.« Sie warf Eric einen bedeutsamen Blick zu. »Du hast ihn übrigens gesehen«, sagte sie.
»Wen?«
»Meinen Ex-Mann. Mateu. Er war auf der Beerdigung. Der mit der Sonnenbrille. Der andere war sein Vater.«
Eric hob die Brauen. »Diese Vierer-Clique? Da war dein Mann dabei?«
»Der Große, ja. Und es ist mein Ex-Mann.« Sie lächelte grimmig. »Ich sehe, du erinnerst dich.«
»Vor allem erinnere ich mich an seine mehrfach gebrochene Nase. Hat er mal geboxt?«
»Du hast ein gutes Auge für Details.«
Er winkte ab. »Berufskrankheit. Ich habe früher mal ein bisschen Kampfsport betrieben. MMA.«
»Was ist das denn?«
»Mixed Martial Arts. In meiner Gewichtsklasse war ich gar nicht schlecht. Menschen interessieren mich einfach. Ich finde, Gesichter sind wie Landschaften. Wenn du sie lange genug betrachtest, entdeckst du ihre Geschichte. Apropos Landschaft …« Er hielt an und stocherte mit seinem Wanderstock im Unterholz herum. »Diese hier hat auch eine Geschichte. Ich meine, eine alte Straße zu entdecken. Das sind Randsteine und ehemalige Wasserrinnen, oder? Allerdings schon lange nicht mehr in Betrieb und völlig verwildert.«
»Ich sag ja, du hast ein gutes Auge.« Laurine nickte anerkennend. »Der Weg führt hinauf zu einem alten Anwesen – oder was davon übrig ist. Ist gleich da vorn. Manche sagen, es läge ein Zauber darüber. Ich bin gespannt, wie es dir gefällt.«
Den Rest des Weges gingen sie schweigend. Die Buchen und Kastanien rückten jetzt dichter zusammen. Es lag ein Raunen in ihren Wipfeln. Als würden die alten Bäume ihre Köpfe zusammenstecken und über sie flüstern.
Laurine spürte ein Kribbeln im Nacken.

Plötzlich erinnerte sie sich an ihr Erlebnis vor wenigen Tagen unten am Meer. Sie hatte seither nicht mehr darüber nachgedacht, was diese Bilder bedeuten mochten. Ganz deutlich erinnerte sie sich daran, Berge gesehen zu haben, irgendwelche verkohlten Ruinen und einen Fremden. Einen Mann, dessen Gesicht undeutlich gewesen war. Konnte es sein, dass sie genau diesen Moment vorhergesehen hatte? Und dass dieser Mann Eric war?

Nachdenklich verließ sie den Wald und trat auf eine Lichtung, die von kniehohem Gras und Macchia bedeckt war. Eric folgte ihr, wenn auch mit einiger Mühe. Kein Wunder, die Macchia konnte ziemlich unangenehm sein. Eigentlich war sie ja eine Mischung aus vielen Pflanzen. Aus Baumheide, Mastixsträuchern, Zistrose, Erdbeergesträuch, wildem Spargel, Lavendel und Ginster. Ein bis zu Mannshöhe emporragender Buschwald, durch den man nur schwer hindurchkam, wenn man den Weg nicht kannte.

Rechts von ihnen stand ein toter Baum, in den vor langer Zeit der Blitz eingeschlagen hatte. Seine Rinde war schwarz wie Ebenholz. Ein paar Krähen hockten darin, deren heiseres Krächzen zu der unheimlichen Stimmung beitrug.

»Ganz schön verwunschen hier«, sagte Eric. »Man möchte nicht glauben, das hier früher mal Menschen gelebt haben.«

»Ich komme gerne hierher, wenn ich mal für mich allein sein will«, erwiderte Laurine. »Oder um seltene Kräuter zu pflücken. Von denen gibt es nämlich eine ganze Menge hier. Die Kräuter für deine Heilsalbe habe ich auch von hier. Du wirst sehen, sie ist ziemlich wirkungsvoll, wenn du sie weiterhin regelmäßig anwendest. Die Leute meiden diesen Ort, weil sie glauben, hier würde es spuken.«

»Geister, hm?«, sagte Eric.

Sie sah ihn von der Seite an. »Glaubst du daran?«

Er lachte. »Höchstens an die von geleerten Whiskyflaschen.«

»Ich meine es ernst.«

»Abergläubisch bin ich nicht, wenn du das meinst. Ich bin durch und durch in der diesseitigen Welt verankert. Für mich existiert nur das, was man anfassen, anschauen, hören oder schmecken kann.«

»Wie langweilig. Wo bleibt denn da das Abenteuer?«

Er lachte. »Oh, das kommt bei mir nicht zu kurz. Ich könnte dir eine Menge Geschichten erzählen, aber ich will dich nicht mit Räuberpistolen langweilen. Alles in allem stehe ich auf dem Standpunkt, dass das reale Leben schon genügend Aufregung bietet. Da muss man nicht noch in anderen Sphären danach suchen.«

Sie beobachtete aus dem Augenwinkel, wie er die Anhöhe erklomm. Es war merkwürdig, aber sie spürte, dass sie für diesen Mann etwas empfinden könnte. Das hatte ihr auch die Vision unten am Meer verraten. Eric war so ganz anders als sie – anders als alle Männer, die sie bislang kennengelernt hatte. Kämpferisch, gleichzeitig aber auch empfindsam und verletzlich. Er war intelligent und besaß eine ausgeprägte Beobachtungsgabe. Darüber, dass er ein bisschen zu Selbstmitleid neigte, konnte sie hinwegsehen. Außerdem kam er aus einer anderen Welt, was ihn doppelt anziehend machte. Sie spürte die Sehnsucht, irgendwann mal diese Insel zu verlassen und den Rest der Welt kennenzulernen.

Sie führte ihn weiter den Berg hinauf. Der Abschnitt, den sie gerade durchquerten, war voller Farn, der an dieser Stelle wie Unkraut aus dem Boden schoss. Vermutlich verlief hier irgendwo eine unterirdische Wasserader. Manche der Wedel waren zwei Meter hoch. Der Boden war feucht. Modergeruch stieg empor. Eine Reihe verkohlter Steine tauchte zwischen den Farnwedeln auf. Wie schwarze Backenzähne ragten sie aus der Erde. Sie verliefen ein Stück geradeaus, schlugen Haken und rechte Winkel und wuchsen an manchen Stellen zu brusthohen Mauerresten empor. Der Boden war teilweise kniehoch mit Schutt und Geröll bedeckt.

Eric blieb stehen und stocherte im Farn herum. »Sind das Fundamente?«
»Die Überbleibsel eines alten Landsitzes«, sagte sie. »Früher wohnte hier eine reiche und mächtige Familie. Das ist aber schon Ewigkeiten her. Wenn du willst, kann ich dir mal was darüber erzählen.« Sie sah ihn an, doch er schien gar nicht zuzuhören.
»Was ist los?«, fragte sie.
»Diese Steine …« Er kratzte mit dem Stock darüber. »Sieht aus, als hätte es hier gebrannt. Als hätte ein großes Feuer gewütet …«
»Wird vermutlich stimmen. Waldbrände sind auf Korsika nichts Ungewöhnliches. Ruinen gibt es überall auf der Insel. Zeugnisse unserer bewegten Vergangenheit.«
Eric stocherte noch immer in der Erde herum. Irgendetwas schien ihn zu beschäftigen. Er ging in die Hocke und strich mit dem Finger über die verkohlten Steine. »Das sieht nicht nach einem Waldbrand aus«, sagte er leise. »Eher nach Brandstiftung.«
Laurine war verblüfft. »Kannst du das unterscheiden?«
»Das ist nicht weiter schwierig, wenn man weiß, wie die Grundmauern verlaufen. Die angekohlten Seiten befinden sich alle innen, siehst du? Das bedeutet, die Flammen kamen von dort. Außerdem scheinen die Mauern bewusst niedergerissen worden zu sein. Als wäre dieses Gebäude geschleift worden.«
Er stand wieder auf.
Laurine beobachtete ihn. Er schien nach irgendetwas zu suchen, aber sie wollte ihn nicht danach fragen. Nicht jetzt zumindest. Irgendwann würde sie das Geheimnis schon lüften. Sie war gut darin, Dinge ans Tageslicht zu befördern.
»Du hast recht«, sagte sie. »Dies ist nur eines von unzähligen Zeugnissen unserer gewalttätigen Vergangenheit. Über viele Jahrhunderte hinweg wurden wir überfallen, und unser Land

wurde besetzt. Es gab Kriege und Familienfehden. Tausende fielen ihnen zum Opfer. Ich glaube, das ist der Grund, warum wir Korsen uns nur in den Bergen so richtig wohlfühlen. Hierhin können wir fliehen, wenn wir wieder einmal von Piraten oder Plünderern heimgesucht werden.« Sie lächelte. »Auch wenn wir auf einer Insel leben, sind wir im tiefsten Inneren eigentlich ein Bergvolk.«

»Das hat aber auch etwas mit den Krankheiten zu tun, oder?«, sagte er nachdenklich. »Malaria, Typhus und so weiter. Ich meine mich zu erinnern, mal so etwas gelesen zu haben.«

»Auch«, räumte Laurine ein. »Die sumpfigen Ebenen waren seit jeher eine Brutstätte für Krankheiten, weswegen man irgendwann dazu überging, die Dörfer auf Hügeln zu errichten. Kaum eine Kuppe, auf der nicht ein paar Häuser stehen.«

»Wie auf Sizilien«, sagte er grinsend. »Auch, was die Mafia betrifft.«

Sie ignorierte die Bemerkung. Die Mafia war ein Thema, über das sie nicht gerne sprach.

»Hier oben ist die Luft einfach besser«, sagte sie, »vor allem im Sommer. Corte beispielsweise liegt auf über vierhundert Metern Höhe. Es ist bis heute die einzige Universitätsstadt hier.«

»War Corte nicht sogar mal Hauptstadt?«

»Stimmt, aber das ist ewig her und auch nur für kurze Zeit. Für die Verwaltung ist Corte einfach zu abgelegen. Trotzdem erscheinen uns Grundstücke in den Bergen immer noch wertvoller als die an der Küste. Allerdings haben die letzten Jahrzehnte zu einem Umdenken geführt.«

»Wegen des Tourismus?«

Sie nickte. »Heute ist es schwer, irgendwo noch ein brauchbares Grundstück in Meeresnähe zu finden. Die Preise sind regelrecht explodiert. Aber ein Gutes hat die Sache.« Sie lächelte.

»Und was?«

»Viele Frauen sind auf diese Weise zu Wohlstand gelangt. Das war auch längst überfällig, schließlich ist Korsika immer noch fest in der Hand der Männer.«

»Zu Wohlstand gekommen? Wie das?«

»Na, durch die Vererbungsregelung. Minderwertiges Land ging schon immer an die weiblichen Nachkommen, wertvolles an die männlichen. Die Küstengebiete wollte früher keiner haben. Doch mit dem Aufkommen des Tourismus in den Fünfzigern und Sechzigern änderte sich das. Pensionen und Restaurants in Küstenorten warfen auf einmal eine Menge Geld ab. Da es dort Arbeitsplätze gab, verließen viele Korsen die Bergdörfer und zogen ans Meer. Genau wie ich. Ich arbeite im Club Med in Sant'Ambroggio. Das Stammpersonal besteht aus Korsen. Selbst die Leiterin ist eine Korsin. Wir sind zu einem Wirtschaftsfaktor geworden, den auch die *corsitude* nicht ignorieren kann. Ich hoffe, dass dies auf Dauer ein Weg zur Gleichberechtigung ist, obwohl ich befürchte, dass das noch viele Jahrzehnte dauern wird. Na komm, lass uns weitergehen«, sagte sie. »Es ist jetzt nicht mehr weit, und es gibt da etwas, das ich dir unbedingt zeigen will.«

15

Nachdenklich schritt Eric den Hügel ab. Möglicherweise war dies genau der Ort, nach dem er gesucht hatte. Hier könnte es einmal gestanden haben, das ehemalige Familienanwesen, von dem in den Briefen und Tagebüchern, die er im Haus seiner Mutter gefunden hatte, die Rede gewesen war. Er wusste, dass es irgendwo in dieser Gegend liegen musste, hatte es bisher aber noch nicht ausfindig machen können. Er hatte Karten und Reiseführer gewälzt, doch nicht mal Google Earth konnte ihm weiterhelfen.

Wie schon erwähnt, lagen ziemlich viele alte Gehöfte in dieser Region. Jeder Quadratmeter zeugte von der intensiven Besiedelung der Insel.
Dennoch wurde Eric das Gefühl nicht los, dass sich hier das Anwesen seiner Vorfahren befunden hatte. Denn alles war genau so wie in den Tagebüchern seiner Mutter beschrieben: Die Lage, fernab jeder Siedlung, die schroffe Landschaft, die steilen, mit Eichen bestandenen Hänge, vor allem aber der Blick hinüber zum Monte Cintu – das alles stimmte exakt mit den Aufzeichnungen überein.
Doch warum war das Anwesen ein Raub der Flammen geworden?
Wie es schien, hatte Laurine ihn durch blanken Zufall genau an die richtige Stelle geführt. Oder verfügte sie womöglich wirklich über seherische Fähigkeiten? Zuzutrauen wäre es ihr. Sie war inzwischen weitergegangen, hatte einen steilen Hang erklommen und wartete oben auf ihn. Irgendwie wurde er nicht schlau aus dieser Frau. Warum nahm sie sich so viel Zeit für ihn? War es lediglich die Sorge um seine Gesundheit, oder steckte mehr dahinter? Nicht, dass ihm das nicht gefiel, es war nur so, dass er nach dem etwas verpatzten Start vorgestern nicht mehr damit gerechnet hatte.
Fand sie ihn attraktiv? Ihre Neugier war schon recht auffällig. Besonders, was sein Privatleben betraf. Zumindest war sie fair genug, ihn nicht nur auszuhorchen, sondern auch ein paar Details über sich preiszugeben. So, wie er sie einschätzte, war ihr das bestimmt nicht leichtgefallen. Es war unübersehbar, dass da eine Verbindung zwischen ihnen bestand, Eric war nur nicht sicher, ob er das wollte. Und schon gar nicht wollte er eine neue Beziehung. Gott bewahre! Die alte war ja noch nicht mal beendet.
Aber vielleicht bildete er sich das auch alles nur ein. Sehr viel wahrscheinlicher war doch, dass er ihre Signale einfach falsch interpretierte.

Er war so tief in Gedanken versunken, dass ihm das unangenehme Brennen auf seiner Brust erst mit einiger Verzögerung bewusst wurde.

Hastig griff er unter sein Hemd und holte das Medaillon hervor. Es war warm. Als würde der salzhaltige Schweiß irgendwie mit dem Metall reagieren. Hastig nahm er das Schmuckstück ab und steckte es in seine Tasche.

»Alles okay bei dir?« Laurine musterte ihn aufmerksam. »Geht es deinem Fuß gut?«

»Alles in Ordnung.« Er schenkte Laurine ein knappes Lächeln, in der Hoffnung, dass seine Gedanken ihn nicht verrieten. Er war noch nicht so weit, irgendjemandem davon zu erzählen. »Ich musste nur kurz etwas langsamer gehen. Die Hänge haben es in sich.«

»Ich fürchte, es fängt bald an zu regnen«, sagte sie. »Wir sollten uns beeilen. Da oben gibt es einen Ort, an dem wir einigermaßen geschützt sind. Dort können wir uns hinsetzen und verschnaufen.«

Oben angekommen bot sich ihnen ein atemberaubender Ausblick über das Tal. Hecken und alte Steinmauern zeugten davon, dass hier früher mal Tiere gehalten worden waren. Ziegen vielleicht, Schafe oder Pferde. Es musste aber schon eine Weile her sein, denn die Mauern waren an vielen Stellen umgestürzt. Am Talgrund mäanderte ein kleiner Bach. Dahinter erhob sich düster und majestätisch der Monte Cintu.

»Wow, das nenne ich mal einen Ausblick«, sagte er keuchend. »Du hattest recht, dafür hat sich der Ausflug wirklich gelohnt.«

»Das Schönste hast du noch gar nicht gesehen«, sagte Laurine. »Eine echte korsische Besonderheit.«

»Wo?«

»Hier gleich um die Ecke. Komm.«

Nur hundert Meter weiter erreichten sie eine Steinbank, hin-

ter der ein paar verwitterte Stufen zu einem kleinen Hügel hinaufführten. An seiner Spitze befand sich eine Art Schrein.
»Ist es das?«
»Ja.«
Eric zwinkerte gegen die Helligkeit. Das Bauwerk wirkte beinahe so, als würde es mit dem Himmel verschmelzen. Das tempelartige Gebäude war vier Meter hoch und maß etwa drei Meter im Durchmesser. Es war mit weißer Farbe übertüncht, wobei diese an vielen Stellen abblätterte und das raue Mauerwerk darunter hervortrat. Über der dunklen Holztür prangte ein verwittertes Kreuz. Gekrönt wurde das Bauwerk von einer Kuppel auf deren Spitze eine Marienstatue thronte. Krüppelige Steineichen flankierten den Schrein.
»Ein Grab?«, fragte er fasziniert.
Sie nickte. »Ein Familiengrab. Eines von vielen Mausoleen hier auf der Insel. Wobei dies ein besonders schönes Exemplar ist, wie ich finde. Und ziemlich unbekannt.«
Eric blickte sich verwundert um. »Aber ich sehe keinen Friedhof. Wo sind die anderen Gräber?«
»Es gibt keine«, sagte Laurine. »Das ist die althergebrachte Art, unsere Toten zu bestatten. So wurde es früher überall gemacht.«
»In der freien Natur?«
Ihre Augen leuchteten. »Friedhöfe sind eine Erfindung der Neuzeit. Die ersten tauchen überhaupt erst Mitte des neunzehnten Jahrhunderts auf. Vorher gab es nur Mausoleen. Oder die Toten wurden einfach in irgendwelchen Gruben versenkt.«
»Gefällt mir«, sagte er. »Wirkt irgendwie verwunschen.«
Überall wucherten Klatschmohn und wildes Gras. Eric schritt die halb zerfallenen Stufen hinauf und nahm den Tempel genauer in Augenschein. Er war sehr alt und ziemlich heruntergekommen. Niemand schien sich darum zu kümmern. Die Farbe war an vielen Stellen komplett abgeblättert. Im Gegensatz zu dem Friedhof in Speloncato gab es hier weder billige

Plastikblumen noch verblichene Fotos oder Messingkruzifixe. Dieser Ort schien von den Menschen völlig vergessen worden zu sein.

»Wir Korsen haben bis zum heutigen Tag ein sehr zwiespältiges Verhältnis zu Friedhöfen«, sagte Laurine. »Sie sind etwas, was uns von außen aufgezwungen wurde. Bis Ende des Jahrhunderts wurden sie nur von ärmeren Leuten oder den *Luterani* genutzt.«

»Wieso das?«

»Vermutlich, weil sie kein eigenes Land besaßen. Ihnen war es egal, wo sie bestattet wurden. Wir anderen aber – die alteingesessenen Familien –, wir hatten schon immer eine sehr starke Verbindung zu unserem Land. Land ist etwas, das man niemals aufgibt. Es wird nur innerhalb der Familie weitervererbt und bleibt immer in deren Besitz. Im Leben wie im Tod sind wir mit unserem Grund und Boden verbunden, weswegen man es viele Jahrhunderte lang nicht wagte, die Toten von ihrem Besitz fortzutragen. Wo immer du hingehst, *da paese a paese,* wirst du Mausoleen finden. Besonders an malerischen Orten wie diesem.«

»Wieso?«

Laurine zuckte die Schultern. »Vermutlich, damit die Verstorbenen glücklich sind. Man sucht ihnen einen Platz, von dem aus sie ihr Land überblicken können. Sie werden nicht ins Exil verbannt, sondern wachen nach wie vor über die Grenzen ihres Besitzes. Obwohl gestorben, nehmen sie so noch immer am Leben der Hinterbliebenen teil.«

»Interessante Vorstellung«, sagte Eric.

»Wie gesagt, es sind häufig besonders schöne Orte. Ob in einem Olivenhain, auf einer Anhöhe oder mit Blick auf das Dorf – es ist wie ein Vertrag zwischen den Lebenden und den Verstorbenen. Ein Deal, der über den Tod hinausgeht und der niemals endet. Es hat etwas mit Respekt vor der Familie zu tun. Aber auch mit der Furcht vor den Toten.«

»*Furcht vor den Toten?*« Eric hob amüsiert eine Braue. »Also reden wir jetzt doch von Geistern.«

»Natürlich tun wir das«, erwiderte Laurine lächelnd. »Die Geister sind allgegenwärtig. Die Toten wachen über die Lebenden, heißt es nicht so?«

»Ja, früher vielleicht mal …«

»Täusch dich nicht. Gerade hier auf Korsika besitzen sie enorme Macht. Und sie sind besonders rachsüchtig. Einmal in ihrer Ehre gekränkt, muss man sich eine Menge einfallen lassen, um sie wieder gnädig zu stimmen.«

Er zog spottend eine Braue in die Höhe. »Und wie genau sieht das aus?«

»Nun, zum Teil mit Gesängen oder Beschwörungen, aber auch mit Familienfeiern, zu denen die Toten ausdrücklich eingeladen sind. Zu Allerseelen zum Beispiel wird ihnen eine Tafel gedeckt. Totenwachen werden aufgestellt und Klagegesänge angestimmt. In den Räumen hängt man Fotos verstorbener Familienmitglieder auf.«

»Das ist nicht dein Ernst …«

»In manchen Gegenden gibt es das Ritual, Gebäck auf die Fensterbank zu legen oder einen Eimer mit gekochten Kastanien vor die Tür zu stellen, damit die Geister davon essen können.«

»Jetzt nimmst du mich hoch …«

»Tue ich nicht. In früherer Zeit wurde deswegen viel Aufwand betrieben. Die Trauerzeit betrug in der Regel fünf Jahre. In dieser Zeit wurde ausschließlich das traditionelle Schwarz getragen. Unsere Familien sind sehr groß. Wegen Unfällen oder Blutfehden gab es eigentlich ständig einen Todesfall.«

»Das kann ich mir vorstellen.«

»In manchen Jahren haben die Frauen also ihre Trauerkleidung gar nicht mehr ausgezogen. Was zu der irrigen Annahme führte, dass *Faldetta* und *Mandile,* also schwarzer Mantel und Kopftuch, die Nationaltracht unserer Insel darstellten.«

»Ach, daher kommt das«, sagte er amüsiert. »Ich hatte mich schon gewundert. Aber es ist wie mit allen Klischees: Ein Körnchen Wahrheit steckt immer drin.«
»So wie mit den Franzosen, der Baskenmütze und dem Baguette unterm Arm?«
Er grinste. »Welche Bräuche und Rituale gibt es noch?«
Laurine sah ihn skeptisch an. »Willst du das wirklich wissen? Ich dachte, dieser heidnische Unsinn interessiert dich nicht.«
»Interessieren tut er mich schon, ich glaube nur nicht daran. Bitte erzähl weiter. Ich finde das hochspannend.«
Sie zögerte. »Ein andermal vielleicht ...«
»Komm schon. Ich habe da über etwas gelesen, das sich Okkiu oder so ähnlich nennt.«
»Das *Occhjiu?*«
»Ja, genau. Was ist das?«
Sie wich seinem Blick aus. Es war ganz offensichtlich, dass sie über dieses Thema nicht gerne sprach. Doch dann schien sie sich zu überwinden. Sie befreite die Steinbank von Ästen und Zweigen und fegte mit der Hand die Blätter weg.
»Setz dich, ich erkläre es dir.«
Er folgte ihrer Aufforderung bereitwillig. Erstens fand er diesen Aberglauben höchst amüsant, zweitens hatte es angefangen zu regnen, und sie mussten sich irgendwie die Zeit vertreiben. Und womit konnte man das besser als mit Geschichten? Vor allem Gespenstergeschichten.
»Nun ...«, sagte sie. Ihre Stimme war leiser geworden. Sie hielt die Hände gefaltet. »Es ist eine Art Exorzismus. Eine tausend Jahre alte Tradition zur Beseitigung von Flüchen.«
»Flüche? So etwas gibt es noch bei euch?«
»Aber ja. Ich könnte dir beispielsweise einen Fluch anhexen, der verhindert, dass deine Fußverletzung wieder heilt. Soll ich es dir mal vorführen?« Sie formte ihre Hände zu Hexenklauen, mit denen sie nach ihm grapschte.
Er lachte. »Lieber nicht. Ich bin doch froh, dass die Verletzung

aufgrund deiner mysteriösen Kräutersalbe so ungewöhnlich schnell verheilt.«

»Mein kleines Ritual nicht zu vergessen! Beim Occhjiu geht es darum, die betreffende Person zu heilen, sie von ihrem Leid zu erlösen. Es ist also *Weiße Magie*. Diese Kunst beherrschen nur Frauen. Sie wird von Generation zu Generation weitergegeben, und zwar immer von der Mutter an die Tochter.«

»Nie an Männer?«

Sie schüttelte den Kopf.

»Und wie funktioniert es genau?«

»Die älteste Adeptin, die *Signadora,* leitet das Ritual. Sie setzt sich im Dunkeln an einen Tisch mit einer Öllampe. Ihr gegenüber sitzt die verfluchte Person über einen tiefen Teller mit Wasser gebeugt. Nach Entzünden der Lampe beginnt das Ritual. Die Signadora rezitiert geheime Formeln in einer Art Gesangspredigt. Sie spricht dabei so leise, dass man sie kaum hören kann. Dann lässt sie einige Tropfen Öl in den Teller mit Wasser fallen. Wenn die Öltropfen rund und klein bleiben, liegt kein Fluch auf der Person. Sollten sich die Tropfen aber auflösen und zerfließen, bedeutet das, dass die Person tatsächlich befallen wurde und ein Exorzismus vorgenommen werden muss. In diesem Fall macht sie mehrere Kreuzzeichen unter dem Tisch, während sie ihre Formeln wiederholt. Fühlt sich die Person nicht augenblicklich besser, muss eine zweite Signadora das Ritual wiederholen. Ist es danach immer noch nicht besser, eine dritte und so weiter.«

»Ganz schön aufwendig«, sagte Eric grinsend. »Und das funktioniert wirklich?«

»Aber ja. Ich habe es selbst schon oft praktiziert.«

»Du nimmst mich auf den Arm.«

»Wie kommst du darauf?«

»Nun, es klingt so … so …«

»Wie?« Ihr Blick wurde schärfer.

»Ich weiß nicht, wie ich es ausdrücken soll.«

»Sag einfach, was du denkst.«
»Nun, ich finde, es klingt ein kleines bisschen altertümlich. *Mittelalterlich.* Wie etwas, was man vielleicht in bestimmten Teilen Afrikas erwarten würde, nicht aber in Europa …«
»Empfindest du das wirklich so?«
»Du hast um meine ehrliche Meinung gebeten. Ich sagte ja, ich hab's nicht so mit dem Aberglauben.«
»Aber das ist kein Aberglaube. Solche Dinge gibt es wirklich. Es ist nur eine andere Form der Existenz. Die Toten sind für uns niemals weit weg. Im Grunde zählen sie noch zu den Lebenden, die sich einfach nur in einem anderen Daseinszustand befinden.«
»Ich bitte dich …«
»Alles, was um uns herum passiert, kann Ausdruck ihres Willens sein«, beharrte sie. »Eine quietschende Tür, der Wind, der nachts ums Haus streicht, ein fahles Licht irgendwo in den Bergen, ein bellender Hund um Mitternacht …«
»Ein Hund, die nachts kläfft? Ich würde einfach einen Stein nach ihm werfen, dann wäre der Spuk vorbei …« Er wollte sie nicht verletzen, aber sie hatte um seine ehrliche Meinung gebeten. Allerdings schien er es etwas übertrieben zu haben. Sie wirkte verärgert.
»Es ist einfach, darüber zu spotten, wenn man nicht hier lebt«, sagte sie. »Unser Glaube und unsere Traditionen sind über viele Jahrhunderte gewachsen. Nur weil wir jetzt alle Navis und Handys besitzen, heißt das doch nicht, dass die alten Mächte gänzlich verschwunden sind. Solltest du dich entschließen, etwas länger hierzubleiben, wirst du die Dinge vermutlich mit anderen Augen sehen. Aber dazu wird es nicht kommen, nicht wahr?«
»Wieso …?«
»Na ja, in ein paar Wochen sitzt du wieder im Flieger und amüsierst dich aus der Ferne über uns rückständige Korsen.«
»Bitte verzeih, ich habe das nicht so gemeint.« Ganz offen-

sichtlich hatte er einen empfindlichen Nerv getroffen. Er versuchte sie zu beschwichtigen. »Mir war nicht klar, dass du dich den alten Traditionen so stark verbunden fühlst.«

»Ich bin eine Heilerin, was denkst du denn? Bist du der Meinung, dass ich das nur tue, um die Touristen zu beeindrucken? Sieh dich doch mal um, alles hier atmet Geschichte. Die Traditionen sind ein fester Bestandteil unseres Lebens. Ich habe nie meinen Fuß von dieser Insel runterbewegt, und wenn ich so höre, was du über uns denkst, bin ich mir unsicher, ob ich das überhaupt möchte.«

»Du warst noch nie weg von Korsika …?«

»Nein. Schlimm?« Sie erwiderte seinen Blick. An den Rändern ihrer Pupillen glommen kleine Funken.

»Nein, natürlich nicht«, murmelte er und fragte sich gleichzeitig, wie es sein konnte, dass jemand im einundzwanzigsten Jahrhundert noch nie seinen Geburtsort verlassen hatte. Er versuchte seine Verblüffung zu verbergen, mit mäßigem Erfolg, wie er sofort feststellen musste.

»Genau wie die Touristen«, sagte sie mit traurigem Gesichtsausdruck. »Einmal hier angekommen, halten sie ihre geölten Bäuche in die Sonne und schlürfen ihre Daiquiris, während sie über uns zurückgebliebene Hinterwäldler lachen. Wir sind für sie nicht mehr als Statisten in einem Bauerntheater, die vor der farbenprächtigen Kulisse ihre Stücke aufführen dürfen.«

»Hör mal, das darfst du nicht von mir glauben«, stieß er aus. »So bin ich nicht, das ist unfair.«

»Bist du sicher?« Sie sah ihn scharf an.

Es war ihm peinlich, dass er sie so in die Defensive gedrängt hatte. Er wollte ihre Hand berühren, doch sie zog sie augenblicklich weg.

»Ach komm schon«, sagte er. »Ich habe mich ungeschickt ausgedrückt. Kann doch jedem mal passieren. Vermutlich habe ich mich zu sehr … verzaubern lassen.«

»Was meinst du damit?«

»Na ja, ich meine dein Äußeres. Deine ganze Art und so …«
Verblüfft hob sie ihre Brauen. »Moment mal«, sagte sie. »Verstehe ich das richtig? Erst beleidigst du mich, und dann versuchst du mich anzubaggern?«
»Nein, ich …« Er geriet ins Schwitzen. »So habe ich das doch nicht gemeint. Du drehst mir aber auch jedes Wort im Mund herum.«
»Wie hast du es denn gemeint?«
»Na ja, du siehst halt aus wie diese wunderschönen jungen Frauen in Paris, aber du bist ganz anders. Mir war nicht klar, wie tief deine Wurzeln reichen.«
»Na, dann weißt du es jetzt«, erwiderte sie schnippisch. »Übrigens ist mir nicht entgangen, dass du da etwas vor mir versteckst.« Sie deutete auf seine Hemdtasche. »Vorhin, beim Aufstieg hast du es weggesteckt. Was ist es, ein Schmuckstück, ein Medaillon? Egal. Du musst es mir nicht erzählen. Du hast deine kleinen Geheimnisse und ich meine. Ich würde jetzt ganz gerne zurückfahren. Du bist ja schon wieder recht gut auf den Beinen und brauchst meine Hilfe nicht mehr. Wir treffen uns unten am Auto.«
»Bitte, Laurine …« Er streckte die Hand nach ihr aus, doch es war zu spät. Sie war bereits auf dem Rückweg, lief leichtfüßig über die zerborstenen Stufen und verschwand hinter den Felsen.
Eric seufzte.
O Mann, was hatte er wieder angerichtet? Er hasste sich dafür, dass er nicht feinfühliger mit ihr umgegangen war. Sie öffnete ihm ihr Herz, und er hatte nichts Besseres zu tun, als auf ihren Gefühlen herumzutrampeln.
Gut gemacht, Eric. Ganz großes Kino.
Er hätte sich in den Arsch treten können.
Jetzt musste er zusehen, wie er den Schaden wiedergutmachte. Er stand auf und schlang die Schlaufen seiner Wanderstöcke um die Hände. Wenigstens hatte der Regen nachgelassen.

Er wollte sich gerade auf den Weg machen, als er ein metallisches Blinken an der Flanke des Schreins bemerkte. Irgendetwas schimmerte da unter der alten Farbschicht.
Verwundert trat er näher und kratzte die Farbe beiseite. In einer Vertiefung waren ein paar stockfleckige Emaillefotografien eingelassen worden. Daneben hatten wohl mal Namen sowie Geburts- und Todesdaten gestanden, doch sie waren ausgetilgt worden. Fünf Täfelchen, von denen sich drei in einem sehr schlechten Zustand befanden. Sie waren so dick mit Farbresten überkrustet, dass man ihnen mit einem Taschenmesser zu Leibe rücken musste, um irgendetwas erkennen zu können. Die zwei verbliebenen lagen frei, lagen jedoch im Schatten. Eric kramte in seiner Jackentasche, zog sein Handy heraus und betätigte die Taschenlampen-App.
Mit klopfendem Herzen trat er näher. Er erkannte einen Mann und eine Frau etwa in seinem Alter. Sie trugen traditionelle Trachten und sahen aus, als stammten sie aus dem neunzehnten Jahrhundert. Eric war gut genug mit dem Thema Film vertraut, um die spezifischen Eigenschaften von Silberjodid zu erkennen. Die Aufnahmen waren für ihr Alter immer noch recht brauchbar.
Der Mann trug Schnauzbart und Mantel und hatte sauber zur Seite gescheiteltes dunkles Haar. Über seiner Schulter hielt er ein Gewehr. Die Frau hingegen hatte einen weißen Spitzenkragen, ein eng geschnürtes Kleid und eine Schneckenfrisur, auf der eine weiße Haube ruhte. In ihrem Arm hielt sie einen Säugling, der in ein weißes Tuch gehüllt war. Er trug ebenfalls ein Spitzenhäubchen. Ein Mädchen vermutlich.
Die Art, wie die Frau in die Kamera blickte, jagte Eric einen Schauer über den Rücken. Die Augen wiesen keinerlei Wärme oder Mitgefühl auf. Nicht so, wie man es bei einer jungen Mutter vermuten würde. Was ihn aber am meisten verblüffte, war etwas anderes. Er holte das Medaillon aus der Tasche und klappte es auf. Das Bild seiner Großmutter war von nicht allzu

guter Qualität, doch das spielte keine Rolle. Die Ähnlichkeit war verblüffend. Dasselbe längliche Gesicht, dieselben hervorstehenden Wangenknochen, derselbe schmallippige Mund. Man hätte die beiden für Schwestern halten können, und doch lag eine ganze Generation zwischen ihnen. War die Frau dort etwa …?

Er trat noch näher, verglich die beiden Bilder. Konnte das sein? Wenn er mit seinen Vermutungen recht hatte, dann war die Frau dort auf dem Grab seine Urgroßmutter. Und der dreimonatige Säugling in ihrem Arm war wahrscheinlich seine Großmutter Gabriella.

Das gab's doch nicht! War das wirklich möglich, oder hatte sein unseliges Gespräch mit Laurine ihn so verwirrt, dass er nun auch an übersinnliche Schicksalsfügungen glaubte? Womöglich würde die Frau auf dem Bild ihm gleich zuzwinkern und beginnen, mit ihm zu sprechen.

Eric kniff die Augen zusammen. Vielleicht bildete er sich das alles auch nur ein. Er musste unbedingt mehr Informationen einholen. Er schaltete die App wieder aus, richtete sich auf und atmete ein paarmal tief durch.

Wenn das, was er vermutete, stimmte, dann war er hier einer großen Sache auf der Spur. Er würde diese Insel nicht verlassen, bis er völlige Gewissheit über die ganze Geschichte hatte. Schon möglich, dass sein Name Marchand lautete, aber in Wirklichkeit war er ein Giuliani. Und dies war das Grab seiner Familie.

16

In der Zentrale der Police Nationale in der Rue Général Fiorella liefen die Telefone heiß. Seit der *Corse-Matin* den Aufruf der Polizei mit Bitte um Mithilfe der Bevölkerung abgedruckt hatte, standen die Apparate nicht mehr still. Eine zwanzigköpfige Sondereinsatzgruppe war gebildet worden, die jedem noch so kleinen Hinweis nachging und alles nach Wichtigkeit sortierte. Wie gesagt, Hinweise gab es reichlich, was jedoch fehlte, war der berühmte rote Faden.

Was sie gefunden hatten, ergab einfach keinen Sinn. Die Sprengstoffexperten waren zu dem Schluss gekommen, dass die Explosion, die Pasquales Wagen erwischt und ihn ins Hafenbecken abgedrängt hatte, nicht von einer Panzerfaust stammen konnte. Dafür stimmten weder Streuwinkel noch Art der Detonation. Das chemische Labor hatte Rückstände von Phosphorsäure und Wasserstoffperoxid gefunden, was die Spezialisten zu der Vermutung brachte, dass es sich nicht um eine Feststoffreaktion, sondern um eine Explosion, hervorgerufen durch Acetonperoxid, handelte. Die Mischung war in Terroristenkreisen beliebt und auch bei den Anschlägen am 13. November 2015 in Paris zum Einsatz gekommen. Die Sprengstoffwesten, die man rund ums Stadion gezündet hatte, waren damit bestückt gewesen.

Hier lag der Fall etwas anders, denn offenbar hatte man die Bombe bereits früher im Glascontainer deponiert und mittels Funkauslöser zur Explosion gebracht. Was neue Fragen aufwarf. Irgendwie passte das alles nicht zusammen.

Der Chef de Police überflog das Dossier noch einmal, als es klopfte und die Tür aufgerissen wurde.

Philippe Renard erschien und wedelte mit einem Zettel in der Hand. »Wir haben ein Bekennerschreiben.«

»Ein …?« Mahmoud sprang auf. »Zeig her.«

»Hier. Wurde eben eingeworfen, von zwei Typen auf einem Motorrad. Maskiert. Kein Kennzeichen.«

Mahmoud riss dem Lieutenant den Zettel aus der Hand und überflog ihn. Ungläubig schüttelte er den Kopf, dann las er ihn noch einmal. Er sah seinen Kollegen verblüfft an. »Die FLNC?«

»Sieht so aus, ja.«

»Glaubst du das?«

Der Lieutenant zuckte mit den Schultern. »Ich habe keinen Grund, daran zu zweifeln.«

Mahmoud knabberte an seiner Unterlippe. In ihm sträubte sich alles gegen diese Theorie, aber hier stand es schwarz auf weiß. Es war ein Bekennerschreiben der Frontu di Liberazione Naziunale Corsu. Ohne Zweifel. Seine Probleme schienen sich in Luft aufzulösen. Aber vielleicht fingen sie damit auch gerade erst richtig an.

Philippe musterte ihn neugierig. »Was denkst du?«

Mahmoud wendete das Papier in seinen Fingern. »Das ist eine Kopie.«

»Aber ja. Das Original befindet sich bei der Spurenanalyse.«

»Ja natürlich ...«

»Soll ich eine Pressemeldung vorbereiten?«

»Noch nicht.« Mahmoud hatte eine Idee.

Er eilte zurück an seinen Platz, wühlte in dem Ablagekästchen, das neben seinem Telefon stand, und zog ein Kärtchen heraus. Es war abgewetzt und sah aus, als habe es sich schon einmal ziemlich lange in einer Hosentasche befunden.

Philippe runzelte die Stirn. »Was hast du vor?«

»Kurz mal telefonieren. Warte bitte draußen, ich bin gleich wieder zurück.«

Das *Petit Matignon* war ein kleines Bistro an der Ecke zum Boulevard Pascal Rossini. Mahmoud hatte seit dem Frühstück noch nichts gegessen, und jetzt war es fast Abend. Sein Magen hing auf halbmast.

Er wählte einen Tisch, an dem es sich ungestört reden ließ, bestellte ein Pietra und ein Plat du Jour. *Poulet rôti* mit Pommes und einem kleinen Salat. Zu etwas anderem fehlte ihm gerade der Mut.
Der Reporter traf zeitgleich mit dem Essen ein. Petru Ciosi schnürte über die Straße, kam zu Mahmoud herüber und sondierte die Lage. Unter seinen Achseln waren tellergroße Schweißflecke. Offenbar hatte er sich beeilen müssen.
»Da bin ich«, sagte er. Sein feistes Gesicht glänzte. Er zog einen Stuhl heran und nahm Platz. Dann setzte er seine Brille ab und begann sie umständlich zu putzen.
»Tut mir leid, wenn ich etwas spät dran bin, aber Sie haben mich da gerade in einer dringenden Sache erwischt. Redaktionsschluss und so …«
Mahmoud stieg ein kräftiger Schweißgeruch in die Nase.
Ciosi setzte die Brille wieder auf und beäugte Mahmouds Teller. »Wie ist das Hähnchen?«
»Strohtrocken«, erwiderte Mahmoud. »Also unbedingt ein Bier dazubestellen.«
Der Reporter winkte den Kellner heran. »Das Gleiche noch mal und ebenfalls Pietra. Aber ein großes, wenn ich bitten darf.«
»Fühlen Sie sich eingeladen«, sagte Mahmoud und wischte sich über den Mund. »Heute zahlt die Stadt.«
»Interessante Wahl.« Ciosi sah sich amüsiert um. »Ihre Stammkneipe?«
Mahmoud verschluckte sich beinahe an einer Fritte. »Das hier? Also bitte.«
»Wieso?«
»Ich bin zwar im Armenviertel von Lyon aufgewachsen, aber selbst ich habe meinen Stolz. Ich habe das nur gewählt, weil es gleich um die Ecke ist und mich hier niemand kennt.«
»Verstehe«, sagte der Reporter. »Ich gebe zu, seit der Neueröffnung war ich auch nicht mehr hier drin. Ich kannte den

Vorbesitzer: Ramon aus Sevilla. Netter Typ. Überzeugter Marxist, genau wie ich. Ist leider wieder in seine Heimat zurückgekehrt, was ich sehr bedaure. Hier bekam man früher die besten Tapas auf der Insel, und anschließend wurde die Internationale gegrölt. Aber wir sind nicht hier, um in alten Zeiten zu schwelgen. Sie sagten, es wäre dringend?«

»Dringend ist gar kein Ausdruck«, sagte Mahmoud mit gesenkter Stimme. »Bei uns brennt die Hütte, Petru. Es hat sich etwas höchst Ungewöhnliches zugetragen. Ich wollte erst mal Ihre Meinung dazu hören, ehe ich damit an die Presse gehe.«

Ciosi sah ihn groß an, dann lachte er donnernd. »Der war gut.«

»Nein, ich meine es ernst«, sagte Mahmoud und sah sich argwöhnisch um. Er wünschte, dieser Reporter wäre nicht ganz so lautstark. In diesem Moment kam der Kellner aus der Küche und brachte dem Reporter sein Essen.

»*Bòn appettitu!* Alles zu Ihrer Zufriedenheit, möchten Sie noch etwas?«

»Nein, alles in Ordnung.« Mahmoud wartete, bis der Kellner wieder verschwunden war, ehe er fortfuhr. »Mir ist wirklich daran gelegen, zu hören, was Sie dazu zu sagen haben, Petru. Ich muss nämlich gestehen, dass ich diese Nachricht noch nicht einsortieren kann. Vielleicht können Sie mehr damit anfangen.«

»Sie verstehen es wirklich, eine Sache spannend zu machen.« Ciosi setzte das Glas an und leerte es in einem Zug. Dann brach er den Unterschenkel des Vogels ab und fing an, daran herumzuknabbern. Mahmoud griff in die Tasche, holte den Zettel heraus und schob ihn gefaltet über den Tisch.

»Ist eine Kopie«, sagte er. »Momentan interessiert mich nur der Text.«

Der Reporter wischte seine Fettfinger an der Serviette ab, faltete den Zettel auseinander und las ihn. »Eine Kopie, sagen Sie?«

»Das Original wird gerade bei der Spurensicherung auf Fingerabdrücke und Haarreste untersucht.«
Mahmoud sah, wie die buschigen Brauen hinter der Brille zusammenrutschten. Nicht lange, und sie bildeten eine durchgehende Linie, aus der zwei steile senkrechte Falten emporragten. Irgendwann hob Ciosi den Kopf und sah den Chefinspektor über den Rand seiner Brille hinweg an.
»Sie wollen mich verarschen, oder?«
»Sehe ich so aus?«
»Wann kam das rein?«
»Vor einer guten Stunde. Meine erste Aktion war, Sie anzurufen. Also, was sagen Sie dazu, Petru?«
»Die *Korsische Nationale Befreiungsfront des 22. Oktober?*«
»Ja. Und?«
»Das muss eine Ente sein.«
»Ist es nicht. Wir haben es mit früheren Schreiben dieser Art verglichen. Die Nachricht wurde auf einer alten Populaire verfasst. Das A steht leicht schief, sehen Sie? Das war in früheren Schreiben auch schon so. Und es ist bei Weitem nicht das einzige Indiz. Solche Hinweise gibt es dutzendfach.«
Ciosi tupfte seine Mundwinkel ab. »Sieht also aus, als legte jemand Wert darauf, zu beweisen, dass das Schreiben echt ist.«
»So würde ich das auch interpretieren«, sagte Mahmoud.
»*Bullshit.*« Petru rückte seine Brille zurecht, dann sah er sich den Brief noch einmal genauer an.
»Und?« Mahmoud wurde langsam ungeduldig. Wenn der Reporter einen Verdacht hatte, warum sprach er ihn dann nicht aus? Endlich begann er zu reden. »Da stimmt was nicht«, murmelte er.
»Was meinen Sie?«
»Sie erinnern sich doch an das, was ich Ihnen vorgestern gesagt habe. Dass ich ein komisches Gefühl habe. Meines Wissens war Pasquale ein treuer Verbündeter der Autonomisten. Also entweder besitzt hier jemand eine extrem hohe kriminelle

Energie und will den Korsikatreuen so richtig in die Parade fahren, oder das Schreiben stammt tatsächlich von ihnen, und sie haben den bewaffneten Kampf wieder aufgenommen. Ich weiß nicht genau, was von beidem ich unheimlicher finde. Wie lange, sagten Sie, hat es in der Vergangenheit gedauert, bis die FLNC sich zu ähnlichen Attentaten bekannt hat?«

Mahmod grinste. »Ich habe zwar nichts dergleichen gesagt, aber überprüft habe ich es natürlich. Durchschnittlich zwei Stunden.«

»Und diesmal?«

»Einundfünfzig.«

Petru sah ihn groß an. »Also damit dürfte es klar sein.«

»Was?«

»Dass das ein Fake ist.«

»Vielleicht. Aber da ist noch mehr. Es geht um die Bombe ...«

»Bombe?« Ciosi zog die Brille ein Stück runter und musterte Mahmoud über den Rand. »Sagten Sie nicht, es wäre eine Panzerfaust gewesen?«

»Anscheinend war das bloß eine Attrappe. Wir haben sie ein paar Hundert Meter weiter in einem Müllcontainer gefunden. Nur eine Papprөhre mit ein paar angeschraubten Plastikteilen. Sie diente wohl lediglich dazu, Pasquale Angst einzujagen.«

»Was ihnen ja wohl auch gelungen ist, so kopflos, wie der durch die Stadt gebrettert ist. Aber wenn es nicht die Panzerfaust war, die die Explosion ausgelöst hat, was war es dann?«

Mahmoud rutschte nach vorn. Was er zu tun gedachte, barg ein gewisses Risiko. Wenn er falschlag, konnte ihn das seinen Kopf kosten. Andererseits brauchte er dringend Freunde, die von hier stammten und nicht unbedingt der Polizei angehörten. Er setzte auf seine gute Menschenkenntnis, und bei Petru hatte er ein gutes Gefühl. Das Gesicht des Reporters war noch eine Unterarmlänge von ihm entfernt. »Darf ich auf Ihre Verschwiegenheit setzen, wenn ich Ihnen das erzähle? Ich muss diesbezüglich ganz sicher sein.«

»Wenn es sein muss, kann ich schweigen wie ein Grab. Also, was war es?«
»Acetonperoxid. Im Flaschencontainer. Wurde vermutlich per Fernauslöser gezündet.«
»Nicht Ihr Ernst ...« Petrus buschige Brauen hüpften nach oben. »Das würde ja bedeuten ... sie wussten, wo er langfahren würde.«
»Exakt.«
»Eine Wanze, ein Leck im Sicherheitsfunknetz?«
»Möglich«, flüsterte Mahmoud. »Vielleicht wurde er aber auch bespitzelt, und sie haben seine Routinen dokumentiert. Wie man es dreht und wendet, dies war keine spontane Aktion, sondern ein von langer Hand geplanter Anschlag.«
»Ist ja ein Ding ...«
»Ja, nicht wahr? Jetzt verstehen Sie sicher, warum mir so daran gelegen war, Sie zu treffen. Was denken Sie, nachdem Sie nun wissen, was ich weiß?«
Ciosi grinste. »Ich würde sagen, Sie sitzen mächtig in der Scheiße.«
»Geht's noch etwas präziser?«
Der Reporter ließ sich nach hinten sinken und faltete die Hände hinter dem Kopf. Die Schweißflecke unter seinen Armen reichten inzwischen bis zur Taille. »Mein Gefühl sagt mir, dass hier was oberfaul ist. Das passt alles nicht zusammen. Die korsische Mafia benutzt kein Acetonperoxid. Viel zu gefährlich, viel zu instabil.«
»Sind Sie sich da sicher?«
»Absolut. *Le plastique – c'est chic,* sagt Ihnen das was?«
»War das nicht der Slogan der Nationalisten, die damals die Hotelkomplexe in die Luft gejagt haben?«
»Genau so ist es. Es bezog sich auf den Plastiksprengstoff C4, der dabei gerne verwendet wurde. Acetonperoxid würde hier keiner anrühren. Das entspräche nicht ihrem Hang zur Perfektion. Wer weiß, wie lange das Zeug da schon dringelegen

hat. Stellen Sie sich mal vor, die Müllabfuhr wäre früher gekommen. Die wären allesamt in die Luft geflogen. Ein Haufen Unbeteiligter hätte dabei ums Leben kommen können.«

»Und …?«

»Das fragen Sie? Offenbar scheinen Sie die Autonomen immer noch nicht zu verstehen. Die sind tunlichst darauf bedacht, keine Opfer unter den Ortsansässigen zu hinterlassen, da sie doch auf das Wohlwollen der Bevölkerung angewiesen sind. Ihre Anschläge waren stets sauber und präzise getimt. Sie gehen chirurgisch vor, wie mit einem Skalpell. Was Sie mir hier beschreiben, klingt eher nach einer Motorsäge.«

»Und das Bekennerschreiben?«

»Sind Sie sicher, dass es echt ist?«

»Zu neunundneunzig Prozent.«

»Dann ist es nur vorgeschoben. Fingiert.«

»Können Sie mir das genauer erklären?«

»Eine vorsätzliche Lüge. Sie haben es nicht getan, bekennen sich aber trotzdem dazu. Denken Sie an den Zeitraum. *Einundfünfzig Stunden.* Das klingt ganz danach, als ob da irgendwo ein paar Köpfe heiß gelaufen wären und Kriegsrat abgehalten hätten.«

»Aber wieso? Warum sich zu etwas bekennen, was man gar nicht getan hat?«

Ciosi zuckte die Achseln. »Um den wahren Täter in Sicherheit zu wiegen. Um Strategien zu entwickeln – wer weiß? Wir Korsen sind es gewohnt, die Dinge selbst in die Hand zu nehmen. Wir warten nicht darauf, dass uns jemand zu Hilfe kommt, sondern regeln die Sachen auf unsere Art. Ich könnte mir vorstellen, dass da ein Bandenkrieg oder Ähnliches läuft und Presse und Polizei davon möglichst nichts mitbekommen sollen. Was haben denn die Untersuchungen von Pasquales Unterlagen ergeben?«

»So weit sind wir noch nicht. Es scheint aber, dass da in jüngster Zeit einige Dokumente verschwunden sind.«

»Wie unvorteilhaft …«
»Das ist noch untertrieben. Wir untersuchen gerade fieberhaft, wer da wohl Zugang gehabt haben könnte, aber es ist wie die Suche nach der Nadel im Heuhaufen. Das kann noch Monate dauern. Ich halte Sie auf dem Laufenden. Für heute haben Sie mir jedenfalls sehr weitergeholfen.«
»Habe ich …?«
»Allerdings.« Mahmoud griff in die Tasche und legte einen Fünfzigeuroschein auf den Tisch. »Hier, bestellen Sie sich noch einen schönen Kaffee oder einen Schnaps und zahlen Sie dann alles zusammen. Ich muss los.«
Petru schielte auf den Zettel. »Was ist mit dem Bekennerschreiben, darf ich das abdrucken?«
Mahmoud steckte es wieder ein. »Ja, aber noch nicht jetzt. Sie bekommen es auf dem offiziellen Dienstweg. Morgen früh wird es auf Ihrem Schreibtisch liegen, okay? Und kein Wort über die Bombe oder dieses Gespräch. Wir müssen den Ball flach halten und die FLNC in Sicherheit wiegen. Es wäre sicher das Beste, wenn wir uns erst mal dumm stellen und deren Spiel mitspielen. Ich werde ein paar Razzien organisieren, ein bisschen auf den Busch klopfen. Natürlich werden wir so keine Ergebnisse erzielen, es soll ihnen nur zeigen, dass wir ihren Köder geschluckt haben. Derweil können wir unsere Ermittlungen anstellen.« Er zog seine Jacke an. »Und, Petru …«
»Ja?«
»Ich zähle auf Ihre Diskretion. Sollte ich feststellen, dass irgendetwas davon durchsickert, werden Sie das bereuen. Haben wir uns verstanden?«
Der Reporter sah ihn mit gespielter Empörung an. »So etwas würden Sie mir zutrauen?«
»Ich würde Ihnen *alles* zutrauen.«
Petru blickte erst überrascht, dann erschien ein breites Grinsen auf seinem Gesicht. »Gut so. Sie lernen langsam, wie die Dinge hier auf der Insel laufen.« Er tippte sich an die Nase.

17

Das *Le Gallieni* platzte aus allen Nähten. Licht strömte auf den Platz, und bereits draußen vor der Tür drängten sich die Menschen. Laute Musik schallte in den abendlichen Himmel. Als Eric das Lokal betrat, schlug ihm eine Wand aus Zigarettenrauch und biergeschwängerter Luft entgegen. Er schloss die Augen und atmete tief ein. Es dauerte einen Moment, dann hatten sich seine Lungen an den Verlust des Sauerstoffs gewöhnt. Das Goldfischglas hieß ihn willkommen.
Er schob sich an ein paar Leuten vorbei zur Bar auf der rechten Seite. Ein wohliger Schauer überlief ihn. Er kannte solche Läden. Einige seiner besten Geschichten hatten hier ihren Anfang genommen. Dies war eine spezielle Form von Ursuppe. Gutes existierte neben Bösem, Schönheit neben Hässlichkeit, Liebe neben Hass. Und auch Verzweiflung und Euphorie gaben sich ein Stelldichein. Aus Huren wurden Göttinnen, aus Bettlern Helden, und ein jeder konnte aufsteigen und im nächsten Atemzug zu einer Sternschnuppe verglühen.
Weswegen es auch immer einen Grund für ein volles Glas gab. Links war eine kleine Bühne aufgebaut worden. Ein paar Mikrofone, Scheinwerfer mit farbigen Filtern und eine traditionelle Flagge, schwarzer Kopf mit weißer Stirnbinde, waren zu sehen. Offenbar würde es heute Abend noch Livemusik geben. Gut. Nach dem heutigen Erlebnis konnte Eric ein bisschen Ablenkung vertragen.
Was war nur in ihn gefahren, dass er Laurine dermaßen vor den Kopf gestoßen hatte? Er war auf ihren Gefühlen herumgetrampelt wie der sprichwörtliche Elefant auf dem Porzellan, das er zuvor mit seinem breiten Arsch aus den Regalen gestoßen hatte. Da würde er sich etwas einfallen lassen müssen, um diese Sache wieder geradezubiegen. Ein Strauß Rosen dürfte da kaum ausreichen.

Und dann diese Entdeckung. Bisher hatte er es noch nicht gewagt, irgendjemandem davon zu erzählen, er musste zuerst ein paar Erkundigungen einziehen und sich schlaumachen. Irgendwas war an der Sache nicht koscher, das spürte er. Diese Ruinen, das halb verfallene Grab – der Ort wirkte, als ob niemand daran erinnert werden wollte.

Eric winkte den Wirt zu sich heran und bestellte ein überbackenes Sandwich und ein Wasser. Er hatte vor, später noch ein paar Drinks zu nehmen, wollte es aber langsam angehen lassen. Erst mal eine Grundlage schaffen.

Immer mehr Menschen drängten in die Bar. Willkommensrufe ertönten, und Applaus brandete auf. Wie es schien, war die Band eingetroffen. Inzwischen war kein Fußbreit Boden mehr frei. Die Menschen bildeten eine Gasse, durch die die Musiker in den hinteren Teil der Bar gelangen konnten. Eric stopfte sich den Rest des Sandwiches in den Mund, wischte die Krümel mit dem Handrücken weg und leerte sein Wasser. Dann bestellte er ein Bier.

Vier Männer traten der Reihe nach hinter die Mikrofone. Der erste war ein kleiner alter Mann mit Augenfalten und einer markanten Nase. Dann kam ein junger mit Vollbart und Hornbrille, gefolgt von einem blonden, der seine Haare zu einem Pferdeschwanz gebunden hatte. Als letzter betrat ein Mann die Bühne, der sofort Erics Aufmerksamkeit erregte. Es war niemand anders als Mateu Santini.

Laurines Ex-Mann überragte seine Musikerkollegen um beinahe einen halben Kopf und wirkte in der Enge der Bar ziemlich breit. Er trug ein Hemd in Tarnfarben, Weste, Lederstiefel und einen Hirschfänger, als wäre er gerade frisch von der Jagd gekommen. Eric konnte sich bei der Demonstration von so viel martialischer Männlichkeit ein Lächeln kaum verkneifen. Auf dieser Insel tickten die Uhren wirklich anders.

Mateus spärlich behaarter Schädel glänzte im Licht der Scheinwerfer. Seine mehrfach gebrochene Nase warf Schatten über sein unrasiertes Gesicht. In seinen Augen lag keinerlei Wärme. Ruhig und ausdruckslos wie ein Alligator musterte er seine Umgebung. Als sein Blick den von Eric kreuzte, hielt er inne. Erst wirkte er überrascht, dann umspielte ein schmales Lächeln seine Lippen. Er nickte ihm zu, und Eric erwiderte den Gruß. Damit waren die Fronten geklärt. Keine Versteckspielchen, nicht heute Abend.

Die vier stellten sich in einem Halbkreis auf, eine Hand ans Ohr gelegt, die andere auf der Schulter eines Mitsängers. Auf das Signal des Ältesten fingen sie an zu singen: »*Què sò voci muntagnole / Spurgulate di cannella / Beienu tutte le mani / L'acqua di la funtanella / A' lu frescu di lu fovu / 'Ntonanu la so paghjella.*«

Die Stimmen legten sich disharmonisch übereinander, wobei sie an bestimmten Punkten wieder in einen harmonischen Dreiklang übergingen. Sie waren leicht versetzt zueinander, sodass der Eindruck von Hall und Weite entstand. Ein ziemlich kompliziertes Tonmuster, das ein hohes Maß an Können und Konzentration voraussetzte.

Eric war von der Wirkung verblüfft. Es war, als öffnete sich ein weiter Raum, als würde er auf einem Teppich von gregorianisch anmutenden Klängen davonschweben; über das Meer und die Berge, hin zu archaischen Orten mit sprudelnden Quellen und rauschenden Wäldern, an denen es nur ein Lagerfeuer und eine Handvoll Männer gab, die einander Geschichten erzählten. Eric wusste, dass dies die berühmte *Paghjella* war. Gehört hatte er sie aber noch nie.

Mateu sang eine der beiden Bassstimmen. Der andere war der Alte mit der markanten Nase. Die Lieder schienen allgemein bekannt zu sein, denn die Gäste stimmten mit ein, und nicht wenige von ihnen hatten dabei Tränen in den Augen. Auch Eric war ergriffen. Obwohl er nur wenig von Männlichkeitsritualen hielt, konnte er sich nicht von einer gewissen Faszination freisprechen. Männer, die ohne Scham weinten – wo gab es das heutzutage noch? Gerne hätte er auch die Texte verstanden, aber dazu reichte sein Korsisch nicht aus.

Irgendwann endete der Gesang.

Es gab keine Zugabe, kein *Dacapo* und auch keinen übertriebenen Applaus. Fast so, als würde man hier unter Freunden musizieren. Hände wurden geschüttelt, ein paar Schultern geklopft und Bier an die Musiker ausgeschenkt. Mateu wechselte einige Worte mit seinen Kollegen, dann kam er zu Eric herüber.

»Aha, unser Neuzugang.« Er schnappte sich ein Schälchen mit Erdnüssen und griff hinein. »*Bóna sèra*, Monsieur Marchand. *Cumu state?* Wie hat Ihnen der Gesang gefallen?«

Eric war nicht verwundert, dass sein Name inzwischen die Runde gemacht hatte. In dörflichen Gemeinschaften funktionierte das Buschtelefon meist besser als in der Stadt.

»Ausgezeichnet«, sagte er. »Eine faszinierende Art von Musik. Für ungeübte Ohren etwas gewöhnungsbedürftig, aber das tut der Sache keinen Abbruch. Woher kennen Sie meinen Namen?«

»Na, was denken Sie wohl?«, sagte Mateu. »Sie sind kein Unbekannter hier, das halbe Dorf redet über Sie.«

»Hoffentlich nur Gutes.«

»So lala.« Mateu zog eine Packung Zigaretten aus der Westentasche und hielt sie Eric hin. Es war zwar nicht seine Marke, aber aus Höflichkeit nahm er eine. Im Gegenzug gab er beiden Feuer.

»Grundsätzlich mögen wir die Touristen nicht allzu sehr«, sagte Mateu, nachdem er einen kräftigen Zug genommen hatte. »Wir akzeptieren euch, wir bieten euch Unterkunft und Essen, aber lieben tun wir euch nicht.«

»Wie schade …«

»Ihr spült Geld in unsere Kassen, das ist alles.« Er zuckte die Schultern. »Wirklich wir selbst sind wir erst wieder, wenn die Touristensaison vorbei ist und Ruhe einkehrt. Dann entsteht das wahre Korsika wie Phönix aus der Asche.«

»Ich sehe mich eigentlich nicht als Touristen«, sagte Eric. »Mehr als ein Einwanderer auf unbestimmte Zeit.«
Die kalten Augen musterten ihn. Hatten sie eine unterschiedliche Farbe? »Dann haben Sie vor, länger zu bleiben?«
»Vielleicht. Vielleicht auch nicht.«
»Wie lange?«
Eric zog spöttisch eine Braue in die Höhe. »Ist das ein Verhör?«
»Nur der Versuch, etwas Konversation zu betreiben.« Mateu leerte sein Bier und bekam ungefragt ein neues hingestellt. »Ich habe mir erlaubt, mich ein bisschen über Sie zu informieren, Monsieur Marchand. Sie sind ja eine richtige kleine Berühmtheit.« Eric fiel auf, dass Mateu leicht nuschelte. Möglich, dass er früher mal eine Hasenscharte hatte, die aber inzwischen operiert worden war.
»Wie man's nimmt.«
»Doch, doch«, sagte Mateu. »Stellen Sie Ihr Licht mal nicht unter den Scheffel. Es ist lange her, dass wir hier jemanden von Ihrem Rang und Namen begrüßen durften. Ich finde, das sollten wir begießen. Mein Name ist übrigens Mateu Santini.«
»Ich weiß. Laurines Ex-Mann. Sie sind nicht der Einzige, der Erkundigungen anstellt.« Eric schnappte die Pranke und schüttelte sie. Seine Hand versank fast darin.
Mateu sah ihn einen Moment verwundert an, dann lachte er.
»Émile, schenk uns mal ein paar Whisky aus. Mir und meinen Gesangskollegen auch. Sie mögen doch Whisky, Monsieur Marchand?«
»Schon, aber …«
»Ich wette, so einen haben Sie noch nicht gekostet. Original korsisch. Selbstverständlich aus Kastanien.«
»Kastanien?« Eric beobachtete skeptisch, wie der Wirt den Inhalt einer kurzen, stumpfen Flasche in die kleinen Gläser goss. »Ich mag kein Experte sein, aber wird Whisky nicht aus Getreide hergestellt?«

»Das stimmt. Allerdings zählen Kastanien auf Korsika per Gesetz zu den Getreidesorten. Wir machen auch unser Bier daraus. He, Émile, beeil dich mal ein bisschen.« Mateu grinste. »Es ist wie immer im Leben, man muss sich nur zu helfen wissen, nicht wahr, Monsieur Marchand?«

Der Wirt platzierte die Gläser auf dem Tresen, und Mateu reichte einige nach hinten durch und gab Eric das vorletzte. »Hier, probieren Sie. Sagen Sie mir, was Sie davon halten. Und ihr anderen: *Salute!*« Sie stießen mit den Musikern an, und Eric machte sich auf das Schlimmste gefasst. Doch der Tropfen war überraschend gut. Ein interessantes Aroma nach Eukalyptus, Rosmarin und Tannennadeln. Anders als die schottischen, aber dennoch gut. In einer Blindverkostung hätte er vermutlich nicht herausbekommen, dass es ein Whisky war.

Er nickte anerkennend. »Ich bin beeindruckt. Nicht nur, dass ihr Korsen anscheinend sehr findig seid, was das Auslegen von Gesetzen betrifft, jetzt macht ihr auch noch guten Whisky. Fremde Länder, fremde Sitten.«

»Auf Korsika ist so manches anders, mein lieber Eric. Ich darf Sie doch Eric nennen?«

»Warum nicht.«

Mateu leerte sein Glas in einem Zug und ließ sich noch mal nachschenken. »Sie sollten nicht den Fehler begehen zu glauben, Sie befänden sich hier immer noch auf dem Festland. Wir haben unsere eigenen Gesetze, Traditionen und Regeln. Dazu gehört, dass man miteinander anstößt. Sie nehmen doch noch einen, oder?«

»Scheißt der Bär in den Wald?«

Mateu runzelte die Stirn. »Welcher Bär …?«

»Ist nur ein dummer Spruch, zerbrechen Sie sich nicht den Kopf darüber.« Eric schob sein Glas vor. Mateu griff jetzt selbst nach der Flasche und ließ das Getränk hineinplätschern. Wenn er vorhatte, Eric unter den Tisch zu saufen, musste er sich warm anziehen.

»Woran schreiben Sie gerade?«
Eric zuckte die Schultern. »Eine etwas traurige Geschichte. Ein Krimi, der gleichzeitig einen Abgesang auf Europa darstellt.«
»Ein politischer Roman?«
»Wie man's nimmt. Im Zentrum steht ein einstmals berühmter, jetzt aber vergessener und ausgebrannter Kommissar, der feststellt, dass ihm seine Stadt, seine Heimat, ja sein ganzes Land fremd geworden ist. Er löst noch einen letzten Fall und beschließt dann, sich für die gute Sache zu opfern.«
»Autobiografisch?«
Eric hob die Brauen. »Ich hoffe doch nicht, immerhin stirbt die Hauptfigur.«
»Klingt nach einer ziemlich trüben Story. Ich lese ja lieber Sachbücher – wenn überhaupt. Da lernt man wenigstens etwas.«
»Aus Romanen kann man auch etwas lernen …«
»So, was denn?«
»Über Menschen. Wie sie denken, fühlen und was sie antreibt.«
»Und wennschon.« Mateu kippte den Whisky hinunter und nahm dann noch einen. »Ich kann mit dieser Brüsseler Wehleidigkeit nichts anfangen. Immer dieses Gejammer. Wenn es Probleme gibt, muss man sie anpacken. Wir hier auf Korsika schaffen das schließlich auch.«
»Da habe ich anderes gehört …«
»Dann sind Sie falsch informiert, Monsieur Marchand. Wir haben hier alles fest im Griff. Und was Ihr Buch betrifft: Ich hasse Geschichten ohne Happy End. Da kommt man immer so schlecht drauf.«
»Interessant. Ihre Ex-Frau hat dasselbe gesagt.« Eric nahm den Whisky und kippte ihn ebenfalls hinunter. Das Zeug brannte wie Feuer.
Aus dem Augenwinkel sah er, dass seine Worte ihre Wirkung nicht verfehlt hatten.
»Meine Ex-Frau?«

»Laurine, ja. Sie meinte, wenn Romanfiguren schon so viel leiden müssten, sollte man ihnen am Schluss doch wenigstens ein Happy End gönnen.«

»Sehr interessant.« Unter der rauen Schale brodelte es, Eric spürte das. Aber noch hatte Mateu sich im Griff.

»Als Autor von Kriminalromanen haben Sie doch bestimmt gute Kontakte zur Polizei, oder?«

Eric zuckte die Schultern. »Na ja. Wie man's nimmt. Tatsächlich habe ich ein paar Kontakte dorthin. Berufsbedingt, wohlgemerkt. Meine Geschichten sind ziemlich recherchelastig, da brauche ich Ansprechpartner.«

»Schon mal daran gedacht, was über die korsische Mafia zu schreiben?«

Er sagte das ganz unverfänglich, doch Eric wusste sofort, wovon er sprach. »Momentan nicht«, erwiderte er. »Aber sollte es jemals dazu kommen, dürfte ich mich mit meinen Fragen doch bestimmt an Sie wenden, oder?«

Mateu sah ihn erst groß an, dann lachte er herzlich. Ein trockenes, kehliges Lachen. »Sie sind in Ordnung, Eric.« Er schlug ihm zwischen die Schulterblätter und wollte noch mal nachbestellen, doch Eric kam ihm zuvor. »Nein bitte, jetzt bin ich mal dran.« Er wandte sich an den Wirt. »Was kostet denn eine neue Flasche?«

Émile sah ihn irritiert an. »Von dem P&M?«

»Ja. Sie werden doch sicher noch eine haben.«

»Also, ich …« Er blickte zu Mateu, dessen Gesicht jedoch ausdruckslos blieb. »Ich weiß nicht. Da müsste ich erst hinten nachschauen …«

»Dann tun Sie das, mein Guter.«

Es dauerte einen Moment, dann kam der Wirt mit einer ungeöffneten Flasche zurück. »Ich hab noch eine gefunden«, sagte er. »Es ist allerdings die letzte.«

»Das reicht uns.« Eric rieb sich die Hände. »Was schulde ich Ihnen?«

Émile blickte furchtsam zu Mateu, dann sagte er: »Geht aufs Haus, Monsieur Marchand.«
Eric schüttelte energisch den Kopf. »Auf keinen Fall. Ich werde selbstverständlich dafür bezahlen. Hier sind hundert Euro. Das dürfte für den Whisky, das Essen und die paar Bierchen reichen, oder?« Er legte den Schein auf die Theke.
Noch einmal blickte der Wirt zu Mateu, offenbar, um sich die Erlaubnis einzuholen. Es war nur allzu offensichtlich, wer hier die Nahrungskette anführte.
Auf ein Nicken Mateus hin griff Émile nach dem Schein, ließ ihn verschwinden und wischte mit dem Lappen über den Tresen.
Eric entkorkte die Flasche, schenkte sich und Mateu noch einmal ein und vergaß auch die Musiker nicht.
Die Bar war inzwischen leerer geworden. Viele der Gäste waren nur für die Musik gekommen und hatten sich verabschiedet. Lediglich der harte Kern war noch übrig. Einige von ihnen hatten bereits ordentlich Schlagseite.
Eric spürte den Alkohol ebenfalls, war aber noch weit davon entfernt, betrunken zu sein. Unnachgiebig schenkte er weiter aus. Mateu schien zu ahnen, worauf das hinauslief, hielt jedoch weiter die Stellung. »Ist schon seltsam, Monsieur Marchand«, sagte er mit schwerer Zunge. »Für einen Froschfresser haben Sie ziemlich korsische Gesichtszüge. Mein Vater hat so eine Bemerkung gemacht. Er sagte, er würde Sie kennen. Waren Sie schon mal auf Korsika?«
»Leider muss ich Sie enttäuschen. Dies ist mein erstes Mal. Aber mir gefällt's hier. Ich würde gerne noch ein bisschen länger bleiben.«
Mateu gab einen grunzenden Laut von sich, griff nach der Flasche und schenkte sich selbst noch mal nach.
»Übrigens. Da wir vorhin von Traditionen und Regeln sprachen …« Er sah Eric mit seinen zweifarbigen Alligatoraugen an. »Eine davon sollten Sie unbedingt noch kennen. Sie lautet,

dass man die Finger von der Frau eines anderen Mannes lässt. Das führt auf dieser Insel grundsätzlich zu Problemen.«
Eric hob überrascht die Brauen. »Habe ich mich diesbezüglich schuldig gemacht? Ich kann mich nicht erinnern, mit der Frau von jemand anderem angebandelt zu haben. Genauer gesagt habe ich mit überhaupt keiner angebandelt.«
»Da habe ich anderes gehört«, stieß Mateu aus. »Waren Sie und Laurine nicht vorhin gemeinsam auf dem Berg? Was haben Sie dort oben gemacht?«
Ich wüsste nicht, was dich das angeht, dachte Eric, lächelte aber. »Uns ein bisschen die Beine vertreten«, sagte er. »Nichts, woran Ihre stolze Seele Anstoß nehmen müsste. Ich bin vor ein paar Tagen mit dem Fuß umgeknickt und wollte deswegen zu einem Arzt. Aber Madame Borghetti bestand darauf, dass ich die hiesige Dorfheilerin aufsuche. So lernten wir uns kennen.«
»Ja, Laurine und ihr weiches Herz«, sagte Mateu. »Sie kann wirklich keinen Köter vor die Tür schubsen. Nur mich lässt sie draußen stehen. Hat sie Ihren Fuß wieder in Ordnung gebracht?«
»Ja«, sagte Eric. »Es ist wirklich unglaublich, wie belastbar er schon wieder ist. Ihre Behandlungsmethoden waren ruppig, aber sehr wirkungsvoll.«
»Ja, so ist mein kleiner Schatz.« Mateu lachte, aber es war ein kaltes Lachen. »Und was ist dann passiert?«
Eric wurde sich bewusst, dass ihr Gespräch inzwischen Aufmerksamkeit erregte. Sei's drum, er hatte nichts zu verbergen. »Sie kam heute Nachmittag vorbei, wollte sich nach meinem Befinden erkundigen und empfahl aus medizinischen Gründen ein bisschen Bewegung. Deswegen die Tour in die Berge. Mehr ist nicht passiert.«
»Das hoffe ich.« Mateu kippte den Whisky hinunter, als wäre es Wasser. »Wie gesagt, wir haben hier so unsere Regeln.«
Eric runzelte die Stirn. Was sollte das jetzt? Wollte der Arsch

ihm etwa drohen? Hier, vor allen Leuten? Eric hätte jetzt austrinken und gehen sollen, aber er spürte, dass er dazu noch nicht bereit war. Der Kerl wollte ihn in die Defensive zwingen, und das ging ihm gehörig gegen den Strich. Laurine hatte ihm so viel über Mateu erzählt, dass er ihn jetzt unmöglich ungeschoren davonkommen lassen konnte.

»Was aber nicht heißt, dass da nicht noch mehr draus werden könnte«, sagte er nachdenklich und ließ das Glas zwischen seinen Fingern kreisen. »Sie ist eine ziemlich faszinierende Person, Ihre Ex-Frau. Eine wie sie ist mir zuvor noch nicht begegnet.«

Seine Worte verfehlten nicht ihre Wirkung. Schlagartig schien es kühler im Lokal zu werden. Émile beeilte sich, die herumstehenden Gläser einzusammeln. Es war wie in einem dieser alten Western, wenn eine Prügelei drohte.

Die Gespräche klangen ab. Etliche der Gäste zahlten hastig und gingen.

Mateu saß lange Zeit da und sagte gar nichts. Stattdessen starrte er Eric an. Als er seinen Mund öffnete, klang seine Stimme um einiges bedrohlicher. »Lassen Sie die Finger von ihr«, knurrte er. »Ich sage es nicht noch einmal.«

»Ich wüsste nicht, was Sie das angeht«, erwiderte Eric ungerührt. »Soweit ich informiert bin, sind Sie von Laurine geschieden. Sie hat mir von Ihnen, Ihrer Familie und Ihrer gescheiterten Ehe erzählt. Es kann also keine Rede davon sein, dass ich irgendjemandem die Frau wegnehme. Und letztlich ist es ja wohl Laurines Entscheidung, oder?«

Jetzt war es schlagartig still geworden. Alle lauschten mit gespitzten Ohren ihrer Unterhaltung. Mateu kippte sein Glas in einem Zug hinunter. »Nur damit Sie es wissen: Ich habe Laurine noch nicht aufgegeben. Sie gehört mir, und ich will sie zurückhaben. Um jeden Preis.«

»Und wenn sie das nicht will? Das ist doch keine Viehauktion hier. Sie werden sie kaum dazu zwingen können.«

Mateu grinste. »Es gibt ein Sprichwort bei uns. *A donna hè cum' farina: Più si batti hè più raffina* – Eine Frau ist wie das Mehl: Je mehr man sie schlägt, umso feiner wird sie. Ich kann meine Warnung nur noch einmal wiederholen, Monsieur Marchand. Lassen Sie die Finger von ihr, diese Frau ist nichts für einen feinen Pariser Pinkel wie Sie.«

Eric spürte, dass Mateu es auf einen Streit anlegte. Wie sollte er damit umgehen? Rückzug wäre sicher die vernünftigere Option gewesen. Die Segel streichen, an Respekt und Ansehen verlieren und den Spott ertragen. Damit hatte er kein Problem. Um ehrlich zu sein, interessierte es ihn einen Scheiß, was die Männer hier von ihm dachten. Es war Laurine, um die er sich sorgte. Auch sie würde dem Hohn und Spott ausgesetzt sein, nur mit dem Unterschied, dass sie ihm nicht entfliehen konnte.

Mit so einem Waschlappen gibst du dich ab? War ja nicht anders zu erwarten von einer Ehebrecherin, einer Hexe. Einer Hure.

Er hob sein Kinn. »Und wenn ich das nicht tue?«

»Wer um Regen betet, muss auch den Matsch verkraften.«

»Sie sind ja ein wandelndes Spruchlexikon, Monsieur Santini. Was dagegen, wenn ich ein paar davon in meinem neuen Roman verwende?«

»Sie können gerne ein paar aufs Maul haben, wenn Sie das wollen«, entgegnete Mateu mit rot anlaufendem Gesicht. »Gleich hier, gleich jetzt.«

»Endlich reden wir Klartext.« Eric schob sich vom Tresen weg und fixierte seinen Gegner mit kalten Augen. Die Würfel waren gefallen.

Der alte Sänger trat an den großen Korsen heran, legte ihm die Hand auf die Schulter und sagte: »Lass das doch, Mateu. Dein Vater würde das nicht wollen.«

»Mein Vater ist nicht hier.«

»Du weißt, wie er reagiert, wenn er davon erfährt.«

»Dann werdet ihr alle gefälligst das Maul halten, verstanden?«
Der Alte zog sich mit einem Schulterzucken zurück. Er warf Eric einen warnenden Blick zu. Ihm war anzusehen, dass er sich um ihn sorgte. Und tatsächlich – Mateu zögerte.
Trotz der Abfuhr schien er sich die Sache doch noch einmal durch den Kopf gehen zu lassen. Eric hatte den alten Santini nur einmal kurz zu Gesicht bekommen. Er hatte nicht den Eindruck gemacht, als wäre er die Art von Mann, die allzu freundlich auf Insubordination reagiert.
Der Sohn des Clanchefs griff nach der Flasche und schenkte sich den Rest ein. Dann sah er Eric aus blutunterlaufenen Augen an.
»Sie haben Glück, dass meine Männer besonnener sind als ich. Ich werde jetzt gehen. Und Sie tun besser dasselbe. Gehen Sie. Weg von hier, am besten weg von Korsika. Das ist nicht Ihre Insel, Monsieur Marchand.« Er wandte sich um. Das sah nach einem kurzen Abschied aus.
»Und wenn ich es zu meiner Insel mache?« Eric stand immer noch mit geballten Fäusten da. Er wusste, dass es ein Fehler war, aber er konnte nicht anders. Lose Enden waren etwas, das er auf den Tod nicht ausstehen konnte – wie in Büchern, so im Leben.
»Ich dachte, Sie wollten mir ein paar aufs Maul geben. Was ist jetzt damit? Wenn Sie möchten, gerne draußen vor der Tür.«
»Du weißt nicht, was du da redest, Kleiner«, knurrte Mateu.
»Dich mit mir zu schlagen ist das Letzte, was du willst. Geh heim. Schlaf dich aus und erfreue dich morgen noch an deiner Gesundheit.«
»Heißt das, du willst dich drücken?«
»Mit so einem Schluck Wasser schlage ich mich nicht.« Er griff nach seinem Glas und wollte ansetzen, um es mit einem Zug auszutrinken, doch Eric schlug es ihm aus der Hand. Klirrend flog es zu Boden. »Ich kann mich nicht erinnern, dir erlaubt zu haben, meinen Whisky zu trinken.«

Mateu war verblüfft. Mit so einer Reaktion hatte er offensichtlich nicht gerechnet. Nach einem kurzen Schockmoment zuckte er vor wie eine Schlange, packte Eric am Kragen und hob ihn auf die Zehenspitzen. »Wie kannst du es wagen?«

Eric hielt seinem Blick stand. »Ich hatte dich auf ein Glas eingeladen, nicht darauf, dass du mir die ganze Flasche wegsäufst. In meinem Land nennen wir das Diebstahl. Ist es das, was du bist, ein Dieb?«

Mateus heißer Atem fuhr ihm ins Gesicht. Er spürte, dass der Mann kurz davorstand, die Beherrschung zu verlieren.

»Ich bin kein Dieb«, stieß er aus. »Und ich werde mich nicht als solchen beschimpfen lassen.«

»Dann wäre das ja geklärt.« Eric löste sich aus seinem Griff und strich das Hemd glatt. »Regeln wir es wie zivilisierte Männer. *Draußen*. Ich warte dort auf dich.« Er schnappte sich seine Jacke und verließ das Lokal, ohne Mateu eines weiteren Blickes zu würdigen.

18

Der Mond stand hoch an Himmel. Hinter den Bergen erhob sich Nebel. Geisterhafte Schwaden tasteten wie Finger in die Dunkelheit. Hier und da blinkten ein paar Sterne auf, die jedoch von den rasch heranziehenden Wolken ausgelöscht wurden. Über dem Meer war Wetterleuchten zu sehen.

Eric hatte sein Hemd ausgezogen und stand nur noch im T-Shirt da. Der kalte Wind blies ihm frischen Sauerstoff ins Gesicht.

So langsam wurde sein Kopf wieder klar.

Der Platz war gesäumt von Menschen, die sich den Kampf nicht entgehen lassen wollten. Es wurde leise diskutiert. Geld-

scheine wechselten die Hände. Offenbar wurde bereits auf den Ausgang des Duells gewettet. Ob es wohl einen gab, der auf Eric setzte? Eher nicht. Vermutlich ging es nur um die Zeit, die der Korse benötigen würde, um diesen aufsässigen Froschfresser in den Staub zu zwingen. In den Gesichtern lag gespannte Erwartung. Manche der Zuschauer hatten noch ihre Gläser in der Hand.
Obwohl Eric langsam dämmerte, dass er womöglich einen Fehler begangen hatte, änderte das nichts an seiner Überzeugung. Mateu war ein arroganter Arsch und hatte ein paar aufs Maul verdient. Vermutlich würde Eric gegen ihn den Kürzeren ziehen, aber das war okay. Er war gerade in einer etwas selbstzerstörerischen Stimmung und wollte seine Grenzen austesten. Abgesehen davon hatte er nichts gegen Schmerzen. Er begrüßte sie als etwas Heilendes. Läuterung durch Feuer, wie im Mittelalter. Höchst passend. Abgesehen davon war es für einen Rückzieher ohnehin zu spät.
Er musterte seinen Gegner. Mateu stand drüben bei seinen Freunden. Noch immer gab es welche, die ihn davon abzubringen gedachten. Es wurde heftig diskutiert, doch der breitschultrige Korse ließ sich nicht beschwichtigen. Er kochte vor Zorn. In dieser Hinsicht war er ebenso heißblütig und verbohrt wie Eric. Er hatte verstanden, dass es hier einfach zu viele Fragen gab, die einer Antwort bedurften – zu viele Knoten, die nur ein Schwert zu lösen vermochte.
Mateu zog sein Hemd aus und stand mit nacktem Oberkörper da. Im Licht der Straßenlaterne sah Eric, dass er über und über mit Narben bedeckt war. Woher sie stammten, darüber konnte man nur spekulieren, aber es war offensichtlich, dass dieser Mann keinem Streit aus dem Weg ging. Seinen Kopf kreisen lassend, kam er auf Eric zu.
»Na, immer noch streitlustig?«, fragte er. »Noch hast du die Möglichkeit für einen Rückzug. Ist ganz einfach. Du brauchst nur zu sagen, dass du Laurine in Ruhe lässt, dann kannst du

gehen.« Er schlug die Fäuste zusammen. Stahlharte Muskeln spannten sich unter seiner Haut.
»Wie wäre es, wenn du einfach die Fresse halten und kämpfen würdest?«, entgegnete Eric. »Dummschwätzer wie dich habe ich noch nie leiden können. Reißen das Maul auf, aber wenn es ernst wird, kneifen sie.«
Mateu kam näher.
Die Zuschauer rückten jetzt enger zusammen und bildeten einen Kreis. Eric hob die Fäuste und hieb ein paarmal in die Luft. Fühlte sich gut an, wieder mal im Ring zu stehen. Die aufgeladene Atmosphäre, das Adrenalin – es war schon ein paar Jahre her, dass er gekämpft hatte, aber es bedurfte nur eines Fingerschnippens, und alles war wieder da. Er fing an zu tänzeln.
»Na los, Großer«, höhnte er. »Fäuste hoch, und dann …«
Die Rechte traf ihn völlig unvorbereitet. Er hatte damit gerechnet, dass Mateu ausholen würde, doch das war ein Irrtum. Er hatte aus dem Stand geschlagen. Für einen Mann von seiner Größe war er schnell. Verdammt schnell.
Ein taubes Gefühl breitete sich über Erics rechte Wange aus. Sein Auge flimmerte leicht wie bei einer Bildstörung.
Immerhin sah er noch genug, um den nächsten Hieb kommen zu sehen und sich rasch wegzuducken. Er spürte den Luftzug, als Mateus Pranke über seinen Kopf hinwegzischte. Dabei setzte der große Korse wohl auf ein schnelles Ende und vernachlässigte seine Deckung. Ein Fehler, den Eric ihm sofort heimzahlte. Ein wuchtiger Hieb in den Solarplexus, ein zweiter unters Kinn, das waren die beiden Treffer, die er landen konnte, ehe Mateu sich berappelte und den dritten Schlag mit gekreuzten Armen abfing.
Immerhin – zwei Schläge für ihn, nur einen für Mateu. Das konnte gerne so weitergehen.
Ihm dämmerte, dass dies kein leichtes Spiel sein würde. Der Korse war verdammt durchtrainiert. Der Bauchhieb hätte so manchen anderen Gegner auf die Bretter befördert, Mateu

hatte er nicht mal ein Keuchen entlockt. Auch den Treffer unters Kinn hatte er zähneknirschend weggesteckt.
Und schon ging er wieder zum Angriff über. Rechter Hieb, linker Hieb. Eric blockte die Schläge, geriet jedoch leicht aus dem Tritt. Das mangelnde Training in letzter Zeit machte sich bemerkbar. Einzelne Lacher ertönten. Irgendwo fiel ein Glas zu Boden und zerbarst auf dem Asphalt.
Eric täuschte eine gestreckte Rechte an, wich aber gleich zur Seite aus. Er wollte mehr über die Technik seines Gegners erfahren. Er schmeckte Blut. Seine rechte Gesichtshälfte brannte wie Feuer. Jetzt war der Schmerz endlich da. Erste Regentropfen fielen und verdampften zischend auf seiner Haut.
»Komm schon«, keuchte er. »Ist das alles, was du auf der Pfanne hast? Mehr kannst du nicht? Da habe ich schon auf dem Schulhof bessere Kämpfe ausgefochten.« Er täuschte eine Linke an, wirbelte um die eigene Achse und versetzte Mateu mit dem gestreckten Bein einen wuchtigen Tritt gegen die Schläfe. Der Riese taumelte. Vereinzelt ertönten Pfiffe, doch im Straßenkampf gab es keine Regeln. Außer vielleicht, keine Waffen zu benutzen.
Mateu wich zurück, und Eric drang weiter auf ihn ein. Tänzelnd verfolgte er den angeschlagenen Korsen. Angetäuschter rechter Haken, Sidekick. Doch diesmal war Mateu vorbereitet. Er hatte den Angriff erwartet, blockte den Tritt mit dem Unterarm und parierte mit einem Seitwärtshaken. Auch wenn dieser nicht ernsthaft geführt war, presste er Eric doch die Luft aus den Rippen. Er keuchte. Die Bewegungsabläufe waren zwar noch im Gedächtnis gespeichert, aber seine Fußarbeit war lahmarschig, seine Fäuste nicht lebendig genug. Im Gegensatz zu ihm wirkte Mateu, als wäre er noch in der Aufwärmphase. Ein Blutstropfen rann sein Kinn herunter, wobei Eric nicht genau wusste, wessen Blut das war.
Er versuchte einen Aufwärtshaken, doch der Schlag ging ins Leere. Stattdessen prasselte eine Serie von Kopfschlägen auf

ihn ein. Eric riss zur Abwehr die Arme hoch, merkte aber sehr schnell, dass das ein Fehler gewesen war. Er wurde von etwas getroffen, das unmöglich eine Faust sein konnte. Es fühlte sich eher an wie ein Güterzug.
Er verlor den Boden, taumelte nach hinten und landete in einer Gruppe von Männern, die nicht schnell genug ausweichen konnten. Sie stießen ihn zurück in den Kreis und genau vor Mateus Füße.
Der Korse fackelte nicht lange. Der Hieb kam gezielt und ohne Gnade. Irgendetwas machte *knack* in Erics Kopf. Wie bei einem Kurzschluss, kurz ehe die Lichter ausgingen. Er brach zusammen. Als er wieder zur Besinnung kam, flackerten Sternchen über seine Netzhaut. Der Bildausschnitt wirkte seltsam verschoben, als ob die Kamera umgefallen wäre. Straßenlaternen erzeugten wirre Reflexe auf dem Asphalt. Der Geruch von Feuchtigkeit hing in der Luft. Der Regen fiel nun kräftiger.
Eric hob den Kopf. Er hörte gedämpfte Geräusche. Lachen, das Klirren von Gläsern, Schritte. Seine Ohnmacht schien nur wenige Sekunden gedauert zu haben. Schwere Stiefel schoben sich in sein Blickfeld. Als er nach oben blickte, sah er Mateu über sich aufragen. Er hatte sein Hemd wieder angezogen.
»Der Kampf ist zu Ende, Monsieur Marchand«, sagte er. »Sie haben verloren.«
»Ich … mache weiter«, stieß Eric schmerzerfüllt aus. Er stemmte sich hoch, doch etwas stach ihn in die Seite. Eine angeknackste Rippe? Scheiße.
»Ich bin noch lange nicht am Ende.«
»Doch, sind Sie«, erwiderte der Sohn des Clanchefs. »Ich könnte Sie jetzt ins Nimmerland befördern, aber das werde ich nicht tun. Sie genießen meinen Respekt, weil Sie sich nicht vor diesem Kampf gedrückt haben.«
Eric wischte den Regen aus seinem Gesicht und blinzelte zu seinem Gegner hinauf. »Seit wann … siezen wir uns eigent-

lich wieder, waren wir nicht beim Du? Oder sind wir plötzlich keine Freunde mehr?«

Mateu lachte. Dann schlug er noch einmal zu. Direkt aufs Ohr. Eric kippte wie ein nasser Sack zur Seite. Er klatschte mit dem Gesicht in eine Pfütze. Nach Dieselöl stinkendes Wasser spritzte empor. Sein linkes Ohr gab nur noch ein Pfeifen von sich. Das Rechte funktionierte noch, wenn auch mit Einschränkungen.

»Das war aber nicht nett«, stöhnte er. »Ich dachte, Sie wollten mir aufhelfen.«

»Verschwinden Sie von hier, Monsieur Marchand. Kehren Sie zurück nach Paris und in Ihr beschauliches kleines Heim. Trinken Sie ein Glas Whisky auf mein Wohl und vergessen Sie, dass Sie jemals hier gewesen sind. Sie gehören hier nicht her.«

»Und ob … ich hierhergehöre.«

Mateu kam näher. Wie ein Berg ragte er über ihm auf. Eric bereitete sich auf den nächsten Hieb vor, doch stattdessen ging Mateu in die Hocke, packte Eric an den Haaren und zwang ihn auf die Knie. »Sagen Sie das noch einmal, ich habe das nicht richtig verstanden.«

»Ich gehöre auch hierher … genau wie Sie.« Mit tauben Fingern fummelte er unter seinem T-Shirt und holte das Medaillon heraus. Das Metall war warm und feucht.

Aus dem Augenwinkel sah er, wie der Kreis der Zuschauer dichter zusammenrückte. Alle wollten wissen, was er da hatte. Er drückte auf den winzigen Knopf und ließ das Amulett aufspringen. Seine Hand zitterte. Das Antlitz seiner Großmutter schimmerte im gelben Licht der Straßenlaterne.

Mateu ergriff das Schmuckstück und hielt es dicht vor sein Auge. »Was ist das?«

»Aus … den Hinterlassenschaften meiner Mutter. Ein Familienerbstück. Das dort ist meine Großmutter: Gabriella Giuliani aus dem Clan der Giuliani. Ich war heute mit Laurine

oben auf dem alten Landsitz und habe das Mausoleum gesehen … die Fotos von Ernestu und Lorenza. Gabriella sieht ihrer Mutter verdammt ähnlich, finden Sie nicht?«
Mateu starrte auf das Amulett. Er verglich das Foto mit Eric. Immer wieder.
»Sie behaupten, das wäre Ihre Großmutter?«
»So … ist es.«
Der Regen fiel jetzt ausdauernder. Er benetzte Erics Shirt, sickerte seine Hose hinab und in seine Schuhe. Ein Blitz zuckte auf, dicht gefolgt von Donner.
»Sie sind ein Giuliani?«
»Sieht so aus, ja.« Eric spürte, wie er auskühlte. Er musste bald raus aus dem Regen. Aber die Versammelten machten keine Anstalten aufzubrechen. Stattdessen standen sie da und glotzten wie die Schafe.
Mateu wischte über das Amulett. In seinem Gesicht lag nicht länger der Ausdruck von Wut, sondern von Fassungslosigkeit. Als habe er ein Gespenst gesehen.
Eric wusste nicht, was er erwartet hatte, aber bestimmt keine solche Reaktion.
»Sie behaupten, der Enkel dieser Frau zu sein?«
Eric nickte. Sein Hals fühlte sich an, als steckte er in einem Korsett.
»Ein Giuliani?«
»Ja, verdammt.« Erics Zähne fingen an zu klappern.
Mateu wandte sich dem Alten zu. »Sieh dir das an«, sagte er. »Was hältst du davon? Meinst du, es stimmt?«
Der Sänger trat vor, nahm das Amulett vorsichtig in die Hand und studierte es. Er drehte es hin und her wie einen Edelstein. Noch niemals hatte Eric jemanden ein Schmuckstück mit mehr Ehrfurcht behandeln sehen. Man hätte fast auf den Gedanken kommen können, der Alte hielte es für etwas Heiliges.
»Und?«

»Könnte sein«, sagte der Sänger. »Die Gesichtszüge haben durchaus Ähnlichkeit. Schwer, fühlst du das? Gold. Das Schmuckstück ist alt, das kann ich sehen. Wie alt genau, ist schwer zu sagen, ich tippe aber mal auf Ende neunzehntes Jahrhundert. Du musst deinem Vater davon berichten.« Er sah Mateu aufmerksam an.
Mateu wandte sich erneut Eric zu. »Können Sie beweisen, dass das Ihnen gehört? Dass Sie es nicht irgendwo gestohlen haben?«
»Ich bin … kein Dieb«, zischte Eric. »Das Medaillon befand sich in einer Schatulle meiner Mutter … zusammen mit anderen Hinterlassenschaften. Briefe, Tagebücher und ein Stammbaum. Ich kann Ihnen das ganze Zeug zeigen, wenn Sie wollen.« Das Wasser lief ihm übers Gesicht. Er zitterte vor Kälte.
Mateu stand da wie versteinert. Lange geschah nichts, dann riss er das Amulett mit einem plötzlichen Ruck von Erics Hals, steckte es ein und drehte sich um.
»Gehen wir.«
»Mein Medaillon …«, protestierte Eric.
»Schnauze«, erwiderte Mateu. »Sie können froh sein, dass Sie noch am Leben sind. Wir werden Ihre Angaben überprüfen, und wehe Ihnen, wenn Sie gelogen haben. Sie hören von uns. *Ciao!*« Mit diesen Worten löste sich die Versammlung auf. Einer nach dem anderen verschwanden die Menschen in den Gassen oder stiegen in ihre Autos und fuhren weg.
Am Schluss war nur noch Eric da. Müde und zerschunden wankte er zurück in die Pension, in dem festen Glauben, dass die Sonne nie wieder aufgehen und er diese Nacht nicht überleben würde.

19

Doch er überlebte. Und auch die Sonne ging wieder auf.
Durch einen Spalt zwischen den Vorhängen fiel ein schmaler Lichtschein, der im Laufe der nächsten Stunde über den Boden wanderte und dann zu ihm ins Bett kroch. Erst wollte Eric ihn ignorieren, aber als das Licht sein Gesicht streifte, war es mit der Ruhe vorbei.
Er richtete sich auf und stieß ein verhaltenes Stöhnen aus. Er fühlte sich, als wäre er von einer Planierraupe überfahren worden.
Zunächst die gute Nachricht: Sein Ohr funktionierte noch. Der Tinnitus war auf das entfernte Pfeifen eines Teekessels geschrumpft, und mit etwas Glück würde das im Laufe des Tages verschwinden. Auch schien die Rippe nicht gebrochen zu sein. Gewiss, es stach etwas beim Atmen, und unterhalb seiner linken Brust war ein riesiger blauer Fleck zu sehen, aber das wollte nichts heißen. Vermutlich nur eine Prellung. Nichts, was nicht mit etwas Ruhe und Schonung von allein wegging.
Da war es um seine Sehfähigkeit weitaus schlechter bestellt. Das rechte Auge war zugeschwollen und brannte wie Feuer. Auch sein Wangenknochen schien etwas abbekommen haben. Doch um den Schaden genauer in Augenschein zu nehmen, musste er sich aus dem Bett bequemen.
Vorsichtig und mit einer leichten Drehbewegung stand er auf und schlurfte in Richtung Bad. Das Licht stach ihm unangenehm ins Auge. Er erschrak.
Wer ihm da gegenüberstand, konnte unmöglich er selbst sein. Der Kerl auf der anderen Seite war mindestens fünfzig. Blasse Haut, krumme Haltung, das Gesicht zugeschwollen. Eine Wasserleiche hätte nicht schlimmer aussehen können.
»Vollidiot«, murmelte er. »Dreimal verfluchter Vollidiot. Was wolltest du eigentlich beweisen, hm? Was für ein toller Kerl

du bist? Dass sich niemand mit dir anlegen sollte? Aus dem Alter müsstest du eigentlich raus sein.«

Er drehte den Wasserhahn auf, hielt seinen Waschlappen unter den kalten Strahl und legte ihn auf die Schwellung. Die Kühlung verschaffte ihm etwas Linderung, doch die Schwellung ging davon nicht weg. Die Stelle direkt über dem Wangenknochen war besonders stark betroffen. Ein widerlicher blauer Sack, der einem aufgeblähten Blutegel nicht unähnlich sah.

Kurz entschlossen nahm er sein Rasiermesser, tränkte es mit Aftershave und machte einen kleinen Schnitt. Das Blut schoss aus der Wunde, platschte ins Waschbecken und gegen die Fliesen. Er tupfte den Schnitt mit einem sauberen Papiertuch ab, klebte ein Pflaster darauf und reinigte das Bad. Endlich konnte er wieder etwas sehen. Das Innere seines Mundes fühlte sich wund an. Nach eingehender Prüfung konstatierte er, dass keinem seiner Zähne etwas zugestoßen war. Glück gehabt. Zähne waren etwas, auf das er ungern verzichten wollte.

Er putzte sie vorsichtig, spülte mit Mundwasser nach und stieg unter die Dusche. Er drehte auf heißeste Stufe und ließ das Wasser über seinen geschundenen Körper fließen. Er wusste nicht, wie lange er so dastand. Minuten, Stunden, was machte das schon?

Irgendwann war er durchgewärmt und fühlte sich wieder lebendig. Seine Haut war krebsrot. Er frottierte seine Haare, kämmte ein paarmal mit der Bürste durch und zog sich an.

»Eines sage ich dir«, schimpfte er in Richtung seines Spiegelbildes. »Mit dem Alkohol ist Schluss. Wie oft kannst du so etwas noch durchziehen, hm? Irgendwann kommt der Punkt, an dem du wegen so einer Scheiße im Grab landest.«

Mit langsamen Schritten durchquerte er das Zimmer und ging zu der Schatulle, in der er die Hinterlassenschaften seiner Mutter aufbewahrte. Er öffnete sie und ließ die Briefe und Tagebuchseiten durch die Finger gleiten. Der Verlust seines

Medaillons schmerzte ihn. Er wollte es wiederhaben. Dann würde er von hier verschwinden.
Sein Blick fiel auf eine Fotografie, die während der Trauerfeierlichkeiten anlässlich Mamans Beerdigung aufgenommen worden war. Es war eine kleine Runde. Hauptsächlich Freunde und Bekannte. Familienangehörige gab es keine, sah man mal von seiner Patentante Letizia ab, die immer schon zu seinem Leben gehört hatte. Sie saß etwas weiter hinten am Tisch und unterhielt sich mit einer rundlichen alten Dame, deren Name Eric schon nicht mehr einfiel. Sie selbst war klein, schmal und irgendwie alterslos. Und sie trug Schwarz. *Natürlich.* Eric konnte sich nicht erinnern, dass sie jemals etwas anderes getragen hätte. Als er sie genauer ansah, fiel ihm auf, dass ihre Gesichtszüge nicht denen der anderen Frauen entsprachen. Sie war kantiger, schroffer und irgendwie aparter. Vom Typ her Laurine gar nicht mal so unähnlich.
Etwas weiter unten im Kästchen fand er eine Karte, auf der seine Patentante mit präziser Kupferstecherhandschrift ihre Adresse und Telefonnummer notiert hatte.
Einer verrückten Eingebung folgend, griff Eric nach dem Handy und wählte die Nummer. Ob sie wohl immer noch stimmte? Sie wohnte in Quimperlé, einem Ort in der südlichen Bretagne. Er hatte sie einmal dort besucht. Nette Gegend und nicht weit vom Meer entfernt. Sie war Witwe und bewohnte ein kleines Einfamilienhaus zusammen mit ihrem Hund und mehreren Katzen. Eine verschrobene alte Dame, die inzwischen auch schon weit über siebzig sein musste.
Das Freizeichen ertönte, und Eric presste das Handy ans Ohr. Sekunden verstrichen, aber niemand hob ab. Irgendwann knackte es in der Leitung, und eine automatische Stimme nannte die eben gewählte Rufnummer, verbunden mit der Aufforderung, eine Nachricht zu hinterlassen. Eric überlegte kurz, ob er nicht besser auflegen sollte, fasste sich dann aber ein Herz und sprach auf den Anrufbeantworter. Er entschul-

digte sich, dass er so lange nichts von sich hatte hören lassen, und berichtete dann kurz, wo er sich befand und worauf er gestoßen war. In wenigen Worten erzählte er von den Tagebüchern, den Briefen und dem Medaillon. Die Ruinen und die Schlägerei verschwieg er. Es war ohnehin eine bescheuerte Idee, seine Patentante anzurufen. Sie würde nicht zurückrufen.

Er legte auf. Nachdenklich starrte er auf das Foto, als es plötzlich an die Tür klopfte. »Monsieur Marchand?«

Es war Elisas Stimme. *Monsieur Marchand?* Warum der Nachname? »Ja?«

Die Tür ging auf, und sie betrat sein Zimmer. Argwöhnisch blickte sie sich um. Eric war es ein bisschen peinlich, dass er nicht aufgeräumt hatte, aber er hatte auch keinen Besuch erwartet. Sie sah ihn an, schwieg aber. Wenn sie sich über seine blauen Flecken und die zerschlagene Visage wunderte, so ließ sie es sich nicht anmerken. Ihr Gesicht wirkte abweisend. Irgendetwas stimmte nicht.

»Hallo, Elisa«, sagte er und versuchte zu lächeln. »Ich muss mich für das Chaos hier entschuldigen. Hätte ich gewusst, dass Sie kommen, hätte ich schnell noch …«

»Sie müssen abreisen, Monsieur Marchand. Heute noch.« Ihre Stimme war schneidend wie eine Diamantklinge.

»Ich soll … was?«

»Abreisen. So leid es mir tut.« Sie hob ihr Kinn. Ihre Stimme war fest und klar, ihre Augen aber flatterten leicht.

Erschrocken öffnete er den Mund. »Was ist passiert, warum nennen Sie mich auf einmal wieder beim Nachnamen?«

»Kein Kommentar. Ich wünsche, dass Sie packen und sich eine neue Unterkunft suchen. Hier ist die Rechnung. Ich warte unten auf Sie. Monsieur Marchand.« Sie legte einen Zettel auf das Sideboard, und *rums,* fiel die Tür ins Schloss.

Eric saß da mit offenem Mund und starrte auf die Tür. Was war das denn gerade? Seine Gedanken veranstalteten wilde

Verfolgungsjagden. Hatte Elisa von der Sache gestern Wind bekommen? Die Faktenlage ließ momentan keinen anderen Schluss zu. Sie hatte nicht mal ihr Erstaunen über sein derangiertes Aussehen kundgetan. Vermutlich wusste sie auch, dass es ein Santini gewesen war, mit dem er sich geprügelt hatte. Tja, so schnell konnte sich das Blatt wenden.

Ob er noch mal mit ihr reden sollte?

Sinnlos, dachte er. So entschlossen, wie sie gewirkt hatte, gab es keinen Diskussionsspielraum. Abgesehen davon gebot es der Anstand, dass er ihren Wunsch respektierte. Ihr gehörte das Haus, und er war hier nur Gast.

Seufzend fing er an, seine Sachen zusammenzupacken.

Eine halbe Stunde später war er so weit. Er hatte das Bett abgezogen und die Bettwäsche zusammengelegt. Auf dem Kopfkissen waren Blutflecken gewesen, für die er sich schämte. Was war er nur für ein unbeherrschter Idiot. Er hatte es verdient, rausgeschmissen zu werden.

Er trug seinen Koffer nach unten und bimmelte mit dem Glöckchen, das dort für Gäste bereitstand. Elisa kam aus dem Wohnzimmer. Er legte ihr seine Kreditkarte hin und beglich die Rechnung. Als Entschuldigung legte er ihr noch mal fünfzig Euro extra obendrauf, doch sie schob den Schein zur Seite und wandte sich zum Gehen.

»Hören Sie, Elisa, ich … Es tut mir leid«, murmelte er. »Es gibt keine Entschuldigung für das, was vorgefallen ist, und ich schäme mich dafür. Ich wollte nur, dass Sie das wissen. Die Tage bei Ihnen waren wunderbar. Ich kann nur hoffen, dass Sie …«

»Sparen Sie sich die Worte, Monsieur Marchand«, unterbrach sie ihn. »Es gibt nichts mehr zu sagen. Wenn ich Ihnen noch einen guten Rat geben darf: Verlassen Sie diese Insel, solange Sie noch können. Ich sage Ihnen das als Freundin und als Bewunderin Ihrer Kunst. Nehmen Sie das nächste Flugzeug und kehren Sie nach Hause zurück. *Avvèdeci,* Monsieur Marchand.« Mit diesen Worten ging sie zurück in ihr Zimmer und schloss die Tür.

Eric packte seinen Trolley, verließ die Pension und ging rumpelnd und polternd zurück zu seinem Wagen.

Verlassen Sie die Insel, solange Sie noch können. Was hatte das nun wieder zu bedeuten?

Im Geiste schüttelte er den Kopf. Er wurde einfach nicht schlau aus diesen Menschen.

Beim Auto angekommen, warf er einen kurzen Blick hinüber zur Bar. Er sah, wie Émile die Tische wischte. Er hob die Hand zum Gruß, doch als Émile ihn bemerkte, blickte er sofort weg und huschte ins Innere. Und er war nicht der Einzige. Wohin Eric auch schaute, überall sahen die Leute weg oder taten plötzlich ganz geschäftig. Eine eigenartige und bedrohliche Stimmung lag über dem Ort.

Ihr mich auch, dachte Eric. Freundschaft ist keine Einbahnstraße. Aber ehe er hier verschwand, würde er sich noch von einer ganz bestimmten Person verabschieden. Und niemand könnte ihn davon abhalten.

Seine Schritte hallten durch die Gassen, als er die schräge Rampe emporhumpelte. Er fühlte, wie er von Dutzenden Augenpaaren beobachtet wurde. Leises Raunen war zu hören, gefolgt vom Zuschlagen der Fensterläden.

Oben angekommen, musste er erst mal verschnaufen. Laurines Haus sah versperrt aus. Die Tür war verschlossen und die Fensterläden verrammelt. Dennoch war jemand zu Hause. Warmes Licht drang durch die Spalten der Holzläden, und von innen kam leise Musik.

Eric fasste sich ein Herz und klopfte an.

Umgehend erstarb die Musik. Doch es kam niemand, um zu öffnen. Er trat dichter an einen der Fensterläden heran und sah durch eine Ritze. Er meinte eine Bewegung zu erspähen. Noch einmal klopfte er an, diesmal beherzter.

»Laurine, bitte. Ich möchte mich von dir verabschieden. Ich verlasse Speloncato.«

Er hielt den Atem an. Die umliegenden Gebäude schienen näher zu rücken. Sie spitzten ihre Ohren und richteten dunkle Fensteröffnungen auf ihn. Der Wind strich um die Fassaden. Irgendwo quietschte eine Tür.

»Verschwinde!«, rief eine Stimme.

Eric ignorierte sie. Noch einmal klopfte er. Ein letztes Mal. Er hörte, wie innen Geschirr gegeneinanderstieß. Das sagte alles. Sie wollte ihn nicht sehen.

Er presste die Lippen zusammen. Sei's drum, er hatte es versucht. Er kramte in seiner Tasche, fand einen alten Parkschein und kritzelte seine Handynummer darauf. Dann schob er den Zettel unter der Tür durch und humpelte zurück zum Auto.

Er hatte Hunger. Kaffee, Croissant – er würde jetzt erst mal ein nettes kleines Café suchen und ausgiebig frühstücken. In der Hoffnung, dass sie ihn dort ob seines fürchterlichen Aussehens nicht gleich wieder rauswarfen. Aber er hatte die Verletzungen so gut verarztet, dass das eigentlich kein Problem darstellen sollte.

Er parkte rückwärts aus, fuhr im Uhrzeigersinn um den Springbrunnen und dann die schmale Straße hinunter, die am Friedhof vorbeiführte. Er hatte vor, Richtung Calvi zu fahren und sich dort eine neue Unterkunft zu suchen. Warnungen hin oder her, so schnell gab er nicht auf. Zu viel war geschehen, als dass er einfach klein beigab. Außerdem entsprach das nicht seinem Stil. Den Terrier nannten sie ihn daheim. Wenn er sich erst mal in etwas verbissen hatte, würde man ihn nur mit Gewalt davon losbekommen. Er hatte vor, das Grab seiner Vorfahren noch einmal genauer zu untersuchen. Vielleicht entdeckte er ja weitere Hinweise, die Licht in seine düstere Vergangenheit brachten.

20

Die D 663 verlief entlang des westlichen Vorgebirges hinab in eine malerische Ebene. Rechts schimmerte der Lac de Codole. Ein blauer Edelstein inmitten von parzellierten Weiden und Äckern, zwischen denen rot die Dächer kleiner Steinhäuser aufleuchteten. Das blaue Wasser wirkte wie eine verkleinerte Version des größeren Meeres, das sich hinter den gezackten Hügeln am Horizont ausbreitete. Eric kurbelte die Scheibe herunter und trat aufs Gas.

Die Luft roch sauber und frisch. Der Duft von Lavendel und wildem Majoran strömte ins Fahrzeug und vertrieb die düsteren Gedanken. Eric spürte, wie er sich entspannte. Endlich konnte er wieder frei durchatmen.

Mit dem Gefühl, dass vielleicht doch noch alles gut werden würde, trat er aufs Gas und genoss die Geschwindigkeit. Die Straße war schmal, dafür aber leer. Leicht mäandernd, verlief sie auf halber Höhe des Hangabschnitts und führte dabei stetig bergab. Selbst im Leerlauf nahm der Wagen Fahrt auf, sodass Eric immer wieder auf die Bremse treten musste. Einen halben Kilometer voraus befand sich eine Rechtskurve, dahinter ein nahezu gerader Abschnitt, dessen Verlauf er auf der gegenüberliegenden Talseite weiterverfolgen konnte.

Musik wäre jetzt genau das Richtige. Er schaltete das Radio ein und drehte den Regler. Ein Rauschen ertönte, gefolgt von einem ungesund klingenden Knistern.

Eric hielt schnuppernd die Nase in die Höhe. Roch es da etwa nach verschmorter Elektrik? Er drückte ein paar Tasten, doch das Radio gab keinen Mucks von sich. Vermutlich ein Kurzschluss. Darüber würde er noch mit der Autovermietung reden müssen.

Er ging in zügigem Tempo in die Kurve und wollte danach beschleunigen, als urplötzlich eine Ziege vor ihm auftauchte.

Verdeckt von einem wuchernden Macchiabusch, war sie unmöglich zu sehen gewesen.
Das braun gefleckte Tier stand mitten auf der Straße, sah ihn groß an und kaute dabei auf einem Büschel Gras herum, das quer aus seinem Maul hing.
Eric umklammerte das Lenkrad und trat auf die Bremse. In Erwartung kreischender Reifen kniff er die Augen zusammen. Doch stattdessen ertönte ein hässliches Knacken. Das Bremspedal federte wirkungslos bis vorn durch, und er stieß hart mit dem Fuß gegen das Blech des Fußraums.
Mit einem ohrenbetäubenden Krachen prallte der Wagen gegen die Ziege und wirbelte sie über die Kühlerhaube. Ein hässlicher roter Fleck wischte quer über die Windschutzscheibe.
Eric schrie auf und versuchte erneut zu bremsen. Vergeblich. Ein Defekt? Möglich, aber er hatte einen anderen Verdacht. Immerhin war er Krimiautor. Die Erkenntnis, dass sein Wagen möglicherweise manipuliert worden war, traf ihn wie ein Schock. Er versuchte es noch ein paarmal, aber er hätte genauso gut auf das Radio eintreten können. Und noch immer hing dieser brenzlige Geruch in der Luft.
Er musste langsamer werden, zumal der Wagen auf der stetig abfallenden Strecke unaufhaltsam Fahrt aufnahm.
Die Handbremse!
Er packte den Hebel und zog. Unter ihm riss etwas, er spürte es. Auf dem Hebel war plötzlich kein Zug mehr. Und noch etwas war eigenartig. Kaum hatte er die Handbremse gezogen, verloschen sämtliche Kontrolllichter. Der Motor verstummte. Die Nadeln von Tacho und Drehzahlmesser fielen zurück auf null, und das Lenkrad lag wie Blei in seinen Händen. Jetzt war es klar. Das konnte kein Zufall sein.
Der Wagen rollte nun im Leerlauf. Seltsam, wie anders plötzlich die Geräusche klangen. Kein wohliges Motorenbrummen, keine elektronischen Warngeräusche, nichts. Nur die Reifen, die über den Asphalt fegten, und der heulende Wind.

Erics Blick zuckte fieberhaft nach links und rechts. Eine Ausfahrt, er brauchte eine Ausfahrt! Einen Feldweg, eine Einmündung – irgendetwas. Vorzugsweise auf der hangaufwärts gewandten Seite. Doch sosehr er auch danach Ausschau hielt, da war nichts.

Und er wurde unbarmherzig schneller.

Die Enge der Straße, der steil abfallende Winkel – ihm blieben nur noch zwei Optionen: mit voller Fahrt in die Böschung rauschen und hoffen, dass der Wagen nicht umkippte, oder nach rechts den Abhang hinunterfahren und auf den Airbag vertrauen. Vorausgesetzt, der funktionierte noch bei ausgefallener Elektrik.

An zwei Stellen führte die Straße leicht bergauf, und der Wagen verlor an Fahrt, sodass Eric hoffte, vielleicht noch glimpflich aus der Nummer herauszukommen, doch dahinter ging es sofort wieder abwärts.

Rumpelnd rauschte der Wagen über den zerlöcherten Asphalt. Draußen fegten Zweige und Büsche an ihm vorbei. Einmal, als er zu nah an die linke Seite kam, wehten klatschend und prasselnd Blätter ins Innere. Nicht mal das Fenster ließ sich schließen! Es war natürlich elektrisch betrieben, so wie alles andere in dieser beschissenen Todesschleuder.

Konzentrier dich, Eric, denk dir was aus!

Vor ihm kam eine Linkskurve.

Sein Magen schrumpfte zu einem kalten Klumpen. Der äußere Randstreifen war unbewachsen und von Schotter bedeckt. Einige ziemlich große und kantige Steine lagen dort als Randbegrenzung. Demnach schien es dahinter steil bergab zu gehen.

Eric kniff die Augen zusammen. Die Trägheit war sein Feind. Sie konnte ab einer bestimmten Geschwindigkeit ungeheure Kräfte entfalten. Und der Schotter sah ziemlich rutschig aus. Er musste zusehen, dass er den Wagen so weit wie möglich innen hielt, und beten, dass ihm in diesem Moment kein Fahrzeug entgegenkam.

Er stemmte seine Füße ins Bodenblech, setzte seinen rechten Arm als Hebel am Lenkrad an und drehte es gegen den Uhrzeigersinn. Es fühlte sich an, als wäre die Lenksäule eingerostet. Früher waren die Lenkräder schön groß gewesen, heute musste immer alles noch kleiner, schmaler, sportlicher sein. Richtig schlecht, wenn die Servolenkung ausfiel. Schon driftete der Wagen nach außen.
Keuchend legte er noch mehr Kraft hinein. Endlich reagierte die Lenkung. Die Reifen begannen singende Töne von sich zu geben. Eine Bodenwelle katapultierte ihn in die Höhe. Er spürte, wie die Fliehkraft ihn von der Fahrbahn abdrängte. Mit zusammengebissenen Zähnen hielt er dagegen.
»Willst du wohl, du beschissene Blechschüssel …!«
Das Heck brach aus. Das Quietschen wurde jetzt lauter. Der Wagen zog eine Staubfahne hinter sich her. Geröll löste sich unter den Reifen und prasselte wie Geschosshagel in die Landschaft. Für einen wahnsinnigen Moment hatte Eric die Idee, den Wagen bewusst in eine Schleuderbewegung zu versetzen. Das würde Fahrt rausnehmen, ihn im günstigsten Fall vielleicht sogar zum Stillstand bringen. An sich kein schlechter Gedanke, das Problem war nur, dass diese mickrige Wendefläche zu kurz war für ein solches Manöver. Er würde gegen diese Gesteinsbrocken krachen und an ihnen zerschellen. Oder sie durchbrechen. Und was dahinterlag, das wollte er lieber nicht wissen. Er gab dem Lenkrad etwas Spiel, und das Heck scherte zurück in Position. Allerdings trug ihn das Manöver weiter aus der Kurve. Schon befand sich der rechte Vorderreifen auf dem schmalen Streifen, der den Rand der Fahrbahn markierte. Die Kante kam gefährlich nahe. Ein paar Meter noch – dann war der Albtraum zu Ende.
Er atmete durch. Er hatte es geschafft.
Die Kurve hatte seiner Höllenfahrt etwas den Schwung genommen, doch schon begann der Wagen wieder schneller zu werden. In dem Moment sah er es.

Ein Fahrzeug quälte sich die schmale Straße empor. Eines von diesen dreirädrigen Vehikeln, mit denen kleine Bäuerlein ihre Waren auf den Markt brachten. Schmale Reifen, Ladefläche, Wellblechgehäuse. Man musste kein Hellseher sein, um zu erkennen, dass die beiden Autos nicht aneinander vorbeipassten. Da war er also, der Moment der Wahrheit. Bis dorthin und nicht weiter. Es sei denn, der Fahrer gegenüber war auf Zack.
Eric hämmerte auf die Hupe. Tot, natürlich. Wie alles andere in dieser Scheißkiste.
Noch schien der Fahrer ihn nicht bemerkt zu haben. Oder es interessierte ihn nicht. Eric streckte den Arm zum Fenster hinaus und wedelte wie ein Wilder, doch der sture Kerl gegenüber ignorierte ihn. Ohne den Fuß vom Gas zu nehmen, quälte er sein klappriges Vehikel den Berg hinauf.
Eric brach der Schweiß aus. Wenn er jetzt keine Lösung fand, würde es gleich einen mächtigen Aufprall geben. Die beiden Fahrzeuge würden ihr Leben aushauchen und zu einem Klumpen Metall verschmelzen. In seiner Verzweiflung fing Eric an, Schlangenlinien zu fahren. Erst ein bisschen, dann stärker werdend. Seine Panik verlieh ihm Kraft. Er rammte den Wagen in die linke Böschung, zog dann nach rechts und wieder zurück. Der Lärm war ohrenbetäubend.
Jetzt endlich schien sein Gegenüber etwas bemerkt zu haben. Eric konnte bereits das zerfurchte, sonnengegerbte Gesicht des Fahrers erkennen. Mürrisch sah er aus. Bockig. Der würde nicht beiseitefahren, um ihm Platz zu machen, nicht der. Unbarmherzig kam er näher.
Die Distanz schrumpfte.
Sayonara, Baby! Wer zuerst zwinkert, hat verloren.
Aus dem Augenwinkel sah Eric einen schmalen Feldweg, der rechts von ihm abzweigte und in einem abenteuerlichen Winkel nach unten zu ein paar Wiesen und einer Schäferhütte führte. Ein rostiges Gatter, das nur von einer Kette zusammengehalten wurde, versperrte den Weg.

Sollte er …?
Mit einem Fluch auf den Lippen riss Eric das Lenkrad herum, schlingerte quer über die Straße und hinein in die Einfahrt. Es war, als versuche man, mit einem Basketball in ein Goldfischglas zu treffen. Doch entweder besaß er einen Schutzengel, oder seine Fahrkünste waren besser als erwartet. Jedenfalls traf er die Öffnung und brach mit ohrenbetäubendem Krachen durch das Gatter. Kettenglieder, Schrauben und Metallstangen flogen ihm wie Konfetti um die Ohren. Ein Bolzen schlug gegen die blutverschmierte Windschutzscheibe und ließ ein Muster von Spinnweben entstehen.
Eine Bodenwelle schleuderte den Wagen in die Höhe. Das Auto taumelte, segelte in scheinbarer Schwerelosigkeit durch die Luft, dann kippte es im Flug zur Seite. Eric sah eine dunkle Masse auf sich zurasen.
Eine Mauer!
Der Wagen schlug auf.
Hart.
Der Gurt schnitt in Erics Fleisch. Die Wucht des Aufpralls presste ihm die Luft aus der Lunge. Um ihn herum brach die Hölle los. Der Wagen überschlug sich, trat eine Lawine von Sand und Geröll los und donnerte, eingehüllt in kakofonischen Lärm, talabwärts. Oben war unten und unten oben. Lichter zuckten auf. An, aus. An, aus. An, aus. Als würde ein Wahnsinniger mit dem Lichtschalter spielen.
Gestrüpp, Büsche, Felsen zischten an ihm vorbei. Der aufgewirbelte Staub raubte ihm den Sauerstoff. Eric wurde hin und her geschleudert, versuchte sich verzweifelt festzuhalten, konnte aber nicht verhindern, dass er mit dem Kopf gegen die Karosserie schlug. Er sah Sternchen aufblitzen, hörte seinen eigenen Schrei.
Dann nichts mehr. Nur noch Stille.
Dunkelheit.

21

Das Telefon klingelte. Mahmoud Clément riss sich von seinen Unterlagen los und griff nach dem Hörer. »Oui?«
Die Stimme der Zentrale meldete sich. »Monsieur le Commandant, ich habe hier einen Anruf für Sie. Gendarmerie in L'Île-Rousse. Darf ich durchstellen?«
»Gendarmerie in L'Île-Rousse? Worum geht's?«
»Das wollte er nicht sagen. Er meinte aber, es könnte für Sie von Wichtigkeit sein.«
Mahmoud runzelte die Stirn. Seit dem Attentat auf den stellvertretenden Bürgermeister Pasquale war er hypersensibilisiert. Überall hörte er die Alarmglocken läuten. Seine Nerven lagen blank. Jetzt also ein Dorfpolizist? Was denn noch?
»In Ordnung«, sagte er. »Stellen Sie durch.«
Ein Knacken in der Leitung, dann erklang eine schleppende Stimme, die kaum zu verstehen war.
Zuerst dachte Mahmoud, es läge an der schlechten Verbindung, bis er erkannte, dass der Kollege wirklich so undeutlich sprach. Unverkennbar ein älterer Mann mit starkem korsischem Akzent. »Hallo?«, krächzte die Stimme.
»Chef de Police Clément am Apparat. Wer spricht?«
»Hm, Ernestu Fratelli hier. Gendarmerie L'Île-Rousse.«
»*Bonjour, Monsieur.* Man sagte mir, Sie hätten etwas Wichtiges für mich?«
»Ja, vielleicht. Ich stehe hier an der D 71, etwas nördlich von Nessa.«
»Sehr interessant. Und?«
»Hier hat es einen Unfall gegeben.«
»*Unfall?*« Er griff nach einem Bleistift und fing an, ungeduldig auf seiner Schreibtischunterlage herumzukritzeln.
»Tja, wissen Sie, die Begleitumstände sind etwas seltsam«, sagte die schleppende Stimme. »Ich habe das zuerst unserer

Zentrale gemeldet, die meinten aber, das könnte vielleicht etwas für Sie sein. Weil Sie ja immer noch den Mörder von Antoine Pasquale suchen.«

»Das ist richtig.«

»Nun, es gibt hier einen Augenzeugen, der berichtete, dass ihm der Wagen ungebremst entgegengerast wäre. Offenbar hat der Fahrer die Kontrolle über das Fahrzeug verloren und ist, um einen Zusammenstoß zu vermeiden, seitlich in einen Feldweg gerast, wo sich der Wagen dann überschlagen hat.«

»Soso, und weiter?«, fragte Mahmoud, der immer noch nicht verstand, was das alles mit dem Fall zu tun haben sollte.

»Der Mann lebt, *per fortuna*. Er wurde soeben vom Notarzt ins Centre Hospitalier nach Calvi verfrachtet. Er schien in keiner sehr guten Verfassung zu sein.«

Pause.

»Und wieso kommen Sie damit zu mir?« Die Striche, die Mahmoud aufs Papier malte, wurden jetzt breiter. Er fing an, die Geduld zu verlieren. Er hatte weiß Gott genug zu tun und konnte sich nicht auch noch um Verkehrsunfälle kümmern. Den Hörer zwischen Ohr und Schulter eingeklemmt, lauschte er dem Bericht des Gendarmen ohne großes Interesse.

»Nun, die Sache ist die«, ertönte die schleppende Stimme am anderen Ende. »Ich und mein Kollege – nun ja –, wir haben uns mal die Unterseite des Wagens angesehen. Er liegt auf dem Dach, wissen Sie?«

»Nein, wusste ich nicht …«

»Ja, und wir sind uns ziemlich sicher, dass daran herumgefummelt wurde. Stefanu steht hier neben mir. Sein Vater besitzt eine Autowerkstatt drüben in Belgodère. Nichts Großes, aber sie machen gute Arbeit. Wenn Sie mal was zu reparieren haben …«

Die Spitze des Bleistifts brach ab. Mahmoud fluchte leise und wischte die Krümel zur Seite. Dabei färbte sich sein Handballen schwarz vom Grafit.

»Nein, ich habe gerade nichts zu reparieren«, stieß er ungeduldig aus. »Ich würde nur gerne wissen, was dieser Unfall mit uns zu tun hat. Sie wissen schon, dass wir für kleinere Straßendelikte nicht zuständig sind.«

Draußen im Gang tauchte Philippe auf und winkte durch die Glasscheibe. Er deutete auf seine Armbanduhr. Das Zehn-Uhr-Meeting begann.

»Ich habe das nur gesagt, damit Sie verstehen, dass wir keine Anfänger sind«, entgegnete die Stimme am anderen Ende. »Wir erkennen es, wenn etwas nicht stimmt. Ja nun, es sind jedenfalls Spuren von Gewalteinwirkung erkennbar, und wir glauben nicht, dass sie eine Folge des Unfalls sind.«

Mahmoud runzelte die Stirn. Endlich fiel bei ihm der Groschen. »Sie glauben, der Wagen wurde manipuliert?«

»So ist es, Commandant. Ziemlich sicher, Commandant.«

»Und was genau hat den Unfall ausgelöst?«

»Das können wir natürlich erst sagen, wenn die Spurensicherung das Auto untersucht hat. Aber wir müssten uns schon sehr täuschen, wenn nicht Bremsversagen der Grund gewesen wäre. Das passt auch mit der Beschreibung zusammen, die der Augenzeuge abgegeben hat.«

»Was für eine Beschreibung?« Mahmoud spitzte den Bleistift wieder an und legte ihn dann beiseite.

»Nun, er sagte, der Fahrer habe wild mit den Armen gerudert. Dabei habe er aber weder Lichthupe gegeben noch das Signalhorn betätigt. Das kam ihm seltsam vor. So, als wäre die Elektrik ausgefallen. Nur deswegen haben wir mal einen Blick auf die Unterseite geworfen. Und siehe da: Spuren von Manipulation.«

Mahmoud legte den Spitzer weg und griff nach dem Hörer. Er signalisierte Philippe, dass er sich um fünf Minuten verspäten würde. Er hatte auf einmal so ein Kribbeln im Ohrläppchen.

»Sie meinen, es könnte ein Attentat gewesen sein?«

»Vielleicht«, entgegnete der Gendarm vorsichtig. »Wie gesagt, das sind alles nur Vermutungen. Es entspräche aber zumindest einer gewissen Tradition, Bremsen und Elektrik zu manipulieren …«

»Tradition? Sie sprechen von der Mafia?«

»Nun, hm …« Ein Räuspern war zu hören. War das ein *Ja?*

Egal. Mahmoud war auf einmal doch froh, dass er den Anruf entgegengenommen hatte.

»Weiß man schon etwas über den Fahrer?«

»Wir haben Papiere gefunden. Der Wagen wurde ordnungsgemäß über Europcar gemietet. Laut der Dokumente im Handschuhfach handelt es sich um einen vierzigjährigen Mann. Sein Name ist Marchand, Eric Marchand. Wohnhaft in Paris. Ich habe Fotos gemacht und sie Ihnen zugeschickt. Sie müssten sie eigentlich vorliegen haben.«

Mahmoud drehte den Monitor seines Computers herum und prüfte die Eingänge. Tatsächlich, da waren sie schon. Er öffnete die Anhänge und sah sich die Kopie des Führerscheins an. Irgendetwas klingelte bei der Betrachtung des Fotos. Er hatte den Typ schon mal gesehen, er wusste nur nicht, wo. Sein Ohrläppchen sagte ihm, dass er gut beraten wäre, der Sache nachzugehen. »Ich werde mir das ansehen, Monsieur Fratelli. Ausgezeichnete Arbeit. Ich werde Sie lobend in meinem Bericht erwähnen. War das alles?«

»Das war alles. Au revoir. Und viel Glück.«

»Au revoir.« Mahmoud konnte die stolzgeschwellte Brust beinahe plastisch vor sich sehen.

Er legte auf und tippte die Kurzwahl von Lieutenant Renard. »Philippe? Mahmoud hier. Das Meeting wird gecancelt. Da ist gerade etwas reingekommen, dem wir nachgehen sollten. Was? Ist mir egal, das hier hat Priorität. Schau mal auf deinen Computer. Du solltest ein paar Infos über einen gewissen Eric Marchand bekommen haben. Von der Gendarmerie in L'Île-Rousse, genau. Ich will, dass du dir das mal ansiehst. Der Mann hatte einen Unfall. Offenbar wurde sein Wagen manipuliert.

Keine Ahnung, ob da eine Verbindung zum Pasquale-Fall besteht, aber ich habe das Gefühl, dass da mehr dahinterstecken könnte. Wie bitte?« Er hielt den Hörer ans Ohr gepresst. »Ja, nenne es Intuition, wenn du willst. Ich möchte, dass du in einer Viertelstunde unten am Wagen bist, wir nehmen den Helikopter. Versuch noch, so viel wie möglich über diesen Marchand rauszubekommen. Ich mache hier solange klar Schiff. Was? Nein, kann ich dir auch nicht sagen. Bis gleich.«

Eine halbe Stunde später waren sie in der Luft. Unter ihnen wurden die Häuser kleiner. Der Helikopter stieg in den Himmel und nahm Kurs auf das offene Meer.
Mahmoud war froh über den Luftweg, auch wenn er nicht sonderlich versessen aufs Fliegen war. Aber allemal besser als eine zweieinhalbstündige Gurkerei durch die Berge.
Ihre Ermittlungen traten auf der Stelle. Es war höchste Eisenbahn, dass sich mal etwas bewegte. Paris machte gehörig Druck, und noch waren sie keinen Schritt weitergekommen.
Er betätigte den Helmlautsprecher. »Und, hast du was herausbekommen? Wer ist dieser Eric Marchand?«
»Du wirst es nicht glauben«, sagte Philippe. »Der Mann ist Schriftsteller. War vor einiger Zeit mal ziemlich populär. In den letzten Jahren ist es etwas ruhiger um ihn geworden. Kennst du *Die brennende Stadt?* Wurde seinerzeit mit dem Grand Prix du Roman Noir ausgezeichnet.«
Mahmoud runzelte die Stirn, dann fiel es ihm wie Schuppen von den Augen. Deswegen kam ihm der Name so bekannt vor. Er nickte aufgeregt. »Aber klar«, sagte er. »Meine Frau Jamilla ist eine richtige Leseratte. Sie hat mir davon vorgeschwärmt. Ist allerdings schon ein paar Jahre her. Und der ist also …?«
»… der Verfasser dieses Romans, ganz recht. Und etlicher anderer. Aber dies ist sein bekanntester.«
»Ist ja ein Ding …«
»Man sagt ihm einen ziemlich guten Riecher für brisante

Stoffe nach. Auf seiner Internetseite stand zu lesen, dass er bekannt dafür sei, akribisch zu recherchieren. Seine Stoffe drehen sich immer um das organisierte Verbrechen und die Vernetzungen im In- und Ausland. In einigen Fällen hat er tatsächlich mit der Polizei zusammengearbeitet.«

»Im Ernst?«

»Seine Recherchen haben wohl geholfen, einen Fall, der sonst ungelöst geblieben wäre, wieder aufzurollen. Marchand stand damals auch als Zeuge vor Gericht.«

»Und dieser Mann wäre jetzt bei einem Unfall in einem manipulierten Wagen beinahe ums Leben gekommen? Sehr interessant.« Er tippte sich an die Nase.

Philippe reichte ihm das Dossier, und Mahmoud überflog die Eckdaten. Klang tatsächlich ziemlich interessant. Er erinnerte sich, was Jamilla ihm über den Roman erzählt hatte. In *Die brennende Stadt* ging es um die Banlieues. Kein einfaches Pflaster für Recherchen. Aber wie Marchand diese Vorstadtsilos beschrieben hatte, sollte angeblich grandios sein. Mahmoud hatte das Buch bewusst nicht gelesen, weil ihm die Thematik zu sehr unter die Haut ging. Er war selbst in einer solchen Umgebung groß geworden und erinnerte sich nur widerwillig an die Zeit und an all das Elend, die Kriminalität und Brutalität. Ein Ort, wie man ihn seinem schlimmsten Feind nicht wünschte. Andererseits fanden sich auch dort Menschlichkeit und Herzenswärme.

Jetzt wünschte er sich, er wäre über seinen Schatten gesprungen und hätte das Buch damals doch gelesen.

Mahmoud überflog die Aufzeichnungen. »Ich sehe mir gerade den Bericht der Spurensicherung an. Scheint, dass an dem Wagen wirklich herumgefummelt wurde.«

»Allerdings«, sagte Philippe. »Ziemlich perfide Methode, wenn du mich fragst. Das Radio war mit einem kleinen Sprengsatz gekoppelt, der die Elektrik außer Gefecht gesetzt hat. Zusätzlich wurden Bremsen und Handbremse lahmgelegt.«

»Ziemlich aufwendige Art, jemanden umzubringen, nicht wahr? Warum nicht einfach Knarre an die Stirn, und *peng?*«
Philippe wiegte den Kopf. »Für jemanden, der sich mit so etwas auskennt, ist das keine große Sache. Du kriechst unter den Wagen, und in einer Viertelstunde ist alles erledigt. Wenn es glattgeht, sieht es wie ein Unfall aus.«
»Nur diesmal ist es nicht glattgegangen. Hat dieser Marchand jemals über Korsika geschrieben?«
Philippe schüttelte den Kopf. »Nicht, dass ich wüsste. Aber vielleicht ist er gerade dabei. Das wäre zumindest ein Motiv.«
»Vielleicht. Nun, wir werden es herausfinden.« Mahmoud blickte aus dem Fenster. Rechts zog die zerklüftete Felsenküste von Cargèse an ihnen vorbei. Das Meer schlug gegen die gezackten Halbinseln, die wie knöcherne Klauen in die See ragten. Weiße Schaumkronen überzogen das dunkle Blau.
Hauptsache, Marchand war vernehmungsfähig. Er sprach ein stilles Gebet, dass diese Spur nicht wieder ins Leere lief. Mehr wünschte er sich im Moment nicht.

22

Eric öffnete die Augen. Das war überraschend leicht. Allerdings wirkte das Bild leicht verschwommen und überstrahlt. Er musste ein paarmal zwinkern, dann ging es besser.
Seine Kehle war wie ausgedörrt. »W… Wasser, bitte.«
Der Mann im weißen Kittel schenkte etwas von einer seltsam aussehenden rosa Flüssigkeit in eine Schnabeltasse und hielt sie Eric an die Lippen.
Er schlürfte das Zeug, aber es war eindeutig kein Wasser. Dass es flüssig war, reichte ihm für den Moment.
»Schmeckt komisch«, murmelte er.

»Unser spezieller Cocktail. Nährflüssigkeit mit Elektrolyten und anderen guten Sachen. Damit wir Sie bald wieder auf die Beine bekommen. Sie können von Glück sagen, dass Sie so glimpflich davongekommen sind.« Der Mann streckte ihm die Hand entgegen. »Mein Name ist Jaques Nivard, ich bin Ihr behandelnder Arzt. Sie befinden sich im Centre Hospitalier de *Calvi*. Können Sie sich erinnern, was passiert ist?«
Eric begrüßte den Arzt und zermarterte sich das Hirn. Krankenhaus? Scheiße, wie war er denn hier gelandet?
Das Denken verursachte ihm Kopfschmerzen. Fragmente durchzuckten seinen Verstand.
»Ich … ich glaube, ich hatte einen Unfall. Mit dem Auto.«
»Das stimmt. Na, ihr Gedächtnis scheint ja noch zu funktionieren. Bitte mal die Augen schön weit aufmachen. Ja, so ist es gut.« Nivard leuchtete mit einer Stablampe in Erics Augen. Was er dort sah, schien ihn zufriedenzustellen.
»Wissen Sie, was heute für ein Tag ist?«
»Dienstag vermutlich.«
»Erinnern Sie sich, was Sie gestern zu Abend gegessen haben?«
Seltsame Frage. »Gestern? Lassen Sie mich überlegen. Ah ja: Sandwiches. Mit Salami und Hühnchen. Dazu ein kühles Pietra.« Die paar Whisky verschwieg er.
Dr. Nivard grinste. »Mit Ihrem Verstand scheint alles in Ordnung zu sein. Haben Sie Kopfschmerzen?«
»Ein bisschen.«
»Ich gebe Ihnen gleich etwas dagegen. Vorher muss ich Sie allerdings nach Ihren Verletzungen befragen. Ein paar davon konnten wir als Folge des Unfalls identifizieren – so zum Beispiel Ihr angebrochenes Schlüsselbein, die Quetschung an Ihrem linken Oberarm sowie die Prellung an der Schläfe. Was wir nicht verstehen, sind die anderen Verletzungen. Ich rede von der geprellten Rippe, dem blauen Auge und den Wunden auf der Innenseite Ihrer Unterlippe. Nicht zu vergessen Ihren verstauchten Fuß. Können Sie mir das erklären?«

»Ist eine gefährliche Insel«, murmelte Eric, der nicht die geringste Lust verspürte, mit Dr. Nivard über die Prügelei zu reden. Schlimm genug, dass das alles wirklich geschehen war. »Seit ich hier vor einigen Tagen eingetroffen bin, jagt ein Unglück das andere. Ich glaube, die Insel möchte, dass ich wieder von hier verschwinde.«

»Das muss warten«, sagte Dr. Nivard. »Erst mal werden Sie sich auskurieren und ein bisschen die Füße hochlegen. Ich verordne Ihnen ein paar Tage Ruhe. Nicht unbedingt im Bett, aber in vertrauter Umgebung. Wie gesagt, Sie haben ein Riesenglück, dass Sie noch am Leben sind. Es hätte alles viel schlimmer enden können. Übrigens ist hier jemand, der sich gerne mit Ihnen unterhalten möchte. Ich habe ihm gesagt, dass ich erst nach Ihnen sehen und Sie um Ihr Einverständnis bitten werde. Aber da Sie in passabler Verfassung sind, gibt es von meiner Seite aus keine Einwände. Ist Ihnen nach Gesellschaft zumute?«

Eric dachte an Laurine und richtete sich auf. »Gerne. Aber nur, wenn Sie mir vorher noch etwas von Ihrem Cocktail geben. Schmeckt besser, als er aussieht. Und er scheint zu helfen. Ich fühle mich tatsächlich schon fitter.«

»Nicht wahr?« Der Arzt rief eine Krankenschwester, die draußen vorbeiging, herein. »Cathrine, wären Sie so freundlich?« Er tippte auf die Flasche. »Und geben Sie Monsieur Marchand auch noch Ibuprofen gegen die Kopfschmerzen. So, ich muss dann mal, auf mich warten noch andere Patienten. Wir sehen uns. Ich werde Ihrem Gast Bescheid sagen.« Nivard verließ den Raum und überließ den Rest der Arbeit der Krankenschwester.

Eric strich sich die Haare aus dem Gesicht und hoffte, dass er nicht ganz fürchterlich aussah. Auf keinen Fall wollte er, dass Laurine sich Sorgen machte. Doch statt der erhofften dunkelhaarigen Korsin betrat ein pummeliger, verschwitzter Mann das Zimmer. Schlabberig sitzende Jeans, fadenscheinige Cordjacke und eine Ledertasche unter dem Arm, die so abgewetzt war, dass man glauben konnte, sie habe ein halbes Jahr im Meerwasser gelegen. Seine Halbglatze schimmerte wie eine frisch gewienerte Bowlingkugel. Die Augen hinter der Brille zuckten aufmerksam hin und her. Seinem Auftreten nach ein Versicherungsvertreter, obwohl die meist besser gekleidet waren.

Eric hatte keine Ahnung, wer dieser Kerl war und was er wollte. Der Mann wartete, bis die Krankenschwester das Zimmer verlassen hatte, dann kam er zu Eric ans Bett.

»*Bonghjòrnu,* Monsieur Marchand«, er reichte ihm seine Hand. Sie war genauso verschwitzt wie der ganze Rest. »Mein Name ist Ciosi. Petru Ciosi vom *Corse-Matin*. Sie haben doch sicher schon von uns gehört? Die wichtigste Tageszeitung hier auf der Insel.«

»Äh, ja …«

»Ich war zufälligerweise gerade in der Nähe, als ich die Sache mit Ihrem Unfall hörte. Mein aufrichtiges Beileid. Was dagegen, wenn ich mich setze?« Ohne eine Antwort abzuwarten, zog er sich einen Stuhl heran und nahm umständlich darauf Platz.

»*Corse-Matin? Die Presse?*«

Heftiges Nicken. »Monsieur Marchand, Sie ahnen gar nicht, welche Freude es für mich ist, einen Mann von Ihrem Rang und Namen auf unserer Insel begrüßen zu dürfen. Ich kenne die meisten, wenn nicht alle Ihrer Bücher und darf behaupten, ein glühender Verehrer Ihrer Kunst zu sein. Meine Schwester lebt ein paar Kilometer entfernt drüben bei Pigna. Sie ist Künstlerin. Ich hingegen betätige mich journalistisch. Als ich hörte, dass Sie ganz bei uns in der Nähe einen Unfall hatten, habe ich alles stehen und liegen lassen und mich sofort auf den Weg gemacht. Ich hoffe, Sie verzeihen diesen überfallartigen Besuch, aber Sie wissen ja: Die Presse schläft nie.« Er lachte herzhaft über seinen eigenen Witz.

»Den Eindruck habe ich auch«, murmelte Eric, dem bei dem Wortschwall ganz schwindelig wurde. »Wie … Woher haben Sie von dem Unfall erfahren? Ist doch gerade erst ein paar Stunden her.«

»*Nase*, mein Lieber. *Nase*.« Ciosi klopfte gegen sein Riechorgan. »Gut informiert zu sein gehört zu meinem Job. Ich habe meine Augen und Ohren überall. Bei Ihrem Unfall schien einiges nicht mit rechten Dingen zugegangen zu sein. Ich habe gehört, dass Ihr Wagen sabotiert wurde.«

Eric hob überrascht die Brauen. »Wer … Woher wissen Sie das?«

»Polizeifunk. Aber verraten Sie es keinem.« Ciosi lächelte entwaffnend. »Ein paar Spezialisten haben den Wagen untersucht und festgestellt, dass daran rumgefummelt wurde. Offensichtlich ziemlich raffiniert und perfide.« Er sah Eric schräg von der Seite an. »Hatten Sie denn noch keinen Kontakt mit der Polizei?«

»Nein. Ich bin ja gerade erst aufgewacht.«

»Oh.« Ciosi wirkte überrascht und auch ein bisschen erschrocken. »Dann sollte ich vielleicht warten, bis Sie mit den örtlichen Behörden gesprochen haben …«

»Ach wo. Jetzt, wo Sie schon mal da sind, können Sie mir auch den Rest erzählen. Was haben die Ermittler gefunden?«

Der Reporter sah sich um. Anscheinend hatte er Angst, sie würden belauscht. Dann senkte er die Stimme. »Ich dürfte Ihnen das eigentlich gar nicht sagen, aber da Sie so freundlich waren, mich nicht gleich rauszuwerfen, kann ich mich auch bei Ihnen revanchieren.« Er sah Eric ernst an. »Haben Sie sich Feinde gemacht, Monsieur Marchand? Gibt es irgendjemanden, der Ihnen nach dem Leben trachtet?«

Eric schüttelte den Kopf. Er würde sich hüten, den Namen *Santini* in den Mund zu nehmen. Er war sicher, dass er damit in ein Wespennest stechen würde. Aber seine Gedanken verliefen natürlich genau in diese Richtung.

Aber konnte es wirklich Mateu gewesen sein?
Klar, der Kerl war ein Arsch, aber er besaß doch so etwas wie Ehre. Wenn er etwas mit Eric zu klären hätte, würde er es direkt tun, von Angesicht zu Angesicht und nicht durch so einen hinterhältigen Trick.
Der Reporter sah ihn neugierig an. »Was hat sich denn da oben abgespielt?«
Eric grübelte. »Der Zeitabschnitt ist etwas verschwommen. Ich weiß noch, dass die Bremse auf einmal nicht mehr funktioniert hat«, sagte er. »Ich war auf einer abschüssigen Straße unterwegs, als auf einmal alles ausfiel. Bremse, Handbremse, Licht, Hupe, Elektrik. Ich konnte nur noch lenken – und das mit Mühe.«
»Diese beschissenen Servolenkungen, ich verstehe«, sagte Ciosi mit einem mitleidigen Lächeln. »Ich hatte mal ein ähnliches Problem. Unangenehme Sache.«
»Allerdings …«
Der Reporter machte sich ein paar Notizen. »Wussten Sie, dass es schon der zweite Anschlag in kurzer Zeit war? Vor kurzem wurde ein Attentat auf den stellvertretenden Bürgermeister von …«
Weiter kam er nicht. Draußen auf dem Gang ertönten laute Geräusche, dann wurde die Tür aufgerissen. Zwei Männer in Uniform traten ein. Der eine ein hochgewachsener Blonder, der andere deutlich kleiner und mit südländischem Einschlag. Sie trugen dunkelblaue Jacken mit Schulterklappen, darunter weiße Hemden mit Krawatte. Die Hosen besaßen eine Bügelfalte, und die Schuhe glänzten frisch geputzt. Auf einem Schild über der rechten Brust stand das Wort *Police*. Schirmmützen, Gürtel mit Pistole und Schlagstöcke rundeten das Bild ab.
Als Ciosi die beiden hereinkommen sah, sprang er auf.
In seinem Gesicht mischten sich Sorge und Überraschung. »Mahmoud!«
»Petru?« Der dunkelhäutige Polizist sah den Reporter mit

großen Augen an. Seine Verblüffung stand der des Reporters in nichts nach. Die beiden schienen gute Bekannte zu sein.
»Was machen Sie hier?«
»Recherchieren, und Sie?«
»Ermitteln.«
»Und dafür kommen Sie extra aus Ajaccio?« Der Reporter öffnete erstaunt den Mund. »Ist das nicht Sache der lokalen Behörden?«
»Wir haben hier übernommen«, lautete die knappe Antwort. Die Missbilligung des Polizisten war deutlich zu erkennen. »Dass Sie sich mit einem Zeugen unterhalten, der noch nicht von der Polizei vernommen wurde, verstößt gegen das Gesetz, das dürfte Ihnen doch klar sein, oder?«
Ciosi hob abwehrend die Hände. »*Mi dispiace.* Ich wusste nicht, dass die Polizei noch nicht hier war, ehrlich. Ich dachte, ihr wärt mit der Befragung längst durch. Stimmt doch, Monsieur Marchand, oder?«
»Ich denke schon ...«
»Da hören Sie's. Ich war zufällig in der Nähe und dachte, ich versuche mal mein Glück ...«
»Er ist erst vor fünf Minuten hier eingetroffen«, sagte Eric. »Wir sind noch gar nicht dazu gekommen, uns ausführlicher zu unterhalten.«
Der Reporter lächelte ihm dankbar zu.
»Ja, ja.« Der Polizist winkte ab und trat an Erics Bett. »Chef de Police Mahmoud Clément. Dies ist mein Mitarbeiter, Lieutenant Renard von der Police Nationale Ajaccio. Wir sind mit dem Hubschrauber hergekommen und würden uns gerne ein bisschen mit Ihnen unterhalten. Der Arzt sagte, Sie seien vernehmungsfähig.«
Eric, der nicht wusste, ob das eine Frage oder eine Feststellung war, blickte zwischen den Besuchern hin und her. Was war hier los? Auf einmal schien sich die halbe Welt für ihn zu interessieren.

»Sieht so aus, ja …«
»Schön. Petru, wenn Sie bitte in der Cafeteria auf uns warten würden? Ich würde mich gerne nachher noch mit Ihnen unterhalten.«
»Ich werde warten.« Der Reporter verzog sich wie ein geprügelter Hund. Was Eric leidtat, er mochte ihn irgendwie.
»Dürfen wir uns setzen?« Der Chefinspektor nahm die Mütze ab.
»Aber natürlich.« Eric richtete sich auf, was nicht ganz einfach war bei all den Verbänden. Von seiner Rippe abwärts strahlte ein Stechen durch den Ibuprofen-Schleier.
»Es tut mir leid, dass das hier alles so schiefgelaufen ist, Monsieur Marchand. Es ist normalerweise nicht unsere Art, die Presse vorzuschicken. Ich habe mitbekommen, dass Monsieur Ciosi Ihnen gerade von dem Anschlag auf den stellvertretenden Bürgermeister berichtet hat. Sind Sie über den Anschlag informiert?«
»Nicht wirklich …«
»Andererseits haben Sie vermutlich bereits erfahren, was hier gerade geschehen ist, oder?«
»Unschöne Sache. Mitten in der Innenstadt von Ajaccio. Die Sache hält uns ganz schön auf Trab.«
»Das will ich gerne glauben.«
»Wir ermitteln gerade in alle Richtungen, deswegen sind Sie sozusagen in unser Raster geraten. Wären Sie so freundlich, uns zu erzählen, wie es zu dem Unfall kam?«
»Gerne. Wo soll ich anfangen?«
»Vielleicht ab dem Moment, als Sie Ihr Auto bestiegen.«
Eric trank noch einen Schluck von dem rosafarbenen Cocktail, dann berichtete er, woran er sich erinnerte. Der blonde Polizist machte Notizen, während Clément immer wieder Zwischenfragen stellte. Zu Erics persönlichen Verhältnissen, den Gründen für seinen Besuch auf Korsika, seinem Familienstand und so weiter. Es war eigenartig, aber Eric hatte das Gefühl, dass es

bei diesem Verhör gar nicht so sehr um den Unfall als vielmehr um seine politischen Ansichten ging. Das Gespräch zog immer weitere Kreise. Eric fing an, ungeduldig zu werden, und irgendwann wurde es ihm zu bunt.

»Hören Sie«, sagte er. »Ich habe bereitwillig alle Ihre Fragen beantwortet. Ich verstehe allerdings nicht ganz, was meine politische Einstellung mit meinem jetzigen Zustand zu tun haben könnte. Ich bin nur ein harmloser Tourist, der vorhatte, hier sein Buch zu Ende zu schreiben. Dass ich nun verletzt im Krankenhaus liege, scheint Ihnen völlig egal zu sein. Stattdessen wollen Sie wissen, wie ich zu Marine Le Pen stehe. Keine Ahnung, warum Sie den weiten Weg von Ajaccio bis Calvi gemacht haben, aber ich denke, was Sie suchen, werden Sie hier nicht finden. Wie wär's, wenn Sie mal mit ein paar Informationen herausrückten? Wer hat da an meinem Auto herumgeschraubt? Wer hat Interesse an meinem Tod? Ich finde, zur Abwechslung könnten Sie mal reden und ich höre zu.«

Der Blick des Chefinspektors verdüsterte sich. »Woher wissen Sie, dass an Ihrem Wagen herumgeschraubt wurde? Hat Ciosi Ihnen das erzählt?«

»Das war gar nicht nötig. Ich kann eins und eins zusammenzählen. Außerdem fahre ich nicht erst seit gestern Auto. Jeder Idiot hätte gemerkt, dass da etwas nicht mit rechten Dingen zuging. Also, was ist da los?«

Die beiden Polizisten tauschten vielsagende Blicke, schwiegen aber.

Eric versuchte, ihnen ein bisschen auf die Sprünge zu helfen. »Na, kommen Sie schon. Mir ist klar, dass Sie jeder Spur nachgehen müssen. Zwei Attentate in so kurzer Zeit, da fangen die Rädchen im Kopf an, sich zu drehen. Dieser Anschlag in Ajaccio, wie schlimm war der?«

»Sie machen sich keine Vorstellungen.«

»So schlimm? Na ja, ich gebe zu, dass ich hierhergekommen bin, um etwas Abstand von der Tagespolitik zu gewinnen. Das ist der Grund, warum ich so konsequent Radio, Fernsehen, Zeitungen und Internet gemieden habe. Das war vielleicht ein Fehler.«

»So ein Vorfall kann einen Flächenbrand auslösen, besonders hier auf Korsika. Wir sind alle um eine möglichst schnelle Aufklärung bemüht.« Der Chefinspektor räusperte sich. »Als die Meldung von Ihrem Unglück bei uns eintraf, haben wir uns direkt auf den Weg gemacht. Die Uhr tickt, aber die Heimlichtuerei wäre vielleicht nicht unbedingt nötig gewesen. Nicht, dass wir Sie je ernsthaft verdächtigt hätten, aber wir mussten einfach sichergehen.«

»Klar, ich verstehe.« Rückblickend wunderte es Eric, dass der Anschlag am gestrigen Abend kein Thema in der Bar gewesen war. Solche Gespräche waren doch das Salz in der Suppe. Die Essenz eines jedes guten Kneipenabends. Wo, wenn nicht am Tresen, ließ es sich so gut politisieren? Aber vielleicht war es auch gar kein Gesangsabend, sondern eine konspirative Versammlung gewesen. Den Korsen traute er inzwischen alles zu. Vor allem dem Umfeld von Mateu Santini.

»Vermuten Sie, dass das in Ajaccio ein Anschlag der Mafia gewesen sein könnte?«

»Jeder Anschlag hier auf Korsika ist ein Anschlag der Mafia. Uns liegt sogar ein Bekennerschreiben vor. Die FLNC hat sich offen dazu bekannt.«

Eric runzelte die Stirn. »Dann verstehe ich diese Untersuchung nicht. Warum ziehen Sie nicht los und machen die Leute dingfest, anstatt hier bei mir auf der Bettkante zu sitzen?«

Der Chefinspektor lachte. »Inzwischen glaube ich Ihnen, dass Sie noch nie zuvor auf dieser Insel waren. Sonst wüssten Sie, dass man hier nicht so einfach losziehen und jemanden verhaften kann. Ein Korse, der nicht gefunden werden will, wird auch nicht gefunden. Dieses Volk hat eine jahrhundertealte Schweigetradition. Es gibt sogar einen eigenen Begriff dafür: *Omertà*. Selbst hochrangige Mafiamitglieder sind sich nicht

zu schade, in die Berge zu verschwinden und für Jahre unterzutauchen. Wenn Sie die Bevölkerung nach ihrem Verbleib fragen, werden Sie keine Auskunft erhalten. Auch wenn es ein gesuchter Krimineller ist, so ist er doch vor allem eines: Korse. Und das verbindet. Außerdem hege ich berechtigte Zweifel an der Authentizität dieses Bekennerschreibens. Vieles daran ist unglaubwürdig. Leider ist das alles nicht so einfach.«
»Verstehe …«
Clément sah ihn mit seinen freundlichen braunen Augen an. Er schien zu spüren, dass Eric etwas auf der Seele brannte. »Gibt es etwas, das Sie uns erzählen wollen, Monsieur Marchand?«
»Früher oder später werden Sie es sowieso herausfinden. Besser, ich erzähle es Ihnen gleich.«
»Was erzählen?«
Er holte tief Luft, dann berichtete er von dem gestrigen Abend in der Bar. Von seinem Besäufnis mit Mateu, dem Streit und der anschließenden Prügelei. Weder ließ er etwas weg, noch fügte er etwas hinzu, sondern versuchte, den Hergang so sachlich und nüchtern wie möglich darzustellen. Auch wenn es ziemlich peinlich für ihn war, so zog er es dennoch durch. Alles andere würde ihn später nur in Schwierigkeiten bringen.
Irgendwann endete sein Bericht. »Ich weiß nicht, ob Sie etwas mit meinen Äußerungen anfangen können, aber ich dachte, Sie sollten es wissen. Und jetzt dürfen Sie mich verhaften.« Er grinste.
Clément massierte seine Finger. Für einen Chef de Police wirkte er erstaunlich gelassen. Doch Eric spürte, wie es unter der Oberfläche brodelte. »Es war gut, dass Sie uns das erzählt haben. Ich könnte mir vorstellen, dass Ihnen das nicht leichtgefallen ist. Le Gallieni sagten Sie? Wir werden der Geschichte nachgehen.« Er schüttelte den Kopf. »Sie haben sich in dieser Sache wirklich nicht mit Ruhm bekleckert. Aber sei es, wie es ist, dies könnte uns zumindest einen Hinweis darauf

liefern, warum an Ihrem Wagen herumgeschraubt wurde. Sich mit einem Santini anzulegen war so ziemlich die dümmste Idee, die Sie haben konnten. Sie sind eine mächtige Familie hier auf der Insel.«

»Das weiß ich inzwischen auch«, sagte Eric geknickt. »Ich verstehe ja selbst nicht, was da über mich gekommen ist. Mein Plan ist eigentlich, baldmöglichst von hier zu verschwinden.«

»Gute Idee«, sagte Clément. »Je eher, desto besser.«

Eric nickte. »Sobald ich wieder auf den Füßen bin, geht es los. Allerdings gibt es da noch eine Sache, die ich erledigen muss.«

»Und die wäre?«

»Ich will mir mein Amulett zurückholen.«

»Was für ein Amulett?«

»Ein altes Familienerbstück. Es gehörte meiner Großmutter. Danach ging es an meine Mutter und nach ihrem Tod an mich über. Es bedeutet mir sehr viel, und ich will es wiederhaben.«

»Was ist denn damit geschehen?«

»Nachdem ich Mateu Santini erzählt habe, dass ich sehr wahrscheinlich ein Nachkomme der Familie Giuliani bin, war er so in Aufregung versetzt, dass er mir mein Amulett weggenommen hat.«

»Halt mal, langsam. Sie sind *was?*« Es war das erste Mal, dass sich der andere Polizist zu Wort meldete. Lieutenant Renard.

»Ich bin ein Giuliani«, erwiderte Eric. »Ich habe kürzlich das alte Anwesen an der D 63 besucht. Kennen Sie die Ruinen? Oben in der Kurve. Es steht ein Mausoleum dort, auf dem Sie die Bilder meiner Urgroßeltern sehen können.«

»Nein, kenne ich nicht«, sagte Renard. »Aber ich habe davon gehört. Sie sind wirklich ein Giuliani?«

»Sieht so aus, ja. Jetzt machen Sie gerade genauso einen Gesichtsausdruck wie Mateu Santini. Können Sie mir das erklären?«

Clément sah seinen Kollegen ebenfalls fragend an. »Hast du mir etwas zu sagen, Philippe?«

»Äh, könnte ich dich kurz mal unter vier Augen sprechen …?«
Clément stand auf, und die beiden verdrückten sich in die hintere Ecke des Raums. Renard redete schnell und leise. So leise, das Eric kein Wort verstand. Cléments Gesichtsausdruck veränderte sich. Die anfängliche Skepsis wich echter Verblüffung.
»Das ist nicht dein Ernst …«
»Wenn ich's dir doch sage.«
»Und du meinst wirklich, es könnte deswegen sein?«
»Wer weiß, schon möglich.«
»Wenn es stimmt, was du da sagst, dann haben wir ein Problem.«
»Dessen bin ich mir durchaus bewusst.«
Eric hielt es nicht länger aus. Er reckte seinen Hals und rief: »Hallo, wie wäre es, wenn Sie mir mal erklären würden, was hier los ist? Ich habe ein Recht, das zu erfahren.«
Die beiden nickten einander wortlos zu, dann kamen sie zurück an Erics Bett. Clément räusperte sich. »Monsieur Marchand, ich bedauere, Ihnen mitteilen zu müssen, dass wir Sie doch noch nicht gehen lassen können. Wir haben es offenbar mit einer völlig veränderten Situation zu tun.«
»Wieso, was ist denn los?«
»Das erkläre ich Ihnen später. Erst mal müssen wir zusehen, dass wir Sie hier wegbekommen. Sie sind hier nicht länger sicher.«
»Ich soll … *was?*«
»Philippe, rede du bitte kurz mit dem Arzt. Sag ihm, dass wir Monsieur Marchand mitnehmen werden. Währenddessen helfe ich ihm hier beim Packen.«
»Ist er denn überhaupt transportfähig?«
Clément sah Eric mit prüfendem Blick an. »Auf mich macht er keinen allzu kranken Eindruck. Ein paar Schmerzmittel, dann dürfte es schon gehen. Und sag ihnen, sie sollen die Patientenkartei verschwinden lassen. Je weniger Spuren wir hinterlassen, desto besser.«

»Verstanden.« Renard verließ das Zimmer.
»Kann mir mal bitte einer erklären, was hier los ist?« Eric streckte den Arm aus, doch der Lieutenant war bereits verschwunden. Eric hasste es, dass einfach so über seinen Kopf hinweg entschieden wurde.
Clément hatte bereits angefangen, Erics Schrank leer zu räumen. Er riss einfach alle Sachen heraus und warf sie ungeordnet in Erics Koffer.
»He, Moment mal. So einfach geht das nicht. Das ist Entführung.«
»Unsinn …«
Eric verschränkte die Arme. »Ich weigere mich, mein Bett zu verlassen. Nicht, ehe ich ein paar Antworten bekommen habe.«
»Keine Zeit …«
»So viel Zeit muss sein. Sie haben kein Recht, mich gegen meinen Willen von hier fortzuschleppen. Hören Sie mir überhaupt zu?«
Doch Clément schien mit seinen Gedanken ganz woanders zu sein. »Petru könnte helfen«, murmelte er. »Das dürfte ihm zwar nicht gefallen, aber er hat ja auch etwas gutzumachen. Und besser so, als wenn er hintenherum von der Sache Wind kriegt. Mann, Mann. Sie haben ein Riesenglück, dass wir noch rechtzeitig gekommen sind, wissen Sie das eigentlich, Monsieur Marchand? Die Dinge hätten auch eine andere, sehr viel tragischere Wendung nehmen können.«

23

Vollgepumpt mit Schmerzmitteln, bekam Eric von der Fahrt kaum etwas mit. Dörfer und Felder, Wäldchen und Weinbaugehöfte zogen wie Farbschlieren an seinem Fenster vorbei. Jedes Mal, wenn er glaubte, etwas Interessantes gesehen zu haben, war es – *wusch* – schon wieder weg. Die korsische Landschaft verschwamm zu einem Wandteppich, der von den Menschen über einen langen Zeitraum mit aufwendigen Stickereien verziert worden war. Ein gleichsam faszinierender wie schwindelerregender Anblick, der durch den rasanten Fahrstil des Reporters noch verstärkt wurde. Eric spürte ein leichtes Rumoren in seinem Magen und orientierte sich lieber nach vorn.

Der nikotingeschwängerte Volvo von Petru Ciosi war so zugemüllt, dass es eine Weile gedauert hatte, bis alle vier darin Platz fanden. Stative, Fotolampen und Mikrofone, dazwischen leere Pappbecher, Colaflaschen und Zigarettenkippen – es sah fast so aus wie bei Eric daheim, was vermutlich der Grund war, weshalb er sich hier auf Anhieb wohlfühlte.

Die Polizisten waren schweigsam.

Nicht ein Wort war gefallen, seit sie Calvi verlassen hatten. Die Stille war bedrückend, und Eric fand nicht den Mut, nach den Hintergründen zu fragen. Dabei gab es so viel, was er wissen wollte.

Clément hatte ihm unmissverständlich zu verstehen gegeben, dass jetzt nicht der richtige Zeitpunkt für Frage-und-Antwort-Spielchen war, zumal sie bisher nur Indizien, aber keine Fakten besaßen. Eines aber schien festzustehen. Der Name Giuliani hatte etwas damit zu tun. Als würde ein Fluch darauf lasten.

Eric schüttelte verwirrt den Kopf. Das Zeug, das sie ihm verabreicht hatten, musste ziemlich heftig gewesen sein. Er war kaum in der Lage, einen zusammenhängenden, klaren Gedanken zu fassen. Als wären nicht nur Nervenenden, sondern ganze Gehirnbereiche betroffen. Und als wäre das nicht schon schlimm genug, fühlte sich seine Zunge an wie in Watte gepackt.

Schweigend wandte er sich wieder der Landschaft zu. Wie schön bunt das hier alles war.

»Aufwachen, Monsieur Marchand. Wir sind da.«

Eine grobe Hand riss ihn aus seinem Schlummer.

Eric schlug die Augen auf. Über ihn gebeugt stand Chefinspektor Clément und löste seinen Gurt. Als er bemerkte, dass Eric wach war, lächelte er. »Steigen Sie aus. Sie haben es geschafft.«

»W… wo …?«

»Das zeige ich Ihnen. Kommen Sie.« Er half ihm beim Aussteigen. Ziemlich wackelig machte Eric ein paar Schritte. Sternchen umkreisten ihn. Der Boden begann unter seinen Füßen zu kippen. Clément stützte ihn und sah ihn besorgt an. »Alles in Ordnung?«

»Ja … Geht schon«, antwortete Eric. »Ich … Mir ist nur ein bisschen …«

»Kein Wunder, bei der Menge an Opiaten, die Ihnen der Arzt verabreicht hat. Aber besser so, als wenn Sie vor Schmerzen die Autofahrt nicht verkraftet hätten, oder?«

»Habe ich geschlafen?«

»Wie ein Murmeltier.« Der Chef de Police lächelte. »Vermutlich das Beste, was Sie tun konnten. Aber jetzt sind wir da. Dort drüben ist Pigna, sehen Sie?« Er deutete auf eine pittoreske Ansammlung von Häusern, die oben zusammengewürfelt auf einer Hügelspitze standen. Aus der Ferne hatte der Ort durchaus Ähnlichkeit mit Speloncato.

»Kommen Sie, gehen wir ein Stück gemeinsam. Wir müssen Ihren Kreislauf wieder in Schwung bringen.«

Der Wagen stand im Schatten eines mächtigen Feigenbaums, der seine schützenden Arme über ihnen ausbreitete. Eine kiesbestreute Auffahrt führte hinauf zu einem kleinen Haus, das aus groben Steinen gemauert war. Das Dach war mit Schiefer gedeckt, und wilder Wein rankte sich an den Fassaden empor. Ein typisches Bauernhaus, wie man es hier häufig sehen konnte. Nebenan befanden sich ein liebevoll gepflegter Gemüsegarten sowie eine Holzbank, auf der etliche Katzen herumlümmelten. Hinter dem Haus sah er einen Schuppen, dessen Flügeltore weit offen standen. Jede Menge rostiges Altmetall lag dort herum. Ausrangierte Pflüge, Sensen, Harken und Radkappen. Entweder war der Eigentümer Schrottsammler oder Schmied. Zumindest war das Erics erster Gedanke, als er den Kerl mit dem Schweißbrenner und der Schutzbrille sah.
Ciosi war hinaufgegangen und sprach mit dem Mann. Jedenfalls versuchte er es, denn obwohl er dabei heftig gestikulierte, unterbrach der andere nicht für eine Sekunde seine Arbeit. Kräftige Hammerschläge erklangen, und auf dem muskelbepackten Körper glänzte der Schweiß. Funken stoben in alle Richtungen. Der Mann war offenbar nicht gewillt, sich von ein paar Besuchern ablenken zu lassen.
Eric sah, wie das Metall von den Rändern her zu glühen begann. Der Gestank von Rauch und heißem Dampf wehte zu ihnen herüber.
Ab einem bestimmten Moment packte der Kerl das Stück mit der Zange und tauchte es in einen Eimer mit Wasser. Kochend und zischend entwich die Hitze ins kühlende Nass, wobei eine Wolke von Dampf in die Höhe schoss.
Als sich der Nebel verzogen hatte, nahm er das Metallstück heraus und betrachtete es eingehend. Zufrieden nickend, legte er es auf eine Werkbank nebenan und nahm die Maske ab. Eric zog verblüfft die Brauen hoch.
Kurz geschnittene, knallrot gefärbte Haare, rosige verschwitz-

te Wangen und zwischen den Schneidezähnen eine Lücke, die ihrem Lächeln ein herrlich verwegenes Aussehen verlieh. *Es war eine Frau!*

Gemeinsam mit Ciosi kam sie zu ihnen herunter. Ihr Gesichtsausdruck verriet Skepsis. »Na so was. So viele Männer auf einmal. Das Vergnügen hatte ich seit Jahren nicht mehr.«

Selbst durch den Schleier an Opiaten konnte Eric erkennen, dass diese Frau etwas Besonderes war. Alles an ihr strahlte Energie aus. Ihre Stimme, der selbstsichere Gang, das glühende Gesicht – sie genoss den puren Moment ihrer Existenz und strahlte das wie ein Vulkan in die Welt. Die Arbeit mit dem Schweißbrenner schien da nur eine logische Fortführung ihres Temperamentes zu sein.

Petru Ciosi trabte neben ihr her. Obwohl er gut einen halben Kopf kleiner war als sie, war die Ähnlichkeit kaum zu übersehen.

»Darf ich Ihnen meine Schwester vorstellen?«, sagte er. »Battista lebt und arbeitet hier als freie Künstlerin. Sie hat schon bei verschiedenen Gelegenheiten sehr erfolgreich ausgestellt, unter anderem in Nizza, Cannes und Venedig. Als wir vorhin über die Sache sprachen, musste ich sofort an sie denken.«

»Battista?«, sagte der Inspektor und trat ihr mit ausgestreckter Hand entgegen. »Eigentlich ein Männername, oder?«

Sie zuckte die Schultern. »Ist mein Künstlername. Nur die wenigsten wissen, wie ich wirklich heiße. Was gut so ist.« Sie warf ihrem Bruder einen warnenden Blick zu.

»Dies ist mein Stellvertreter Lieutenant Philippe Renard von der Police Nationale Ajaccio und dies Monsieur Marchand. Wir sind hier, weil wir Sie um einen Gefallen bitten wollen.«

Sie neigte den Kopf und inspizierte Eric vom Scheitel bis zur Sohle. »Meine Güte, was ist Ihnen denn passiert? Sie sehen ja aus, als wären Sie von einem Laster gefallen.«

»Das kommt so ungefähr hin«, sagte Eric mit gequältem Lächeln.

»Autounfall«, erläuterte der Chefinspektor. »Eine etwas seltsame Geschichte. Wenn Sie mir erlauben, würde ich Ihnen gerne die Hintergründe erläutern.«

»Marchand sagten Sie?« Sie runzelte die Stirn. »Der Name sagt mir was.«

»Du erkennst ihn auch, nicht wahr?«, rief Petru aufgeregt. »Erinnerst du dich an den Roman *Die brennende Stadt?* Er hat dieses Buch geschrieben.«

»Sie waren das? Dann sind Sie also Schriftsteller?«

Eric nickte benommen.

Ihre Zurückhaltung verwandelte sich augenblicklich in Freundlichkeit. Ein Lächeln erschien, das etwas Ansteckendes hatte. »Ich erinnere mich«, sagte sie. »Der Roman gefiel mir sehr gut. Das ist aber schon ein paar Jahre her. Ein Autounfall sagten Sie? Wie schrecklich.«

»Genau genommen ist dies der Grund, warum wir Sie aufsuchen. Wir möchten Sie um Ihre Mithilfe bitten.«

»Mich?« Battista blickte erstaunt in die Runde, während sie sich mit einem verdreckten Lappen die ölverschmierten Hände abputzte. »Ich wüsste nicht, wie. Wie sind Sie überhaupt auf mich gekommen?«

»Ihr Bruder war so freundlich, Ihren Namen ins Gespräch zu bringen«, sagte Clément. »Und wenn ich mich hier so umschaue, glaube ich, dass es ein guter Vorschlag war.«

»Das war Petrus Idee? Ich kann nur hoffen, dass mein großer Bruder nicht wieder irgendetwas Dummes angestellt hat. Er liebt es nämlich, sich mit Leuten anzulegen und sich anschließend wie ein geprügelter Hund bei mir zu verkriechen.«

»Nein, nichts dergleichen«, sagte Clément lächelnd. »Monsieur Marchand befindet sich in einer Notlage. Wir mussten ihn schnellstmöglich aus dem Krankenhaus in Calvi herausholen und suchen nach einer Unterkunft für ihn. Ein *Safe House,* wenn Sie so wollen. Petru schlug vor, es mal bei Ihnen zu versuchen.«

»Heißt das, er ist auf der Flucht?«
»Nicht direkt. Es handelt sich mehr um eine Vorsichtsmaßnahme.«
Ihr Lächeln verschwand. »Was für eine absurde Idee. Mein Atelier ist doch kein Safe House. Ich bin keine Kriminalbeamtin – und noch viel weniger bin ich Krankenschwester.«
»Das brauchen Sie auch gar nicht zu sein«, sagte Clément. »Ich habe mit dem zuständigen Arzt gesprochen. Erics Verletzungen sind nicht so schlimm, wie sie aussehen. Ein paar Prellungen, eine angeknackste Rippe, nichts Weltbewegendes. Er braucht nur ein paar Tage Ruhe und Abgeschiedenheit.«
»Vor allem darf er nicht gefunden werden«, sagte Petru. »Es könnte sein, dass er gesucht wird. Wir möchten ihm Unannehmlichkeiten ersparen, deswegen fiel unsere Wahl auf dich.«
»So ist es.« Der Chefinspektor sah sich um. »Ihr Bruder sagte uns, dass Sie hier oben ganz allein leben.«
»Nun ja, das stimmt schon. Allerdings … Also hin und wieder bekomme ich schon Besuch.«
»Komm mir nicht wieder mit deinen Liebhabern«, sagte Petru mit missmutigem Gesichtsausdruck. »Du wirst sie ja auch mal für kurze Zeit woanders treffen können, oder?«
»Ich wüsste nicht, was dich das angeht.« Battista warf ihm einen scharfen Blick zu. Sie schien nicht überzeugt zu sein.
»Es stimmt, ich wohne hier tatsächlich ganz allein, und das soll auch so bleiben. So leid es mir tut, aber ich muss Ihr Ansinnen ablehnen. Ich bin gerade mitten in den Vorbereitungen für eine neue Ausstellung, da kann ich keine Ablenkung brauchen. Und wo und wann ich meine Liebhaber treffe, ist ganz allein meine Sache.« Sie funkelte ihren Bruder an.
»Bitte verzeihen Sie, wenn das jetzt falsch rübergekommen ist«, sagte Clément schnell. »Auf keinen Fall wollen wir Ihnen Unannehmlichkeiten bereiten. Uns liegt nichts ferner, als uns in Ihre Privatangelegenheiten einzumischen. Es geht nur um

zwei oder drei Tage, mehr nicht. So lange, bis wir einige Dinge geklärt haben. Sie sehen ja selbst, in welcher Verfassung Monsieur Marchand ist. Wir möchten es tunlichst vermeiden, ihn noch weiteren Belastungen auszusetzen. Da seine Identität möglichst nicht bekannt werden sollte, können wir ihn auch nicht in einem Hotel unterbringen.«

»Was hat er denn angestellt?«

Eric, dem es nicht gefiel, dass die ganze Zeit über seinen Kopf hinweg geredet wurde, räusperte sich. »Ich bin ein Nachkomme der Familie Giuliani. Ich habe keine Ahnung, was das bedeutet und warum das bei allen so ein großes Aufsehen auslöst, aber so ist es nun mal. Gestern hatte ich deswegen Ärger mit Mateu Santini. Ein Wort führte zum anderen, und wir gerieten in einen Streit.«

»Sie haben sich geprügelt«, sagte Petru und stupste Battista in die Seite. »Ge … prü … gelt.«

»Mit Mateu Santini? Das ist nicht dein Ernst.« Battista sah Eric auf einmal mit anderen Augen an. War es Spott, war es Bewunderung oder Entsetzen? Er wusste es nicht.

»Du bist ein Giuliani?«

»Ja.«

»Und du hast keine Ahnung, was das bedeutet?«

»Keinen Schimmer.« Battistas Reaktion überraschte ihn nicht. Inzwischen war er es gewohnt, wie die Leute darauf reagierten.

»Und du hast dich wirklich deswegen mit einem Santini geprügelt? *Mit Mateu Santini?*« Die letzten Worte klangen schon fast hysterisch.

Ihm blieb nichts anderes übrig, als zu nicken. Die Sache war ihm schon nicht mal mehr peinlich.

Ein Zwinkern erschien in Battistas Augen. »Wenn ich dich so anschaue, hast du den Kürzeren gezogen.«

»Das kannst du laut sagen.«

»Und was ist dann passiert?«

»Tja, wenn ich das so genau wüsste. Am nächsten Morgen wurde ich aus meinem Zimmer geworfen, und die Ereignisse überschlugen sich. Jetzt bin ich hier. Ich verspreche dir hoch und heilig, dass ich keine Umstände machen werde. Wenn du magst, bereite ich für uns beide das Essen zu und mache mich auch anderweitig nützlich. Ich sehe vielleicht nicht so aus, aber ich bin ein ausgezeichneter Koch.«
Er versuchte zu lächeln, doch sein demoliertes Gesicht ließ es nicht zu. Battista sah ihn mit ihren großen Augen an, dann brach sie plötzlich in donnerndes Gelächter aus. Tränen stiegen empor, und sie wischte sie weg. Es dauerte eine Weile, bis sie sich wieder einkriegte.
»Also, das … das ist die verrückteste Geschichte, die ich je gehört habe. Entweder bist du der verdammt coolste Motherfucker oder aber der dämlichste Idiot, der mir je begegnet ist. Jedenfalls interessant genug, dass du bei mir unterkommen kannst. Erwarte aber kein Luxusappartement. Bei mir herrscht ein ziemlicher Saustall. Kannst gerne aufräumen, wenn du willst, das ist mir egal. Hauptsache, ich finde hinterher alles wieder. Und das mit dem Kochen darfst du gerne übernehmen. Wollen mal sehen, was du so draufhast. War's das dann?« Sie blickte in die Runde.
»Das war's«, sagte Inspektor Clément. »Ich bin Ihnen sehr dankbar.«
»Danken Sie mir, wenn die Tage rum sind. So, und jetzt muss ich weitermachen. Habe die Ehre, meine Herren.« Sie deutete einen militärischen Gruß an, setzte ihre Schweißermaske wieder auf und ging zurück zur Werkstatt.
Eric und die Polizisten standen einigermaßen geplättet in der Auffahrt und starrten hinter Battista her. Nach einer Weile brach es aus Clément heraus. »Das ist Ihre Schwester?«
»Das ist sie«, erwiderte Petru nicht ganz ohne Stolz. »Eine fabelhafte Person, oder? Manchmal kann sie etwas schroff sein, aber sie hat ein Herz aus Gold. Na ja, ich mach mich jetzt

ebenfalls vom Acker. Ich habe noch einen Artikel zu schreiben. Gibt es noch etwas, was ich für Sie tun kann? Ich könnte Sie noch irgendwohin mitnehmen.«

»Nein danke, wir ordern ein Dienstfahrzeug.«

»Na dann …« Der Reporter hob die Hand zum Gruß. Dann ging er die kiesbestreute Auffahrt hinunter und stieg in seinen Wagen. Eric sah ihm hinterher, als er davonfuhr.

»Schräges Geschwisterpärchen«, sagte Renard.

»Aber irgendwie sympathisch«, ergänzte Clément. »Meine Frau würde sie bestimmt auch mögen. Irgendwann, wenn das hier vorbei ist, werde ich Sie alle mal zum Essen einladen. Vorausgesetzt, Sie mögen marokkanisch.«

»Wenn ich dann noch da bin«, sagte Eric nachdenklich.

»Auch wieder wahr.« Clément zuckte die Schultern. »Ich denke, wir packen es jetzt auch langsam. Philippe, funk mal die nächste Streife an. Die sollen uns einen Wagen schicken, der uns zurück zum Hubschrauber bringt.«

»Wird gemacht.« Renard griff nach seinem Handy und entfernte sich ein paar Schritte.

Eric nutzte die Gelegenheit und nahm den Chefinspektor beiseite. »Monsieur Clément?«

»Was gibt es?«

»Ich hätte da noch eine Bitte. Es gibt jemanden, den ich gerne über meinen Verbleib informieren würde. Eine junge Frau in Speloncato.«

»Ah ja?« Der Kommandant zog amüsiert eine Braue in die Höhe.

Eric kritzelte Laurines Anschrift auf ein Kaugummipapier aus seiner Hosentasche und gab es dem Inspektor. Der blickte darauf.

»Ihr Name lautet Laurine Altieri. Dies ist ihre Adresse. Leider bin ich nicht mehr dazu gekommen, mich von ihr zu verabschieden. Es wäre wichtig für mich, dass sie weiß, wo ich mich befinde.«

»Eine Urlaubsbekanntschaft?«
»Nun, ich denke, es ist etwas mehr.«
»Können Sie ihr vertrauen?«
Eric nickte. »Unbedingt, ja. Würden Sie das für mich übernehmen?«
»Ich werde sehen, was sich machen lässt.« Clément steckte das Papierchen ein. »Hauptsache ist, dass wir jetzt eine Unterkunft für Sie gefunden haben. Mein Rat: Bewegen Sie sich nicht von der Stelle. Erzählen Sie niemandem, wo Sie sich befinden. Ich würde zur Sicherheit gerne noch Ihr Handy mitnehmen.«
»Mein Handy?«
»Ja. Bitte geben Sie es mir. Es könnte schließlich sein, dass Ihre Nummer inzwischen gehackt wurde. Als Krimiautor sollten Sie wissen, dass man Sie darüber orten kann.«
»Dazu muss man kein Krimiautor sein. Das weiß heutzutage jedes Kind.« Eric reichte dem Chefinspektor das Gerät. »Ich hätte es natürlich irgendwann gerne wieder.«
»Keine Sorge«, sagte Clément. »Allerdings kann ich Ihnen nicht versprechen, dass ich nicht darin herumschnüffeln werde.«
»Ist kein Problem. Sie werden sicherlich nichts Interessantes finden.«
»Ihren Laptop können Sie behalten, hier gibt es sowieso kein Internet. Zwei bis drei Tage werde ich brauchen, um die Fäden zusammenzubekommen. Ich melde mich dann wieder bei Ihnen. Und Sie erholen sich hier gefälligst ein bisschen. Machen Sie das, weshalb Sie hergekommen sind: Urlaub.«
Eric grinste. »Ich werde mich bemühen.«
In diesem Moment kam Renard zurück. »Alles erledigt. Der Wagen wird gleich da sein.« Er blickte zu der Künstlerin hinüber, die gerade damit beschäftigt war, ein Stück Metall mit dem Hammer zu bearbeiten. Die Schläge hallten von den umliegenden Hängen wider. Ein schiefes Grinsen erschien auf

seinem Gesicht. »Ich weiß nicht, ob ich Sie beneiden oder bedauern soll, Monsieur Marchand. Eines dürfte jedoch sicher sein. Mit dieser Frau wird es bestimmt nicht langweilig werden.«

24

Mateu schlug den Weg hinauf ins Arbeitszimmer seines Vaters ein. Als er seinen Fuß auf die unterste Stufe setzte, hatte er das Gefühl, das Haus würde den Atem anhalten. Alles schien zu lauschen. Seine Schritte hallten von den Wänden wider, was den Eindruck noch verstärkte. Die Treppe war aus seltenen korsischen Nadelhölzern gefertigt und hatte ursprünglich im Stammhaus der Santini in Corte gestanden. Ein Familienerbstück, das noch aus dem achtzehnten Jahrhundert stammte und vermutlich mehr gesehen und gehört hatte, als je ein menschlicher Verstand ermessen konnte.

Mateu versuchte, sich seine Nervosität nicht anmerken zu lassen. Dass sein Vater nach ihm schicken ließ, war kein gutes Zeichen. Das tat er nur, wenn er ärgerlich war. Und Mateu hatte so eine Ahnung, worum es dabei ging.

An den Wänden über ihm hingen die Köpfe erlegter Keiler. Ein Anblick, der sowohl einschüchternd wie auch erhebend wirkte. Nicht wenige dieser Tiere hatte er selbst erlegt. Nicht nur mit der Flinte, sondern teilweise sogar eigenhändig mit dem Spieß oder dem Messer. Allerdings mochte er die Art nicht, wie sie heute auf ihn herabstarrten. Missgünstig, nachtragend, unheilvoll. Kein gutes Omen.

Mit gesenktem Kopf ging er weiter. Seine Schritte hinterließen kaum Geräusche auf dem roten Teppich. Oben angekommen, wandte er sich nach Westen. Vor dem Arbeitszimmer seines Vaters war eine Wache postiert. Es gab viele Wachen in diesem Haus, doch normalerweise sah man sie kaum. Eine Festung gegen die heranbrandenden Horden der Feinde. Sein Vater ging in dieser Sache kein Risiko ein – anderseits wollte er auch nicht ständig daran erinnert werden, dass er einer der meistgefürchteten Männer auf dieser Insel war. Ein geschütztes Heim war der Schlüssel zum Erfolg, und das nicht nur auf Korsika.

Mateu nickte dem Wachtposten zu und klopfte an die Tür.

»*Herein.*«

Er betrat das Arbeitszimmer, schloss die Tür und atmete ein. Sein Vater stand am Fenster und blickte über die Gärten. Die Arme hinter dem Rücken verschränkt, erinnerte er an eine Standuhr. Wie ein Möbelstück, das immer schon hier gestanden hatte und das leise vor sich hin tickte.

»Du hast mich rufen lassen, Vater?«

Der kleine Mann drehte sich um. Die scharf geschnittene Nase wirkte im Gegenlicht wie ein Falkenschnabel. Wortlos zog Jean-Baptiste seinen Stuhl vor und nahm darauf Platz. Mateu bot er keinen Stuhl an. Also blieb er stehen.

»Du hast dich gestern geprügelt.« Es war mehr eine Feststellung denn eine Frage.

»Das ist wahr.« Mateu strich über seinen Kiefer. Das Gelenk gab beim Hin-und-her-Bewegen besorgniserregende Geräusche von sich. »Eine Auseinandersetzung im *La Voûte*. Keine große Sache.«

»Keine große Sache, aha.«

»Ja. Ich musste einen Typen in die Schranken weisen. Er meinte, das Maul aufreißen zu müssen. Außerdem hat er sich in meine Angelegenheiten gemischt.«

»Dieser Mann war Eric Marchand, ja, ich weiß. Ich hatte dich ja gebeten, ihn näher unter die Lupe zu nehmen.«

»Das habe ich getan«, sagte Mateu. »Ich habe mich mit ihm unterhalten, anschließend habe ich ihm erklärt, wie die Dinge

hier laufen. Der Kerl stellt keine Gefahr für uns dar.« Mateu war gar nicht wohl in seiner Haut.
Da war die Sache mit dem Amulett. Ob sein Vater etwas darüber wusste?
Zwischen den Ritzen des Gebälks schimmerte unterdrückter Zorn hindurch. Als wäre in der alten Standuhr ein Feuer ausgebrochen.
»Der Mann besitzt Auszeichnungen bis zum Abwinken«, stieß Jean-Baptiste aus. »Er hat eine hohe Medienpräsenz und steht in Kontakt mit den Pariser Behörden. In Berichten liest man, dass dank seiner schnellen Auffassungsgabe und seiner Fähigkeit, kriminelle Denkstrukturen zu erfassen und zu replizieren, bereits einige Fälle gelöst worden seien.«
»Das weiß ich alles«, sagte Mateu. »Na und?«
»Dieser Typ denkt und handelt angeblich wie ein verdammter Profiler, und du versuchst, ihn umzubringen. Sag mal, bist du eigentlich noch ganz dicht?«
»Moment mal. Ich soll versucht haben, ihn umzubringen?« Mateu runzelte die Stirn. »Es war nur eine kleine Schlägerei. Ich habe ihm eine Lektion erteilt, aber am Schluss stand er noch ganz gut da. Einstecken kann er, das muss ich ihm lassen. Da gab es andere, die danach nicht so …«
»Ich rede nicht von der Prügelei«, schrie Jean-Baptiste und sprang von seinem Stuhl. Mateu wich zurück. So zornig hatte er seinen Vater schon lange nicht mehr erlebt.
»Ich rede davon, dass ihr seinen Wagen manipuliert habt. Dass ihr ihn auf eine Tour geschickt habt, die er eigentlich nicht hätte überleben können. Ich rede davon, dass er jetzt schwer verletzt im Krankenhaus von Calvi liegt und wir die beschissene Police Nationale am Hacken haben. Stell dir mal vor, Chefinspektor Mahmoud Clément ist persönlich angereist, um mit dem Mann zu reden. Falls dir der Name nichts sagt, er ist derjenige, der die Ermittlung im Fall Antoine Pasquale leitet. Man braucht nicht viel Fantasie, um sich auszumalen,

dass dein Name jetzt in direkter Verbindung zum Anschlag in Ajaccio genannt wird.«

»Aber …«

»Halt 's Maul.« Jean-Baptiste Santini verschränkte die Arme hinter dem Rücken und fing an, auf und ab zu gehen. Mateu wagte nicht, ihn zu unterbrechen. Er wusste, wie jähzornig sein Vater sein konnte.

»Bisher konnten wir uns auf unsere Anonymität verlassen«, sagte der Alte nachdenklich. »Ich habe das Bekennerschreiben bewusst vage gehalten. Doch mit der Anonymität ist es nun vorbei. Der Name Santini steht jetzt bei denen ganz oben auf der Liste. Dank dir!« Er warf seinem Sohn einen wütenden Blick zu. »Alles wäre in Ordnung gewesen. Es hätte Untersuchungen gegeben, Befragungen, Verhöre. Und irgendwann wäre die Sache im Sand verlaufen. Doch jetzt ist eine Spur aufgetaucht, die direkt in unsere Richtung weist. Ein riesengroßes Schild mit einem Pfeil darauf und dem Namen Santini.«

»Ich habe das Bekennerschreiben von Anfang an für einen Fehler gehalten. Aber mit dieser Autosache habe ich nichts zu tun«, protestierte Mateu. Ihm begann langsam zu dämmern, was für einen Riesenfehler er gemacht hatte. »Ich weiß ja noch nicht mal, was überhaupt geschehen ist.«

»An Marchands Wagen wurde herumgefummelt, das ist geschehen. Jemand hat Bremssysteme und Elektrik lahmgelegt und Marchand auf eine Todesfahrt geschickt. Mit einem Neigungssensor und einer thermischen Sprengladung. Ich konnte inzwischen Einblick in die Untersuchungsprotokolle nehmen, und wieder deuten alle Finger auf uns. Genau wie Ajaccio.« Er sah Mateu an, als wolle er ihn töten.

»Ich schwöre, ich habe damit nichts zu tun!«

»Einer deiner Männer vielleicht? Ich weiß, dass in deiner Gruppe ein paar Vollidioten sind …«

»Keiner wäre so dumm, so etwas ohne ausdrücklichen Befehl

durchzuziehen«, erwiderte Mateu aufgebracht. »Er wüsste, dass er damit nicht durchkäme. Nein, es muss jemand von außerhalb gewesen sein.«

»Und wer?«

»Keine Ahnung. Jemand, der uns schaden will.«

Jean-Baptiste presste die Lippen zusammen. Sein Gesicht wirkte im Gegenlicht aschfahl. Mateu hatte zum ersten Mal das Gefühl, einem wirklich alten Mann gegenüberzustehen.

»Die Kette von Problemen wird immer länger, und uns bleibt so wenig Zeit«, sagte er nach einer Weile. »Doch eines nach dem anderen. Wir müssen handeln, und zwar schnell.«

»*Handeln?* Was meinst du, Vater?«

»Na, was denkst du denn? Du musst hier weg. Untertauchen. Am besten in die Berge.«

»Aber …«

»Kein *Aber*. Du hast schon genug Unheil angerichtet. Wir müssen Schadensbegrenzung betreiben und zusehen, dass Gras über die Sache wächst. Es sei denn, du willst die nächsten Wochen und Monate in Untersuchungshaft schmoren.«

»Nein …«

»Zum Glück sind wir Santini geübt im Verschwinden. Die kleine Hütte im Tal – ja, die dürfte für unsere Zwecke geeignet sein. Ein altes Versteck, das wir schon lange nicht mehr benutzt haben.«

Mateu sah seinen Vater entsetzt an. »Aber ich will nicht in die Berge. Was soll ich denn da? Kein Fernsehen, kein Internet. Und der Winter steht vor der Tür.«

»Na und? Habe ich etwa ein Weichei großgezogen? Die Einsamkeit wird dir guttun. Vielleicht wirst du dann wieder klar bei Verstand.«

»Und was ist mit Julietta? Sie ist schwanger, ich kann sie doch unmöglich …«

»Das wäre ja das erste Mal, dass du dich um sie sorgst. Ich werde mich um sie kümmern. Sie kann hier wohnen. Und was dich betrifft: Ich werde einmal in der Woche jemanden zu dir hochschicken, der dir Proviant und Verpflegung vorbeibringt. Er wird dir auch berichten, was vorgefallen ist und wann du das Versteck wieder verlassen kannst.«

Mateu senkte den Kopf. Er ballte die Hände zu Fäusten und starrte auf den Boden. Er war wütend, aber was sollte er tun? Sich seinem Vater widersetzen? Das hatte er noch nie gewagt.

»Vater …«

»Es ist alles gesagt.«

»Nein, es gibt noch etwas, das du wissen solltest.« Er zog das Amulett heraus, das er Marchand abgenommen hatte, und gab es seinem Vater. Die Augen des Alten wanderten über das mit Kastanienblättern verzierte Silber. »Was ist das?«

»Mach es auf.«

Der Patriarch tastete die Ränder des Medaillons ab, fand den Knopf und drückte ihn. Der von einer winzigen Feder gehaltene Deckel sprang auf und enthüllte das Innere. Die Augen hinter der Brille starrten argwöhnisch auf das Bild.

»Ihr Name ist Gabriella«, sagte Mateu. »Sie ist die Tochter von Lorenza, der letzten Hausherrin von Montemaggiore.«

»Das Anwesen der Giuliani?«

Mateu sah, wie die Augen seines Vaters schmaler wurden.

»Erinnerst du dich, was du zu mir gesagt hast? Dass dir dieser Schriftsteller irgendwie bekannt vorkommt. Sieh dir das Gesicht in diesem Medaillon genau an. Eric Marchand ist der letzte Überlebende des Giuliani-Clans. Und er ist gerade dabei, alles über seine Vergangenheit herauszufinden.«

25

Am nächsten Morgen ...

Eric stand auf, schlurfte in die Küche und fand das Haus leer vor. Kühl war es, und er musste sich schnell etwas anziehen. Battista war nicht da, hatte ihm aber ein Frühstück stehen gelassen. Eine Thermoskanne, in der vermutlich Kaffee war, dunkles Brot, Butter und etwas Marmelade. Auf ihrem Teller befanden sich Krümel, die darauf hindeuteten, dass sie bereits gegessen hatte.

Er hatte so gut geschlafen wie schon lange nicht mehr. Seine Rippe schmerzte zwar, aber im Vergleich zu gestern ging es ihm bedeutend besser. Er erinnerte sich, dass er nachts, bei dem Versuch, sich zu drehen, ein paarmal aufgewacht war. Jetzt war es Morgen, und die Sonne strahlte zum Fenster herein.

Die Katzen lümmelten auf dem Boden und dem abgewetzten Sofa herum. Ein paar kamen herbei, als sie ihn sahen, maunzten und strichen um seine Beine.

Er aß eine Kleinigkeit, dann trat er vor die Tür. Sein Atem kondensierte zu weißen Wölkchen. Das Gras war von einem weißen Schleier überzogen. Auch auf den Blättern im Schatten glänzte Raureif. Aus dem Inneren der Werkstatt drangen hämmernde Geräusche. Battista war also bereits bei der Arbeit.

Er ging hinüber und klopfte.

»Ist offen«, ertönte eine Stimme von innen. »Einfach dagegentreten, die Tür klemmt ein bisschen!«

Er warf einen Blick auf die Uhr. Kurz vor neun. Ungewöhnlich früh für eine Künstlerin. Aber gab es bei Künstlern so etwas wie Normalität? Klischees vielleicht. Seine Freunde in Paris zum Beispiel kamen meist erst gegen Mittag aus ihren Löchern gekrochen und entsprachen damit viel eher dem Bild, das die Öffentlichkeit von den Kreativen hatte. Er drückte, doch die Tür wollte nicht aufgehen. Seinen Mut zusammennehmend, trat er dagegen, und sie flog mit einem Knall auf. Battista stand drüben bei einer Skulptur, einen schweren Hammer in der Hand. Schwarze Jeans, schwarze Springerstiefel und ein pinkes T-Shirt, unter dem sich beeindruckende Brüste wölbten. Als sie ihn sah, hob sie die Hand zum Gruß.

»Hallo. Komm rein. Willst du einen Kaffee? Hast du dein Frühstück gefunden?«

»Habe ich, vielen Dank.« Er blickte auf ihre verschwitzten Oberarme und erwiderte das Lächeln. »Komme ich ungelegen?«

»Ob …? Natürlich nicht. Sicher, dass du keinen Kaffee willst? Ich kann ohne das Zeug nicht auskommen.«

»Also gut.«

»Das ist doch mal ein Wort.« Sie pfefferte den Lappen in eine Ecke, ging hinüber zu einem der Tische, goss zwei Tassen voll und kam damit zu ihm herüber. Sie drückte ihm eine Tasse in die Hand und stieß mit ihm an. Die Brühe war schwarz und stark, genau wie die in der Küche.

»Sieh dich ruhig um«, sagte sie. »Du scheinst ja wieder einigermaßen auf den Beinen zu sein. Hast du gut geschlafen?«

»Wie ein Murmeltier. Nur mit dem Drehen ist es so eine Sache. Die Rippe …« Er blickte auf die Skulptur. Er hatte das Ding gestern nur kurz zu Gesicht bekommen, aber nicht die Zeit gefunden, es näher in Augenschein zu nehmen. Im Hintergrund standen weitere Skulpturen herum.

»Du bist ziemlich produktiv«, stellte er anerkennend fest. »So viele Installationen. Macht bestimmt viel Arbeit.«

»Was, das? Oh, das ist gar nichts. Die meisten Objekte befinden sich bereits an den verschiedensten Orten, quer über die Insel verteilt. Dies sind die letzten. Ich habe nur noch drei Wochen Zeit, um sie fertig zu machen.«

»Bis …?«

»Bis zur Ausstellungseröffnung.«
»Stimmt, du erwähntest es gestern.« Eric trat näher. »Sieht irgendwie beunruhigend aus. Was ist das?«
»Der Torso besteht aus zusammengeschweißten Messerklingen. Augen und Ohren sind aus Silberfäden und die Zunge aus Nato-Stacheldraht.«
»Der Traum eines psychopathischen Serienkillers.«
»Das trifft es ziemlich gut.« Battista grinste. »Ich nenne es *Gesang*.«
»Eignet sich nicht gerade für das Aufstellen auf Kinderspielplätzen, oder?«
»Eher weniger.« Sie schien Freude daran zu haben, dass ihn ihre Arbeiten interessierten. »Meine Plastiken dürfen nur unter bestimmten Auflagen aufgestellt werden. Nicht zugängliche Areale, Sicherheitsabsperrungen und so weiter …«
»Wundert mich nicht.« Eric ging um die Figur herum. Er strich mit den Fingern über das scharfkantige Metall. Er wollte das Gespräch möglichst unauffällig auf sich und den Namen Giuliani lenken, wusste aber noch nicht so richtig, wie er es anstellen sollte. Er lachte verlegen. »Wenn ich dich nicht kennen würde, dann würde ich glauben, dass du nicht ganz klar im Kopf bist. Wie kommst du auf solche Ideen?«
»Ich befolge nur den Rat meines Psychologen und lasse alles raus, was mich beschäftigt. Hauptthema meiner Arbeiten ist die latente korsische Gewaltbereitschaft. Die Tradition des Mordens, die ihren Höhepunkt in den Bombenanschlägen der Siebziger- und Achtzigerjahre fand.«
»Dann bist du also eine politische Künstlerin?«
»Vermutlich. Obwohl ich mich selbst eher als Anthropologin sehe. Es ist die menschliche Natur und ihr Zusammenspiel mit bestimmten Orten, die mich interessiert.«
Er untersuchte die Skulptur genauer. »Messerklingen. Nicht unbedingt ein weit verbreitetes Arbeitsmaterial, oder?«
»Hier auf Korsika schon.« Sie lächelte gequält. »Messer haben

in unserer Kultur eine besondere Bedeutung. Das Objekt, an dem ich hier arbeite, trägt den Titel *Vindetta*. Dort drüben ist eine andere mit dem Titel *Maman*. Sie ist aus Patronenhülsen und Granatsplittern gefertigt. Schau dich ruhig ein bisschen um.«

Eric ging weiter zur nächsten Skulptur. Ein Arrangement aus einander durchbohrenden Metallflächen. Die scharfkantigen Bleche verliehen den Figuren ein bizarres Aussehen.

Die Liebenden, stand auf einem kleinen Messingtäfelchen.

Er strich über ein hochkant stehendes Blech, das unzweifelhaft das erigierte Glied des Mannes darstellte, als ihn plötzlich ein scharfer Schmerz durchzuckte. Er zog seinen Finger zurück.

Battista blickte besorgt. »Alles klar?«

»Himmel, die sind ja scharf.«

»Natürlich, was dachtest du denn?«

Er steckte den Finger in seinen Mund.

»Soll ich dir ein Pflaster holen?«

»Lass nur«, nuschelte er. »Hört sicher gleich wieder auf. Deine Arbeiten sind wirklich nicht ohne. Ich verstehe die Sicherheitsbestimmungen.«

»Scharfe Sachen eben.« Sie zwinkerte ihm zu. »Hast du eigentlich gerade eine Freundin oder einen Freund?«

Eric runzelte die Stirn. Die Frage überrumpelte ihn.

»Meinst du, ob ich mit jemandem zusammen bin?«

»Ja.«

»Momentan nicht. Mit mir hält es niemand lange aus.«

»Mit mir auch nicht. Scheint, als hätten sich hier zwei verwandte Seelen gefunden.«

Eric ergriff einen wackeligen Holzstuhl, setzte sich rittlings darauf und sah ihr bei der Arbeit zu. »Verkaufst du viel?«

»Nicht wirklich. Aber es ist auch nicht so, dass ich am Existenzminimum lebe. Die Mieten sind niedrig, und vieles, was ich zum Leben benötige, baue ich selbst an.«

»Dein Gemüsegarten, stimmt.« Eric lächelte. »Der ist wunderschön. Gibt es noch andere Künstler hier in der Gegend?«

»Ein paar. Wobei die meisten nur einfaches Kunsthandwerk fabrizieren. Töpfereien, Schnitzarbeiten und so. Viele haben ihren Beruf inzwischen sogar ganz an den Nagel gehängt und stellen Käse her.«

»Schwierige Zeiten, hm?«

»Ist bei Künstlern doch der Normalzustand.« Sie nahm einen Schluck aus seiner Tasse und blickte ihn dabei aufmerksam an. »Stimmt es, dass du ein Giuliani bist? Ich muss gestehen, ich habe das gestern für einen Scherz gehalten.«

Eric lächelte. Sein Plan war aufgegangen, sie kam von ganz allein auf das Thema zu sprechen.

»Was habt ihr nur alle mit diesem Namen?«, fragte er. »Ihr tut geradezu, als wäre ich Adolf Hitler persönlich. Oder Lord Voldemort. Wie jemand, dessen Name nicht genannt werden dürfte.«

»Und wenn dem so wäre? Manche Namen verdienen das Prädikat *teuflisch.* Denk nur an Charles Manson oder Hannibal Lecter.«

»Letzterer ist aber eine Romanfigur.«

»So wie Lord Voldemort.«

»*Touché.*« Er grinste. »Magst du mir etwas darüber erzählen? Immerhin scheinst du ja einiges zu wissen.«

»Nicht wirklich. Ich weiß nur, dass er früher mal einer der meistverbreiteten Namen auf der Insel war. Dann passierten einige schlimme Dinge, und er wurde aus unserer Geschichte gelöscht.«

»Geht es nicht etwas genauer?«

Sie sah ihn unter ihren zusammengezogenen Brauen argwöhnisch an. »Hat Chefinspektor Clément dir denn nichts darüber erzählt?«

»Das ist ja das Problem, nein. Und der andere auch nicht, dieser Renard. Er war es eigentlich, der den Stein ins Rollen gebracht hat. Clément selbst schien nicht viel darüber zu wissen.«

»Vermutlich, weil er kein Korse ist.« Sie seufzte. »Hör mal, du scheinst ein netter Kerl zu sein, aber es steht mir nicht zu, dem Polizeichef die Show zu stehlen. Ich will keine Schwierigkeiten bekommen, wenn du verstehst, was ich meine. Warte einfach ab, was er dir zu sagen hat.«

»Na toll. Schon wieder eine Sackgasse. Ihr Korsen fangt mir langsam an, auf den Geist zu gehen.« Eric ließ seine Schultern hängen.

Sie lachte, aber es war ein unsicheres Lachen. »Komisch, dass du das nicht schon früher mitbekommen hast. Wurde denn in deiner Familie nie über das Thema geredet?«

»Nicht, dass ich wüsste. Ich bin erst in den Hinterlassenschaften meiner Mutter darauf gestoßen.«

Battista legte ihre Schutzbrille beiseite und schaltete den Schweißbrenner ab. »Verzeih, wenn ich das so offen frage, aber hat es in deiner Kindheit nie irgendwelche besonderen Vorkommnisse gegeben?«

Eric runzelte die Stirn. »Was meinst du damit?«

»Na, irgendwelche Verbrechen. Ungeklärte Todesfälle, etwas in der Art?«

»Meine Mutter ist vor fünf Jahren gestorben«, sagte er nachdenklich. »Aber das war der Bauchspeicheldrüsenkrebs. Es ging alles ziemlich schnell.«

»Tut mir leid. Und sonst? Was ist mit deinem Vater?«

Eric dachte nach. Ja, sein Vater. Das war tatsächlich eigenartig – vor allem vor dem Hintergrund des gestrigen Unfalls.

»Und?«

»Er … er ist bei einem Autounfall ums Leben gekommen.«

»Red keinen Scheiß.«

»Doch. Das ist allerdings schon ewig her. Ich erinnere mich kaum noch an ihn. Ich war damals noch sehr jung. Zehn Jahre, um genau zu sein. Er und meine Mutter besaßen ein kleines

Programmkino nahe dem Montmartre. Hauptsächlich Filme der Vierziger, Fünfziger und Sechziger. *Kinder des Olymp, Die Schöne und das Biest, Außer Atem, Fahrstuhl zum Schafott* – die Klassiker eben. Ich habe es geliebt. Obwohl ich viele der Filme noch nicht sehen durfte, habe ich mich doch immer wieder hineingestohlen. Hat sicher dazu geführt, dass ich dann später Kunstgeschichte mit Schwerpunkt Film an der Sorbonne studiert habe. Doch leider konnten meine Eltern das Kino nicht halten. Es ging pleite und musste schließen. Meinem Vater hat es das Herz gebrochen. Mutter erzählte mir, er sei mit dem Auto von der Fahrbahn abgekommen und gegen einen Baum geprallt. Es war von Alkohol die Rede …«

»Und, glaubst du das?«

»Ich hatte bislang keinen Grund, daran zu zweifeln …« Ihm wurde mulmig, als er an die fehlerhafte Bremse dachte, an das schneller und immer schneller werdende Auto und die vielen Kurven. Rasch nahm er noch einen Schluck Kaffee.

»Wie ich sehe, kommen dir inzwischen doch Zweifel«, sagte Battista. »Du bist ein bisschen blass um die Nase.«

»Ja …«

»Vielleicht solltest du an die frische Luft gehen.«

»Du hast recht.« Er stand auf und merkte augenblicklich, wie wackelig er auf den Beinen war. Er hielt sich an der Stuhllehne fest und atmete ein paarmal tief durch. Battista stützte ihn.

»Geht's wieder?«

Er nickte. »Ich werde mich ein bisschen draußen auf deine schöne Bank setzen und mich von deinen Katzen umschwärmen lassen. Soll ich nachher etwas für uns kochen?«

»Das wäre fein. Schau einfach in der Speisekammer nach. Gemüse und Kräuter findest du im Garten.«

»Gut. Ich rufe dich dann später. Du wirst sehen, ich mache die beste Pasta, die du je gegessen hast.« Er zwang sich ein Lächeln aufs Gesicht. »Bis nachher.«

Die Temperaturen waren inzwischen milder geworden. Im Windschatten, hinter den von der Sonne erwärmten Steinen, wurde es sogar richtig angenehm. Die frische Luft, die Sonne und der betörende Geruch des Gemüsegartens legten sich wie Balsam auf seine angespannten Nerven.

Das Gespräch mit Battista hatte ihn aufgewühlt. Dunkle Erinnerungen stiegen in ihm empor. Die Fotos vom Wrack, die schnelle, beinahe überhastete Beerdigung seines Vaters, das Gerede. Mutter hatte versucht, alles von ihm fernzuhalten, aber natürlich hatte Eric etwas mitbekommen. Zehnjährige haben Antennen wie der Geheimdienst. Er hatte Mamans Sorge darauf geschoben, dass sie nicht wollte, dass alle Welt seinen Vater für einen Trinker hielt. Was er auch nicht gewesen war. Klar, ein Schlückchen Wein hier und da, mehr aber nicht. Auch möglich, dass er an jenem Abend tatsächlich zu viel getrunken hatte, ausschließen konnte man das nicht. Aber es wäre nicht seine Art gewesen. Dafür war sein Vater viel zu sehr verantwortungsvoller Familienmensch gewesen. Wenn es denn hätte sein müssen, wäre er heimgekommen und hätte sich dort einen angepichelt. Was also, wenn etwas anderes dahintersteckte? Ein Anschlag gar?

Er kam nicht dazu, das Thema weiter zu vertiefen. Motorengeräusche schreckten ihn auf. Ein Auto war von der Hauptstraße abgebogen und fuhr den schmalen Feldweg zu ihnen herauf. Hatte Battista nicht gesagt, sie erwarte keinen Besuch? Nun, wie es schien, hatte sie sich geirrt.

26

Der Nissan Pick-up nahm die Auffahrt und fuhr im Schritttempo den Kiesweg empor. Knirschend hielt er im Schatten unter dem Feigenbaum an. Der Motor verstummte. In letzter Zeit hatte er nur einen so rostigen Pick-up zu Gesicht bekommen, und der gehörte …

Eine Tür ging auf, und eine junge Frau stieg aus. Lange schwarze Haare, schwarze Bluse, Jeans. Eric spürte, wie sein Herz heftiger zu schlagen begann. Der Chefinspektor hatte sein Versprechen gehalten. *Guter Mann.*

»Laurine!« Er hob die Hand und winkte. Sie stieg aus und winkte zurück.

In diesem Moment ging die Beifahrertür auf, und eine zweite Person verließ den Wagen. Es schien sich um eine Frau zu handeln. Klein, ein wenig gebeugt, weißhaarig. Im Schatten des Baumes waren leider keine weiteren Details zu erkennen. Hatte Laurine eine Freundin mitgebracht?

Als die beiden ins Licht traten, erkannte Eric, wer das war. Wie angewurzelt blieb er stehen. Er hatte das Gefühl, einen Geist zu sehen.

»Letizia?«

Seine Patentante sah ihn an. Kein Zweifel, sie war es. Und sie schien um keinen Tag gealtert zu sein. Ein schmales Lächeln erschien auf ihrem Gesicht.

»Hallo, Eric.«

Er war wie vom Donner gerührt. Von allen Möglichkeiten hätte er damit am wenigsten gerechnet. »Ich glaube es ja nicht. Du bist es wirklich.«

»Na, das ist ja schön, dass du mich nach so langer Zeit noch wiedererkennst! Willst du nicht zu mir kommen und mir einen Kuss geben? Mein Gott, lass dich mal anschauen. Du siehst zum Fürchten aus.«

»Danke für das Kompliment. Sind nur ein paar Beulen und blaue Flecken. Nichts von Dauer.« Er grinste. »Was tust du denn hier nach all den Jahren?«

»Du hast mich angerufen, schon vergessen?«

Stimmt, der Anruf!

Inzwischen hatte das Eintreffen der beiden Frauen Battistas Aufmerksamkeit erregt. Sie hatte ihre Schweißermontur abgelegt und kam zu ihnen herunter.

»Neue Gäste«, sagte sie und sah die beiden Frauen skeptisch an. »Sind das Bekannte von dir, Eric?«

Er nickte. »Das ist Laurine aus Speloncato. Und dies ist meine Patentante Letizia Niollo aus der Bretagne.«

»Bretagne? Ganz schön weiter Weg bis hierher. Wo genau kommen Sie her?«

»Aus Quimperlé.«

»Im Ernst? Wie klein doch die Welt ist.« Ein Lächeln huschte über Battistas Gesicht. »Ich kenne Quimperlé. Ich hatte im Nachbarort Pont-Aven schon ein paar Ausstellungen. Bezaubernde Gegend. Herzlich willkommen.« Sie streckte den beiden ihre Hand entgegen und schüttelte sie. »Aber sollte Erics Aufenthaltsort nicht eigentlich geheim sein? Wie kommen Sie hierher?«

Letizia räusperte sich. »Das war blanker Zufall. Ich war gerade in Speloncato, als ich von Erics Unfall erfuhr. Auf der Suche nach Informationen traf ich auf zwei Uniformierte, die auf dem Weg zu dieser jungen Dame hier waren. Ich sprach mit ihnen und durfte sie begleiten. Im Laufe des Gesprächs wurde klar, dass sie mit einer Botschaft zu Laurine unterwegs waren. Sie war dann so freundlich, mich mitzunehmen. So fügte sich eins zum anderen. Ich hoffe, ich komme nicht ungelegen.«

»Kein bisschen«, erwiderte Eric. »Ich freue mich, dass ihr hier seid. Es ist doch okay, wenn sie ein bisschen hierbleiben, oder, Battista? Oh, ehe ich's vergesse, darf ich euch meine Gastgeberin, Battista Ciosi, vorstellen? Ihr gehört das hier alles. Sie ist Künstlerin und hat leider gerade schrecklich viel zu tun. Sie bereitet eine neue Ausstellung vor.«

»Ach, Sie sind das«, sagte Laurine aufgeregt. »Zu dumm, dass ich Sie nicht gleich erkannt habe. Sie hatten doch vor zwei Jahren eine Ausstellung im Club Med Sant'Ambroggio, nicht wahr?«

»Das stimmt.«

»Ich hatte mich zu dem Zeitpunkt gerade frisch dort beworben. Die Eröffnung fand ein paar Tage vor meinem Antritt statt. Ich weiß noch, wie beeindruckt ich von Ihren Skulpturen war. Bereiten Sie wirklich gerade eine neue Ausstellung vor?«

»Ja. Und bitte tu mir einen Gefallen und nenn mich Battista.«

»Abgemacht. Laurine.«

»Und ich bin Letizia.« Die drei Frauen schüttelten einander die Hände.

»So, nachdem das geregelt ist, mache ich mich wieder an die Arbeit. Eric wird euch jeden Wunsch von den Lippen ablesen. Mir scheint ohnehin, dass dies so eine Art Familientreffen ist. Ich stoße dann später zu euch.«

»Dürfte ich eventuell mitkommen?«, fragte Laurine aufgeregt. »Ich würde dir gerne ein bisschen über die Schulter sehen.«

»Klar, gerne. Komm.«

Mit diesen Worten gingen die beiden zur Werkstatt hinauf.

Eric sah ihnen nach. Auf ein Räuspern seiner Patentante hin drehte er sich um und fragte: »Magst du mit ins Haus kommen? Es gibt Kaffee, und vom Frühstück ist auch noch etwas übrig.«

»Vor allem möchte ich mich hinsetzen. Die Reise war sehr anstrengend.«

Er lächelte. »Ihr ahnt gar nicht, wie sehr ich mich freue, euch zu sehen. Diese Überraschung ist euch wirklich geglückt.«

»Geht's dir denn gut, mein Junge? Als ich hörte, was vorgefallen ist, habe ich mir größte Sorgen gemacht. Und wie du aussiehst …«

»Das ist halb so wild«, versuchte Eric seine Patentante zu beruhigen. »Die blauen Flecken werden natürlich noch ein Weilchen bleiben, aber der Rest verheilt ziemlich gut. Ich hatte Glück im Unglück, wie es so schön heißt. Wenn du magst, erzähle ich dir die ganze Geschichte bei einem Kaffee. Komm.«

Er nahm ihr die Tasche ab, hakte sich bei ihr unter und begleitete sie durch den Gemüsegarten.

»Ich bin immer noch vollkommen überrascht, dass du hier bist«, sagte er. »Und alles nur wegen meines kurzen Anrufs?«

»Nicht deswegen«, erwiderte sie leise, »sondern wegen dem, was du gesagt hast. Erinnerst du dich noch?«

»Dunkel«, sagte er wahrheitsgetreu. »Ich glaube, ich war nicht ganz bei mir, als ich dich angerufen habe. Ich habe dir erzählt, wo ich bin und was ich herausgefunden habe, nicht wahr?«

»Du hast mir von dem Tagebuch erzählt. Und von dem Medaillon. Ich wusste nicht, dass diese Dinge immer noch existieren, und habe sofort alles stehen und liegen lassen, um den nächsten Flug zu buchen und zu dir zu kommen.«

Inzwischen hatten sie den Garten durchquert. Eric öffnete die Tür, und Letizia streichelte die Katzen. Sie sah sich um. Es kam ihm so vor, als würde sie bei dem Anblick wachsen. Während sie das Panorama genoss, schienen die Jahre von ihr abzufallen. Das Korsische kam wieder in ihr durch. Mächtiger als jemals zuvor.

»Oh, wie habe ich diesen Anblick vermisst«, sagte sie. »Sieh dir nur diese Bäume an, die Wiesen und Berge. Und wie es hier duftet. Es gibt keinen vergleichbaren Geruch auf der Welt.«

»Warum bist du denn damals weggegangen?«

»Das fragst du?« Sie sah ihn groß an. »Hat dir denn Marguerite nie etwas erzählt?«

»Maman? Nein, sonst wäre ich ja nicht mit offenen Augen ins Unglück gerauscht. Ich fand die Tagebücher in einem Koffer unter all den Filmdosen und Projektoren in unserem alten Haus in der Rue Gabrielle. Um ein Haar wäre das ganze Zeug auf den Sperrmüll gewandert. Stell dir das mal vor.«

»Vielleicht wäre das besser gewesen. Manche Dinge sollten besser begraben bleiben.«

Sie kam zu ihm ins Haus und sah sich um. »Schön ist es hier. Ich mag diese alten Bauernhäuser, in so etwas bin ich aufgewachsen. Auf dem Anwesen der Giuliani hat es früher auch so etwas gegeben. Eigene Unterkünfte für die Angestellten und Dienstboten, für die Gärtner, die Stallburschen, die Köche und Verwalter. Es war ein prächtiges Haus.«

Eric nickte. »Ich habe es gesehen, ich war dort.«

»Du warst in Montemaggiore?« Letizia hob die Brauen. »Dann hast du ja doch schon etwas herausbekommen. Gratuliere.«

Er wusste nicht, ob sie das ernst meinte oder ihn verspottete. Letizias Humor war von der speziellen Sorte.

Sie setzte sich an den Tisch und ließ sich von Eric Kaffee einschenken. Die Thermoskanne hatte ihn schön warm gehalten. »Wie hast du es gefunden?«

»Reiner Zufall. Laurine hat mich dorthin gebracht. Sie wollte mir einen ihrer Lieblingsorte zeigen, angeblich, weil es dort viele Heilpflanzen gibt, die sie für ihre Arbeit braucht. Ich kam erst auf die Idee, dass es das alte Anwesen sein könnte, als ich auf das Familiengrab stieß. Die Fotografien.«

Seine Patentante schlürfte am Kaffee und knabberte etwas Gebäck, ließ ihn dabei aber keinen Moment aus den Augen. »Wie stehst du zu ihr?«

»Laurine?« Er dachte darüber nach. »Ich weiß nicht. Ich finde sie sehr anziehend. Unter anderen Umständen hätte ich vielleicht einen Versuch gestartet, aber im Moment habe ich ganz andere Sorgen.«

»Gut.«

Mehr sagte sie nicht. Nur dieses eine Wort.

Er neigte den Kopf. »Warum interessiert dich das?«
»Weil es nur zu Komplikationen führen würde. Du wirst nicht lange genug hier sein, um etwas mit ihr anzufangen.«
Er wartete, ob da noch etwas käme, aber anscheinend war's das. Mehr hatte sie zu dem Thema nicht zu sagen.
»Warum bist du gekommen?«, hakte er nach. »Warum dieser Aufwand, und warum diese Eile? Nicht, dass ich dich nicht gerne um mich habe – unsere letzte Begegnung ist ja ewig her –, aber du bist jetzt auch nicht mehr die Jüngste. Die Fahrt muss furchtbar anstrengend für dich gewesen sein.«
»Hast du es dir denn immer noch nicht zusammengereimt?« Ihre Augen wurden stechend. »Sieh dich doch an. Willst du mir im Ernst erzählen, du hieltest das alles für eine unglückliche Verkettung der Umstände? Glaub mir, Eric, hier sind dunkle Mächte am Werk, und es gibt nichts, was du dagegen tun könntest. Außer einem: diese Insel so schnell es geht zu verlassen und zu hoffen, dass sie deiner Spur nicht folgen.«
»Wer? Wer sollte meiner Spur folgen?«
Sie schien nach den richtigen Worten zu suchen und seufzte dann. »Vor vielen Jahren hat meine Familie der deinen die Treue geschworen, und daran hat sich bis heute nichts geändert. Als deine Großmutter Gabriella entschied, diese Insel zu verlassen, haben meine Mutter und mein Vater keine Minute gezögert und sind ihr gefolgt. Bei Nacht und Nebel sind sie geflohen und haben dabei alles, was ihnen wichtig war, zurückgelassen. Nur eine Woche später wurde Montemaggiore ein Raub der Flammen.«
»Ich habe die Spuren gesehen«, sagte Eric. »Es war Brandstiftung, nicht wahr?«
»Natürlich war es das. Sie haben es abgefackelt. Dieselben Familien, die dir jetzt nach dem Leben trachten. In dieser Nacht wurde das Stammhaus deiner Familie dem Erdboden gleichgemacht. Die von dem Feuer verschont wurden, hat man hingerichtet. Es war ein Gemetzel. Aus meiner Familie starben in

dieser Nacht mindestens acht Menschen. Deine hingegen wurde komplett ausgelöscht. Getilgt vom Antlitz dieser Erde.«

Eric spürte, wie seine Knie weich wurden. Er hatte es geahnt, nun hatte er die Gewissheit. Er merkte, dass er sich setzen musste.

Letizia sah ihn durchdringend an. Ihre braune Iris war mit zahlreichen Goldsprenkeln durchsetzt. »Was denkst du?«

»Keine Ahnung«, murmelte er. »Ich muss mehr darüber erfahren. Erzähl mir alles, was du weißt.«

»Das ist der Grund, warum ich gekommen bin. Am Telefon hätte ich dir das nicht erklären können.« Sie seufzte. »Die Geschichte deiner Familie ist voller Blut und Gewalt. Es ist eine Geschichte, wie sie nur auf Korsika geschrieben werden kann. Und sie ist noch nicht vorbei. Ich bin gekommen, um dich von hier fortzubringen. Dir muss klar sein, dass diese Insel nicht vergisst. *Niemals.* Es gibt Ereignisse, die sind so furchtbar, dass sie sich ins kollektive Gedächtnis der Menschen einbrennen. Oft reicht ein einziges Wort, um das Feuer, das nur noch als dünne Glut irgendwo geschwelt hat, wieder aufflammen zu lassen. Und jedes Feuer birgt die Gefahr eines Waldbrandes in sich. Der Name Giuliani ist so ein Wort.«

Sie streckte ihre Hand aus und berührte ihn. »Ich mache dir keinen Vorwurf, du wusstest es ja nicht. Wenn überhaupt, so müsste ich mir Vorwürfe machen, dass ich dich nicht früher aufgeklärt habe. Aber ich habe deiner Mutter am Sterbebett geschworen, es nicht zu tun. Sie wollte, dass du frei von Schuld oder Sorgen aufwächst, frei von den Fußketten der Vergangenheit. Wie hätte sie auch ahnen können, dass das Schicksal seine eigenen Wege geht?« Sie schüttelte den Kopf. »Manchmal glaube ich, dass es doch so etwas wie höhere Fügung gibt. Vielleicht hat all das nichts mit Zufall zu tun, sondern war von Anfang an vorbestimmt.«

»Ja, vielleicht …«, murmelte Eric.

»Jedenfalls ist es wichtig, dass wir die Dinge jetzt wieder selbst in die Hand nehmen und uns nicht unserem Schicksal ergeben«, sagte sie. »Unser Rückflug ist für morgen Vormittag gebucht. Wir werden noch eine Nacht hier verbringen und dann verschwinden.«

»Aber der Inspektor …«

»Wenn er ein kluger Mann ist, wird er es verstehen. Laurine kann ihm eine Nachricht zukommen lassen, zusammen mit der Information, wo du zu finden bist. Ich denke, das sollte ausreichen.«

Eric schluckte. Das kam alles ein bisschen plötzlich. Gewiss, es mochte ein Risiko sein, aber er verspürte den dringenden Wunsch, die Geschichte seiner Familie an dem Ort zu hören, an dem sie stattgefunden hatte. Er nickte. »Einverstanden«, sagte er. »Ich werde mit dir kommen. Nur um eines möchte ich dich bitten: dass wir beide noch einmal nach Montemaggiore fahren. Ich möchte, dass du mir alles erzählst, was sich zugetragen hat. In allen Einzelheiten. Nichts darf verschwiegen werden. Und danach werden wir beide nie wieder darüber reden, einverstanden?«

Sie sah ihn skeptisch an. »Du willst auf den alten Landsitz? Ich halte das für keine gute Idee.«

»Das ist meine Bedingung. Ich muss es *spüren*, verstehst du? Abgesehen davon glaube ich nicht, dass uns Gefahr droht. Wenn tatsächlich jemand hinter mir her sein sollte, dann wird er mich im Hospital in Calvi vermuten. Und Clément hat mir versichert, dass sie dort jede verdächtige Person melden. Bitte versteh das, ich muss endlich mehr über meine eigene Geschichte erfahren.«

Letizia setzte zu einer Erwiderung an, doch in diesem Augenblick ging die Tür auf, und Battista betrat in Laurines Begleitung die Küche. Die beiden verstummten, als sie Eric und Letizia am Tisch sitzen sahen.

Die Künstlerin runzelte die Stirn. »So ernst, ihr beiden? Stören wir, sollen wir wieder rausgehen?«

»Nicht nötig.« Eric stand auf. Er spürte, dass er dringend rausmusste. An die Sonne.
Ohne ein Wort zu sagen, ging er an den beiden Frauen vorbei. Er suchte eine freie Stelle zwischen den Katzen, nahm auf der Bank Platz und zog die Schachtel Zigaretten heraus.
»Habe ich was Falsches gesagt?«, hört er Battistas besorgte Stimme durch das geöffnete Fenster.
»Nein«, sagte Letizia. »Er ist nur gerade etwas durcheinander. Er muss sich über ein paar Dinge klar werden, dann werde ich ihn mitnehmen.«
»*Mitnehmen?*« Laurines Stimme klang bestürzt. »Wohin denn?«
»Weg von dieser Insel.«
»Aber warum?«
»Um ihn vor sich selbst zu schützen. Vor seinem Schicksal.«
»Ich verstehe nicht …«
»Es gibt dazu nichts weiter zu sagen, mein Kind. Wenn dir irgendetwas an ihm liegt, tust du uns noch diesen letzten Gefallen und fährst uns nach Montemaggiore raus. Und zwar möglichst bald, ehe irgendjemand davon Wind bekommt. Würdest du das tun? Danach wirst du verstehen.«
»Aber Eric ist doch gar nicht in der Verfassung …«
»Glaube mir, es ist das einzig Richtige.«

27

Laurine verließ das Haus und suchte nach Eric. Sie fand ihn auf der Bank zwischen all den Katzen sitzend, eine Zigarette in der Hand. Sein Gesicht wirkte leer, seine Augen waren in die Ferne gerichtet.
Im Osten türmten sich Wolkengebirge auf. Die Fernsehnach-

richten hatten einen Wetterwechsel vorhergesagt. Kaltes, stürmisches Herbstwetter, das die Sonnenstrahlen hinwegfegen und in den Höhenlagen Schnee bringen würde. Kaum zu glauben, wenn man hier so in der Sonne stand. Aber die zunehmende Dunkelheit drüben am Monte Cintu kündete davon, dass der Sommer endgültig vorbei war. Morgen war der erste Oktober.

»Was dagegen, wenn ich mich zu dir setze?«, fragte sie.

Wortlos nahm er eine der Katzen, wartete, bis Laurine Platz genommen hatte, und setzte das Tier dann auf ihren Schoß. Es rollte sich sofort zusammen, schnurrte und verbreitete angenehme Wärme. Interessiert blickte Laurine auf die Zigarettenschachtel. »Bekomme ich auch eine?«

»Du rauchst?«

»Noch nicht.«

Ein schmales Lächeln zuckte um seine Mundwinkel, als er die Schachtel öffnete und wartete, bis sie eine genommen hatte. Dann bot er ihr Feuer an.

Der Rauch schmeckte bitter und reizte ihre Lungen. Sie versuchte, den Hustenreiz zu unterdrücken, doch es gelang ihr nur mit Mühe.

»Deine erste?«, fragte er.

Sie nickte.

»Unter den Umständen hätte ich dir geraten, lieber mit einer Wasserpfeife anzufangen.«

»Hast du denn eine dabei?«

Er lachte, aber es klang voller Bitterkeit.

»Ist es wahr, was deine Patentante sagt? Dass du wegmusst?«

»Ich weiß überhaupt nichts mehr«, sagte Eric. »Eigentlich bin ich gekommen, um Antworten zu finden, doch stattdessen bauen sich rings um mich herum Wände auf. Wände, die unüberwindlich scheinen und die immer weiter zusammenrücken. Wenn ich Flügel hätte, könnte ich einfach darüber hinwegfliegen, aber ich stecke hier fest, während diese Dinger unerbittlich auf mich zukommen.« Er schnippte die Asche weg. »Vermutlich hast du keine Ahnung, wovon ich rede, oder?«

»Mehr, als du vielleicht ahnst.« Sie legte ihre Hand auf die seine, und er ließ sie gewähren. Seine Finger fühlten sich kalt an.

»Ich kann dir leider nicht helfen«, sagte sie. »Ich kenne mich nicht so wirklich gut mit dieser Geschichte aus, weiß aber, dass viele Menschen nicht daran erinnert werden wollen. Deine Patentante ist sicher die Richtige, um Licht ins Dunkel zu bringen. Sie hat diesen weiten Weg auf sich genommen, um es dir zu erklären, und ich denke, du musst ihrem Ratschlag folgen. Und was immer geschieht, du sollst wissen, dass ich auf deiner Seite stehe.«

»Welche Seite denn? Wieso gibt es immer und überall *Seiten,* für die man sich entscheiden muss?«

»Weil die Menschen eben so sind. *Wenn du nicht für mich bist, bist du gegen mich,* kommt dir das irgendwie bekannt vor? Ich bin in dieser Beziehung anders, ich glaube nicht an die Erbsünde. Was geschehen ist, ist geschehen. Es liegt lange zurück und hat nichts mit dir zu tun.«

»Nur, dass andere das eben nicht so sehen. Und ich fürchte, die werden diesbezüglich nicht mit sich diskutieren lassen.«

»Deswegen ist es ja so wichtig, dass du gehst. Auch wenn ich das sehr bedauere …« Sie senkte den Kopf und drückte den ekelhaft schmeckenden Glimmstängel aus. Dann stand sie auf und reichte ihm die Hand. »Komm, lass uns nach Montemaggiore hochfahren. Je eher, desto besser. Schließlich wollen wir nicht riskieren, dass sich noch jemand an unsere Fersen heftet, oder? Also los. Ich bringe euch hoch.«

Der Monte Cintu war in dichte Wolken gehüllt. Rückblickend betrachtet, erschien es Laurine immer weniger wie ein Zufall, dass sie Eric bei ihrer ersten Begegnung hierhergebracht hatte. Sie hätte ihm jeden Teil der Insel zeigen können, doch ihre

Wahl war ausgerechnet hierauf gefallen. Warum? Hatte sie insgeheim gespürt, dass sein Schicksal mit diesem Ort in Verbindung stand? Gut möglich. Immerhin war sie eine Adeptin des *Occhjiu*.

Sie wusste, dass die wenigsten Dinge in diesem Leben aus reinem Zufall geschahen. Manches mochte auf den ersten Blick so wirken, doch wenn man genauer nachforschte, stellte man fest, dass es immer verborgene Verbindungen gab. Unsichtbare Fäden, die ein Netz spannen, das einem Menschen entweder Halt bot oder dafür sorgte, dass er sich unweigerlich darin verstrickte. Glückspilze und Pechvögel bildeten die entgegengesetzten Pole dieses Spektrums und waren doch nur Gefangene ihrer eigenen Lebensnetze.

Möglich, dass Laurine sich nichts dabei gedacht hatte, als sie Eric ihren Lieblingsort zeigen wollte. Möglich aber auch, dass seine Gesichtszüge eine verschüttete Erinnerung freigelegt hatten. Denn jetzt, da sie das alte Foto auf dem Mausoleum sah, erkannte sie, dass ihr diese Gesichtszüge durchaus vertraut waren. Sie hatte diese Bilder schon früher gesehen, vor langer Zeit, und über die Jahre einfach nicht mehr daran gedacht.

Über diesem Ort lag ein Fluch, das spürte sie nun überdeutlich. Und auch wenn sie mit dieser Sache ursprünglich nichts zu tun gehabt hatte, so war sie selbst jetzt Teil von Erics Geschichte geworden. Ihre Lebensnetze waren eine Berührung eingegangen und fingen an, sich immer stärker zu verflechten. Sein Fluch ging dadurch zum Teil auf sie über, und es wäre naiv gewesen zu glauben, dass sie davor gefeit wäre. Dafür kannte sie die Ahnen zu gut.

Alles kam irgendwann wieder zum Vorschein, das betraf vor allem dunkle Geheimnisse. Jahrhunderte mochten vergehen, doch irgendwann kam der Moment, an dem die Erinnerungen ihren Weg zurück ans Licht fanden.

Was du im Feuer verloren hast, findest du in der Asche wieder.

Die Worte ihrer Signadora. Unheilvoll hingen sie jetzt über dem Wald.

Inzwischen hatte es angefangen zu regnen. Die Sichtweite war auf unter hundert Meter gefallen. Nebelfetzen trieben wie die Geister verstorbener Menschen an ihnen vorbei.

Für ihr Alter war Letizia erstaunlich gut auf den Beinen. Je höher sie gestiegen war, desto agiler schien sie zu werden. Als würden die Erinnerung und die heimatliche Erde ihr eine lange verloren geglaubte Kraft zurückgeben. Laurine hätte ihr eine solche Anstrengung niemals zugetraut, aber die alte Dame hatte Gräben, Spalten und Vorsprünge mit einer Leichtigkeit überwunden, dass man glauben konnte, sie wäre immer noch ein junges Mädchen.

Doch jetzt stand sie schwer atmend an der alten Grabstätte, eine Hand gegen den Stein gelegt und die Augen geschlossen haltend. Offenbar nahm sie Kontakt zu ihrer Vergangenheit auf.

Laurine und Eric warteten geduldig. Dem Boden entströmte ein schwerer, moderiger Geruch. Moos, Pilze, Kräuter – die Luft war gesättigt mit Aromen.

Laurine schlug den Kragen hoch. Solange sie im Schutz der mächtigen Buchen standen, war es trocken, doch irgendwann würde der Regen seinen Weg durch all die Blätter finden.

Eric schleppte sich zu der Steinbank hinüber, nahm darauf Platz und zündete sich eine weitere Zigarette an. Laurine sah davon ab, ihn um eine zu bitten. Sie hatte noch immer den unangenehm beißenden Geschmack auf der Zunge, den nicht mal ein Salbeibonbon überdecken konnte. Schweigend sah sie ihm dabei zu, wie er rauchte. Es schien ihm nicht ungelegen zu sein, dass seine Patentante beschäftigt war. So konnte er wenigstens zu Atem kommen.

Es dauerte vielleicht zehn Minuten, dann tauchte Letizia wieder auf. In ihren Augen lag ein seltsamer Glanz. Sie hatte geweint. Aschfahl sah sie aus. Wie geschrumpft. Die Energie, die

sie vorhin noch ausgestrahlt hatte, war aufgezehrt. Die Ahnen forderten ihren Tribut.
Letizia ließ sich neben Eric nieder, nahm seine Hand und streichelte sie.
»Und?«, fragte er.
»Sie sind einverstanden«, hörte Laurine sie flüstern. »Ich habe sie gefragt, und sie haben mir ihren Segen gegeben. Ich darf dir das Geheimnis offenbaren.«
»Da bin ich aber mal gespannt.« Seine Stimme klang wie der kalte Wind. »Ich hoffe, die wollen mir nicht irgendeinen Fluch anhängen, dafür, dass ich ihre Ruhe gestört und in ihren Geheimnissen herumgewühlt habe.« Er lächelte schief, und Laurine sah, dass er es nicht ernst meinte.
Doch seiner Patentante entging die Ironie. Sie schüttelte den Kopf.
»Nein«, sagte sie. »Ganz im Gegenteil. Sie haben dich um Nachsicht gebeten.«
Er hob erstaunt die Brauen. »Um Nachsicht?«
»Ja. Und um Vergebung.«

28

Damals …

Die Pferde überwanden den letzten Anstieg und machten sich auf den Weg ins Tal. Schnaubend, dampfend, das erste Licht der Morgendämmerung auf ihren Flanken. Schnee lag auf den Hügeln. Bäume und Macchia waren mit einer Reifschicht überzogen. Ein kristallklarer Morgen, der einem die Gesichtszüge einfrieren und die Finger taub werden ließ.
Alessandru Giuliani sah seinen Vater, wie er mit einem Dutzend seiner Männer vor ihm ritt. Die Gesichter waren ernst. Verschlossen. Dunkle Mäntel, die Hosen in schweren Le-

derstiefeln steckend, die Gewehre über die Rücken geschnallt. An den Gürteln baumelten Dolche, manch einer trug einen Hirschfänger. Auf ihren Köpfen hatten die Männer Stoffmützen, die beim Herunterziehen nur die Augen unbedeckt ließen. Auch Alessandru hatte so eine bekommen. Zu seinem eigenen Schutz, wie sein Vater ihm eingeschärft hatte.
Er war jetzt siebzehn und galt somit offiziell als Mann. Und deshalb gehörte es zu seiner Pflicht, an einer *Vindetta* teilzunehmen. Niemand durfte sich drücken. Die Ehre gebot es, dabei zu sein, Blut zu vergießen und ermordete Familienmitglieder zu rächen. Es war eine heilige Pflicht. Für die Familie, für den Clan.
Sein Vater war ein strenger Herr. Von dem Tag an, als Alessandrus Großvater von einem Pferd abgeworfen worden und in eine Schlucht gestürzt war, hatte er die Amtsgeschäfte übernommen. Gregoriu war damals genauso alt wie er selbst jetzt gewesen. Siebzehn Jahre und bereits so viel Verantwortung. Viele Jahre lang regierte sein Vater Montemaggiore nun schon mit eiserner Faust, und heute wollte er seine Macht endgültig festigen.
Wie eine Festung lag das Anwesen zwischen den Hängen der Balagne, unangefochten über ein Areal regierend, das von Palasca bis zum Monte Corona reichte, von Pioggiola bis Vallica, und das die Ortschaften Occhiatana, Mausoléo und Olmi-Cappella umfasste. Hier war er der unangefochtene Herrscher. Es gab niemanden, der es gewagt hätte, sein Diktat infrage zu stellen. Das Problem waren, wie so oft, die Nachbarn. Während die Giuliani zu den Familien der westlichen Provinzen Calenzana und Algajola, aber auch zu Castifao im Osten ein freundschaftliches bis neutrales Verhältnis pflegten, hörte Belgodère im Norden nicht auf, ihnen Schwierigkeiten zu bereiten. Vor allem der Santini-Clan war es, der immer wieder Ortschaften im Grenzland überfiel, Ernten stahl, Vieh vertrieb und die Bewohner in Angst und Schrecken versetzte.

Die Giuliani hatten sich noch nie wirklich gut mit den Santini verstanden, aber in diesem Winter des Jahres 1872 hatte die Anzahl der Streitigkeiten ein neues Maß erreicht. Der letzte Überfall war jetzt drei Tage her, und Alessandrus Vater war entschlossen, der Sache ein für alle Mal einen Riegel vorzuschieben. Siebenundzwanzig Männer waren zu diesem Zweck angeheuert worden. Sie brachten Pferde, Hunde und ausreichend Waffen.
Der Feldzug richtete sich gegen das Dorf Novella, von dem bekannt war, dass dort die Familien der Clanführer lebten. Eine Handvoll zusammengewürfelter Häuser, zwei Kirchen – mehr gab es dort nicht. Ob sich eine Plünderung lohnte, war ungewiss. Zuerst einmal ging es darum, ein Exempel zu statuieren und den Anfeindungen aus dieser Richtung mit aller gebotenen Härte zu begegnen.
Der Weg war steil und kurvig. Ein schmaler Treidelpfad, der über die Bocca à Croce führte und Pietralba und Palasca mit Novella verband. Nur noch etwa ein Kilometer, dann würden sie den Ort erreichen. Die Hunde spürten die Aufregung und zerrten an den Leinen. Sie witterten den Feind bereits.
Cursini waren stille Tiere. Nie hörte man ein Bellen oder Winseln von ihnen. Da sie für die Jagd gezüchtet worden waren, verfügten sie über Geduld und Ausdauer. Sie würden erst zuschlagen, wenn sie den Befehl dazu erhielten.
Alessandru richtete sich in seinem Sattel auf. Von ferne hörte er die Glocke von Santa Croce, die zum Morgengebet läutete. Vater hob die Hand und hielt die Reiterei an. Er stieg ab, drückte die Zügel seinem Stallmeister in die Hand und nahm das Gewehr von der Schulter. Dann blickte er in die Runde und deutete auf Alessandru sowie drei weitere Männer. Das Zeichen zum Absteigen.
Alessandrus Herz klopfte wie wild, als er nach vorn ging. Er spürte die Blicke der Männer, versuchte, sich seine Aufregung nicht anmerken zu lassen.

Sein Vater richtete seine prüfenden Augen auf ihn, und als ihm das, was er sah, zu gefallen schien, sagte er nur: »*Avanzà!*«

Die letzten Meter legten sie im Laufschritt zurück. Wie ein Rudel Wölfe schnürten sie im Schatten der Bäume talabwärts, immer damit rechnend, kurz vorm Ziel doch noch entdeckt zu werden.

Aber nichts geschah.

An der Quelle oberhalb des Dorfes hielten sie an. Alessandrus Atem kondensierte zu Schleiern. Die Finger, die den Nussbaumschaft seines Gewehres umklammert hielten, waren an der Außenseite klamm, innen aber schweißnass. Er hätte Handschuhe anziehen sollen, so wie die anderen. Hinter eine hüfthohe Mauer geduckt, beobachtete er, was sich unten im Dorf abspielte.

Im kühlen Licht des frühen Sonntags kamen die Bewohner Novellas die Straße hinauf und gingen in die Kirche. Frauen neben Frauen und Männer neben Männern. Die Kinder rannten zwischen den Gruppen hin und her und verschafften sich noch etwas Bewegung, ehe sie die nächste Stunde still sitzen mussten.

Alessandru blickte fragend zu seinem Vater hinüber, doch dessen Gesicht blieb ausdruckslos. Sie hatten doch nicht etwa vor, die Kinder auch zu töten, oder?

Ehe er den grausigen Gedanken weiterspinnen konnte, ballte sein Vater die Hand zur Faust und gab das Zeichen zum Aufbruch. Auch die letzten Kirchgänger waren inzwischen im Inneren verschwunden. Die Tür war geschlossen.

Gregoriu zog einen schweren Ledergürtel aus der Tasche, eilte im Laufschritt zur Kirchenpforte hinauf und umwickelte die beiden Türgriffe. Dann tat er dasselbe am Seiteneingang. Von innen drang Gesang an seine Ohren.

Er war noch nicht fertig, als Alessandru einen alten Mann die Straße heraufkommen sah. Offenbar ein Nachzügler, der noch zum Gottesdienst wollte. Mit seinen krummen Beinen und einem Stock in der Hand zockelte er die Dorfstraße herauf. Er hielt seinen Blick zu Boden gesenkt, weswegen er die Fremden noch nicht entdeckt hatte.

Alessandru steckte zwei Finger in den Mund und stieß einen Pfiff aus. Sein Vater sah ihn, beeilte sich mit den Vorbereitungen und kam dann zu ihm herüber. Sein Messer gezogen, ging er an Alessandru vorbei.

»Bleib hinter mir.«

Gemeinsam traten sie dem Alten entgegen. Alessandru konnte den Schweiß riechen, der dem Mantel seines Vaters entströmte. Sie waren noch etwa zehn Meter entfernt, als der Mann sie bemerkte. Er blieb stehen, hob sein runzeliges Gesicht und lächelte ihnen zahnlos zu.

»Bongiòrnu. Cumu state?«

»Stò bè.« Mit diesen Worten rammte sein Vater dem Alten das Messer zwischen die Rippen und fing den dürren Körper auf. Der Alte starb mit einem überraschten Ausdruck im Gesicht. Er schien bis zuletzt nicht begriffen zu haben, was mit ihm passiert war. Gregoriu schleifte den Leichnam an den Straßenrand, zog seine Mütze ins Gesicht und nickte ihnen zu. »Vorwärts. Durchsucht die Häuser. Tötet jeden, den ihr seht. Ich werde das Signal geben.« Er legte seinem Sohn die Hand auf die Schulter. »Denk immer daran: Es geschieht zum Wohle aller. *Alla Famiglia.*«

Die Häuser wurden aufgeteilt. Alessandru fiel eines zu, das einen gepflegten Vorgarten und frische, weiß getünchte Wände besaß. Die Tür war unverschlossen. Er drückte die Klinke, nahm seinen ganzen Mut zusammen und trat ein. Halb damit rechnend, dass ihm aus einem der angrenzenden Räume jemand entgegentreten würde, hielt er sein Gewehr schussbereit vor den Körper. Doch da war niemand. Ein rascher Blick durch die Zimmer bestätigte seine Vermutung. Offenbar waren die Bewohner alle in der Kirche.

Alessandru lauschte. Eine Standuhr tickte. Irgendwo tropfte ein Wasserhahn. Er war erleichtert, niemanden anzutreffen. Er war sich nicht sicher, ob er es tatsächlich über sich bringen würde, einen Menschen zu töten. Einen Mann, eine Frau oder gar ein Kind. Rache hin oder her, es musste doch noch einen anderen Weg geben. Aber natürlich wollte er auch als Mann akzeptiert werden – vor allem von seinem Vater.

Von draußen erklang das Donnern von Pferdehufen. Rufe wurden laut, und Schüsse ertönten. Die Männer waren eingetroffen!

Er wollte gerade den Rückzug antreten, als er ein Stöhnen vernahm. Es kam aus dem Wohnzimmer. Er hatte nur einen oberflächlichen Blick hineingeworfen. Jetzt sah er zu seiner großen Betroffenheit, dass er nicht gründlich genug geschaut hatte. Auf dem Sofa, rechts hinter der Standuhr war Bewegung zu erkennen. Eine Decke befand sich darüber. Dort lag jemand!

Offensichtlich war der Betreffende durch die Geräusche draußen wach geworden. Alessandru hob das Gewehr.

»K… keine Bewegung. Nehmen Sie die Hände hoch.«

Nichts geschah. Es war nur weiter dieses Stöhnen unter der Decke zu hören.

»He, Hände hoch, habe ich gesagt.«

Eine sanfte Bewegung, mehr Wirkung erzielten seine Worte nicht. Alessandru trat auf Zehenspitzen näher – das Gewehr im Anschlag – und zog die Decke weg.

Eingerollt auf dem Sofa lag ein Junge. Die Arme eng um die angezogenen Knie geschlungen, lag er da und blickte mit großen Augen empor. Der Mund war zu einem Lächeln verzogen, die Zähne entblößt, ein glucksender Laut entsprang der deformierten Kehle.

Alessandru hatte schon geistig behinderte Menschen gesehen, aber noch nie einen so schweren Fall. Die Finger waren dermaßen ineinander verknotet, dass man sie einzeln voneinan-

der hätte lösen müssen, um die Hände auseinanderzubekommen. Und diese großen Augen und das dämliche Grinsen waren auch ziemlich verstörend.
Was in Gottes Namen sollte er jetzt bloß tun?
Unschlüssig richtete er die Waffe auf den Jungen.
In diesem Moment ertönte die Stimme seines Vaters. »Alessandru?«
Gregoriu kam hereingestampft, sah seinen Sohn und den behinderten Jungen und runzelte die Stirn. »Beeil dich, die anderen sind schon fertig. Du musst mit anpacken helfen.«
»Was … was soll ich denn mit ihm machen?«
»Dumme Frage. Erlöse ihn von seinen Leiden und dann komm. Die Zeit drängt.«
»Aber ich kann doch nicht …«
»Was, weil es ein Bekloppter ist? Glaube mir, du tust ihm einen Gefallen, wenn du den Abzug drückst. Los jetzt.« Er musterte seinen Sohn mit argwöhnischem Blick.
»Oder willst du mir etwa erzählen, dass du das nicht schaffst? Willst du sagen, ich hätte einen Schwächling großgezogen?«
»Nein …«
Die Waffe bebte in seinen Händen.
»Ach, gib her.« Er wollte das Gewehr packen, doch Alessandru schüttelte den Kopf. »Ich mache das.«
Zitternd richtete er den Lauf auf den Jungen.
»Ziel aufs Herz, das geht am schnellsten. Hast du schon entsichert? Gut, dann drück ab.«
Alessandru vereiste innerlich.
»*Drück ab!*«
Er tat es. Es gab einen fürchterlichen Knall. Das Gewehr sauste ihm aus der verschwitzten Hand und schlug mit schmerzhaftem Schlag gegen seine Schulter. Beißender Rauch stieg auf.
Der Junge schrie und zappelte dabei wie ein Fisch auf dem Trockenen. Sein Geheul war so durchdringend, dass Alessandru um ein Haar die Flucht ergriffen hätte.

»Du hast ihn nicht sauber erwischt. Nur die Schulter. Du musst tiefer zielen. Tiefer, hörst du? Los, nachladen und dann noch mal.«

Alessandru versuchte, das infernalische Geschrei und das unkontrollierte Zappeln zu ignorieren, lud eine neue Patrone in den Lauf und richtete die Waffe wieder auf sein wehrloses Opfer.

Er wusste nicht, wer mehr zappelte, der Junge oder er selbst. Er konnte sich nicht erinnern, jemals etwas so Schreckliches erlebt zu haben. Nicht mal, als er seinen Hund töten musste, weil der mit gebrochenem Rückgrat in einer Schlucht gelegen hatte.

Er schloss die Augen und drückte ab. Ein Knall, gefolgt von einem hässlichen Knacken, ertönte. Immerhin hörte das Geschrei auf.

Als er die Augen wieder aufmachte, war der Kopf des Jungen zur Hälfte verschwunden. Das Sofa war überzogen mit einer Schicht aus Blut und Gehirnmasse. Das eine Auge war weg, während das andere immer noch unverwandt auf ihn gerichtet war. Eine einzelne Träne quoll daraus hervor.

Alessandru würgte. Ihm wurde übel.

Er konnte nicht anders, er musste hinausrennen und sich in den gepflegten Vorgarten übergeben. Heiße, scharfe Magensäure schoss seinen Hals empor. Er rang nach Luft. Tränen stiegen ihm in die Augen. Sein Kopf fühlte sich an, als würde er gleich explodieren.

Dann wurde es besser.

Sein Vater stand neben ihm und klopfte ihm auf die Schulter. »Gut gemacht, Junge, ich bin stolz auf dich. Jetzt bist du einer von uns. Du siehst, so schwierig war das doch gar nicht. Und jetzt geh zurück zur Kirche. Die anderen haben vermutlich längst angefangen.«

»K… kommst du denn nicht mit?« Der Geschmack in seinem Mund war widerwärtig.

»Ich bringe nur noch die Leiche auf die Straße, dann komme ich nach. Geh!«
Die Stadt wirkte wie ein Friedhof. Überall wurden Leichen aus Gebäuden gezogen und seitlich an die Straße gelegt. Viele waren auf das Grässlichste verunstaltet. Abgeschlagene Gliedmaßen, aufgeschnittene Bäuche – Alessandru wankte zwischen Männern hindurch wie ein lebender Toter. Er sah, wie Möbelstücke aus den Häusern zur Kirche geschleift und dort gegen die Holztür geschichtet wurden. Nebenan war ein großes Feuer entfacht worden, in das man zerhackte Holzgegenstände hineinwarf. Zu welchem Zweck, war Alessandru völlig unklar. Er bekam nicht viel mit von dem, was da passierte. Wie betäubt taumelte er zwischen den Männern hindurch und sah ihnen bei der Arbeit zu. Rauch schlug ihm ins Gesicht und raubte ihm den Atem. Ihm ging dieser Junge nicht aus dem Kopf. Hatte er gerade tatsächlich einen Menschen getötet? Einen wehrlosen Jungen, dessen einzige Hoffnung darin bestand, dass seine Eltern oder Geschwister bald wieder nach Hause kommen und sich um ihn kümmern würden? Das war so unvorstellbar, dass ihm bei dem Gedanken daran sofort wieder schlecht wurde. Und so dauerte es eine ganze Weile, bis ihm klar wurde, was die Männer seines Vaters da eigentlich genau machten.
Sein Vater war inzwischen ebenfalls eingetroffen. Hoch aufgerichtet, die Hände in die Hüften gestemmt, verfolgte er die Vorbereitungen. Unter der Gesichtshaut arbeiteten die Kiefermuskeln.
Aus dem Inneren der Kirche waren Rufe zu hören. Schreie und das Poltern von Stiefeln. Ganz offensichtlich hatten sie längst mitbekommen, was im Dorf vor sich ging.
»Was tut ihr da?«, fragte Alessandru, als er wieder klar denken konnte. »Ihr habt doch wohl nicht etwa vor, die Kirche in Brand zu setzen, oder? Es sind Menschen darin. Familien. *Kinder.*« Seine Stimme bekam einen schrillen Ton.

Sein Vater aber stand da wie ein Fels in der Brandung. Unberührt, hart – mitleidlos. Mit fester Stimme sagte er: »Es ist notwendig, verstehst du? Um den Frieden wiederherzustellen.«

»Aber warum …?«

»Es gibt da ein Sprichwort: Um eine Giftschlange zu töten, musst du ihr den Kopf abschlagen. Genau das tun wir hier. Wir befreien dieses Land von einer Giftschlange. Wir schützen unsere Familie, unseren Clan und unser Haus, indem wir die Giftzähne entfernen. Es mag für dich wie ein Akt der Barbarei anmuten, doch die Zukunft wird dir zeigen, wie recht wir damit hatten.«

»Aber … aber … es ist eine Kirche. Ein Haus Gottes.«

»Gott wohnt in den Menschen, nicht in irgendwelchen Häusern«, sagte sein Vater. »Er wohnt in den Gedanken und Taten der Menschen. Und Gott liebt die Wagemutigen, die Entschlossenen. Wenn du dich außerstande siehst, mit anzupacken, steh wenigstens nicht im Weg.«

Die Flammen schossen inzwischen meterhoch empor, und die verzweifelten Rufe aus dem Inneren der Kirche wurden immer lauter. Kinder schrien, und Frauen klagten. Es polterte gegen die Pforte, aber die aufgeschichteten Möbel hielten dem Druck stand. Jetzt sah Alessandru, wie Pferde herangeführt wurden. Aus den Packtaschen entnahmen die Männer tönerne Krüge und Flaschen. Sie waren mit kräftigen Korkstopfen verschlossen und offensichtlich randvoll mit Flüssigkeit. Auf ein Zeichen seines Vaters hin wurden die hoch liegenden Kirchenfenster mit Steinen eingeworfen. Dann schickten die Männer die Flaschen hinterher. Mindestens zwanzig davon warf man ins Innere der Kirche, wo sie zerplatzten. Alessandu hörte das Bersten der Krüge und das Splittern der Keramik. Der scharfe, kühle Geruch von Alkohol strömte durch die Fenster. Die Schreie bekamen etwas Animalisches.

Gregoriu trat vor, griff in den Scheiterhaufen und zog ein

brennendes Stuhlbein hervor. Als er an Alessandru vorbeiging, spürte dieser die Hitze über sein Gesicht streichen. Kurz entschlossen ging er zum Feuer, zog ebenfalls ein brennendes Holzscheit heraus und schloss sich seinem Vater an.
Gregoriu sah ihn und lächelte. Sein Profil war erleuchtet vom Schein der Flammen. Vater und Sohn, Seite an Seite. So nah zusammen wie noch nie zuvor in ihrem Leben.
Dann hoben sie ihre Arme, warfen die Fackeln durch die zersplitterten Fenster und löschten Novella aus.

29

Erics Hände waren taub. Er lauschte den Worten seiner Patentante und wunderte sich, wieso er plötzlich kein Gefühl mehr in den Fingern hatte. Auch seine Füße fühlten sich an wie abgestorben.
»Nachsicht …«, murmelte er, während er seine Finger knetete.
»Und Vergebung. Das ist alles, worum sie dich bitten«, sagte Letizia.
»Wer?« Eric hob den Kopf. »Wer bittet mich darum?«
»Deine Vorfahren.«
Er hob den Kopf. »Was redest du da? Meine Vorfahren sind tot.«
»Aber nein. Sie sind überall. Kannst du sie denn nicht spüren?«
»Ich spüre nichts …« Er ballte seine Hände zu Fäusten und ließ seine Finger ein paarmal auf und zu schnappen. Langsam kehrte das Leben in sie zurück. »Das Einzige, was ich weiß, ist, dass meine Vorfahren ein Haufen unmenschlicher Bastarde waren, die es verdient haben, vom Erdboden zu verschwinden. Vorausgesetzt, deine Geschichte stimmt.«

»Glaub mir, sie stimmt. Ich habe dich mit Details verschont, denn nach dem, was ich gehört habe, war alles noch viel schlimmer.«

»Na schön, aber was hat das mit mir zu tun? Ah, lass mich raten: Sie haben nicht das ganze Dorf vernichtet. Es haben noch genug überlebt, damit sich die Spirale aus Blut und Gewalt weiterdrehen kann.«

»So ist es …«

»Und waren das alles Santini?«

»Nein, es waren auch andere Familien betroffen«, sagte Letizia mit leiser Stimme. »Nachdem bekannt wurde, was in Novella geschehen war, schlossen sich die Clans zusammen und bildeten eine Allianz gegen die Giuliani. Sie schworen, nicht länger zu ruhen, bis auch der Letzte deines Namens vom Antlitz dieser Insel getilgt war.«

»*Korsen.*« Eric wusste nicht, was er sonst noch dazu sagen sollte. Bei diesem Wahnsinn konnte er nur den Kopf schütteln. Laurine wirkte ebenfalls tief betroffen. »Mir war nicht bewusst, dass es so schlimm war«, sagte sie leise. »Ein paar dieser Geschichten sind mir zu Ohren gekommen, aber offensichtlich längst nicht alle. Wie schrecklich …«

»Sei froh, mein Kind.« Letizia legte sanft ihre Hand auf die von Laurine. »Das Ausmaß an Grausamkeiten, die damals verübt wurden, übersteigt jede Vorstellungskraft. Manche Dinge sind so böse, dass sie sich wie ein Zeichen in die Welt brennen. Die Jahre mögen vergehen, aber das Land vergisst nicht. Vielleicht verstehst du jetzt, warum ich Eric hier wegbringen muss. Ich habe seiner Bitte entsprochen, von diesem Ort Abschied zu nehmen, aber jetzt ist es wirklich höchste Zeit. Dies ist ein toter Ast, und du weißt ja, wie es heißt: *A vigna dici à u patronu: Fà mi pòvara e ti faraghju riccu – Der Weinstock spricht zum Winzer: Je mehr du mich von meinen toten Ästen befreist, desto reicher werden meine Reben wachsen!* Also brechen wir diesen Zweig ab und denken wir nicht mehr daran.«

In diesem Moment ertönte Händeklatschen. Irgendjemand applaudierte.
»Das haben Sie wunderbar gesagt, Madame. Ein schönes altes Sprichwort, das ich schon lange nicht mehr gehört habe.«
Aus dem Schatten hinter dem Mausoleum schob sich die Silhouette eines Mannes. *Jean-Baptiste Santini!*
Den Kragen seines Mantels hochgeschlagen, die Schiebermütze tief ins Gesicht gezogen, stand der Anführer des Santini-Clans da, wie eine Figur aus einem alten französischen Kriminalfilm.
Eric sprang auf. Sein Blick zuckte nach links und rechts. Im Regen sah er die grauen Umrisse von Männern. Sie hatten sich vollkommen lautlos genähert und umzingelten sie wie ein Rudel Wölfe.
Santini ließ seine Hände sinken. »Es tut mir leid, Ihre Unterhaltung zu stören, das ist nicht meine Art. Ich hätte Ihnen gerne noch ein bisschen länger zugehört, aber ich spüre, wie der Regen meine Jacke durchnässt, und wollte Sie fragen, ob Sie etwas dagegen hätten, das Gespräch bei mir zu Hause fortzusetzen. Dort ist es trocken und warm.«
Letizia räusperte sich. »Kennen wir uns?«
Der Clanchef nahm seine Mütze ab. »Wie unhöflich von mir, mich nicht vorzustellen. Mein Name ist Jean-Baptiste Santini. Das Land, auf dem Sie hier stehen, gehört mir. Darf ich Sie nach Ihrem Namen fragen?«
»Letizia Niollo.«
»Niollo. Das sagt mir etwas …« Seine Brauen wanderten zusammen. »Ihre Familie stammt ursprünglich aus Olmeto, nicht wahr?«
»Das ist richtig …«
»Bitte verzeihen Sie, dass ich so lange gebraucht habe, aber jetzt erkenne ich Sie natürlich. Sie besitzen das markante Profil der Niollo. Welch unerwartetes Vergnügen.«
Laurine stieß einen Laut aus, der irgendwo zwischen einem

Schluchzen und einem Seufzen lag. Der alte Mann drehte seinen Kopf, als würde er die junge Frau gerade erst bemerken. »Und Laurine ist ebenfalls dabei. Ein Anblick, der mein Auge erfreut. Mein Kompliment, ich habe das Gefühl, du wirst jeden Tag schöner.«

»Jean-Baptiste, *bitte.*«

»*Bitte was?* Ich verstehe nicht recht. Habe ich irgendetwas Schlimmes gesagt? Ich möchte euch doch nur auf ein Gläschen Wein und eine gepflegte Unterhaltung einladen. Da ist doch nichts gegen einzuwenden.«

»Wir sind etwas in Eile …«

»Papperlapapp. Nichts kann so dringend sein, dass man nicht noch Zeit für einen kleinen Aperitif und etwas zu essen hätte. Darf ich Sie bitten, mich zu begleiten. Der Wagen wartet unten an der Straße.«

»Und was, wenn wir ablehnen?« Laurine hob ihr schönes Kinn und sah den Clanchef herausfordernd an.

»Ablehnen?« Jean-Baptiste klang, als würde er die Bedeutung dieses Wortes nicht verstehen. »Warum denn?«

»Weil ich nirgendwohin mitgehe, wo ich Gefahr laufe, deinem verkommenen Sohn zu begegnen. *Mai!*« Sie machte eine schneidende Geste mit der Hand.

»Meinem Sohn?« Er sah einen Moment lang verblüfft aus, dann entspannten sich seine Züge. »Oh, dann weißt du es noch gar nicht? Mateu musste kurzfristig verreisen. Du brauchst dir also keine Sorgen zu machen.«

»Verreisen? Wohin?«

»Das braucht dich nicht zu interessieren, junge Dame. Hauptsache, er ist nicht da, oder? Und jetzt kommt. Der Regen tut dem Rheuma in meiner Schulter nicht gerade gut.«

Die Fahrt verlief schweigend. Eric, Laurine und Letizia saßen auf der Rückbank, eine Waffe auf sie gerichtet. Fahrer und Beifahrer hatten seit einer halben Stunde kein Wort gesagt,

und das Schweigen belastete Eric. Durch die regennasse Heckscheibe sah Eric das zweite Fahrzeug mit Jean-Baptiste Santini an Bord.
Wie hatte der Clanchef von ihrem Vorhaben erfahren? Woher wusste er überhaupt, dass Eric nicht länger in Calvi im Hospital war? Vielleicht hatte er nur einfach die Ruinen beobachten lassen. Eine Möglichkeit, die Eric eigentlich hätte in Betracht ziehen müssen. Seine Patentante hatte ihn gewarnt.
Was wollte Santini von ihnen? Dass er sie nicht einfach nur zu einem vertrauten Stelldichein einlud, dürfte wohl klar sein.
Eric hätte sich für seinen Leichtsinn in den Hintern treten können. Und das Schlimmste: Jetzt hatte er auch noch Laurine mit hineingezogen.
Er betrachtete sie aus dem Augenwinkel. Stolz sah sie aus, stolz und schön. Schweigsam, das Kinn leicht gehoben, starrte sie hinaus in den Regen. Er hätte jetzt gerne ihre Hand berührt, aber er traute sich nicht.
Nun, lange würde die Fahrt ohnehin nicht mehr dauern.
Zu dumm, dass die Menschen auf dieser Insel so ein langes Gedächtnis hatten. In den Banlieues von Paris wusste kaum noch jemand um seine Familie oder deren Geheimnisse. Da konnte man froh sein, wenn man seine eigenen Eltern kannte. Aber hier war das anders. Dies war das alte Europa. Eine tief verwurzelte Gemeinschaft von Menschen, denen die Vergangenheit noch etwas bedeutete, die an Erinnerungen und Traditionen festhielten, ohne sich der Zukunft zu verschließen. Bewundernswert einerseits, andererseits aber auch ziemlich beängstigend. Zumindest, was ihn betraf.
Durch die verregneten Scheiben sah Eric ein Gebäude hoch über ihnen auf einem Hügel thronen. Schlanke Zypressen umrahmten das Gemäuer wie nadelspitze Haifischzähne. Das Bauwerk – offenbar ein altes Kloster – war von einer Mauer umgeben, die am Ende der Straße in ein Eisentor mündete. Der Fahrer nahm den Fuß vom Gas und wurde langsamer.

Ganz offensichtlich hatten sie ihr Ziel erreicht. In diesem Moment überholte der Wagen von Jean-Baptiste Santini. Eric sah den Clanchef wie eine Statue im hinteren Teil des Wagens sitzen. Er würdigte sie keines Blickes.

»Wir sind da«, sagte der Beifahrer überflüssigerweise. »Machen Sie sich bereit.« Ein Grinsen huschte über sein Gesicht, als er Erics besorgten Ausdruck bemerkte. »Angst, kleiner Mann?«

Eric ignorierte ihn. Seine Hände waren eiskalt.

Das Eisentor glitt zur Seite, und die beiden Autos fuhren ins Innere. Eric sah einen Haufen Wachpersonal. Männer mit vorgehaltenen Automatikwaffen und Wachtposten mit Ohrsteckern und Walkie-Talkies. Kein Zweifel, dies war ein Krähennest, das Pendant zu einer sizilianischen Mafiafestung.

Über feucht glänzende Steinplatten fuhren die Wagen bis vor die Haustür und hielten dort an. Ein Diener mit Regenschirm in der Hand kam herausgeeilt und öffnete die Tür von Jean-Baptiste Santini. Der alte Mann stieg aus, sprach ein paar Worte mit dem Dienstpersonal und verschwand dann im Inneren.

Jetzt kamen die Bediensteten mit Schirmen zu ihnen herüber. Autotüren wurden geöffnet, und man geleitete sie trockenen Fußes ins Haus.

Dort angekommen, wurden sie angewiesen, die nassen Jacken und Schuhe auszuziehen und die bereitgestellten Hauschuhe zu benutzen. Dann durften sie die Toilette aufsuchen und sich unter Bewachung etwas frisch machen.

Auf dem Rückweg bemerkte Eric die Holztäfelungen, die Wandreliefs, die Säulen, Mosaiken und Keramikfliesen und verstand, warum sie ihre Schuhe wechseln sollten. Dieses Gebäude war alt, aber in tadellosem Zustand. Denkmalgeschützt offenbar, gleichzeitig aber hochmodern. Eine Kombination, die er inzwischen als etwas spezifisch Korsisches empfand.

Laurine, die ihn kommen sah, runzelte bei seinem Anblick die

Stirn. »Nanu, so entspannt? Siehst du dir die Inneneinrichtung an?«
»Ein beeindruckendes Gebäude«, erwiderte er. »Fast so faszinierend wie der Hausherr.«
»Glaubst du, das hier wird spaßig?«, stieß sie zwischen zusammengepressten Lippen aus. »Ich kann dir versichern, das wird es nicht.«
»Nein, tue ich nicht«, erwiderte er ernst. »Es ist nur meine Art, mit Angst umzugehen. Und die habe ich, das darfst du mir glauben.«
»Hoffentlich«, murmelte sie.
»Warum hoffentlich?«
»Weil du dann wach bleibst und nicht unvorsichtig wirst. Lass dich nicht von seinem höflichen Auftreten täuschen. Santini ist ein knallharter Geschäftsmann und Patriarch.«
»Keine Sorge. Ich mag mich zwar nicht so wirklich gut mit euren Bräuchen und Gesetzen auskennen, aber ich bin kein Dummkopf. Ich erkenne die Gefahr, wenn ich ihr begegne.«
»Gut so.« Sie nickte. »Auch wenn ich Schande über dieses Haus gebracht habe, so habe ich bei dem Alten einen Stein im Brett. Er respektiert mich, weil ich es gewagt habe, ganz allein gegen seinen Clan anzutreten und mich von Mateu scheiden zu lassen. Mal sehen, was ich für uns rausholen kann. Aber still jetzt, ich glaube, er kommt.«
Aus dem Kreuzgang trat Jean-Baptist Santini, flankiert von drei seiner Bodyguards. Seinen Jagdumhang und die schweren Stiefel hatte er gegen einen leichten Hausanzug getauscht. So wirkte er deutlich feingliedriger und eleganter. Eric bemerkte eine verblüffende Ähnlichkeit mit Ben Kingsley, dem oscarprämierten Schauspieler. Der zarte Geruch von Aftershave strömte in Erics Nase.
»Wie ich sehe, haben Sie sich bereits etwas frisch gemacht und trockene Kleidung erhalten«, sagte Santini zufrieden. »Ich habe gerade festgestellt, dass ja schon Mittagszeit ist. Hätten

Sie Lust, mit mir zusammen eine kleine Mahlzeit einzunehmen? Nichts Aufwendiges. Nur etwas *Bottarga*, eine *Aziminu* und etwas *Stufatu*. Einfache, traditionelle Küche. Bitte folgen Sie mir.«

Sie standen auf und gingen hinter ihm her. Die Bodyguards ließen sie keine Sekunde aus den Augen. Unter ihren Westen zeichneten sich die Umrisse automatischer Waffen ab.

Der Regen hatte aufgehört.

Einzelne Sonnenstrahlen erhellten den herrlich bepflanzten Garten. Sie durchschritten den Kreuzgang und betraten das Wohnhaus. Lehmziegel, Terrakottaböden, Eichenparkett, gusseiserne Heizkörper, feines Leinen, antike Möbel und stilvoll platzierte Blumensträuße – das alles wirkte ausgesprochen edel. Mit seinen hohen Decken, den Bögen und massiven Türen entsprach die Architektur dem Inneren alter Patrizierhäuser, wie man sie auch in der Bretagne oder dem Languedoc finden konnte. Trotzdem ließ sich Eric davon nicht beeindrucken. Er hatte Laurines Warnung nicht vergessen.

Das Esszimmer war im ehemaligen Refektorium untergebracht worden und von verschwenderischen Dimensionen. In der Mitte stand eine circa zehn Meter lange Tafel, die von achtzehn Stühlen flankiert wurde. Acht auf jeder Seite plus je einer am Kopf- beziehungsweise Fußende. Kerzenleuchter standen auf dem Tisch, und nebenan befand sich ein riesiger Kamin, der aber im Moment nicht in Betrieb war.

Trotz seiner Größe war der Raum perfekt klimatisiert. Modernste LED-Lampen beleuchteten die alten Gemälde an den Wänden und zauberten eine geschmackvolle Atmosphäre. Eric bemerkte die Alarmdrähte an Fenstern und Bildern. Der Eindruck hatte ihn nicht getäuscht; dieses Gebäude war eine Hochsicherheitsfestung.

»Bitte nehmen Sie doch Platz. Die Damen vielleicht auf die linke Seite und wir Männer auf die rechte. Das Essen wird gleich serviert.«

Ein Diener zog Letizia und Laurine die Stühle vor, und alle nahmen Platz. Dann wurde Wein gereicht und Wasser in die Gläser gefüllt. Die Zeremonie hatte etwas Feierliches, zumal sie in aller Stille stattfand. *Wie eine Henkersmahlzeit,* dachte Eric. Irgendwo in der Ferne erklang leise klassische Musik.
Jean-Baptiste Santini erhob sein Glas, prostete ihnen zu, und gemeinsam tranken sie einen Schluck.
»Sie sind also Schriftsteller, Monsieur Marchand?«, begann er die Unterhaltung. »Ich gestehe, ich war neugierig und habe mir eines Ihrer Bücher liefern lassen. Viel konnte ich zwar noch nicht darin lesen, aber doch genug, um festzustellen, dass mir Ihr Stil gefällt. Sachlich, knapp, ohne allzu viel Tamtam. Sie kommen schnell zum Punkt.«
»Danke.«
»Wirklich, Sie haben Talent. Mit Ihren Ansichten über Europa gehe ich allerdings nicht ganz d'accord. Sie schreiben an manchen Stellen, Europa sei Ihnen fremd geworden, es hätte sich zum Schlechten verändert. Ich sehe das nicht so. Ich glaube durchaus, dass unsere Nationen eine Zukunft haben. Allerdings nur, wenn die Länder sich wieder auf ihre eigenen Stärken besinnen. Brüssel in seiner jetzigen Form hat ausgedient.«
»Und was wollen Sie stattdessen einsetzen? Das Europa der Vaterländer?«
»Warum nicht?«
Eric schüttelte den Kopf. »Das hatten wir schon mal, und es ist nicht gut ausgegangen.«
»Man darf halt nicht die Fehler von früher wiederholen …«
»Ich bitte Sie. Wie kommt es nur, dass alle Welt immer so vergesslich ist? Sehen Sie sich doch um. Es kommt alles wieder. Die Nationalisten, die Demagogen, die Populisten. Wohin man schaut, Schreihälse und Aufwiegler. Wir verzeichnen einen beispiellosen Rechtsruck, der in die Zerschlagung des geeinten Europa münden wird. Es gibt kaum noch integre Staatsmänner, zu denen wir aufblicken können.«

»Nun«, sagte Santini, »hier auf Korsika ist gerade ein Mann an der Spitze, der uns unsere Stärke und Souveränität zurückgeben wird.«

»Hoffentlich kein Bombenleger, der Autos manipuliert, um unliebsame Personen aus dem Weg zu schaffen.« Eric vermied es bewusst, Santini bei dieser Bemerkung anzuschauen. Er wusste, dass es riskant war, den Mann so offensiv anzugehen, aber es war Teil seines Plans. Er wollte wissen, woran er bei ihm war. Wenn er ihm an den Kragen wollte, warum dann nicht gleich? Warum dieses Getue?

In diesem Moment wurde das Essen serviert. Pasta mit Tomaten, Minze und Weißweinsauce, auf der einige Streifen *Bottarga* – getrockneter Fischrogen – verteilt lagen. Schweigend fingen sie an. Es schmeckte ganz ausgezeichnet. Nach ein paar Bissen nahm ihr Gastgeber einen Schluck Wein und tupfte sich über die Lippen. »Sie mögen es vielleicht nicht glauben, Monsieur Marchand, aber wir haben mit dem Anschlag nichts zu tun. Weder mit dem auf Sie noch mit dem in Ajaccio. Wer immer das getan hat, es war keiner von uns.«

»Das glaube ich Ihnen wirklich nicht.«

»Das ist unerheblich. Tatsache ist, dass wir es nicht waren und uns mit Mächten konfrontiert sehen, die mir bereits einige schlaflose Nächte bereitet haben.«

»Schwer vorstellbar, bei der Macht und dem Einfluss, den Sie haben …«

»Sie schmeicheln mir, Monsieur Marchand. Leider hätten Sie sich für Ihren Besuch keinen schlechteren Zeitpunkt aussuchen können.«

»In diesem Punkt gebe ich Ihnen recht.«

»Dieselben Mächte, die es auf Sie abgesehen haben, sind auch hinter uns her. Das Attentat auf den stellvertretenden Bürgermeister geht ebenfalls auf ihr Konto. Was sagt denn Ihr Polizeichef dazu?« Er sah Eric über den Rand seines Weinglases erwartungsvoll an.

»Er tappt ziemlich im Dunkeln, wie mir scheint.«
»Ja, das war vorauszusehen.« Santini schüttelte den Kopf. »Wenn Sie mich fragen, ist das die Folge der laschen Regierungspolitik während der letzten Jahrzehnte. Ihr habt den kriegstreiberischen Barbaren aus dem Nahen und Mittleren Osten sowie den afrikanischen Staaten Tür und Tor geöffnet und gleichzeitig unsere Wirtschaft verkümmern lassen. Von Staatsführung habt ihr in etwa so viel Ahnung wie eine Kuh vom Schlittschuhlaufen.«
Eric hörte sich das alles mit ausdrucksloser Miene an. Er fand es interessant, wie Santini den wirklich brennenden Fragen – zum Beispiel denen nach seinem Schicksal und dem der beiden Frauen – auswich. Stattdessen palaverte er über Politik. Na gut, das war ein Feld, auf dem Eric sich auskannte. Er entschied, das Spiel noch eine Weile mitzuspielen.
»Klären Sie mich auf«, sagte er.
»Gerne. Nehmen Sie zum Beispiel den europäischen Binnenmarkt. Die EU wurde ursprünglich gegründet, um den innereuropäischen Handel zu stärken. Doch anstatt zu wachsen, schrumpft er. Dramatisch. Die Kurve zeigt steil bergab, und das, obwohl der Handel mit dem Rest der Welt deutlich zunimmt. Wissen Sie, warum?«
»Nein, ich bin kein Wirtschaftsspezialist.«
»Wegen der staatlichen Auflagen und Reglementierungen. Es ist inzwischen viel einfacher, Handel mit China zu treiben, als etwa mit Portugal. Kleine Firmen wie unsere benötigen zehn Juristen, die sich durch den Wust von Auflagen und Verordnungen kämpfen müssen, mit denen Brüssel uns zuschüttet. Die Menschen haben Angst um ihren Wohlstand. Sie wollen Handel treiben und können es nicht. Das ist der wahre Grund, warum Europa nicht funktioniert.«
Inzwischen war der zweite Gang serviert worden. Die benutzten Teller wurden abgeräumt und neue aufgedeckt. Ein Fischeintopf mit Krabben und Krebsen. Der Duft war betörend.

Eric griff nach einer Krebsschere und knackte sie. Das Fleisch war weich und zart, auf den Punkt gegart. »Vielleicht«, räumte er ein. »Vielleicht haben Sie recht.«

»Nicht nur vielleicht. Ich bin älter als Sie. Ich habe deutlich mehr gesehen und erlebt. Und ich spreche aus Erfahrung.«

»Die Sache ist nur, dass die Falschen daraus Kapital schlagen«, sagte Eric. »Menschen, die noch viel weniger Ahnung von wirtschaftlichen Prozessen haben als ihre Vorgänger. Den Nationalisten geht es doch nur um Macht. Sie wollen herrschen und kontrollieren.«

»Ach, und das wollen die Sozialisten nicht?«

»Natürlich. Aber nach meinem Gefühl mit mehr Augenmaß und Klugheit. *Wissen ist Macht,* so hieß es früher. Doch das war einmal. Heute ist Wissen Ohnmacht. Es ist durch Glauben ersetzt – mit fatalen Folgen. Die wahre Stärke liegt heute in der Unwissenheit.«

Santini nahm eine Zange und zerbrach eine Krebsschere. Kleine Splitter flogen über den Tisch. »Die Welt ist nicht mehr im Gleichgewicht«, sagte er nachdenklich. »Was ist richtig, was falsch? Was ist gut, was böse? Die Grenzen verschwimmen. Wie soll ein Mann da den Überblick behalten?«

»Ja wie?«

»Ich will es Ihnen sagen.« Santini hob den Kopf. »Indem er die Familie in den Mittelpunkt seiner Überlegungen stellt. Sie ist das Einzige, was Zusammenhalt gewährt. Und deswegen sitzen wir heute hier zusammen. Es geht um die Familie.«

Eric hörte auf zu essen und erwiderte den Blick. Ihrer beider Augen trafen sich, und für einen Moment schien die Welt stillzustehen. Das war es also, darum ging es Santini. Die Familie. Über Umwege hatte er sich geschickt dem Thema genähert. Auch die beiden Frauen hatten aufgehört zu essen.

Laurine räusperte sich, dann sprach sie. Es waren die ersten Worte, die sie an ihren Gastgeber richtete, seit sie das Haus betreten hatte. »Was hast du vor, Jean-Baptiste?«

Eric war verwundert, dass sie sich traute, ihn zu duzen. Aber sie sagte ja, dass sie bei ihm einen Stein im Brett habe.
»Was ich vorhabe?« Er tupfte seine Lippen. »Nun, um ehrlich zu sein, ich weiß es noch nicht genau. Ich habe es mit verschiedenen Brandherden zu tun und muss zusehen, in welcher Reihenfolge ich sie gelöscht bekomme. Einer davon sind Sie, Monsieur Marchand. Der zweite Sie, Madame Niollo. Sie gehören zu einem Teil meiner Vergangenheit, den ich längst für abgeschlossen gehalten hatte. Doch jetzt sitzen Sie hier vor mir, wirklich und wahrhaftig, und beschwören die Vergangenheit herauf. Sie erinnern mich an das, was ich vor vielen Jahren geschworen habe: die Blutlinie der Giuliani auszulöschen und niemanden am Leben zu lassen, dessen Familie damals an der Sache in Novella beteiligt war.«
»Willst du Eric und Letizia wirklich für etwas bestrafen, was ihre Vorfahren angerichtet haben?«, fragte Laurine. »Bis vor Kurzem wusste Eric ja noch nicht mal, dass er überhaupt ein Giuliani ist.«
»Das ändert nichts«, fegte Santini ihren Einwand beiseite. »Ein Schwur ist ein Schwur. Ich habe nichts gegen Sie persönlich, Monsieur Marchand, aber ich will kein Unheil auf mein Haus laden.«
»*Unheil auf dein Haus laden?*« Laurine schob ihren Teller von sich. »Das einzige Unheil, das ich hier sehe, ist dein Sohn Mateu. Er ist ein gewalttätiger Irrer. Darüber solltest du mal nachdenken.«
Santini zuckte die Schultern. »Was soll ich machen? Auch unter feinen Häusern verlaufen Abwasserkanäle. Ich kann meinen Sohn nicht so rannehmen wie einen meiner Untergebenen. Blut ist nun mal dicker als Wasser. Es gehört zu meiner Pflicht, Schaden von ihm fernzuhalten und die Geschäfte am Laufen zu halten.«
»Indem du ihm die Amtsgeschäfte überträgst?«
»Indem ich ihm alles beibringe, was ich weiß, und hoffe, dass

er eines Tages fähig sein wird, die Geschäfte des Hauses Santini verantwortungsvoll zu leiten. Mateu kann recht unbeherrscht sein, das gebe ich zu, aber nicht irre.«
»Das Problem ist die Familie«, sagte Laurine kopfschüttelnd. »Immer die Familie. Mateu musste in die Berge fliehen, nicht wahr? Weil auch die Polizei ihn verdächtigt und er hier nicht länger sicher wäre.«
Santini sagte nichts, sondern schlürfte die letzten Reste seiner Suppe mit dem Löffel aus.
»Und Julietta? Wo steckt die? Er wird sie doch nicht etwa zu Hause gelassen haben.«
»Sie wohnt hier unter meinem Dach. So lange, bis Mateu zurückkehrt.«
»Das hätte ich mir denken können …«
»Glaub mir, du warst meine Lieblingsschwiegertochter, aber du hast dich von uns abgewandt und dich zurückgezogen. Sehr bedauerlich …«
»Ich musste mich gar nicht von ihm abwenden, er hat sich von mir abgewandt. Nachdem er gehört hat, dass ich keine Kinder bekommen kann, hat er mich wie Dreck behandelt. Er hat mich geschlagen, betrogen und vergewaltigt.«
Eric sah Tränen in ihren Augen schimmern. Er selbst blickte betreten zu Boden. Dass es so schlimm geendet hatte, war ihm nicht bewusst gewesen. Auch Santini schien von ihren Worten gerührt zu sein. »Ja …«, sagte er. »Als ich davon erfuhr, habe ich meinen Sohn gehörig zusammengestaucht, das musst du mir glauben. Er hat eine harte Strafe erhalten und der Scheidung zugestimmt. Und ich ebenfalls, was ich unter anderen Umständen niemals getan hätte. Aber das war nicht der einzige Grund, warum du dich von uns abgewendet hast, oder? Du warst nie eine glühende Verehrerin unserer Sache.«
»Weder eurer Sache noch eurer Methoden. Ich habe dazu immer geschwiegen. Von mir hat niemals irgendjemand etwas erfahren.«

»Das weiß ich …«
Laurine erhob sich, ihren Blick fest auf den Alten gerichtet. Sie schob ihren Stuhl nach hinten und ging auf ihn zu. Es geschah so unvermittelt, dass Eric keine Zeit hatte einzuschreiten. Die Leibwächter, die die ganze Zeit still und unauffällig an den Seiten gestanden hatten, sprangen aus ihren Ecken. Das Klicken der entsicherten Waffen zerstörte jäh die festliche Atmosphäre.
Und dann tat Laurine etwas, womit Eric nie gerechnet hätte. Sie ging auf die Knie, nahm Santinis Hand und küsste sie. »Ich habe dich nie um etwas gebeten.«
»Auch das stimmt. Worauf willst du hinaus?«
»Ich tue es jetzt. Ich bitte dich um Erics Leben. Lass ihn gehen. Und Letizia auch. Fort von Korsika. Lass die alte Sache ruhen und dreh das Rad der Gewalt nicht noch weiter. Es hat bereits zu viele Leben gefordert.«
Stille senkte sich über den Saal.
Eric ließ sich langsam wieder auf seinen Platz sinken.
Santini hatte in einer väterlichen Geste seine Hand auf Laurines Kopf gelegt.
»Ich weiß das wirklich zu schätzen, Kleine, aber leider muss ich ablehnen. Ich bin durch einen Schwur gebunden, den kann ich nicht so einfach brechen.« Er zuckte die Schultern. »Ich habe die Gesetze nicht gemacht, aber ich muss mich daran halten. Es tut mir leid.«
»Aber …«
»Wie gesagt, *scusa* …«
Jetzt war auch Letizia aufgestanden. »Ich hätte da einen Vorschlag.«
»Einen Vorschlag? Sehe ich aus, als würde ich mit mir handeln lassen?« Dass sich nun auch noch die alte Frau zu Wort meldete, verärgerte ihn sichtlich. Offenbar war es in dieser Kultur Tradition, dass die Frauen schweigen, wenn die Männer redeten.

»Blut für Blut«, sagte Letizia. »Meines für das meines Patenkindes.«
»Was sagen Sie?« Santinis Augen wurden schmal.
»Ich bin eine alte Frau, ich habe mein Leben gelebt. Bestrafen Sie mich und verschonen Sie dafür mein Patenkind. Den Traditionen wird damit entsprochen, und Sie brauchen sich keine Vorwürfe zu machen, dass Sie Ihren Schwur gebrochen hätten.«
Eric glaubte, nicht richtig zu hören. Jetzt sprang auch er auf die Füße. »Letizia, *nein* …« Er schüttelte vehement den Kopf.
»Misch dich da nicht ein«, fuhr sie ihn an. »Dies ist eine Sache zwischen mir und Monsieur Santini. Ich habe diese Entscheidung schon vor langer Zeit getroffen. Meine Familie hat der deinen viel zu verdanken, Eric. Ihr habt uns aus Olmeto rausgeholt und uns eine Zukunft gegeben. Seit zehn Generationen ist die Familie Niollo den Giuliani verbunden, und ich werde nicht mit dem Wissen ins Grab steigen, dass ich dem letzten verbliebenen Mitglied dieser Familie die Treue versagt habe. Auch wenn es mir natürlich lieber wäre, wir könnten alle drei unbehelligt von hier verschwinden …«
»Das geht nicht, und das wissen Sie.« Santini musterte die drei mit seinen Fuchsaugen.
»Dann nehmen Sie mein Angebot also an?«
Eine Weile stand er da, tief in Gedanken versunken und die Stirn in Falten gelegt. Dann hob den Kopf und nickte.
»*Bén.*«

30

Eric nahm die Welt wie durch einen Filter wahr. Als befände er sich in einer Blase, während draußen das wahre Leben stattfand. Er spürte eine Waffe in seinem Rücken, hörte gemurmelte Anweisungen und beobachtete sich selbst dabei, wie er zusammen mit den anderen das Haus verließ.

Die Wolken waren aufgerissen, und die Sonne tauchte das Grün in überirdische Helligkeit. Der Park wirkte, als wäre er mit Lack überzogen. Tausend winzige Kristalle schimmerten auf den feuchten Blättern, auf den Zweigen, dem Gras.

Er war so geblendet von der Helligkeit, dass er die Augen schließen musste. Vorweg ging Jean-Baptiste Santini, dicht gefolgt von Letizia, die ihren Kopf stolz erhoben trug, während Eric und Laurine das Schlusslicht bildeten. Die Bodyguards erschienen ihm nur als gesichtslose graue Masse. Ihre Schritte hinterließen knirschende Geräusche auf dem kiesbestreuten Weg.

Eric hatte keine Ahnung, wohin sie gingen, aber er hatte ein ganz mieses Gefühl. »Laurine?«, flüsterte er.

»Ja?« Ihr Gesicht wirkte aschfahl.

»Was wird jetzt geschehen?«

»Ich bin mir nicht sicher«, zischte sie. »Genau wissen das nur Letizia und Jean-Baptiste.«

»Aber du bist doch Korsin.«

»Es gibt Bräuche, die selbst mir fremd sind. Lass dich nicht provozieren und mische dich auf keinen Fall ein, verstanden?«

»Hast du nicht wenigstens einen winzigen Tipp für mich?«

»Vielleicht handelt es sich um ein Blutritual, aber so etwas hat zu meinen Lebzeiten nicht stattgefunden.«

»Und worum geht es dabei?« Er versuchte seine Stimme zu drosseln, doch offensichtlich gelang ihm das nur mit mäßigem Erfolg.

»Heda, ihr zwei. Hört auf zu quatschen.«
Er spürte einen unangenehmen Stich in den Rippen. Einer der Wächter hatte ihm den Lauf seiner Maschinenpistole in die Seite gerammt.
Eric zog den Kopf ein und presste die Lippen zusammen. Ein Blutritual, das klang nicht gut. Es hatte etwas Alttestamentarisches, Auge um Auge, Zahn um Zahn und so. *Schauderhaft.*
Zwischen den Pinien tauchten die Umrisse eines Gebäudes auf. Wände, die früher vielleicht mal gelb gestrichen gewesen sein mochten, von denen aber jetzt der Putz abblätterte, kleine kuppelförmige Dächer – Eric brauchte nicht lange, um festzustellen, dass es ein Mausoleum war. Anders als das seiner Familie, aber augenscheinlich ebenfalls sehr alt. Der größere Turm in der Mitte wurde von zwei kleineren flankiert, die alle einen achteckigen Grundriss besaßen und durch überdachte Übergänge miteinander verbunden waren. Der Schatten der Pinien warf ein verwirrendes Streifenmuster auf den Putz.
Vor den geschwungenen Treppen, die in den ersten Stock führten, befand sich ein Vorplatz, auf dem verdorrtes Gras wucherte. In seiner Mitte war ein Marmorbrunnen eingelassen worden, der allerdings kein Wasser enthielt.
Die Zikaden verstummten, als die Gruppe den Platz erreichte. Laurine und Eric wurden angewiesen, am Fuße der Treppen zu warten, während Jean-Baptiste Letizia auf die gegenüberliegende Seite des Brunnens geleitete.
Eric wollte ihnen folgen, wurde aber von den Männern daran gehindert. »Keinen Schritt weiter«, knurrte der eine hinter seiner verspiegelten Sonnenbrille. »Befehl vom Chef. Ihr sollt hier warten.«
»Was habt ihr vor, ihr Mistkerle?«, fluchte Eric. »Wehe, ihr krümmt meiner Patentante auch nur ein Haar!«
»Sei still, Junge«, fuhr Letizia ihn an. »Ich bin bereit zu tun, was notwendig ist, und dasselbe verlange ich auch von dir.«
»Aber …«

Eric war sprachlos. Einen solch harschen Ton hatte er von dieser Frau, die er von klein auf kannte, nicht erwartet.
Letizia wirkte irgendwie verändert. Stolz, gefasst und von stählerner Härte. Als der Clanchef ein Messer aus einem Lederetui nahm und es aufklappte, zuckte sie nicht mal mit der Wimper.
Die Klinge schimmerte wie vereiste Milch. Moment mal, ein Messer? Er hatte doch wohl nicht etwa vor, sie …
Eric schnellte vor, doch offensichtlich hatten die Männer damit gerechnet. Er wurde gepackt und zu Boden gerungen. Auf der Erde liegend, eine Maschinenpistole an die Schläfe gedrückt, musste er mit ansehen, wie Santini seiner Patentante befahl, sich hinzuknien.
Aus seiner Position vermochte Eric nur schwer zu erkennen, was da vor sich ging. Der Brunnen versperrte ihm die Sicht. Doch was er sah, war, wie die alte Frau ihren Kopf vorbeugte und Santini das Messer hob. Wie ein Priester vor dem Opferlamm richtete er die Klinge auf ihren Nacken und bewegte dabei die Lippen im Takt stummer Worte. Dann ließ er die Klinge nach unten sausen.
Eric hörte einen unterdrückten Schrei, sah, wie Letizia aufzuckte und hinter dem Brunnen zusammensackte.
»*Nein!*« Eric strampelte und brüllte, konnte sich aber nicht aus dem eisernen Griff der Wachtposten befreien. Der eine hielt ihm das Knie in den Nacken gepresst, während ein anderer ihm den Arm auf den Rücken drehte. Eric wand sich wie ein wildes Tier. Sein Kopf knallrot, seine Augen blutunterlaufen.
»Ihr Schweine, dafür werdet ihr bezahlen«, keuchte er unter Schmerzen. »Ich schwöre euch, damit werdet ihr nicht durchkommen …« Die letzten Worte gingen in einem schmerzerfüllten Stöhnen unter.
Santini nahm das Messer und wischte die blutige Klinge mit einem weißen Stofftuch ab. Dann kam er zu ihnen herüber

und nickte Laurine zu. »Es ist vollbracht. Das Ritual ist vollendet.« Mit abschätzigem Blick auf den am Boden liegenden Eric sagte er zu seinen Männern: »Tut ihm nichts. Helft ihm hoch und lasst sie eine Weile allein. Wir treffen uns dann in meinem Haus, einverstanden?« Er reichte Laurine das blutverschmierte Tuch.

»Was haben Sie mit meiner Patentante gemacht, Sie Ungeheuer?«, keuchte Eric. »Sie glauben doch nicht etwa, ich würde das so einfach …«

»Ihrer Patentante? Der geht es gut, sehen Sie her.«

Santini streckte die Hand aus und half Letizia auf die Füße. Ihre Hand am Hals, atmete sie ein und aus.

Eric sah Blut zwischen ihren Fingern hindurchsickern. Laurine ging ebenfalls hinüber und reichte ihr das Tuch. Letizia lächelte dankbar. »Danke, mein Kind.« Sie presste den Stoff an die Halswunde.

Santini und seine Wächter verabschiedeten sich und gingen über den sonnenüberfluteten Weg in Richtung Haus.

»Alles in Ordnung mit dir?«, fragte Laurine, als sie weg waren. »Ist es schlimm?«

»Geht schon wieder. Ist nur ein kleiner Schnitt.«

Eric richtete sich auf. Was er sah, verschlug ihm die Sprache. »Du … lebst!?«

»Aber ja.« Letizia nickte. »Was dachtest du denn? Dass Monsieur Santini mich umbringen würde?«

»Aber ich verstehe nicht.« Er kam sich vor wie der letzte Idiot. »Er hat dich doch … *getötet*. Ich habe es selbst gesehen.«

»Hast du das?« Sie strich ihr Kleid glatt, dann presste sie wieder das Tuch auf die Schnittwunde am Hals.

»Das Blutritual ist ein symbolischer Akt, wie er noch bis ins frühe neunzehnte Jahrhundert vollzogen wurde. Das Wichtige dabei ist, dass Blut vergossen wird – und das ist geschehen. Für mein Empfinden ein bisschen zu viel, es hätte gereicht, wenn er weniger tief geschnitten hätte, aber vielleicht hat er

nicht richtig getroffen. Er ist schließlich auch nicht mehr der Jüngste.« Sie lächelte gequält.
Eric versuchte zurückzulächeln, doch es wollte ihm nicht gelingen. Also trat er auf sie zu und umarmte sie. Erst als er sie im Arm hatte, spürte er, wie sehr er selbst zitterte.
Sie tätschelte seinen Kopf. »Ich hoffe, dass mein Opfer etwas genützt hat und dass diese unselige Blutfehde damit ein für alle Mal begraben ist. Der Tradition wurde Genüge getan. Ob das reicht? Wir werden sehen. Ich zumindest habe meinen Teil erfüllt. Und du hast dich auch tapfer geschlagen. Zumindest für jemanden, der keine Ahnung hatte, was uns erwartet. Und jetzt lasst uns zurückgehen. Wir wollen unseren Gastgeber nicht warten lassen.«
Sie zögerte kurz, dann trat sie an Eric heran und hauchte ihm einen Kuss auf die Wange.

31

Jean-Baptiste Santini erwartete sie in der Bibliothek. Laurine erblickte einen runden Tisch, der mit wertvollen Intarsien geschmückt war. Auf ihm standen Gebäck, Schafskäse und ein Schälchen mit Honig. Ein Samowar verströmte den aromatischen Duft von frisch gebrühtem Tee.
»Da sind Sie ja«, sagte der Patriarch mit einem Lächeln. »Geht es Ihnen gut, Madame Niollo? Ich hoffe, es ist nicht allzu schmerzhaft.«
Letizia tastete an ihren Hals. »Alles in Ordnung. Einer Ihrer Bediensteten hat mir ein Pflaster gebracht.«
»Gut. Sehr gut.« Er wies auf die freien Stühle. »Bitte bedienen Sie sich. Der Tee dürfte gleich so weit sein. Oh, und ehe ich es vergesse: Das hier gehört Ihnen, Monsieur Marchand.« Er trat

auf Eric zu und reichte ihm eine kleine Schmuckschatulle. Eric öffnete sie und entnahm ihr ein Amulett.

»Ist es das?« Neugierig trat Laurine näher.

»Ja. Willst du es mal sehen?« Er reichte es ihr.

Das Schmuckstück war aus Gold gefertigt und fein ziseliert. Ihre Finger tasteten über den Rand. Als sie einen verborgenen Knopf drückte, sprang der Deckel auf und enthüllte das Porträt einer jungen Frau.

»Meine Großmutter«, sagte Eric.

Sie hob das Bild an und verglich es mit Erics Profil. Die Ähnlichkeit war unverkennbar.

»Ich muss mich im Nachhinein bei Ihnen entschuldigen, Monsieur Marchand«, sagte Santini. »Mein Sohn hätte das nicht an sich nehmen dürfen. Wir sind keine Diebe. Er war in diesem Moment offenbar so verblüfft über die Enthüllung, dass er seine guten Manieren vergessen hat. Wie gesagt: Es tut mir leid. Darf ich Sie als Entschädigung zu einer kleinen Stärkung einladen? Dies hier ist Erdbeerbaumhonig, eine korsische Spezialität. Den kennen Sie, oder?«

»Nicht, dass ich wüsste …«

Laurine sah, dass Eric immer noch ziemlich blass um die Nase war. Sie konnte es ihm nachfühlen. Für einen Moment hatte sie auch geglaubt, Santini würde Letizia etwas antun. Auch jetzt war sie immer noch nicht hundertprozentig überzeugt davon, dass die Sache endgültig überstanden war. Irgendwo tief in ihrem Inneren blinkte beharrlich eine Warnlampe, die ihr zur Vorsicht riet.

»Nicht? Wie ist das möglich?« Santini hob erstaunt die Brauen. »Der Erdbeerbaum ist so etwas wie unser Nationalheiligtum. Er blüht erst im Herbst, und zwar kurz ehe die Bienen in die Winterruhe gehen. Was zur Folge hat, dass die Ernten äußerst begrenzt ausfallen. Wundern Sie sich nicht. Der Honig schmeckt ausgesprochen bitter, hat aber eine gesundheitsfördernde Wirkung. Vor allem bei Erkältungen und Halsschmerzen. Kommen Sie, setzen Sie sich. Sie sehen aus, als könnten Sie eine kleine Stärkung vertragen.«

Eric nahm Platz und wurde von Jean-Baptiste sogar persönlich bedient. Laurine war diese plötzliche Freundlichkeit etwas zu viel. Auch dass er sich nur um Eric bemühte und die beiden Frauen komplett ignorierte, erschien ihr seltsam.

Ihr Misstrauen wuchs.

Der Clanchef bediente sich mit Käse und Marmelade. »Ich habe ja noch ein kleines Attentat auf Sie vor, Monsieur Marchand«, sagte er betont unverfänglich. »Etwas, woran mir sehr gelegen wäre.«

»Was denn?«

»Nichts Weltbewegendes«, sagte Santini kauend. »Ich möchte Sie nur bitten, noch etwas länger auf unserer schönen Insel zu bleiben. Das Wetter soll zwar etwas herbstlicher werden, aber auch das hat seinen Reiz.«

»Ich weiß nicht ...« Eric warf Letizia einen kurzen Blick zu. »Eigentlich hatten meine Patentante und ich vor, morgen wieder zurückzufliegen. Und auf mich wartet die Arbeit zu Hause.«

»Schreiben können Sie doch auch hier, oder?« Santinis Augen ließen Eric keinen Moment los.

Laurine entging nicht, dass etwas Kaltes in ihnen aufleuchtete. Als würde man in zwei Silberspiegel blicken. Das konnte aber auch an den besonderen Lichtverhältnissen liegen.

»Oh, wie ärgerlich«, sagte er, »sehr ärgerlich.«

»Wieso? Was für ein Attentat haben Sie denn vor?«

»Eine Zeremonie. Ein besonderes Ritual.«

»Noch eine symbolische Hinrichtung?«

Santini lachte. »Nein, nichts dergleichen. Etwas, was nur uns Männern vorbehalten ist und bei dem Frauen nicht erwünscht sind.«

»Jetzt machen Sie mich aber neugierig ...«

»Ja, es ist schon etwas Besonderes. Leider gibt es solche Männerrituale kaum noch. Etwas, was unsere tiefsten Instinkte berührt und uns daran erinnert, wer wir einst waren. Ich spreche von einer Jagd.«

»Einer Jagd?«

»Ganz recht.« Santini strahlte. »Genauer gesagt, einer Wildschweinjagd. Haben Sie so etwas schon einmal gemacht?«

»Tut mir leid, ich bin kein Jäger.«

»Kein Problem. Es ist Tradition hier auf Korsika. Und eine gute Gelegenheit, ausgehandelte Geschäfte und Absprachen zu besiegeln. Ein Handel ist erst dann wahrhaft abgeschlossen, wenn man anschließend gemeinsam auf die Jagd gegangen ist. Vor allem, wenn er von so großer Wichtigkeit ist wie unser Handel. Sie wollen doch bestimmt sichergehen, dass auch andere davon erfahren und uns ihren Segen geben, oder?«

»Ich weiß nicht so recht …«

Laurine wurde immer nervöser.

Sie kannte Jean-Baptiste gut genug, um zu spüren, dass seine Freundlichkeit nur aufgesetzt war. Er spielte eine Rolle, und er spielte sie gut. Zumindest für Menschen, die sein zweites Gesicht nicht kannten.

»Sie müssen natürlich selbst entscheiden, was gut und richtig ist, aber wenn Sie ganz sichergehen wollen, dass Sie auch in Zukunft keine Schwierigkeiten wegen Ihres Namens bekommen, dann begleiten Sie mich auf diese Unternehmung.« Er nahm ein Stück Gebäck und biss herzhaft hinein. Krümel rieselten auf seinen Teller.

»Eine Wildschweinjagd …«

»Ganz recht. Also, was sagen Sie?« Der Alte sah Eric über den Rand seiner Tasse erwartungsvoll an.

Laurine versuchte Eric unter dem Tisch einen warnenden Tritt zu geben, doch er war zu weit von ihr entfernt. Und mit Käsestückchen konnte sie ihn ja schlecht bewerfen. Dass er ihre vielsagenden Blicke nicht bemerkte, trieb sie an den Rand der Verzweiflung.

»Ich gebe zu, ich habe so etwas noch nie gemacht«, sagte Eric langsam. »Wann soll die Jagd denn stattfinden?«
»Ich würde meine Leute zusammentrommeln, dann können wir morgen in aller Frühe aufbrechen. Wir würden noch vor Sonnenaufgang in die Berge fahren. Um Ihnen entgegenzukommen, lasse ich Sie gerne hier übernachten und noch ein wenig auf unserem Schießstand üben. Ausrüstung und Verpflegung bekommen Sie natürlich gestellt. Wie gesagt: Hier auf Korsika ist ein Handel erst wirklich abgeschlossen, wenn er durch eine Jagd besiegelt wurde.«
»Also, ich …«
»Ich hoffe, Sie sind schon einmal geritten.«
»O ja«, sagte Eric. »Allerdings ist das eine Weile her. Als Kind in der Bretagne. Wir haben dort viele Sommer auf den Rücken von Haflingern und Shetlandponys verbracht.«
Santini nickte. »Reiten ist wie Fahrradfahren: Einmal gelernt, vergisst man es nie wieder.«
»Eric kann nicht mitkommen«, platzte Laurine dazwischen.
»Hm? Warum nicht?« Endlich sah Eric sie mal an.
»Weil … Du erinnerst dich vielleicht, dass wir gar nicht hier sein sollten. Clément hat uns ausdrücklich befohlen, das Haus nicht zu verlassen. Er wird mächtig sauer sein, wenn er erfährt, was hier geschehen ist.«
Santini hob die Brauen. »Chefinspektor Clément? Von der Police Nationale?«
»Genau der. Komm schon, Eric. Wir sollten gehen, ehe er Wind von der Sache bekommt und sein Suchkommando in Bewegung setzt.«
»Er muss doch gar nichts davon erfahren, zumal wir erst übermorgen mit ihm rechnen können. Ich glaube nicht, dass er viel Wirbel deswegen machen wird.«
Mit Eric war eine Veränderung vorgegangen. Nach anfänglichem Zögern hatte er sich gestrafft, in seinen Augen blitzte Abenteuerlust.

»Das glaube ich schon. Und was ist mit Battista? Sie wird sich bestimmt Sorgen machen …«

»Du könntest doch Letizia zu ihr bringen. Sie kann sicherlich so lange dort wohnen, bis ich zurückkehre. Und um die Stornierung des Fluges kümmere ich mich.«

»Nein, Eric. Bitte …«

Jean-Baptiste lächelte. »Laurine hat recht. Es war ein unüberlegter Vorschlag. Lassen Sie sich nicht von einem alten Traditionalisten und Freiheitsdenker zu etwas überreden, was Sie gar nicht wollen. Was ist schon ein Ehrenkodex unter Männern, gemessen an Regeln, die uns der Staat und das schöne Geschlecht auferlegen, nicht wahr? Vermutlich haben Sie ohnehin nicht vor, jemals wieder hierher zurückzukehren. In diesem Fall haben auch unsere Regeln und Traditionen keine Bedeutung für Sie.« Er schob seinen Stuhl nach hinten. »Ich freue mich jedenfalls, dass wir unser kleines Problem so glimpflich aus der Welt schaffen konnten, und wünsche Ihnen und Ihrer Patentante noch alles Gute. Und natürlich viel Erfolg für Ihr Buch.« Er stand auf.

Laurine erhob sich ebenfalls, sah aber, dass Eric sitzen blieb.

»Komm, Eric …« Panik schnürte ihr die Kehle zu. Was hatte das zu bedeuten, warum kam er nicht?

Endlich stand er auf. Langsam und in Gedanken versunken.

»Alles in Ordnung?«, fragte sie. »Bist du bereit zu gehen?«

Er hob den Kopf und erwiderte ihren Blick. Ein entschuldigendes Lächeln umspielte seine Lippen. Noch bevor das erste Wort seinen Mund verließ, wusste sie, was er sagen würde.

32

Am späten Nachmittag …

Mahmoud kam gerade von der Toilette, auf der mal wieder die Papiertücher fehlten, als Carole, die junge Auszubildende, die zurzeit am Empfang saß, mit eiligen Schritten den Gang heraufkam. Als sie ihn sah, zuckte ihre Hand empor, und ein Lächeln huschte über ihr Gesicht. »Chefinspektor?«

Er grinste. Die Kleine war niedlich. Vor allem gefiel ihm der Eifer, der sich in ihren roten Wangen manifestierte.

»Ja?«

»Ich habe Sie schon überall gesucht. Da ist eine Dame am Empfang, die möchte Sie unbedingt sprechen.«

»Hat sie auch einen Namen?« Seine Hände waren noch immer nass. Er wischte sie kurzerhand an seiner Hose ab.

»Altieri. Madame Altieri.«

»*Laurine?*«

»Ihren Vornamen hat sie mir nicht genannt …«

»Wo ist sie?«

»Unten an der Rezeption. Sie …«

»Danke.« Er war schon auf dem Weg nach unten. Der Name ließ bei ihm sämtliche Alarmglocken schrillen. Es hatte etwas mit Marchand zu tun, das spürte er. Irgendetwas war vorgefallen. Zwei Stufen auf einmal nehmend, wuselte er die Treppe hinunter.

Er sah die dunkelhaarige Schönheit drüben bei den Plakaten und Anschlägen stehen und Notizen lesen. Nervös wippte sie mit dem Fuß. Sie trug Jeans, dazu ein tailliertes schwarzes Hemd sowie geflochtene Sandalen. Dafür, dass die Temperaturen sich so abgekühlt hatten, war das ein recht sommerliches Outfit. »Madame Altieri?«

Sie fuhr herum. Sie war aufgebracht, er sah es in ihren Augen. Ihr Mascara war an einer Stelle leicht verschmiert.

»Alles in Ordnung mit Ihnen?«
»Guten Tag, Chefinspektor. Bitte entschuldigen Sie, dass ich hier so reinplatze …«
»Ist schon in Ordnung. Was kann ich für Sie tun?« Er nahm sie beim Arm und führte sie in Richtung seines Büros.
Ihre nervösen Blicke gefielen ihm ganz und gar nicht.
»Wo gehen wir hin?«
»In mein Büro. Dort können wir uns ungestört unterhalten. Kommen Sie.«
Im ersten Stock angelangt, scheuchte er Philippe aus seinem Büro und schloss die Tür. Als er Laurine inmitten all der Akten sah, fiel ihm auf, was für ein Schweinestall das hier war. Rasch räumte er einen Stoß Unterlagen weg und verfrachtete ihn vom Stuhl auf die Fensterbank. »Möchten Sie etwas zu trinken? Kaffee vielleicht?«
»Nein. Ich werde auch nicht lange bleiben können.« Vorsichtig nahm sie Platz. Sie wirkte, als wäre sie auf der Flucht. Er setzte sich ebenfalls und schenkte sich eine Tasse Kaffee ein. »Sicher, dass Sie keinen wollen? Er ist ziemlich gut.«
Sie schüttelte den Kopf. »Ich bin wegen Monsieur Marchand hier.«
»Was ist los?«
»Eric … ist fort.«
»*Fort?*«
»Er hat das Safe House verlassen und befindet sich momentan auf dem Anwesen der Santini. Ich wollte, dass Sie das wissen.«
Mahmoud stellte die Kaffeetasse ruckartig ab. Um ein Haar hätte er eine Riesensauerei veranstaltet. So waren es bloß ein paar Tropfen, die sich leicht wegwischen ließen.
»Sie reden doch nicht etwa von Jean-Baptiste Santini, oder? Sagen Sie, dass das nicht wahr ist.«
»Doch.«
»Aber wie …? Was ist passiert? Ich hatte doch klare Anweisungen gegeben …«

»Erics Patentante. Sie haben sie kennengelernt.«

»Die alte Dame in Speloncato, ja. Was ist mit ihr?« Ihm schwante Unheil.

»Die beiden waren oben auf dem Anwesen. Dort hat sie ihm die ganze Geschichte erzählt.«

Mahmoud presste die Lippen aufeinander. Er erinnerte sich daran, kein gutes Gefühl gehabt zu haben, als er ihr und Laurine Erics Aufenthaltsort mitgeteilt hatte. Solche Dinge sollten besser verschwiegen werden. Aber da Monsieur Marchand ausdrücklich darum gebeten hatte, waren ihm seine Bedenken kleinlich erschienen. Ein großer Fehler, wie sich jetzt herausstclltc.

»Was ist passiert? Erzählen Sie es mir. Ich will jede Einzelheit wissen.«

Laurine nahm Platz und berichtete ihm von der Fahrt hinauf zu dem Familienanwesen. Von Santini, der ihnen offenbar gefolgt war, sowie von der unfreiwilligen Einladung. Bei der Schilderung der symbolischen Hinrichtung wurde ihm ganz übel. Er machte sich Notizen und versuchte, die Geschichte nachzuvollziehen, doch es fiel ihm schwer. Er kam aus dem Kopfschütteln nicht mehr heraus. »Was haben Sie sich nur dabei gedacht? Ich kann kaum glauben, dass Sie so dumm waren, sie einfach gehen zu lassen.«

»Was hätte ich denn tun sollen?«, platzte sie heraus. »Die beiden waren fest entschlossen, diesen Ort noch mal aufzusuchen. Hätte ich sie festbinden sollen?«

»Das wäre keine schlechte Idee gewesen«, sagte er. »Jedenfalls besser als das, was danach geschehen ist.«

Sie war in Erklärungsnot, das sah er ihr an. Sie zeigte Symptome wie ein in die Enge getriebenes Tier. Das tat ihm leid. Er hatte sie nicht so hart angehen wollen.

»Bitte verzeihen Sie. Ich bin selbst schuld, ich hätte Monsieur Marchands Adresse nicht weiterleiten dürfen. Aber nun ist es geschehen, und wir müssen zusehen, wie wir den Karren wieder aus dem Dreck bekommen. Keine leichte Aufgabe, das kann ich Ihnen flüstern. Zumal Monsieur Marchand sich ja wohl freiwillig dort aufhält, nicht wahr?«

»Ja …«

Er schüttelte den Kopf und machte sich weitere Notizen. »Was ich nicht ganz verstehe: Warum sind Sie deswegen persönlich zu mir gekommen? Ich meine, Sie hätten mir all das doch auch am Telefon mitteilen können.«

»Weil …« Sie verstummte.

Er sah sie an, trommelte mit dem Stift auf den Tisch und versuchte, hinter ihre Stirn zu blicken.

Plötzlich verstand er. »Sie glauben, dass es noch nicht vorbei ist, oder? Sie sind der Meinung, dass das dicke Ende erst noch kommt.«

»Ja natürlich.«

»Und was genau wird passieren?«

Sie zuckte die Schultern. »Ich weiß es nicht. Genau genommen weiß ich gar nichts. Es ist nur so ein Gefühl. Ich hatte das dringende Bedürfnis, mit jemandem darüber zu reden. Und Sie erscheinen mir vertrauenswürdig.«

»Danke«, sagte er lächelnd.

»Und Sie sind kein Korse, was die Sache einfacher macht. Bei uns gibt es niemanden im Umkreis von mehreren Quadratkilometern, der nicht irgendwie bei den Santini in der Schuld steht. Von denen hätte mir keiner geholfen. Ich dachte, wenn mich einer versteht, dann Sie!« Ihre Augen blickten groß und hoffnungsvoll. Sie wirkte verzweifelt.

Mahmoud beugte sich vor und ergriff ihre Hände. Sie zog sie nicht zurück, sondern schluckte nur. Es rührte ihn, dass er der Einzige zu sein schien, dem sie sich anvertrauen konnte. Was war das für eine Welt, in der eine junge Frau Zuspruch und Rat ausgerechnet bei der Polizei suchte? Umgeben von Menschen, denen sie täglich begegnete, mit denen sie vielleicht sogar befreundet war, denen aber die Bündnisstreue zu einem

Clan wichtiger war als ein Einzelschicksal oder ein Menschenleben. Das waren Strukturen, wie er sie nicht mal in den Lyoneser Vororten erlebt hatte.

»Ich verstehe Sie«, sagte er leise. »Es hat Sie sicher einige Überwindung gekostet hierherzukommen.«

Sie senkte den Blick. »Sie machen sich keine Vorstellungen.«

»Ich fühle mich sehr geschmeichelt. Doch leider ändert es nichts an den Tatsachen. Ich kann in dieser Sache nichts für Sie tun. Mir sind die Hände gebunden.«

»*Wie bitte?*« Sie schaute ihn entsetzt an. »Warum denn nicht, in Gottes Namen?«

»Ohne einen hinreichenden Verdacht auf ein bevorstehendes Verbrechen kann ich keine Maßnahmen einleiten. So lautet das Gesetz.«

Ihr Blick verdüsterte sich. »Ich glaube, Sie haben mir nicht richtig zugehört. Eric wird morgen früh dort oben in den Bergen sein. Zusammen mit Menschen, die seinen Tod wünschen. Was brauchen Sie noch, um entsprechende Maßnahmen einzuleiten? Eine Leiche?«

Mahmoud zuckte die Schultern. »Einen Drohbrief, den Mitschnitt eines Telefongesprächs, Augenzeugen, die bestätigen, dass Monsieur Marchand gegen seinen Willen dort festgehalten wird. Etwas in der Art.«

»Aber …«

»Er ist doch freiwillig dort, oder irre ich mich?«

»Nein … Ja. Ich weiß nicht …« Sie schüttelte verwirrt den Kopf.

»Das haben Sie mir zumindest erzählt.«

»Ich weiß, was ich gesagt habe. Aber Sie verstehen die Situation nicht. Santini hat ihn manipuliert. Er hat ihm die Worte so in den Mund gelegt, dass Eric praktisch gar nicht anders konnte, als zuzustimmen.«

»Das reicht nicht, bedaure«, sagte Mahmoud. »Er ist ein selbstbestimmter Mann, der eigene Entscheidungen treffen kann.

Marchand ist nicht auf den Kopf gefallen, Sie sollten ein bisschen Vertrauen in ihn haben.«

»Gibt es denn keine Möglichkeit, ihn von dort abholen zu lassen? Ihn vorsorglich in Gewahrsam zu nehmen?«

»Er hat sich keines Verbrechens schuldig gemacht.«

»Zu seinem Schutz, meine ich …«

»Und wenn er sich weigert mitzukommen?«

»Das kann er nicht. Immerhin ist ein Anschlag auf ihn verübt worden. Der Täter befindet sich immer noch auf freiem Fuß.«

»Wir wissen ja gar nicht, wer ihm da nach dem Leben trachtet. Der Anschlag wurde von einer uns unbekannten Organisation verübt. Weder gibt es einen konkreten Hinweis auf einen Zusammenhang zwischen den Santini und dem manipulierten Wagen noch zu dem Anschlag auf den stellvertretenden Bürgermeister. Im Gegenteil. Die forensischen Gutachten belegen Spuren von Substanzen im Wageninneren, die eine Mitwirkung korsischer Separatisten fast komplett ausschließen. Vielmehr sind es Materialien, wie sie bei Anschlägen im Nahen Osten zum Einsatz kommen.«

»Und das bedeutet?«

»Nun, es hat ganz den Anschein, als wolle jemand bewusst der FLNC ans Bein pinkeln, wenn ich das mal so salopp formulieren darf. Irgendjemand hat hier ein großes Vergnügen daran, mit dem Streichholz in der Pulverkammer zu spielen.«

»Naher Osten?« Laurine zuckte zurück. »Wie passt das denn zusammen?«

»Das weiß ich noch nicht, ich werde es aber herausbekommen, versprochen. Ich muss Sie bitten, diese Information streng vertraulich zu behandeln. Ich sage Ihnen das nur, weil ich glaube, mich auf Sie verlassen zu können, und sehe, wie sehr Sie leiden. Aber vom Standpunkt der Polizei aus gibt es keinen Grund zu vermuten, dass Eric Marchand von der Familie Santini Gefahr droht.«

»Aber das tut es. Haben Sie sich denn nicht mit der Geschichte dieser Insel auseinandergesetzt?«

»Doch, das habe ich, ziemlich gründlich sogar«, sagte Mahmoud.

»Und?«

Er zuckte die Schultern. Es tat ihm leid, die junge Frau enttäuschen zu müssen. Sie schien sich wirklich ernsthaft Sorgen um Eric Marchand zu machen.

»Ich muss zugeben, dass mich das alles sehr fasziniert hat«, sagte er. »Allerdings liegen die letzten Fälle, die sich mit dieser Familienfehde in direkten Zusammenhang bringen lassen, so lange zurück, dass es keine rechtliche Handhabe dafür gibt. Und eine entsprechende Dienstanweisung kann ich erst recht nicht erlassen. Für konkrete Maßnahmen ist das alles viel zu vage.«

»Sie werden also nichts unternehmen? Sie lassen Eric morgen mit diesen Männern in die Berge ziehen und warten einfach, was passiert?«

»Bedaure …« Er zuckte die Schultern.

Sie schüttelte den Kopf und stand auf. »Ich kann das einfach nicht fassen.«

»Sehen Sie es doch mal so: Vielleicht ist Ihr Verdacht ja unbegründet. Haben Sie schon einmal daran gedacht? Vielleicht tun Sie Santini unrecht.«

»Ich glaube, es war ein Fehler hierherzukommen. Das wird mir jetzt immer klarer. Ich habe Sie und Ihre Fähigkeiten überschätzt. Sie sind tatsächlich das, was immer alle über die Polizei sagen: *ein zahnloser Tiger*. Weder verfügen Sie über den nötigen Weitblick noch über die Macht, irgendetwas zu bewegen. Leben Sie wohl, Monsieur Clément.«

Mahmoud sprang auf. »Madame Altieri«, rief er. »*Laurine.*«

Das Geräusch, mit dem die Tür ins Schloss fiel, klang wie ein Pistolenschuss.

33

Es war noch dunkel, als sich die Fahrzeugkolonne in Bewegung setzte. Vier Range Rover, vollgepackt mit Waffen, Proviant, Ausrüstung und Jägern. Insgesamt acht Männer, die an dem Ausflug teilnahmen. Außer Jean-Baptiste Santini kannte Eric keinen von ihnen. Er fühlte sich wie ein Fremdkörper. Hinzu kam, dass er weder jemals gejagt hatte noch einen vertrauten Umgang mit Waffen pflegte. Aufgrund seiner mangelnden Praxis hatte Jean-Baptiste ihm gestern Abend noch einen Crashkurs verordnet und ihn in den privaten Schießstand im Untergeschoss des Anwesens geführt. Dort befand sich neben der hochmodernen Schießanlage auch die hauseigene Waffenkammer, die über ein riesiges Arsenal moderner und traditioneller Schusswaffen verfügte.
Eric konnte sich nicht erinnern, jemals so viele Pistolen, Gewehre und vollautomatische Waffen auf einem Haufen gesehen zu haben. Er war überzeugt davon, dass sie nicht nur für die Jagd bestimmt waren. Sollten tatsächlich irgendwann die Tage des Bandenkrieges hier auf Korsika wieder aufflammen, wollte er nicht auf der gegnerischen Seite stehen.
Nach einer Stunde intensiven Trainings konnten sich die Ergebnisse bereits sehen lassen. Offenbar besaß Eric Talent fürs Schießen, was er selbst niemals vermutet hätte. Ob er jemals in der Lage sein würde, auf ein Lebewesen zu schießen, war damit aber noch längst nicht erwiesen.
Eric blickte aus dem Fenster. Er war sich nicht ganz sicher, was dieser Ausflug zu bedeuten hatte. War es wirklich nur eine harmlose Jagd, oder steckte mehr dahinter? Solange er das nicht wusste, würde er skeptisch bleiben. Und nein, er bereute es nicht, Laurines Drängen widerstanden zu haben. Er wusste, dass sie sich um ihn sorgte, und es schmeichelte ihm. Aber es gab Dinge, die ein Mensch für sich allein entscheiden musste.

Schließlich war es seine Absicht, endlich einen Schlussstrich unter diese leidige Familienangelegenheit zu ziehen. Letizia hatte so viel Mut bewiesen und war ihm mit gutem Beispiel vorangegangen. Er konnte sich doch unmöglich vor dieser Situation drücken, auch wenn ihm ziemlich mulmig dabei zumute war.

Nach einer knappen Stunde erreichten die Fahrzeuge das Ziel. Im schwachen Licht der Morgendämmerung erkannte Eric ein paar zusammengewürfelte Gebäude, einige Zäune sowie einen Geräteschuppen. Auf einer Weide nebenan standen ein Dutzend Pferde, die aufmerksam zu ihnen herüberschauten.

»Wir sind da, Monsieur Marchand.« Santini löste den Gurt und wandte sich zu ihm um. »Dies ist unser Basislager. Von hier aus brechen wir in die Berge auf.«

»Sind wir denn nicht schon längst in den Bergen?«, fragte Eric. Er blinzelte in die Morgendämmerung. Ringsherum zeichneten sich scherenschnittartig die Gipfel ab.

Santini lachte. »Für einen wahren Korsen beginnen die *Muntagna* dort, wo man nicht mehr mit dem Auto weiterkommt. Ab hier werden wir reiten, in einer Viertelstunde geht es los.«

Die Pferde waren allesamt klein gebaute Warmblutkreuzungen, die mit ihrem leichten Gang prädestiniert waren für schwierigen Untergrund.

Eric entschied sich für eine Stute mit kastanienbraunem Fell, schwarzer Mähne und dunklem Schweif. Ein ruhiges und ausgeglichenes Tier, das auf Erics Annäherungsversuche mit aufgestellten Ohren und einem freundlichen Schnauben reagierte.

»Sie haben sich bereits angefreundet, wie?« Jean-Baptiste lächelte. »Das ist gut. Frederico hilft Ihnen gleich mit dem Zaumzeug. Die Maultiere sind schon beladen. Sie werden unseren Proviant transportieren.«

»Wie lange werden wir denn unterwegs sein?«

»Zwei Tage, vielleicht drei. Schwer zu sagen. Das hängt von den Schweinen ab. Ich hoffe, Sie haben keine wichtigen Termine?«

»Ich? Nein.«

Er zwinkerte Eric zu. »Entspannen Sie sich. Monsieur Marchand, Sie werden es genießen.« Er klopfte ihm auf die Schulter, dann ging er zu den anderen Männern.

Wenige Minuten später brachen sie auf. Sämtliche Vorbereitungen waren schweigend vonstattengegangen, und auch jetzt wurde nur wenig geredet. Ein paar knappe Handzeichen, hin und wieder ein Kopfnicken oder ein einzelnes Wort, das war's. Auch die Hunde verhielten sich ruhig. Ihr braun-gelb gestreiftes Fell ließ sie im Unterholz verschwinden. Cursinu, wie Jean-Baptiste ihm erklärt hatte. Eine kräftige und typisch korsische Hunderasse, die einst zur Verteidigung gegen Piraten gezüchtet worden war. Bestens geeignet für die Jagd.

Eric hatte noch nie so stille Tiere erlebt. Ununterbrochen umkreisten sie sie, durchstöberten das Unterholz und ließen sie dabei nie aus den Augen.

Plötzlich fing einer der Männer an zu singen. Leise zuerst, dann lauter werdend. Andere stimmten mit ein. Ein getragenes, melancholisches Lied, das perfekt zur Stimmung und zur Einsamkeit der Berge passte. Auch wenn Eric die Worte nicht verstand, so berührte ihn der Gesang. Tief in seinem Inneren sprach etwas auf diese Melodie an. Er stimmte mit ein und summte leise vor sich hin.

Fern über den östlichen Gipfeln färbte sich der Himmel rot. Raureif glänzte auf den Steinen. Der Atem kondensierte zu kleinen Schleiern.

Irgendwann endete der Gesang, und sie ritten schweigend.

Eric spürte die Bewegungen des Pferdes, hörte das Klappern der Hufe auf dem felsigen Untergrund und roch den animalischen Schweiß. Weit und breit gab es keine menschliche Siedlung mehr.

Erneut wurde ihm mulmig zumute. Die Anspannung wuchs. Hatte er die richtige Entscheidung getroffen? Oder war es ein riesengroßer Fehler gewesen, sich auf diese seltsame Jagd einzulassen? Nun, er würde es früh genug herausbekommen.

Sie hatten den Bergkamm verlassen und tauchten zwischen die Flanken eines lang gestreckten Tals. Der Pfad verlief neben einem munter sprudelnden Bächlein und zwischen Macchia und Steineichen hindurch. Die Sonne war inzwischen aufgegangen und warf flammende Strahlen über das Firmament. Drüben im Westen steckte die Mondsichel wie ein Schwert in den Flanken des Monte Cintu.

»Nun, Monsieur Marchand, sind Sie bereit, Ihrem Schöpfer gegenüberzutreten?« Die Stimme erklang direkt an seiner Seite.

Er war so in Gedanken gewesen, dass er gar nicht mitbekommen hatte, wie Jean-Baptiste Santini sich ihm genähert hatte. Nun ritt er nur eine Armlänge entfernt und sah ihn aufmerksam an.

Bei Eric sträubten sich sämtliche Nackenhaare.

»Meinem Schöpfer?«

»Ja. Sehen Sie sich um. Atmen Sie die Luft. Spüren Sie diese Kraft?« Er schloss die Augen und atmete tief ein. »Hier draußen, unter freiem Himmel, bekommen die Dinge eine andere Gewichtung. Erst in so einer Umgebung kann ein Mann wieder zum Mann werden. Das ist der Grund, warum wir keine Frauen in unserer Mitte dulden.« Er öffnete die Augen wieder und sah Eric durchdringend an. »Sie mögen mich für einen törichten alten Mann halten, aber diese Jagd ist etwas ganz Besonderes.«

»Weil wir Wildschweine töten?«

»Weil wir beisammen sind. Acht Männer inmitten der Natur. Das Töten von Wildschweinen ist nur ein Aspekt des Ganzen.«

»Ich fürchte, ich kann Ihnen nicht wirklich folgen.« Eric senkte seine Stimme. »In der Hoffnung, Sie nicht zu enttäuschen, muss ich Ihnen leider sagen, dass ich kein gläubiger Mensch bin. Dieser Naturmystizismus geht mir völlig ab. Mir tut es eher leid um die Tiere, die heute sterben werden.«

Santini lachte herzhaft. »Sie sind durch und durch Städter, das merkt man. Warten wir es ab und reden noch einmal über das Thema, wenn die Jagd vorbei ist.« Er sah Eric von der Seite an. »Sie können mir nichts vormachen, Sie sind ein Suchender, das spüre ich. Sie haben sich zu lange an den falschen Orten aufgehalten. Manche Umgebungen tendieren dazu, einem den Blick auf die wahre Bestimmung – den Sinn des Lebens – zu verstellen. Andere Orte wiederum öffnen Türen. Sie konfrontieren einen mit tieferen Einsichten über die eigene Person. Ohne Ihnen vorgreifen zu wollen, Monsieur Marchand, aber ich denke, dass wir uns hier an so einem Ort befinden.«

Eric dachte über die Worte nach, dann sagte er: »Vielleicht haben Sie recht, doch das kann ich erst mit Bestimmtheit sagen, wenn ich weiß, wie das hier ausgeht. Dafür haben Sie doch sicherlich Verständnis.«

»Aber ja, mein Junge.« Ein Lächeln erschien auf seinem Gesicht. »Mehr, als Sie ahnen.«

34

Laurine warf ihren Rucksack in den Kofferraum, legte Wanderstöcke und Schuhe daneben und schlug die Heckklappe zu. Irgendwo fing ein Hund an zu bellen. Ein einzelnes Licht flammte auf. Fern über den östlichen Gebirgshängen war der schwache Schein der Morgendämmerung zu sehen. Laurine stieg in ihren Wagen, warf einen letzten Blick auf die Karte, dann startete sie den Motor und fuhr los.

Die dunkelste Stunde lag hinter ihr. Sie wusste nicht genau, wohin Jean-Baptiste Eric bringen würde, konnte aber schwören, dass er ihn zu einem seiner klassischen Jagdausflüge einlud.
Santini war ein Mann, der auf Nummer sicher ging. Schon allein deshalb, weil die Route rund um den Monte Cintu durch unbesiedeltes Gebiet führte. Hier war es üblich, dass man über Kilometer hinweg keiner Menschenseele begegnete. Ein ideales Gelände, um jemanden verschwinden zu lassen.
Das ungute Gefühl in ihrer Magengrube war während der Nacht noch stärker geworden. Sie hatte nur kurz geschlafen. In den wenigen Stunden, in denen sie weggenickt war, war sie von Albträumen heimgesucht worden. Träume von grotesken Felsformationen, die aussahen, als wären sie sich windende menschliche Leiber, von Bächen voller Blut und Bestien in den Wäldern. Irgendwann hatte der Wecker geklingelt, und sie war völlig gerädert aufgestanden.
Dieser verdammte Clément. Nicht einen Finger machte er krumm, um Eric zu helfen. Dabei hatte sie gerade bei ihm das Gefühl gehabt, dass er kein klassischer Polizist, sondern irgendwie anders war. Na gut, es war nicht das erste Mal, dass sie sich in einem Menschen getäuscht hatte. Aber es tat doch jedes Mal weh.
Ehe sie nach Ajaccio aufgebrochen war, hatte sie Letizia bei Battista abgeladen und ihr versprochen, heute Abend nach ihr zu sehen. Ein Versprechen, das sie höchstwahrscheinlich nicht einlösen konnte. Das war gewesen, ehe sie vom Chefinspektor eine Abfuhr erhalten hatte. Jetzt war sie gezwungen, die Dinge selbst in die Hand zu nehmen. Battista würde sich bestimmt ein paar Tage um die alte Dame kümmern, da hatte sie keine Zweifel. Die Künstlerin war in Ordnung, die beiden hatten sofort einen Draht zueinander gefunden. Für selbstbewusste Frauen war es nicht leicht auf dieser Insel – so etwas schweißte zusammen.

Jetzt also hieß es, Santinis Fährte aufzunehmen, zu sehen, wohin er Eric brachte, und zu verhindern, dass ein Unglück geschah.
Sie umklammerte das Lenkrad. Warum nur hatte dieser Blödmann ihre Warnung nicht ernst genommen? War er einfach nur unsensibel, oder sah er sich in seiner Ehre gekränkt? Oh, dieser männliche Stolz. Er war wie eine Epidemie, und jetzt schien er tatsächlich auch noch Eric befallen zu haben. Als läge da etwas in den Bäumen, in den Büschen und Bächen, das wie eine Droge wirkte und Männer dazu brachte, sich wie hirnlose Idioten aufzuführen. Wenn es eine letzte Bastion des Chauvinismus in Europa gab, so war es Korsika.
Sie nahm die D 247 hinüber nach Castifao und Moltifao, bog dann rechts ab und fuhr die D 147 Richtung Südwesten entlang. Über Cabanella ging es stetig weiter durch das schmale Tal Richtung Asco und dann hinauf in die Berge.
Am Campingplatz, der um diese Jahreszeit bereits völlig verwaist war, zweigte links eine schmale Straße Richtung Osten ab. Sie musste einen Gang hinunterschalten und vorsichtig fahren. Hier wurde das Gelände unwegsam. Ein paarmal spürte sie, wie der Pick-up an einem Stein hängen blieb oder aufsetzte, doch das war ihr egal. Die Sorge um Eric trieb sie vorwärts.
Eine hölzerne Schranke versperrte ihr den Weg. Sie stieg aus, sah sich um und lauschte. Außer dem Wind in den Wipfeln und einem entfernten Plätschern war nichts zu hören. Sie versuchte die Schranke hochzudrücken, doch eine schwere Kette hielt sie davon ab. Laurine wollte gerade zu ihrem Wagen zurückkehren, als sie die Reifenspur bemerkte. Sie war frisch und besaß ein tiefes Profil. Jemand war hier gewesen. Vor gar nicht so langer Zeit.
Die Lippen zusammenpressend, setzte sie sich wieder ins Auto, parkte seitlich zwischen zwei Pinien und stieg aus. Inzwischen war die Morgendämmerung so weit fortgeschritten,

dass sie keine Stirnlampe mehr brauchte. Sie zog ihre Wanderschuhe an, schlüpfte in die Fleecejacke und warf den Rucksack über. Ein letzter prüfender Blick, ob sie auch nichts vergessen hatte, dann ging sie los.

Die Piste endete nach etwa einem halben Kilometer an einem mit Schotter übersäten Halbrund. Im Schatten einiger Bäume entdeckte sie eine Gruppe kleinerer Hütten, von denen eine ein Stallgebäude war. Auf einer eingezäunten Weide standen zwei Pferde und äugten neugierig zu ihr herüber. Direkt daneben sah sie die Autos. Schwarze, bullig wirkende Range Rover. Ihr Instinkt hatte sie nicht getrogen. Sie waren hier gewesen, hatten die Autos abgestellt und waren mit Pferden weitergezogen.

Auch wenn sie nicht glaubte, dass noch jemand hier war, duckte sie sich instinktiv und lief im Schatten der Bäume zu den Autos hinüber. In die Hocke gehend, tastete sie unter eines der Hecks. Der Auspuff war noch warm. So lange konnten sie also noch nicht fort sein. Trotzdem war Vorsicht geboten. Möglich, dass hier doch noch irgendwo einer von ihnen herumschwirrte. Aber alles war still.

Laurine ging hinüber zum Pferdestall und überprüfte die Ausrüstung. Sie hatten fast alles mitgenommen außer ein paar alten, abgewetzten Sätteln und Zaumzeug.

Sie überlegte gerade, ob sie es wagen sollte, eines der beiden Pferde für die Verfolgung zu stehlen, als sie draußen knirschende Schritte hörte.

Sie fuhr herum, duckte sich hinter den Eingangspfosten und lauschte.

»Laurine?«

Eine Stimme. Sie klang vertraut. War das nicht …?

»Sind Sie es, Mahmoud – äh, Monsieur Clément?« Sie spähte vorsichtig um die Ecke. Da stand er, breit lächelnd.

»Mahmoud ist okay. Ich bin schließlich nicht im Dienst.«

Sie trat aus ihrem Versteck. Der Chefinspektor trug eine abge-

wetzte Lederjacke und eine Schiebermütze. Auf dem Rücken hatte er einen alten Armeerucksack.
Wäre da nicht diese weiche, dunkle Stimme mit dem nordafrikanischen Akzent gewesen, sie hätte ihn vermutlich nicht wiedererkannt.
»Was tun Sie denn hier?«
»Ich bin Ihnen gefolgt. Sie wissen schon, dass Sie sich hier auf Privatgelände befinden, oder?«
»Genau wie Sie.« Sie räusperte sich. »Sie sagten doch, Sie wären nicht im Dienst, oder?«
Er zwinkerte ihr zu, dann ging er weiter zum Gatter. »Pferde, hm? Ich muss gestehen, ich bin noch nie geritten. Ist das schwierig?«
»Wie man's nimmt. Pferde mögen es, wenn der Reiter weiß, was er will.« Sie verstand immer noch nicht, was er vorhatte. »Warum sind Sie mir gefolgt?«
»Aus demselben Grund, warum Sie Monsieur Santini gefolgt sind. Um größeres Unheil zu vermeiden.«
»Ich dachte, Sie glauben mir nicht.«
»Das habe ich so nie behauptet. Ich sagte, dass mir die Hände gebunden sind. Als Beauftragter des Staates kann ich nichts für Sie unternehmen, aber als Freund und Privatmann werde ich Sie natürlich nicht hängen lassen.«
»Freund und Privatmann?«
Er zuckte die Schultern. »Sagen wir mal so: Ich habe ein persönliches Interesse an Eric Marchand. Diese Geschichte ist so faszinierend, dass ich unmöglich riskieren kann, dass ihm etwas zustößt. Deshalb habe ich mich heute und morgen krankgemeldet und Philippe die Amtsgeschäfte übergeben. Er ist der Einzige, der weiß, was los ist.«
Laurine schwirrte der Kopf. So langsam begriff sie, warum er gekommen war. »Wollen Sie mich begleiten?«
»Wenn Sie nichts dagegen haben. Ich halte es für ziemlich gefährlich, so eine Sache allein durchzuziehen. Immerhin sind

diese Männer zu wievielt? ... Zu siebt oder acht? Zusammen könnten wir bestimmt mehr ausrichten.«

»Aber das geht nicht«, protestierte Laurine.

»Wieso nicht?«

»Weil ich allein schneller bin. Ich bin es gewohnt, auf mich gestellt zu sein. Ich kenne die Gegend und kann mühelos über mehrere Stunden wandern. Wenn ich Sie so ansehe ...«

»Was? Wollen Sie damit sagen, ich sei fett?« Mahmoud schaute mit gespielter Empörung an sich herab. Unter seiner Steppjacke wölbte sich ein Wohlstandsbäuchlein.

Laurine konnte sich das Grinsen kaum verkneifen. »Untrainiert trifft es wohl eher.«

»Täuschen Sie sich da mal nicht. Ich gebe zu, Jamilla kocht für meinen Geschmack viel zu gut, aber so ganz aus der Form bin ich nicht. Außerdem habe ich diesen kleinen Freund hier dabei ...« Er griff in die Innentasche seiner Jacke, zog kurz eine Automatikpistole daraus hervor und ließ sie wieder verschwinden. »Nur, falls es hart auf hart kommt – was ich nicht hoffe. Ich gehe noch immer davon aus, dass sich die Dinge zum Guten wenden. Aber es ist von Vorteil, wenn man auf alles vorbereitet ist. Also, was sagen Sie, Laurine?«

»Haben Sie Ausrüstung dabei? Wir werden im Freien campieren.«

Er deutete auf seinen Rucksack. »Einmannzelt, Schlafsack, Proviant und ein paar Sachen, falls es weiter abkühlt.«

Sie nickte. »Bleibt die Frage der Fortbewegung.«

»Wie gesagt, ich bin nicht ganz unsportlich, bezweifle aber, dass ich mit Ihnen mithalten kann. Ich vermute mal, die anderen sind zu Pferd unterwegs. Wie wäre es, wenn wir es ihnen gleichtun?« Er deutete auf die beiden neugierigen Tiere.

Sie blickte ihn erstaunt an. »Ich denke, Sie können nicht reiten?«

»Noch nicht. Aber ich habe einen Draht zu Tieren.« Er zwinkerte ihr zu.

Laurine stand einen Moment verdattert da, dann lachte sie auf. Sie wusste, dass es Jahre dauerte, bis man richtig reiten konnte. Aber sie wollte ihm nicht den Optimismus rauben. Schließlich freute sie sich, dass sie nicht allein unterwegs sein musste. »Also Mut haben Sie ja, das muss ich Ihnen lassen. Na gut, versuchen wir die Pferde einzufangen und aufzuzäumen, alles Weitere ergibt sich später.«

35

Die Hütte duckte sich unter einer steil aufragenden Felswand am Ende einer mit Gesteinsbrocken übersäten Talsohle. So sehr war sie mit ihrer Umgebung verschmolzen, dass Erics erster Gedanke war, es handele sich vielleicht um einen riesigen Felsbrocken, der von oben herabgestürzt war. Bis er den Rauch sah, der aus einem winzigen Schornstein in die Höhe stieg. Überall lag vertrockneter Dung herum. Ein Indiz, dass dieses Tal im Sommer als Weidegrund für Schafe oder Ziegen genutzt wurde. Doch wer wohnte hier so allein, vor allem um diese Jahreszeit?

Der Geruch von gebratenem Fleisch stieg ihm in die Nase. Auch erkannte er ein schwaches Feuer, das im Inneren der Hütte glomm.

Fragend blickte er den alten Santini an, doch der beachtete ihn gar nicht. Stattdessen ritt er an ihm vorbei, steckte zwei Finger in den Mund und stieß einen Pfiff aus.

In der Tür erschien eine Gestalt. Sie stand im Schatten, doch der Feuerschein im Hintergrund ließ die Silhouette erahnen. Ein Mann. Ziemlich groß. Er passte kaum durch die Tür und musste beim Hinausgehen den Kopf einziehen.

»Hallo, Vater!«

Mateu Santini verließ die Hütte und kam auf sie zu, ein grimmiges Lächeln auf seinem Gesicht. »Ich hatte nicht erwartet, dich so bald wiederzusehen.«
Jean-Baptiste stieg ab, ging auf seinen Sohn zu und umarmte ihn. Auch die anderen Männer stiegen von ihren Pferden. Schultern wurden geklopft, Witze gerissen, es wurde gelacht. Eric, der nicht wusste, wie er sich verhalten sollte, blieb auf seinem Pferd sitzen. Mateu sah ihn, und sein Lächeln wurde breiter.
»So sieht man sich wieder, Monsieur Marchand. Oder mögen Sie es lieber, wenn ich Sie Monsieur Giuliani nenne?«
»Am liebsten wäre mir Eric. Wir waren schon mal an diesem Punkt, erinnern Sie sich?«
»Und ob. Das war, ehe Sie vor mir auf die Knie gegangen sind.« Das Lächeln verschwand. Mateu zuckte mit den Schultern. »Von mir aus. Sitzen Sie ab. Ich könnte mir vorstellen, dass Sie hungrig sind.«
Eric folgte der Einladung. Er hatte seit den frühen Morgenstunden nichts gegessen, und es ging bereits stramm auf die Mittagszeit zu. Er schlüpfte aus den Steigbügeln und saß ab. Mateu hielt sein Pferd fest und schickte es dann zu den anderen, damit es grasen konnte.
»Also raus mit der Sprache«, rief er in die Runde. »Was verschafft mir die Ehre? Vor Ende nächster Woche hatte ich eigentlich keinen Besuch erwartet, und jetzt seid ihr hier. Es sieht aus, als wolltet ihr auf die Jagd gehen.«
»So ist es«, sagte der alte Santini. »Das Wetter soll kühler werden, und die Wildschweine werden ihre angestammten Plätze verlassen. Wir wollen nicht aus der Übung kommen. Außerdem könnte ich mir vorstellen, dass du gegen ein bisschen Extraproviant nichts einzuwenden hast.«
»Extraproviant ist immer gut«, sagte Mateu grinsend. »Und eine Jagd wäre jetzt genau nach meinem Geschmack.« Er zwinkerte Eric zu. Ein hungriges Glitzern lag in seinen Augen.

»Sehr schön, dann ist das abgemacht«, sagte der Clanchef. »Wir wollen nur kurz etwas essen, ehe wir weiterziehen.«
»Leider kann ich euch nicht viel anbieten«, sagte Mateu. »Das Brot ist alt, und vom Käse ist auch kaum noch etwas übrig.«
»Macht nichts, wir haben selbst genug dabei. Kommt, setzen wir uns da drüben auf die Felsen, da ist es am gemütlichsten. Monsieur Marchand, bleiben Sie in meiner Nähe, Sie sind mein Ehrengast.«
Schnell waren Decken ausgelegt, Brot, Wurst und etwas Wein bereitgestellt, dann wurde gegessen. Einer der Männer hatte eine Gitarre dabei und spielte eine einfache Melodie. Die Klänge hallten von den aufragenden Felswänden wider und schufen eine interessante Klangkulisse. Eric fiel auf, dass Mateu ihm verstohlene Blicke zuwarf. Weil ihm das lästig war, ging er in die Offensive. »Was tun Sie hier oben, Mateu? Ich dachte, Sie wären verreist.«
»*Verreist?*«
»Ja. Zumindest drückte es Ihr Vater so aus. Mir war nicht klar, dass dies hier damit gemeint ist.«
»Ich bin auf der Flucht, hat man Ihnen das nicht erzählt? Dank Ihnen muss ich hier oben rumhängen und warten, bis der wahre Übeltäter gefunden wird. Keine sehr erbaulichen Aussichten, zumal meine Frau schwanger ist und der Winter vor der Tür steht.«
»Dank mir?«
»So ist es. Hätten Sie besser auf Ihr Auto aufgepasst, wäre das alles nicht passiert.«
»*Mateu.*« Der Alte sah seinen Sohn streng an. »Ich denke nicht, dass Monsieur Marchand etwas dafür kann. Was geschehen ist, ist geschehen und hat nichts mit uns zu tun. Ich will kein böses Blut zwischen uns. Diese Jagd dient dazu, den Frieden wiederherzustellen.«
»*Frieden?*« Mateu sah den Alten ungläubig an. »Aber Vater, er ist ein Giuliani!«

»Sein Name lautet Marchand. Und jetzt kein Wort mehr. Ich will in Ruhe essen.«

Mateu senkte den Kopf und presste die Lippen zusammen.

Der Rest des Mittagessens verlief schweigend, doch Eric konnte sehen, wie ihm die Männer immer wieder versteckte Blicke zuwarfen. In ihren Augen lag keine Freundlichkeit.

Das Mahl wurde beendet, dann packten die Männer alles zusammen und machten sich für die Weiterreise fertig. Einer von ihnen überließ Mateu sein Pferd und nahm stattdessen ein Maultier. Der Sohn des Clanchefs löschte Feuer und Licht im Inneren der Hütte, verschloss die Tür und schwang sich auf den Rücken des Pferdes.

Eric konnte sehen, dass er es gewohnt war zu reiten. Seine Bewegungen waren geschmeidig wie die einer Raubkatze. Dabei ging er ziemlich grob mit dem Pferd um. Er trat ihm in die Flanken und riss unsensibel an den Zügeln. Das Tier gab ein ängstliches Wiehern von sich.

»Los geht's«, rief der Sohn des Clanchefs. »Worauf warten wir noch? Erlegen wir ein paar Wildschweine.«

Mit ihm an der Spitze setzte sich der Tross in Bewegung.

Es war spät am Abend, als sie haltmachten. Eric war froh, endlich absitzen zu können. Nicht ein Wildschwein hatten sie gefunden. Er begann sich ernsthaft zu fragen, ob diese Kerle wirklich so gute Jäger waren, wie sie behaupteten. Oder die Tiere waren verdammt clever.

Mateu zeigte ihnen eine Stelle, die ideale Voraussetzungen für ein Nachtlager bot. Sie befand sich etwas abseits des Wegs und war durch eine Reihe Bäume und Felsen vor neugierigen Blicken geschützt. Eine alte Feuerstelle ließ erkennen, dass hier öfter campiert wurde.

Müde und gerädert stieg Eric vom Pferd. Sein Kreuz quittierte die ungewohnte Belastung mit einem besorgniserregenden Knacken. So viele Stunden auf einem Pferderücken, das war er

einfach nicht gewohnt. Vorsichtig machte er ein paar Schritte, und nach einigen Minuten ging es besser.
Die Dunkelheit war merklich vorangeschritten, aber ein letzter Rest Helligkeit war geblieben. Genug, um ein paar trockene Äste und Zweige zusammenzusuchen und sie zu einem Haufen aufzuschichten. Sie nahmen den Pferden Sattel, Zaumzeug und Gepäck ab und ließen sie an einem nahe gelegenen Bach trinken. Die Männer entfachten ein Feuer und bereiteten eine karge Mahlzeit.
Holzscheite knackten, und Funken stoben auf. Es dauerte nicht lange, und die Flammen scheuchten die Schatten zurück unter die Bäume. Die Decken wurden kreisförmig auf dem Boden ausgebreitet, und mittels eines Dreibeins wurde ein Topf über dem kräftig lodernden Feuer aufgehängt.
Santinis Köchin hatte ihnen für die erste Etappe einen kräftigen Eintopf zubereitet. Dazu gab es Brot und Käse.
Schon bald breitete sich ein verführerischer Duft auf der Lichtung aus. Eric wartete, bis er an der Reihe war, dann füllte er sein Gefäß und hockte sich auf einen Stein. Er hatte Hunger wie ein Bär.
Nachdem er am Boden seines Blechnapfs angelangt war, nahm er noch einmal nach. Alle taten das. Es war genug da.
Die Männer aßen schweigend, jeder vornübergebeugt und in Gedanken versunken. In Decken gehüllt saßen sie um das Feuer und starrten in die Glut. Kalte Feuchtigkeit zog vom Tal herauf und verbreitete sich rasch unter den Bäumen. Das abendliche Grau war einer stumpfen Düsternis gewichen, die sich auf Erics Gemüt legte. Er hatte geglaubt, dass es auf Jagdzügen etwas fröhlicher zuging.
Als alle fertig waren und das Geschirr abgewaschen war, wurden die Männer wieder geselliger. Einer zog eine Whiskyflasche aus der Tasche und ließ sie herumgehen. Jean-Baptiste lehnte ab, dafür sprach sein Sohn dem Kastanienbrand umso lebhafter zu. Eric nahm ebenfalls einen kräftigen Zug und hätte

sich beinahe verschluckt. Das Zeug war noch stärker als das in der Kneipe.
»Langsam«, sagte Mateu lachend. »Der Whisky lässt Ihnen Haare auf der Brust wachsen.«
»Als wenn ich davon nicht schon genug hätte.«
»Wenn Sie klug sind, verdünnen Sie ihn etwas.«
»Ach was, ich habe schon Stärkeres getrunken.«
Beim zweiten Mal ging es besser. Er spürte, wie der Alkohol seine Kehle hinunterlief und in seinem Magen ein Feuer entfachte. Er nahm noch einen Schluck. Einen großen.
»Mal ehrlich, Jungs«, sagte er, nachdem er den Whisky zurückgegeben hatte, »wirklich groß war die Ausbeute heute ja nicht gerade. Ist das mit Wildschweinen immer so schwierig?«
»Mal ja, mal nein«, erwiderte Mateu. »Die Tiere sind permanent auf Wanderschaft. Das Tal von heute ist normalerweise ein todsicherer Ort. Aber irgendetwas hat sie vertrieben.«
»Oder irgendwer«, sagte Eric lachend. »Bei dem Lärm, den unsere Pferde veranstalten, würde ich als Sau auch schnell das Weite suchen.«
Der alte Santini schüttelte den Kopf. »Geräusche machen sie nicht nervös. Eher schon der Wetterwechsel. Eigentlich dachte ich, er würde sie uns direkt vor die Flinte treiben, aber offenbar habe ich mich geirrt. Wir müssen einfach noch ein bisschen suchen.«
»Wir haben Spuren und jede Menge Schweinescheiße gesehen«, sagte einer der Männer. »Allerdings schon einige Stunden alt. Keine Sorge, wir finden schon noch welche. Und dann vermutlich mehr, als uns lieb sein wird.«
Die Flasche kreiste, und es wurde geredet und gelacht. Eric lauschte gebannt. Er lernte viel über die verschiedenen Techniken, wie man ein *Sanglier* zur Strecke brachte, und was die Korsen alles daraus herstellten. Zum Beispiel *Coppa*, einen Rollbraten aus geräucherter Schweineschulter, oder *Prisuttu* – mageren Schinken. Dann gab es noch *Figatellu* – Schweins-

leberwürste –, Wildschweinsuppe, geräuchertes oder luftgetrocknetes Schweinefilet, *Lonzu* genannt, sowie Wildschweinleber mit Kastanienmehl, korsischen Schweine-Eintopf, schmackhaften Speck und so weiter. So ziemlich jedes Teil des Tieres wurde verwertet, und am Schluss wurden Fell und Schädel präpariert und aufgehängt.

Während sie sich so unterhielten, merkte er, wie er immer müder wurde. Der Fusel war ihm zu Kopf gestiegen, und er ärgerte sich, dass er nicht vorsichtiger damit gewesen war. Andererseits hatten die Korsen selbst ordentlich zugelangt und hätten ihn mit Sicherheit nicht einfach so davonkommen lassen.

Sein Blick fiel auf den Clanchef.

Santini saß still am Rande des Feuers und starrte in die Flammen. Er sah nicht unglücklich aus, wirkte aber ziemlich nachdenklich. Vielleicht bereitete ihm diese Anschlagserie immer noch Kopfzerbrechen, es konnte aber auch etwas völlig anderes sein. Wer wusste schon, was im Schädel eines solchen Mannes vorging? Eric konnte nur hoffen, dass das kein schlechtes Omen war.

Der Feuerschein legte sich wie eine warme Decke auf seine Sinne, dämpfte die Geräusche und ließ ihn noch schläfriger werden. Höchste Zeit, dass er die Augen zumachte. Morgen würde bestimmt wieder ein anstrengender Tag werden, und er hatte vor, ausgeschlafen und fit zu sein.

Er stand auf und verabschiedete sich von den anderen. Für ihn war der Zeitpunkt gekommen, die Segel zu streichen. Er putzte sich noch rasch die Zähne, spülte mit Wasser nach, verkroch sich in seinen Schlafsack und sank in einen traumlosen Schlaf.

Es war mitten in der Nacht, als grobe Hände ihn wach rüttelten. »He, aufwachen, Kollege.«

Eric blinzelte irritiert. Licht flammte zwischen seinen Augenlidern auf. Kein Tageslicht, wohlgemerkt, sondern Flammen. Ziemlich helle.

Er stöhnte, wollte sich auf die Seite drehen, wurde aber heftig geschüttelt.

»He, aufwachen habe ich gesagt!« Er spürte einen Schlag ins Gesicht.

»He, was …?« Eric riss die Augen auf. Über ihm ragte die wuchtige Gestalt von Mateu auf. Sein durch Licht und Schatten zerfurcht wirkendes Gesicht füllte beinahe das gesamte Blickfeld aus. Der Schein der Flammen glomm wie Elmsfeuer auf seiner Haut.

Als er sah, dass Eric wach war, lächelte er.

»Hoch mit dir, Giuliani. Zieh dir Schuhe an. Es ist Zeit für die Verhandlung.«

36

Sie hatten ein Kreuz aus gewundenen und verdrehten Ästen gezimmert. Zusammengehalten von Ledergurten und Wurzeln, lag es wie ein zerbrochener menschlicher Leib auf der Erde.

Jean-Baptiste Santini stand auf der gegenüberliegenden Seite des Feuers und betrachtete Eric aus tief liegenden Augen. Verschwunden war das Bild des kultivierten Familienoberhauptes, verschwunden der Eindruck des alten, nachdenklichen Mannes. Stattdessen sah Eric einen Inquisitor, dessen innere Glut nur mit Mühe von seiner irdischen Hülle im Zaum gehalten wurde.

Mateu hatte Erics rechten Unterarm mit einem schraubstockartigen Griff auf den Rücken gebogen und führte ihn nach vorn. Der Griff war so brutal, dass Eric nicht anders

konnte, als sich von Mateu um das Feuer herum auf die andere Seite stoßen zu lassen. Jeder Schritt bereitete ihm Qualen.
»Was … was soll der Quatsch?«, stieß er zwischen zusammengepressten Zähnen hervor. »Kann man hier nicht mal in Ruhe schlafen? Aua! He, Freundchen, nicht so grob, ja?«
Mateu ließ nicht locker, verstärkte seinen Griff sogar. »Wenn du glaubst, deine kleinen Scherze könnten dich vor deinem Schicksal bewahren, bist du falsch gewickelt. *Fulcina* kündigte sich niemals an.« Er lachte trocken. »Sie kommt, wenn man am wenigsten mit ihr rechnet, und geht erst, wenn ihr Blutdurst gestillt ist.«
Mit einem letzten Stoß verfrachtete er Eric in den Kreis des Feuers.
»Hier ist er, Vater. Bereit, sein Urteil entgegenzunehmen.«
»Mein Urteil …?« Eric riss die Augen auf. Jetzt war er hellwach. »Was für eine Scheiße läuft hier eigentlich?«
Sein Blick fiel auf die Männer, die im Halbkreis hinter Santini standen. Ihre Gesichter waren ernst, die Arme hielten sie vor der Brust verschränkt. Stumme Zeugen seiner Verhandlung. Und mit einem Schlag wurde ihm klar, dass seine Befürchtungen berechtigt gewesen waren. Santini hatte nicht vor, ihn in die Berge zu führen, um das Kriegsbeil zu begraben oder ihn in die Traditionen der Wildschweinjagd einzuweihen. Er war hier, weil er mit ihm abrechnen wollte. Fernab der Zivilisation und unter Ausschluss der Öffentlichkeit.
Der Witz war, Eric hatte diesen Moment vorausgesehen und war trotzdem mitgekommen. Warum? Weil er die Sache wie ein Mann regeln wollte? Oder um seine krankhafte Neugier zu stillen?
Er wusste es selbst nicht. Vermutlich bedurfte es eines Psychiaters, um dieses Knäuel einander widersprechender Emotionen aufzudröseln. Eric hatte versucht, seinem Leben eine neue Wendung zu geben, und sah sich nun mit den Konsequenzen konfrontiert.

Der Alte sah ihn finster an. »Nun, Monsieur Marchand, sind Sie jetzt bereit, Ihrem Schöpfer gegenüberzutreten?«

»Wenn Sie meinen, dass ich mitgekommen bin, um mich kampflos zu ergeben und in aller Stille abzukratzen, muss ich Sie enttäuschen.« Eric nahm alle Kräfte zusammen, um seine Stimme fest klingen zu lassen.

»Warum dann?«

»Nun, wie Sie schon sagten: Ich bin ein Suchender. Ich bin gekommen, um tiefere Einsichten über meine Person zu erlangen. Waren das nicht Ihre Worte?«

»Das stimmt ...« Der Alte kniff die Augen zusammen. Offenbar überraschte ihn diese Antwort.

»Und was haben Sie gefunden? Vergebung?«

»Vergebung?« Eric stieß das Wort zwischen seinen zusammengepressten Zähnen aus. »Ich wüsste nicht, was es zu vergeben gäbe. Wie ich schon sagte, ich hab's nicht so mit Gott, Naturmystizismus oder irgendwelchem Ahnenhumbug. Was meine Vorfahren an diesem Ort getan haben, tut mir leid, hat aber nicht das Geringste mit mir zu ...« Er kam nicht dazu, den Satz zu beenden, weil Mateu seinen Arm jäh nach oben riss und ihm ein schmerzerfülltes Keuchen entlockte. Seine Schulter fühlte sich an, als hätte ihm jemand einen glühenden Schürhaken hineingerammt.

Doch Santini war noch nicht fertig mit seinem Verhör. »Da Sie kein kompletter Idiot sind, gehe ich mal davon aus, dass Sie etwas geahnt haben, oder?«

»Das habe ich, ja. Laurine hat versucht mich zu warnen, aber ich habe es schon vorher gespürt.«

»Warum sind Sie dann mitgekommen und nicht einfach geflohen?«

»Fliehen, wohin denn? Ich weiß genug über Sie und Ihre Organisation, um mir darüber im Klaren zu sein, dass es keinen Ort auf der Welt gibt, an dem ich mich sicher fühlen könnte.«

»*Tèmpu vène à chi l'aspétta.*«

»Was immer das heißen mag. Ich verspreche Ihnen, dass ich an meinem Korsisch noch feilen werde. Nein, der wichtigste Grund, warum ich nicht abgehauen bin, ist ein anderer.«
»Und der wäre?«
»Sie vergessen, wer ich bin. *Was ich bin.*«
»Was sind Sie denn? Eine Kampfmaschine, die gleich alle meine Männer mit einem Streich umhauen wird?«
»Ich erzähle es Ihnen, wenn Sie Ihrem Bluthund befehlen, mich loszulassen.«
Der Alte überlegte kurz, dann gab er seinem Sohn ein Zeichen. Augenblicklich lockerte sich sein Griff.
Eric konnte wieder durchatmen. Seine Schulter fühlte sich an, als wäre sie ausgekugelt. Er machte ein paar vorsichtige Übungen, dann ging es wieder besser.
»Und?«
»Ich bin ein Schriftsteller, ein Geschichtenerzähler. Und wenn es eines gibt, was ich nicht ausstehen kann, so sind das offene Enden. Weder in Geschichten noch im wahren Leben.«
Der Alte sah ihn überrascht an, dann lachte er. »Also haben wir ja doch etwas gemeinsam. Offene Enden sind mir ebenfalls zuwider. Sie sind wie eine juckende Stelle, die man nicht kratzen kann. Und so leid es mir tut, Ihnen das sagen zu müssen, Monsieur Marchand, Sie sind eine davon.«
»Weil ich ein Giuliani bin? Es ist nur ein verdammter Name, Herrgott noch mal. Was damals passiert ist, tut mir leid. Ich würde es gerne ungeschehen machen, aber das geht nun mal nicht. Und mehr als der Name verbindet mich nicht mit diesen Menschen. Warum können Sie Ihren Stolz nicht einfach überwinden und es gut sein lassen? Warum seid ihr Korsen nur so beschissen nachtragend?«
Santini verließ seine Position hinter dem Feuer und kam langsam auf ihn zu. In seinen Augen spiegelte sich das Licht der Flammen. Er griff an seine Schulter, nahm eine Hautfalte und quetschte sie schmerzhaft.

»Spüren Sie das, Monsieur Marchand? Was ist das, ein Name? Ein dämliches Dokument mit einem Schriftzug darauf? Das ist, was uns antreibt und uns verbindet. Haut, Blut, Knochen, Erbgut. Es gibt Wissenschaftler, die die These vertreten, dass unsere gesamte Geschichte – vom Einzeller bis zum aufrecht gehenden Wesen – als Erinnerung in unseren Zellen gespeichert ist. Ich bin überzeugter Katholik, ich weiß nicht, was ich von solchen Theorien halten soll, aber was ich weiß, ist, dass wir nicht aus dem Nichts entstehen, sondern unsere Vergangenheit stets mit uns tragen. Wohin wir auch gehen. Unsere Ahnen sind immer bei uns, ob wir das wollen oder nicht.«

»Und was bedeutet das? Sündenfall und Erbschuld? Hören Sie mir doch mit diesem Mist auf.«

»Vater …« Mateu packte wieder fester zu. Eric spürte, dass er nur mit Mühe davon abzuhalten war, ihn in Grund und Boden zu prügeln.

Doch der Alte hob die Hand und schüttelte den Kopf. »Wissen Sie, was das Problem mit euch jungen Leuten ist? Ihr wollt immer nur die Rosinen vom Kuchen. Entweder ist man Teil von etwas, oder man ist es nicht. Entweder man stellt sich seinen Wurzeln, oder man lässt es bleiben. Seit wir uns zum ersten Mal begegnet sind, Monsieur Marchand, reden Sie darüber, dass Ihnen Europa fremd geworden sei. Dass Sie auf der Suche nach dem echten, wahren Leben wären. Sie werden es nicht finden, wenn Sie die grundlegenden Prinzipien unseres Daseins nicht verstehen. Unsere Vergangenheit ist Teil von uns, wir tragen sie stets in uns. In jeder Minute unseres Lebens, von der Geburt bis zum Moment unseres Todes. Dasselbe Blut, das durch Ihre Adern strömt, strömte auch durch die Adern der Männer, die an jenem schicksalhaften Tag versuchten, meine Familie auszulöschen. Für Sie mag das keine Bedeutung haben, für mich aber schon. Ich kann und ich werde das nicht vergessen, Monsieur Marchand. Ungeachtet dessen, was ich Ihrer Patentante erzählt habe.«

Eric schüttelte den Kopf. »Und was sollte dann dieses Theater? Der Dolchstoß, diese symbolische Hinrichtung, das anschließende Essen. Alles nur Theaterdonner?«
»Wenn Sie so wollen.« Santini zuckte die Schultern. »Ich beflecke doch meine Hände nicht mit dem Blut einer alten Bache, während ich den jungen Keiler davonkommen lasse. Ich wäre ein ziemlich schlechter Jäger, wenn ich das täte. Nein, Monsieur Marchand, Sie werden dieses Opfer bringen, ob Sie wollen oder nicht. Und je mehr Sie sich wehren, desto schmerzhafter wird es für Sie.«
Eric blickte auf das seltsame Holzkreuz, die Nägel, den Hammer – und dann dämmerte es ihm. Um ein Haar hätte er laut aufgelacht – oder besser geschrien? »Ihr habt vor, mich zu kreuzigen?!« Es war mehr eine Feststellung als eine Frage. »Das ist doch ein Witz, oder?«
»Der passende Tod für einen Büßer, finden Sie nicht?« In Santinis Augen lag blanker Hass. »Wie konnten Sie nur annehmen, die Familienfehde sei besiegelt? Erst wenn auch der letzte Giuliani tot ist, wird dieses Land wieder Frieden finden. Tragen Sie Ihr Kreuz mit Würde und gedenken Sie Ihrer Vorfahren. Zumindest werden Sie dann mit dem Wissen sterben, dass Ihr Opfer nicht vergeblich war.«
»Büßer? Himmel noch mal, ihr habt ja nicht alle Tassen im Schrank …!« Eric riss den Kopf nach hinten, traf Mateus Gesicht und entlockte ihm ein befriedigendes Knacken. Ein stechender Schmerz durchzuckte seinen Hinterkopf. Aber vermutlich war das nichts im Vergleich zu Mateus Nase. Viele unterschätzten den Kopf als Kampfinstrument.
Mateu taumelte schreiend nach hinten, stolperte über ein Holzscheit und fiel dann der Länge nach ins Feuer. Dabei riss er Eric mit sich. Die anderen Männer waren so überrumpelt von der plötzlichen Wendung der Ereignisse, dass sie gar nicht dazu kamen, ihrem Anführer zu Hilfe zu eilen. Wertvolle Sekunden, von denen Erics Schicksal abhing.

Was nun geschah, lief wie in Zeitlupe ab. Glut prasselte. Brennende Zweige flogen in die Höhe und ließen einen Sturm glühender Funken in den Himmel fahren. Schlagartig war die Luft von Rauch und Gestank erfüllt. Nicht nur der von Holzkohle, sondern auch von brennendem Plastik.
Ein grelles Licht zuckte auf. Mateus Fleecejacke hatte Feuer gefangen. Flammen loderten empor. Der Sohn des Clanchefs stieß einen infernalischen Schrei aus und löste augenblicklich seinen Griff um Erics Arm.
Das war seine Chance. Die einzige.
Mit einer Seitwärtsdrehung rollte Eric aus dem hoch auflodernden Feuer, ging in eine Vierfüßlerposition und schnellte wie ein Sprintläufer vom Startblock. Aus dem Augenwinkel sah er Mateu um sich schlagen. Die wattierte Jacke, die offensichtlich aus irgendeiner hochbrennbaren Viskose bestand, umhüllte ihn wie eine flüssige Fackel. Die Männer, die eben noch wie in Trance danebengestanden und zugesehen hatten, stürzten sich auf den Sohn des Clanchefs, rissen ihn aus den Flammen und versuchten die Jacke von ihm herunterzubekommen. Im Vorbeirennen packte Eric instinktiv einen der herumstehenden Rucksäcke, tauchte ins Unterholz ab, schlug Haken, stolperte, kroch, rappelte sich auf und rannte, was er konnte. Er hörte noch einige Schüsse knallen, dann schien das Unmögliche geschafft: Büsche und Bäume verschluckten ihn, verhüllten das Licht des Feuers und erstickten die aufgeregten Schreie der Männer.

37

Laurine wachte auf. Müde und irritiert rieb sie sich die Augen. Was zum Henker hatte sie da gehört, einen Schrei? Oder war das nur ein Traum gewesen?
Sie knipste die Taschenlampe an. Vor ihr leuchtete das verdatterte Gesicht Mahmouds in der Dunkelheit. So, wie er aussah, war er eben noch im Tiefschlaf gewesen.
»Haben Sie das auch gehört, Mahmoud?«
Er nickte. »Dieser Schrei ...«
Sie sprang auf, streifte den Schlafsack ab und trippelte ein paar Meter auf Socken die Anhöhe hinauf.
Rings um sie herum ragten die Berge in die mondhelle Nacht. Zwischen den Wolken blinzelten vereinzelt die Sterne. Sie schaltete die Taschenlampe aus und erlaubte ihren Augen, sich an die Dunkelheit zu gewöhnen.
Ein paar Meter weiter unter ihnen standen die Pferde. Mit steil aufgerichteten Ohren blickten sie Richtung Süden. Das Sternbild des Orion prangte dort wie ein großes X über dem Horizont. Darunter, in der Schwärze der Macchia, glaubte sie ein schwaches Glimmen zu sehen. Ein Feuerschein. Jetzt meinte sie sogar, Bewegung dort unten zu erkennen. Auf einmal zuckte ein Licht auf. Flammen schlugen empor. Zwei, drei kurze Lichtblitze, gefolgt von lauten Knallgeräuschen, durchzuckten die Nacht.
»Was ist denn da unten los, zum Teufel?« Mahmoud kam stolpernd und fluchend zu ihr herauf. »Das sieht nach Ärger aus.«
Er hielt sein kleines Fernglas vor die Augen gepresst. Laurine beobachtete ihn, wie er die Schärfe justierte.
»Ach du Scheiße!«
»Konntest du etwas erkennen?« Laurine riss ihm das Glas aus den Händen und presste es an ihre Augen.

Der goldene Schein füllte ihr Sichtfeld aus. Sie sah die Flammen, wie sie emporloderten. Ein Mann stand davor, der panisch um sich schlug. Er brannte. Lichterloh!
»Um Gottes willen«, stammelte sie.
Hundegebell erscholl. Mit Schrecken sah Laurine, wie mehrere Männer sich auf den Brennenden stürzten und versuchten, ihm die Kleider vom Leib zu ziehen. Dabei fielen sie zu Boden und verschwanden hinter einem Macchiastrauch, der die Sicht blockierte. Aufgeregte Rufe schallten zu ihnen herüber.
»Was ist da los?«, rief Mahmoud. »Nun sagen Sie doch was.«
»Da brennt einer. Jetzt kommt ein anderer mit Wasser. Sie löschen die Flammen. Ja, jetzt sind sie aus.« Ihre Stimme bebte.
»Das kapier ich nicht«, sagte Mahmoud. »War da ein Streit im Gange oder was?«
Schockiert schüttelte Laurine den Kopf. *Streit* war mit Sicherheit ein zu schwacher Ausdruck. Das war ein Kampf gewesen. Ein Kampf auf Leben und Tod. Noch einmal presste sie das Glas an ihre Augen und suchte die Umgebung ab. Für einen kurzen Moment meinte sie eine Bewegung in der Macchia zu sehen.
»Da«, murmelte sie. »Da rennt jemand weg.«
»Was, ein Tier oder ein Mensch?«
»Das kann ich beim besten Willen nicht sagen. Das Licht ist zu schwach, aber ich glaube, es ist ein Mensch.«
Eric, dachte sie. Es konnte nur Eric sein.
»Geben Sie mal her.« Er nahm ihr das Glas wieder ab.
»Zu dunkel«, sagte er. »Ich kann nichts mehr erkennen. Wo, sagten Sie, haben Sie die Bewegung gesehen?«
»Auf dem rechten Hang. Dort, wo die Macchia am dichtesten wächst.«
Der Schreck steckte ihr tief in den Gliedern. Irgendetwas Furchtbares war passiert. Und es hatte mit Eric zu tun, das spürte sie.

»Nichts«, murmelte Mahmoud und ließ das Glas sinken. »Es ist einfach zu dunkel. Wir müssen bis Tagesanbruch warten.« Er sah sie fragend an. »Was denken Sie, was das war?«
Sie schüttelte konsterniert den Kopf. »Wenn ich das nur wüsste.«

* * *

Zweige schlugen Eric ins Gesicht. Wurzeln und Dornen streckten ihre Krallen nach ihm aus und versuchten ihn aufzuhalten. In dem verzweifelten Bestreben, den widerspenstigen Steineichen zu entkommen, geriet er in die Macchia. Dort wurde es richtig schlimm.
Bis zu diesem Moment hatte er keine Ahnung, was es hieß, sich mit der Natur anzulegen. Dieses Zeug war bösartig. Es bohrte sich durch seine Kleidung, es stach, zwickte und war extrem zäh. Nicht ein Zweig, der abbrach. Tatsächlich fühlte es sich an, als wäre er in ein Feld mit Plastikgestrüpp geraten. Die Gewächse – Pflanzen konnte man sie kaum noch nennen – schoben ihm die Hosenbeine hoch, kratzten und bissen und schlugen ihm ihre Krallen ins Fleisch. Das Zeug war zu hoch, um obendrüber zu laufen, und zu niedrig, um untendurch zu kriechen. Es war, als hätte die Schöpfung es extra erfunden, um bestimmte Lebewesen davon abzuhalten weiterzugehen. Biologischer Nato-Stacheldraht, wenn man so wollte.
Wenn man einen der Zweige zur Seite bog und sich hindurchkämpfte, wurde die Lücke hinter einem sofort wieder versperrt.
Das Schlimmste aber war der Energieverlust. Die gummiartige Konsistenz bremste jeden seiner Versuche aus, einen anderen Weg einzuschlagen. Wollte man in eine Zone gelangen, die vielleicht weniger bewachsen war, kostete das unglaublich viel Kraft. Wenn es eine pflanzliche Nemesis gab, so war das die Macchia. Das wurde Eric klar, als er immer tiefer in dieses

Labyrinth aus knorpeligen Blättern, zähen Zweigen und stacheligen Samenkapseln vordrang.
Schon bald hatte er vollkommen die Orientierung verloren.
Anfangs konnte er sich noch an dem Feuerschein und den aufgeregten Rufen orientieren, doch seit ein paar Minuten war alles dunkel und still. Nur der Mond spendete noch Licht.
Erics einziger Trost war, dass seine Verfolger ebenso von diesem Dickicht aufgehalten wurden wie die Hunde. Nicht mal ein Cursinu würde da durchkommen und erst recht keine Pferde.
Doch das war nur ein Vorteil auf Zeit. Spätestens im Morgengrauen würde die Treibjagd beginnen. Sie würden ihn einkreisen und zur Strecke bringen wie einen Keiler.
»Aber ich bin keines eurer verdammten *Sangliers*«, stieß er keuchend aus. »Ihr habt es mit einer Ratte zu tun. Einer ausgewachsenen Riesenratte, groß geworden und trainiert in den Pariser Banlieues. Um mich zu kriegen, müsst ihr früher aufstehen.«
Er hieb auf die Macchia ein. Überraschenderweise schlug das Zeug nicht zurück. Allerdings war es auch kein sehr angenehmes Gefühl, sich die Haut in Streifen reißen zu lassen. Aber der Vergleich mit der Ratte gefiel ihm. Hätte er in diesem Moment seine Gestalt wechseln können, er hätte es getan. Klein, wendig und intelligent, wie diese Tiere nun mal waren, wäre er schnell durch die Reihen seiner Verfolger geschlüpft. Wenn da ein Baum wäre, so würde er hinaufklettern. Wäre da ein Stein, würde er sich darunter verkriechen. Niemand könnte ihn finden. Er war gut darin, sich unsichtbar zu machen. Obendrein hatte er noch diesen Rucksack, und was immer er darin fand, er würde es nutzen. Er würde überleben.
So gesehen hatte Santini recht gehabt. Es war mehr als nur der Name, der einen Menschen mit seiner Vergangenheit verband. Es waren die Gene. Die Art, wie man die Welt sah, wie man sie hörte, roch und wie man ihr begegnete. Seine Ahnen

sprachen zu ihm aus der Vergangenheit. Sie flüsterten, spotteten und trösteten ihn. Genau in diesem Moment gaben sie Eric zu verstehen, dass er nicht klein beigeben dürfe. Dass es seiner unwürdig wäre aufzugeben. Seine Vorfahren hätten das nicht getan, und er würde es auch nicht tun.
Als wollte ihn das Schicksal zu dieser Erkenntnis beglückwünschen, trat der Mond hinter einer Wolke hervor. Vor ihm war eine Lücke in der Macchia. Das Licht wies ihm den Weg.
Eric schlug die Richtung ein und gelangte auf eine Schneise, die ihn aus dem Tal und hangaufwärts führte.
Er musste sich beeilen. Hinter sich hörte er Rufe. Vermutlich hatten ein paar der Männer bereits die Verfolgung aufgenommen. Ob sie bemerkt hatten, in welche Richtung er gelaufen war, konnte er nicht abschätzen, aber sie hatten den Ortsvorteil auf ihrer Seite. Im Gegensatz zu ihm kannten sie das Gelände. Allerdings würde ihnen das in der Macchia auch nichts nützen. Eric beschloss trotzdem, kein Risiko einzugehen und noch ein paar Kilometer hinter sich zu bringen.
Er wandte sich wieder nach vorn, hielt dann aber kurz inne. Drüben am Nordhang hatte er ein Licht aufblitzen sehen. Keine Reflexion des Mondlichts, dafür war es zu hell. Eher eine Taschenlampe oder so etwas. Doch im selben Moment verlosch das Licht auch schon wieder. Ein zweiter Jagdtrupp?
Eigenartig.
Vielleicht hatte er sich das auch nur eingebildet.
Er wandte sich nach vorn und atmete ein paarmal tief durch. Zum Glück konnte er seinen Fuß nun schon wieder nahezu uneingeschränkt bewegen. Rasch machte er sich an den Aufstieg.

38

Jean-Baptiste Santini wachte in dieser Nacht über Mateu. Es war lange her, dass sie so nah beisammen gewesen waren, Vater und Sohn. Der Junge auf dem Boden liegend, im Schlaf stöhnend, der Alte am Kopfende und seine Hand haltend. Jean-Baptiste hatte beinahe vergessen, wie sich das anfühlte.
Mateu wälzte sich unruhig im Schlaf. Die Brandverletzungen waren zum Glück weniger schlimm, als es zu Beginn ausgesehen hatte. Da alle Männer mitgeholfen hatten, war es gelungen, die brennende Jacke rechtzeitig auszuziehen. Trotzdem war sein Sohn nicht völlig ungeschoren davongekommen. Die Verletzungen betrafen vor allem die Schultern und Teile des Rückens, die Stellen, die als Erstes mit den Flammen in Kontakt gekommen waren.
Zuerst hatten sie mit kühlenden Umschlägen gearbeitet, später dann mit Ziegenjoghurt und Verbänden. Die alten Hausmittel funktionierten meist am zuverlässigsten. Der Morgen würde zeigen, ob sie heimkehren müssten oder weitermachen könnten.
Jean-Baptiste knabberte an der Unterlippe.
Er hatte diesen Marchand unterschätzt. Sie alle hatten das getan – Mateu eingeschlossen. Sein Sohn hatte ihm zwar von dem Kampf auf dem Dorfplatz berichtet, nicht aber davon, was für ein zäher Bursche das war. Jean-Baptiste konnte sich nicht erinnern, jemals jemanden so kämpfen gesehen zu haben. Dieser Mann war kein verweichlichter Schriftsteller, sondern eine ekelhaft hartnäckige Zecke. Sollten sie sich entscheiden, ihn zu verfolgen und zu stellen, täten sie gut daran, nicht denselben Fehler zweimal zu machen. Diesmal würde es einen kurzen Prozess geben. Ein Fangschuss aus der Distanz und dann die Leiche verschwinden lassen. Das würde das Beste sein.

Dass dem Ritual damit nicht angemessen Genüge getan wurde, war Jean-Baptiste egal, er wollte diese lästige Angelegenheit jetzt nur noch hinter sich bringen. Daheim erwarteten ihn dringende Geschäfte.
Er strich Mateu über den Kopf. Sein Sohn atmete leise und gleichmäßig. Er hatte jetzt endlich Schlaf gefunden. Jean-Baptiste ließ sich gegen den rückwärtigen Fels sinken, schloss die Augen und nickte ebenfalls ein.

Als er erwachte, war es bereits hell. Von Osten her waren Wolken aufgezogen, aus denen erste Tropfen fielen. Die kühle Luft ließ seinen Atem zu feinen Wölkchen kondensieren. Er richtete sich auf, streckte die Arme und schüttelte den Schlaf ab. Auf der Feuerstelle stand eine Metallkanne, in der jemand bereits einen frischen Tee gebrüht hatte.
Die Männer waren schon alle auf den Beinen und bereiteten ihren Aufbruch vor. Einer richtete Brot und Käse her, ein anderer belud die Pferde, die übrigen waren bei den Hunden oder kümmerten sich um Mateu.
Sein Sohn saß mit blankem Oberkörper auf einem Stein und ließ sich behandeln. Sein Rücken glomm im kalten Licht des Morgens wie Krebsfleisch.
Jean-Baptiste stand auf, ignorierte den Spannungsschmerz in seinem Rücken und schlurfte zu den anderen hinüber. Einer der Männer kam auf ihn zu und drückte ihm eine Blechtasse in die Hand. Jean-Baptiste nahm sie mit einem Nicken. Als Mateu ihn kommen hörte, drehte er den Kopf.
»Guten Morgen, Vater.«
»Guten Morgen. Wie geht es dir?«
»Alles in Ordnung.« Die Kiefermuskeln arbeiteten. Die Behandlung war mit Sicherheit schmerzhaft, aber Mateu ertrug sie wie ein Mann.
»Fühlst du dich in der Lage, die Verfolgung fortzusetzen, oder möchtest du, dass wir umkehren?«

»Umkehren?« Mateu tat so, als wüsste er nicht, was dieses Wort bedeutete.

»Ich rede davon, dich behandeln zu lassen. Dein Rücken ...«

»Mach dir darüber keine Gedanken. Der Schmerz ist erträglich. Erträglicher jedenfalls als der Gedanke, dass dieser Marchand immer noch frei herumläuft.«

»Ich weiß ...«

Mateu umwickelte seine Hände wie ein Preisboxer. Dann streifte er seine Handschuhe darüber. Als Nächstes zog er sein Messer aus der Scheide und begann es zu schärfen. »Vater, ich möchte, dass du ihn mir überlässt«, sagte er leise.

Jean-Baptiste runzelte die Stirn. »Was hast du vor?«

»Das ist eine Sache zwischen ihm und mir. Beim ersten Mal habe ich gewonnen, beim zweiten Mal er. Diese Angelegenheit bedarf einer Entscheidung. Und ich will, dass es auf die alte Art geschieht.«

Jean-Baptiste hob die Brauen. »Du willst auf Schusswaffen verzichten?«

»So ist es.«

»Woher weißt du, dass er keine hat? Er hat einen unserer Rucksäcke gestohlen, vergiss das nicht.«

»Wir haben das überprüft. Es war Marcos Rucksack. Außer einem Seil und etwas Proviant wird er darin nicht viel Nützliches finden. Er ist in Richtung Monte Cintu unterwegs, dort werden wir ihn stellen.«

Der Mann, der die Verbände wechselte, beendete seine Arbeit. »Wir wären dann so weit. Mehr können wir im Moment nicht tun. Sollen wir dir beim Anziehen helfen?«

Mateu nickte. Er klemmte den lederumwickelten Griff seines Messers zwischen die Zähne, biss zu und ließ die Prozedur über sich ergehen. Seine unterdrückten Schmerzenslaute jagten Jean-Baptiste Schauer über den Rücken.

* * *

Der Regen fiel jetzt ausdauernder. Er benetzte ein abgewetztes Paar Lederhandschuhe, ein Seil, mehrere *Friends*, wie die Haken bei Kletterern hießen, ein Messer, eine Trinkflasche sowie ein paar kümmerliche Essensreste. Weder waren da eine Pistole noch Munition oder ein Handy. *Fuck!*
Eric blickte enttäuscht auf den Inhalt des Rucksacks. Von allen möglichen Taschen hatte er sich vermutlich diejenige gegriffen, die am wenigsten Nutzen für ihn besaß. Wütend pfefferte er den Inhalt zurück in den Rucksack, verschnürte ihn und warf ihn sich über den Rücken. Dann marschierte er los.
Inzwischen war er schon deutlich höher gestiegen. Er hatte eine Zone erreicht, in der nur noch wenig Macchia wuchs. Innerlich schlug er drei Kreuze. Nicht viel länger, und dieses Scheißgestrüpp hätte ihm bei lebendigem Leibe die Haut abgezogen. Er sah übel aus. Das rechte Hosenbein hing bis zum Knie in Fetzen. Die Haut darunter war mit kreuzförmigen Schnittwunden übersät. Links ging es etwas besser, sah man mal von dem Knie ab, das bei einem Sturz in völliger Dunkelheit einen Schlag abbekommen hatte und leicht geschwollen war. Zum Glück war er ein Stehaufmännchen. Die Schwellungen und Prellungen der vergangenen Woche waren dank Laurines Salbe allesamt gut verheilt, und außer ein paar blauen Flecken, die zuerst violett, dann gelb geworden waren, erinnerte fast nichts mehr daran, wie knapp er dem Tod von der Schippe gesprungen war.
Kein Zweifel, diese Insel hatte es auf ihn abgesehen. Nach außen tat sie friedlich und einladend, aber wenn man sie auf dem falschen Fuß erwischte, konnte sie einem das Leben zur Hölle machen. So wie eine schöne Frau. Aber genauso, wie sie einen zum Wahnsinn treiben konnte, vermochte sie einen Mann auch zu faszinieren und zu Höchstleistungen anzuspornen. Es war ihm selbst ein Rätsel, woher er diese Energie nahm, doch er konnte sich an keinen Moment in der jüngeren Vergangenheit erinnern, in dem er sich lebendiger gefühlt

hatte. Nicht mal während der Verleihung des Grand Prix du Roman Noir.

Plötzlich kam ihm eine wunderbare Passage aus Robert McCammons Roman *Unheil und Unschuld* in den Sinn, die er als junger Mann einmal auswendig gelernt hatte. Ob er sie immer noch vollständig aufsagen konnte? Er begann zu flüstern: »Er spürte die Magie der Erde unter seinen Füßen. Das Elixier der Luft, die durch seine Lungen strömte, das Blut, das durch seine Venen pulste, und den Wind, der durch sein Haar strich. Er fühlte, dass er fähig war, Vögel anzusingen, die Wolken zu deuten und sein Schicksal aus Sandkörnern zu lesen.«

Er selbst hätte in diesem Augenblick nicht besser ausdrücken können, was er verspürte. Körper und Seele waren im Einklang. Er fühlte, er atmete, er lebte. Ein berauschendes Gefühl. Ein Plan nahm Gestalt an. Er musste den GR 20 finden. Er hatte die Karten gut genug studiert, um zu wissen, dass dieser berühmteste aller korsischen Höhenwege irgendwo in westlicher Richtung verlaufen musste. Er steuerte also genau darauf zu. Weit konnte es nicht mehr sein, vielleicht fünf, maximal zehn Kilometer. Wenn er das Morgenlicht im Rücken behielt, durfte er ihn eigentlich nicht verfehlen. Und hatte er ihn erst mal erreicht, brauchte er ihm nur noch in nördlicher Richtung zu folgen, bis er auf ein Haus oder eine Siedlung traf. Von dort aus konnte er einen Hilferuf absetzen. So gesehen ein einfacher Plan.

Allerdings durfte er das Gelände nicht unterschätzen. Querfeldein, und das in so einer Gegend, das war nun wirklich die schlechteste Option. Hätte er eine Alternative gehabt, wäre er mit Sicherheit nicht auf so einen Gedanken gekommen. Aber Tatsache war nun mal, dass ihm der Rückweg versperrt war. Also entweder geradeaus oder zurück und seinen Verfolgern ins offene Messer laufen.

Nur wenige Minuten später hörte er das Kläffen der Hunde.

39

»*Merde!*«
Mahmoud richtete sein Satellitentelefon nach Osten.
Er drehte es nach Westen, dann nach Süden und Norden. Er hielt es über sich, vor sich, unter sich, drehte es zur Seite und stellte es auf den Kopf. Doch was er auch tat, der Balken bewegte sich keinen Zentimeter nach rechts. Wie festgefroren steckte er bei der Null fest und signalisierte, dass es nichts zu signalisieren gab. Irgendwann steckte Mahmoud das Gerät wieder ein und rammte entnervt seine Hände in die Hosentaschen.
Laurine sah ihn mit großen Augen an. »Kein Empfang?«
Er schüttelte betrübt den Kopf.
Laurine war fassungslos. »Das gibt's doch nicht.«
»Leider doch. Ich habe es versucht, aber dieses Drecksloch schirmt alles ab.«
»Dann versuchen Sie es noch mal. Wir müssen eine Verbindung bekommen.«
»Ich kann es noch zwanzigtausendmal versuchen, aber mehr, als den Akku zu leeren, werde ich damit nicht erreichen.«
»Aber ...« Empört schüttelte sie den Kopf. »Ich dachte immer, ihr von der Polizei hättet so ein super Equipment. Was ist das für ein Mistding, das Sie da eingesteckt haben?«
»Das Gerät ist spitze, aber unter solchen Bedingungen kann auch das beste Equipment nichts leisten«, verteidigte Mahmoud sein Telefon. »Sehen Sie sich diese Gipfel an, sie bewirken eine fast völlige Abschirmung. Der Winkel ist schmaler als neunzig Grad. Hätten wir einen Satelliten direkt über unseren Köpfen, wäre das kein Problem, aber das scheint nicht der Fall zu sein.«
»Also kein Helikopter?«
»Bedaure.«

»Und weiter oben?«
Er wiegte den Kopf. »Vermutlich besser, aber eine Garantie gibt es nicht.«
»Egal. Lassen Sie es uns versuchen.«
»Sind Sie sicher, dass diese Aktion letzte Nacht irgendetwas mit Eric zu tun hatte? Ich hatte die Typen ganz gut im Blick, erkennen konnte ich ihn aber nicht.«
»Einer der Männer stand in Brand. Ich habe es gesehen!«
»Das glaube ich Ihnen, aber das kann alles Mögliche bedeuten. Eine blöde Streiterei, ein Missgeschick, zu viel Alkohol …«
»Und die Schüsse?«
»Ja, ich weiß, das ist alles sehr dubios. Aber um die Luftkavallerie anzufordern, brauche ich konkrete Hinweise.«
»Geht das schon wieder los?« Sie sah ihn wütend an. »Ich habe Eric gesehen, wie er in die Berge floh. Durch die Macchia. Kein vernünftiger Mensch rennt freiwillig durch die Macchia, schon gar nicht nachts.«
»Vielleicht musste er mal dringend wohin …«
»Er war in Panik«, fuhr ihn Laurine entnervt an. »Er floh vor den anderen. Keine Ahnung, was die mit ihm vorhatten, aber ich wette, diese Sache mit dem Feuer war kein Zufall. Vielleicht ein Missgeschick, viel wahrscheinlicher aber ist, dass sie gekämpft haben.«
»Ziemlich drastisch …«
»Genauso drastisch wie die Schüsse im Anschluss. Er ist geflohen, und sie haben auf ihn gefeuert, da wette ich mit Ihnen.«
»Vorausgesetzt, es war wirklich Eric, den Sie da gesehen haben«, sagte Mahmoud, lenkte aber schnell ein, als er ihren Gesichtsausdruck bemerkte. Seine Mutter hatte den immer gehabt, kurz bevor sie ihm den Hosenboden versohlt hatte. »Ich verstehe, was Sie meinen … Das würde zumindest den hastigen Aufbruch und den Richtungswechsel erklären.«
»Sage ich doch.«
Er seufzte. Das würde noch viel Ärger geben, das wusste er.

Aber seine Situation war ohnehin schon desaströs. Ein Missgeschick mehr oder weniger machte den Kohl jetzt auch nicht mehr fett.
»Also gut, überredet«, sagte er. »Wir werden nicht zurückreiten, sondern ihnen weiter folgen. Und sobald ich ein Signal bekomme, fordere ich einen Hubschrauber an und sprenge die Gesellschaft. Mal schauen, wie sie darauf reagieren. Deal?«
Sie sah ihn ernst an, dann nickte sie. »*Deal.*«

* * *

Eric keuchte. Nun war er doch auf Abwege geraten. Was vorhin nur eine schattenhafte Befürchtung gewesen war, nahm nun deutlich realistischere Züge an. Der Weg in Richtung GR20 war versperrt. Eine steil aufragende Felswand blockierte seinen Weg, und zwar auf einer Breite von mehreren Kilometern. Gut hundert Meter hoch und aus schroffem Granit bestehend, ragte sie wie eine natürliche Grenze in die Landschaft. Unüberwindlich sah sie aus. Natürlich würde er das erst später im Detail klären können, doch von seiner jetzigen Position aus wirkte das Ding ziemlich einschüchternd.
Es stimmte also doch: Berge besaßen einen eigenen Willen. Wenn sie einem Steine in den Weg legten, tat man gut daran, sich nicht auf einen Wettstreit mit ihnen einzulassen.
Unter normalen Umständen ein weiser Ratschlag, aber die Umstände waren leider alles andere als normal. Das Hundegebell hatte aufgehört, doch für Eric stand außer Frage, dass die Viecher Witterung aufgenommen hatten. Stumm folgten sie seiner Fährte und lenkten die Jäger in seine Richtung. Und wenn sie hier eintrafen?
Er presste die Zähne aufeinander. Es hatte keinen Sinn, sich den Kopf darüber zu zerbrechen. Er musste die Felswand hinauf, und zwar ehe die Jäger eintrafen. Mit ein paar gezielten Schüssen hätten sie ihn im Nu von dort heruntergeholt.

Also hoch. Er nahm noch rasch einen Schluck Wasser und stopfte sich etwas von dem gesüßten Brot in den Mund, dann machte er sich auf den Weg.

Dem schmalen Bachbett folgend, erreichte er die Steilwand vor den Hunden. Der letzte Anstieg hatte ihm noch mal alles abverlangt, aber die Angst war eine mächtige Triebfeder. Durchgeschwitzt legte er seine Hände auf den steil aufragenden Fels.

Keinen Moment zu früh, wie er gleich bemerken sollte.

Das Licht unter den niedrig hängenden Wolken war zu einem düsteren Grau verwaschen, trotzdem sah er dunkle Punkte, die von Osten das Tal heraufkamen.

Eric wandte sich der Felswand zu, ergriff den Stein und zog sich daran empor. Die Lederhandschuhe gaben ihm in dem rauen Granit guten Halt. Er streckte sich und reichte weit genug hinauf, um seine Füße nachziehen zu können. Seine Wanderschuhe in den Spalten verkantend, fand er sicheren Tritt. Die Feuchtigkeit war nicht ganz unproblematisch, aber zum Glück hatte der Regen aufgehört. Das Wasser versickerte zwischen den unzähligen Spalten, und schon bald würde der Fels trockener werden.

Eric packte eine herausstehende Wurzel und zog sich daran hoch, als er auf einmal unter sich ein atemloses Keuchen hörte. Das Aufeinanderschlagen zuschnappender Kiefer erklang.

Zwischen seinen Beinen erblickte er einen der Cursini. Groß und übellaunig. Man konnte ihm regelrecht ansehen, wie wütend er darüber war, seine Beute so knapp verfehlt zu haben. Er sprang ein paarmal nach oben, kam jedoch nicht an ihn heran. Sicherheitshalber stieg Eric noch ein bisschen höher. Der wütende Blick des Köters beunruhigte ihn. Noch mehr beunruhigte ihn, dass er nicht bellte. Was waren das nur für seltsame Tiere?

Jetzt kamen auch die anderen. Knurrend und geifernd gesell-

ten sie sich zu dem Anführer und sahen Eric hinterher. Als würden sie einen Plan aushecken.
Die Art, wie sie ihn anstarrten, jagte ihm einen Schauer über den Rücken. Ein paar von ihnen liefen rechts an der Felswand entlang, die anderen links. Offenbar suchten sie nach Aufstiegsmöglichkeiten. Verdammte Biester!
Auf keinen Fall durfte er das Risiko eingehen, dass sie ihm den Weg abschnitten.
Wie eine Getriebener kletterte er weiter hinauf.
So schlimm, wie sie aus der Ferne ausgesehen hatte, war die Felswand zum Glück nicht. Da der Fels rau und zerklüftet war, fand Eric immer Möglichkeiten, sich höherzuziehen. Wobei er natürlich nicht wusste, wie es weiter oben aussah. Aber das würde er schon früh genug erfahren.
Inzwischen war es heller geworden. Die Sonne schaffte es zwar immer noch nicht, zwischen den Wolken hindurchzukommen, aber zumindest sah es nicht nach weiterem Regen aus.
Eric nahm das als gutes Zeichen.

* * *

»Ich habe ihn. Er scheint sich eine kleine Pause zu gönnen.«
Der Mann hatte das Gewehr fest auf einem Dreibein montiert und hielt das Zielfernrohr ans Auge gepresst.
Die Hunde bellten nicht, ein Zeichen, dass Marchand ihnen entwischt war. Ein Cursinu schlug nur an, wenn er die Beute zur Strecke gebracht hatte.
»Wenn Sie möchten, puste ich ihm das Lebenslicht aus. Sie brauchen nur den Befehl zu geben.«
Jean-Baptiste sah zu dem Mann hinüber. Valerian war sein bester Scharfschütze. Er besaß einen Blick wie ein Adler.
»Darf ich mal sehen?«
»Aber natürlich, Monsieur. Sie können ihn auch selbst erledi-

gen, wenn Sie möchten. Das Schussfeld ist frei, die Sichtbedingungen sind ideal. Man muss nur den Abzug betätigen, und der Spuk hat ein Ende.«

Jean-Baptiste nahm Position hinter dem Snipergewehr ein. Er legte sein Auge an das Fernrohr und sah hindurch. Marchand war so nah, dass er glaubte, durch das Objektiv greifen und ihn berühren zu können. Selbst die Haare am Hinterkopf waren sichtbar. Er saß still, aß irgendetwas. Es war so leicht.

Nur ein kleiner Zug am Hebel, bloß einmal abdrücken …

Tue es, flüsterten die Stimmen aus den Bergen. *Tu es für uns. Mach dieser Sache ein Ende. Wir verlangen es.*

Ihr Flüstern wurde lauter. Dringlicher.

Es würde so schnell gehen, Marchand würde nicht mal wissen, was passiert war. Eine bessere Chance gab es nicht.

Jean-Baptiste legte seinen Finger auf den Abzug.

Atme ein, halte die Luft an. Und dann tu es!

Er presste die Lippen aufeinander. Verdammte Stimmen. Warum konnten sie ihn nicht in Ruhe lassen? Warum verlangten sie von ihm, einem unbewaffneten Mann in den Hinterkopf zu schießen? Das war so unehrenhaft, dass es schon an Schande grenzte. Gab es denn wirklich keinen anderen Weg?

»Scheiß drauf«, murmelte er und atmete ein.

»Vater.« Eine Hand legte sich sanft auf seine Schulter. Mateus Stimme war direkt neben seinem Ohr. »Bitte, tu das nicht. Ich möchte es nicht.«

Jean-Baptiste ließ die Luft aus seinen schmerzenden Lungen entweichen und sah seinen Sohn an.

»Mateu. Ich habe dich nicht kommen gehört. Wie geht es dir?«

»Alles in Ordnung. Ich fühle mich fit genug, um diesen *bastardo* zur Strecke zu bringen.«

»Du willst ihn haben, Mateu? Hier ist er. Ich überlasse ihn dir. Sieh durch und drück ab. Ein Kinderspiel.«

Mateu hatte die schweren Reitstiefel gegen leichtes Kletterschuhwerk getauscht, hatte Handschuhe übergestreift und seinen Gurt mit dem Jagdmesser umgelegt.

Er schüttelte den Kopf. »Nicht so. Ich will ihn auf meine Art erledigen. Mann gegen Mann. Nicht aus der Ferne und feige in den Rücken.«

»Du willst ihm nachsteigen?«

Mateu nickte. »Ich kenne diese Wand. Sie ist steil, aber ich werde es schon schaffen. Er wird dort oben nicht weiterkommen.«

Jean-Baptiste kniff die Augen zusammen. Für ihn stellte der Fels ein unüberwindliches Hindernis dar, doch Mateu schien sich seiner Sache sehr sicher zu sein.

»Wann warst du denn schon einmal dort oben?«

»Mit Onkel Jan Carlo, erinnerst du dich nicht? Er war doch öfter mal mit mir klettern. Auf der anderen Seite führt ein Pfad hinauf. Wenn ihr wollt, könnt ihr die Pferde dort hochführen. Wir treffen uns dann da.« Mateu fuhr mit den Fingern in die Zwischenräume seiner anderen Hand und straffte den Handschuh. »Die Wand ist tückisch. Es gibt dort einen Sims, auf dem er noch ein Stück weitergehen kann. Aber der endet in einer Sackgasse. Von dort kommt er nicht weiter, nicht mal mit Steigeisen. Und zur Seite geht es auch nicht. Wenn er versucht zurückzukehren, werde ich ihn mir schnappen. Ich werde ihn festnageln und fertigmachen. Es wird aussehen, als wäre er beim Klettern vom Felsen gestürzt. Keine Kugel, keine Polizei, keine dummen Fragen.«

»Und wenn er Probleme macht? Erinnere dich an heute Nacht.«

»Das ist genau der Grund, warum ich es selbst machen will. Ich kann dieses Unentschieden nicht akzeptieren.«

»*Unentschieden*, glaubst du, das ist ein Spiel? Du solltest nicht den Fehler machen, ihn zu unterschätzen. In Marcos Rucksack war ein Messer, vergiss das nicht.«

»Na und? Ich habe schon mit Messern gekämpft, da war ich noch keine zehn. Du hast mich darin ausgebildet.«

»Ja, das habe ich, und ich denke, dass du ihm weit überlegen bist. Aber du solltest sichergehen, dass du den Kampf auch wirklich gewinnen kannst. Du bist verletzt. Kein Risiko, hörst du? Du sollst mein Nachfolger werden. Ich hasse die Vorstellung, dass du dein Leben in einem törichten Wettstreit riskierst.«
»Das ganze Leben ist ein Wettstreit, das hast du mir selbst beigebracht«, entgegnete Mateu. »Nur dieses eine Mal noch. Schau mich an.« Er stellte sich vor seinen Vater, sodass dieser die Verbände und das gerötete Fleisch gut sehen konnte. »Denk daran, was dieser Giuliani mir angetan hat. Ich will ihn haben. Und wenn es vollbracht ist, werde ich mich gewissenhaft auf deine Nachfolge vorbereiten.«
Jean-Baptistes Herz machte einen Sprung. Das war das erste Mal, dass Mateu sich so offen zu seiner Nachfolge bekannte.
»Ist das ein Versprechen?«, fragte er.
»Mehr als das«, sagte Mateu. »Es ist ein Schwur.«

40

Eric biss die Zähne zusammen. Die vergangenen Tage forderten ihren Tribut. Das Stechen in seiner Rippe nahm zu, und auch sein Kniegelenk zickte rum.
Die Steilwand schien endlos. Immer wieder geriet er an Stellen, die bröckelig waren oder nicht genügend Halt boten. Sie zwangen ihn zurückzuklettern, sich neu zu orientieren und einen anderen Weg zu suchen. Mit dem Effekt, dass seine Muskeln sich inzwischen wie Nudelteig anfühlten, der immer dünner ausgewalzt wurde. Was unten einigermaßen akzeptabel begonnen hatte, entwickelte sich hier oben zu einem Albtraum.

Schon wieder gelangte er an eine Stelle, die sich als Sackgasse entpuppte. Diesmal blockierte ein dorniger Strauch sein Weiterkommen, sodass er gezwungen war, seitlich auszuweichen. Eric hatte ein paar Löcher gefunden, die davon zeugten, dass er nicht der Erste war, der sein Talent hier auf die Probe stellte. Offensichtlich war die Wand früher von Kletterern frequentiert worden. Allerdings schienen die Zeiten schon lange vorbei zu sein. Die Stifte und Haken, die er fand, waren uralt und entsprachen nicht den modernen Standards. Immerhin boten sie ihm einen Anhaltspunkt, wo er weiterklettern musste. Eine Brotkrumenspur, der er nur so lange zu folgen brauchte, bis sie ihn hier hinausführte.

Zum wiederholten Mal legte er eine Pause ein. Die Abstände wurden jetzt kürzer. Ein sicheres Zeichen, dass er schlappmachte. Mit Mühe rappelte er sich wieder auf, als Geräusche von unten heraufdrangen. Er hörte das Poltern von Steinen und das Rascheln von Laub.

Eric blickte nach unten – und erstarrte.

Etwa fünfzig Meter weiter unten bewegte sich einer dieser hartlaubigen Dornbüsche, die Eric vorhin so viele Schwierigkeiten bereitet hatten. Sie bildeten dort unten eine Barriere, die quer zur Kletterrichtung verlief und nicht die geringste Lücke aufwies. Er hatte sie mühsam umklettern müssen.

Wieder Rascheln und Poltern. Wer zum Teufel war das?

Es konnte nur einer von Santinis Mannschaft sein. Bestimmt hatten die Hunde ihn auf Erics Fährte gelockt. *Mistviecher!*

Eric stand auf, atmete tief ein und versuchte die Felsnase zu erreichen, die über ihm aufragte. Bereits in dem Moment, als er seine Finger um das raue Gestein gekrallt hatte, merkte er, dass etwas nicht stimmte. Das verdammte Ding war locker! Ein Brocken von der Größe eines Fußballs brach aus der Wand und fiel in zeitlupenartiger Geschwindigkeit auf ihn herab.

Instinktiv drückte er sich mit dem Knie von der rechten Seite ab und sprang nach links, wo er sich keuchend im Fels ver-

krallte. Der Brocken rauschte an ihm vorbei, streifte dabei seine rechte Schulter und entlockte ihm einen Schmerzenslaut. Glück im Unglück.
Hätte er auch nur einen Moment länger gezögert, wäre ihm das verdammte Ding vermutlich gegen den Schädel geprallt und hätte ihn in die Tiefe gerissen. Der Brocken fiel und fiel, schlug etwas weiter unten auf einem Vorsprung auf und zerplatzte dort in einen Hagel aus Schrapnellen. Ein Gesteinsschauer regnete in die Tiefe.
Eric griff mit seiner Rechten in einen Felsspalt und entlastete die geschundenen Finger der linken Hand. Blut quoll unter dem Nagel seines Ringfingers hervor. So hilfreich die Handschuhe beim Klettern auch waren – warum reichten sie nur bis zu den Fingerknöcheln?
Der Hagelsturm traf auf das Dornengestrüpp.
Einer der dickeren Brocken schlug ein Loch in das Gebüsch und riss dort eine Pflanze aus der Verankerung. Eine Lücke entstand. Der Lärm war ohrenbetäubend.
Eine Kaskade wüster Beschimpfungen drang von unten zu ihm herauf. »Du verfluchter Bastard!« Wer immer da unten war, er schien etwas von der Ladung abbekommen zu haben.
Doch Eric empfand keinen Triumph. Vielmehr kroch es ihm kalt den Rücken empor. Die Stimme, die er gehört hatte, war ihm nur allzu gut bekannt.
In der Bresche, die der Gesteinsbrocken geschlagen hatte, tauchte ein Gesicht auf. *Mateu.* Rot, übellaunig, wutverzerrt. Als er Eric sah, öffnete er seinen Mund. »Glaubst du im Ernst, du könntest mich auf die Weise loswerden? Ein paar Steine werden mich nicht von meinem Vorhaben abbringen. Sprich dein letztes Gebet, Giuliani!«
Panisch wandte Eric sich wieder nach oben. Er streckte sich, packte den nächstbesten Vorsprung und zog sich hoch. Rechter Arm, linkes Bein, linker Arm, rechtes Bein. Wie eine Spinne.
Doch sein Verfolger holte auf. Der Vorsprung, den er eben

noch dank des Gestrüpps gehabt hatte, schmolz dahin. Mateu war einfach durch die neu entstandene Lücke hindurchgekrochen und hatte auf diese Weise viele Meter Umweg eingespart.

Eric wischte sich den Schweiß von der Stirn. Ein eisenhaltiger Geschmack lag auf seiner Zunge. Wenn er durch die Nase atmete, nahm er einen schwachen Geruch nach Ammoniak wahr. Er wusste, dass dies ein Zeichen war, dass seine Kohlenhydratspeicher entleert waren. Eigentlich hätte er eine Pause machen und einen Riegel oder so essen müssen, doch die Zeit hatte er nicht. Mateu war ihm auf den Fersen, und er kam schnell voran.

Der anfängliche Schreck hatte Eric einen kurzen Energieschub verpasst, doch der war jetzt abgeklungen. Stattdessen machte sich Desorientierung und Unkonzentriertheit bemerkbar. Das Bild der nahe gelegenen Felswand verschwamm, wurde unscharf, verdoppelte sich. Sein Pulsschlag klang wie das Dröhnen eines Presslufthammers. Sein Atem ging flach.

Er spürte, wie er langsamer wurde, während der Mann unter ihm mit gnadenlosem Tempo den Abstand immer weiter verkürzte.

* * *

»Ich hab ihn, da ist er. Kannst du ihn sehen?« Laurine reichte Mahmoud das Fernglas. »Rechts von diesem tiefen Einschnitt, der wie ein Blitz gezackt ist.«

Er nahm das Glas und sah hindurch. Da war die Wand, da der gezackte Spalt und … Er hielt den Atem an.

»Tatsächlich«, murmelte er, »du hast recht. Ich erkenne seine dunklen Haare, seine Jacke und die Bluejeans. Er scheint einen Rucksack umgeschnallt zu haben.« Er kniff die Augen zusammen. »Der hängt ja mitten im Steilhang. Ist der lebensmüde oder was?«

»Eher verzweifelt«, sagte Laurine. »Gib mir noch mal das Fernglas. Ich glaube, ich habe noch etwas anderes gesehen.«
Er händigte es ihr aus.
Plötzlich drang ihr ein Fluch über die Lippen.
»Was ist los?«
»Das gibt's doch nicht. Mateu!«
»Bist du sicher?«
»Natürlich bin ich das. Ich habe Augen wie ein Habicht. Außerdem kenne ich Mateu, ich weiß, wie er sich bewegt. Er ist es, kein Zweifel.«
»Wo?«
»Ein Stück weiter unten. Er klettert hinter Eric her. Er verfolgt ihn.«
»Allein oder was?«
»Sieht so aus, ja. Zumindest kann ich keinen der anderen erkennen. Mateu ist ein ziemlich guter Bergsteiger.«
»Wenn er allein ist, frage ich mich, wo der Rest der Gruppe abgeblieben ist. Die sind doch bestimmt nicht zurückgeritten.«
»Nein, das glaube ich auch nicht«, sagte Laurine. »Ich denke … Oh, Moment. Da sind sie.«
Sie reichte ihm das Fernglas zurück und deutete auf ein kleines Waldstück rechter Hand der Felswand. Wie ein dünner Bleistiftstrich wand sich dort ein Trampelpfad aus dem Tal heraus, in Richtung Monte Cintu. Dort, hinter einem Wäldchen, erschien eine Perlenkette von Reitern, die in zügigem Tempo bergan strebten. Der Pfad mündete nach etwa zwei Kilometern und etlichen Schlenkern und Kehren an einem Punkt oberhalb der Felswand, auf der etliche schwarze, verkohlte Baumstümpfe standen. Stumme Zeugen der zahlreichen Waldbrände, von denen diese Insel heimgesucht wurde.
Es war eindeutig, was die Reiter vorhatten: Sie wollten dem Kletterer den Weg abschneiden. Eingezwängt zwischen Mateu und dem Rest der Bande, hatte er keine Chance zu entkommen.

Mahmoud ließ das Fernglas sinken. »Du hattest recht«, murmelte er. Ihm war flau im Magen. »Mit allem.«
»Und?« Laurine sah ihn fragend an.
»Komm. Ich werde nicht zulassen, dass sie ihm etwas antun. Gemeinsam werden wir sie aufhalten. Vorausgesetzt, wir treffen rechtzeitig dort oben ein.«

41

Eric spürte das Ende näher rücken. Er konnte nicht mehr. Das Blut pochte in seiner Stirn. Er griff jetzt immer öfter ins Leere, seine Bewegungen wurden fahrig und langsam. Eben wäre er um ein Haar in die Tiefe gestürzt, weil er eine Wurzel nicht bemerkt hatte, die sich um sein Fußgelenk geschlungen hatte. Seine Augen tränten. Hände, Nacken und Gesicht waren bedeckt mit kaltem Schweiß.
Er hatte alles gegeben, jetzt war er am Ende. Manchmal war alles eben nicht genug.
Der Mann unter ihm kämpfte ebenfalls, schien aber noch über Reserven zu verfügen. Mateu hatte die Distanz zwischen ihnen beiden auf unter zwanzig Meter verkürzt. Er kletterte ausdauernd, beständig und kraftvoll. Wie eine Maschine. Sein verbrannter Nacken schimmerte wie rohes Fleisch.
Dieser Mann würde so lange weitermachen, bis er seine Beute gestellt und zur Strecke gebracht hatte. Ein Besessener, der von dem unstillbaren Verlangen nach Rache getrieben wurde. So jemanden umzustimmen war beinahe unmöglich. Mit Worten würde Eric hier ohnehin nichts ausrichten. Wenn es eine Sprache gab, die Mateu verstand, dann war es die der Gewalt. Darauf würde es hinauslaufen, dachte Eric. Er oder ich. Entweder würde es ihm gelingen, seinen Gegner den Ab-

hang hinunterzustoßen, oder Mateu würde ihm sein Messer zwischen die Rippen jagen. Eric hatte es schon erspäht. Es baumelte in einer Scheide am Ledergürtel. Ein Mordsteil, das bislang nur zum Schneiden von Brot und Wurst gedient hatte. Doch seine eigentliche Bestimmung war eine andere. Es handelte sich um ein Jagdmesser und war dafür gedacht, Kehlen zu spalten, Bäuche aufzuschlitzen und Knochen zu brechen. Wie das genau in Erics Fall aussehen würde, darüber wagte er nicht zu spekulieren, doch das war auch unerheblich. Das Ergebnis zählte. Und das lautete Tod. So oder so.
Erics Hand ertastete eine ebene Fläche oberhalb seines Kopfes. Ein steinerner Sims, den die Kraft der Erde vor Urzeiten aus dem Stein gebrochen hatte. Knapp einen Meter breit, wand er sich wie ein Fensterbrett um die steil aufragende Felswand.
Mit letzter Kraft gelang es Eric, sich hochzuziehen und seine Beine über den Vorsprung zu wuchten. Sein Herz raste, sein Atem ging stoßweise. Ein übelkeiterregender Kopfschmerz hämmerte in seinem Schädel. Dieser Vorsprung war ein Geschenk des Himmels. Er wusste nicht, ob er weitere fünf Minuten in dieser extrem steilen Position ausgehalten hätte.
Auf dem Rücken liegend, starrte er nach oben. Dichter Bewuchs markierte das Ende der Felswand. Die Oberkante war nicht mehr weit entfernt. Zehn Meter, vielleicht weniger.
Aber der Fels war hier zu glatt. Keine Chance, da hinaufzukommen. Nicht nur, dass es kaum noch Möglichkeiten gab, sich festzuhalten, die Wand mündete sogar noch in einem Überhang. Als wäre das alles nicht schon schwierig genug.
Vielleicht, wenn er dem Sims weiter folgte. Er musste eine Stelle suchen, an der der Aufstieg leichter fiel.
Er stand auf und presste seine Brust gegen den Fels. Im Krebsgang schob er sich den Sims entlang. Schritt für Schritt, Meter für Meter, entlang eines Steges, nicht breiter als ein Handtuch. Einige Meter weiter bemerkte er eine Felsnase, die ein ganzes Stück hervorragte. Der Sims legte sich darum wie ein Hals-

band. Unmöglich zu erkennen, was dahinter kam. Aber egal. Er musste ihm ohnehin folgen, also tat er es.
Eric war weiß Gott kein Angsthase, aber dieser Pfad gehörte zum Schlimmsten, was er je erlebt hatte. Schlimmer, als seine Fantasie es sich ausmalen konnte. Die wenigen Gräser und Wurzeln boten den Händen keinen Halt. Sollte er in eine Schieflage geraten, würde er einen Sturz nicht verhindern können.
Die unbändige Macht der Natur überwältigte ihn.
Eric fühlte sich klein und unbedeutend. Kein Wunder, dass es Menschen gab, die in so einer Umgebung zu Gott fanden.
Er hatte es nicht so mit Gott, aber Ehrfurcht verspürte er auch. Ehrfurcht vor der Schöpfung, vor dem Leben, aber auch vor seiner Vergänglichkeit. Ein falscher Schritt, und alles war vorbei. An/aus. Wie schnell ein Leben doch enden konnte. Entscheidungen, die nur einen Wimpernschlag dauerten, jedoch den Unterschied zwischen Leben und Tod bedeuteten.
Herrgott, er wurde doch jetzt nicht etwa spirituell, oder? Nicht hier. Der Pragmatiker in ihm sagte, dass es an seiner Entkräftung oder Unterzuckerung lag, doch der Philosoph sagte etwas anderes.
Hör auf. Du musst jetzt konzentriert bleiben.
Er wischte sich über das Gesicht.
Seine Hände glitten über den Fels.
Immer wieder gab es Spalten im Gestein, in denen seine Finger guten Halt fanden. Spannungsrisse im Granit, hervorgerufen durch extreme Temperaturschwankungen.
Er hatte die Felsnase noch nicht ganz umrundet, als er ein Husten vernahm. Das Geräusch von Metall, das auf Stein schlug.
Eric blickte zurück und sah eine Hand, die über die Felskante griff. Sie hielt ein Messer. Mateus Kopf erschien.
Nass geschwitzt und aus der Puste, wuchtete er seinen massigen Körper über den steinernen Vorsprung, ließ sich über die

letzte Hürde rollen und blieb auf dem Rücken liegen. Er hatte Eric noch nicht erspäht, aber lange würde das nicht mehr dauern.
Eric biss die Zähne zusammen und schob sich weiter. Die letzten Meter legte er im Eiltempo zurück und verschwand gerade noch rechtzeitig hinter der Felsnase, ehe Mateu ihn entdeckte. Der würde sich zwar denken können, wohin sein Opfer verschwunden war, aber auf diese Weise gewann Eric wenigstens etwas Zeit. Ein paar Minuten, um seine Situation neu zu überdenken.
Er blickte nach vorn. Was er sah, ließ seinen Mut sinken. Der Sims endete. Noch etwa sieben Meter, dann hörte er auf. Einfach so. Und als ob das nicht schon schlimm genug wäre, wurde die Felswand an dieser Stelle tatsächlich noch steiler und unzugänglicher. Dreißig Meter steil nach unten abfallend und mindestens fünf über ihm aufragend, mochte sie einem Extremkletterer vielleicht ein Jauchzen entlocken, für Eric kam sie einem Todesurteil gleich.
Er spürte, wie sich sein Magen verkrampfte. Der Weg zurück war ihm versperrt, und hier kam er auch nicht weiter. Wie ein Tier, das in die Enge getrieben wurde. Es sei denn …
Er riss den Rucksack von seinen Schultern. Mit zitternden Fingern öffnete er den Reißverschluss und durchwühlte das Innere. Der Inhalt war immer noch derselbe, Metallhaken, Gurte, ein Seil. Einfachste Kletterausrüstung, und doch … Ließ sich denn damit gar nichts anfangen?
Er schüttete alles aus und starrte darauf. Das Gurtsystem war offensichtlich zum Anlegen für Taille und Schultern gedacht. Man konnte es zusätzlich zur Hüfte noch an der Brust zusammenklippen. Die Schultergurte waren verstellbar. Etliche Karabinerhaken baumelten daran. Keine Ahnung, wie der Rest funktionierte. Diese Friends sahen merkwürdig aus. An ihren Enden befanden sich Metallfächer, die mit winzigen Zähnchen versehen waren. Die Fächer ließen sich beliebig drehen und

dienten ganz offensichtlich dazu, sich in den Fels zu verbeißen. Ob die wirklich das Gewicht eines Mannes tragen konnten?

Sein Blick wanderte zu dem Riss im Fels. Er fuhr mit den Fingern hinein und untersuchte ihn. Einzelne Gesteinspartikel lösten sich und rieselten ihm entgegen. Ziemlich rau und verwittert, aber tief.

Ohne eine genauere Vorstellung von der Funktionsweise, nahm er einen der Friends, drückte ihn in den Spalt und zog daran. Sofort ging der Fächer auseinander und verhakte sich. Eric zog am unteren Ende. Saß bombenfest. Theoretisch ließe sich das Seil durch den Karabiner am unteren Ende fädeln. Und wenn er zwei verwendete, würden sie vielleicht sogar sein Gewicht halten.

In einem Moment kristallener Klarheit sah er sich selbst an der Felswand hängen. Er würde sich abseilen. Er würde das Seil durch die Friends ziehen, sie an seinem Klettergurt befestigen und absteigen. Keine Ahnung, ob das Seil lang genug war, aber er musste es einfach riskieren. Ein paar Meter würde er sich zur Not fallen lassen können, falls es nicht reichte. Wichtig war nur, dass er das Seil im Anschluss zu sich herunterziehen konnte, damit Mateu keine Chance hatte hinterherzuklettern.

In fiebriger Eile machte er sich daran, seinen Plan in die Tat umzusetzen.

Er klemmte einen zweiten Friend in den Spalt, fummelte das Seil durch die beiden Haken und befestigte dann das eine Ende an seinem Gurtsystem. Seine Finger befolgten kaum noch seine Befehle. Vom Knotenbinden hatte er keine Ahnung, deshalb stopfte er das Seilende einfach durch den linken Karabinerhaken und machte einen dreifachen Knoten. Das sah zwar nicht besonders professionell aus, schien aber zu funktionieren. Er zog kräftig daran – der Knoten hielt.

So weit, so gut.

Das zweite Ende war schwieriger. Wenn er das Seil nachher zu sich herabziehen wollte, durfte er hier keinen starren Knoten machen. Was er brauchte, war eine Verbindung, die gleichzeitig stabil und doch leicht zu lösen war. Gab es das überhaupt? Kletterer lernten solche Dinge bestimmt im Grundkurs und Seeleute auch. Er war keines von beiden.
Aber irgendetwas musste er doch tun können.
Und wenn er einfach …?
Er kramte noch einmal in seinem Rucksack. Seine Finger schlossen sich um das alte, verratzt aussehende Taschenmesser. Messer – Seil? Aber natürlich! Es war so einfach.
Er brauchte nur einen x-beliebigen Knoten zu machen und das Seil einfach durchzutrennen, sobald er unten eingetroffen war. Dann zog er das Seil durch alle Ösen zu sich herunter, und Mateu hatte das Nachsehen.
Soweit Eric das von seiner jetzigen Warte aus beurteilen konnte, blieb ihm nichts weiter übrig, als die selbstmörderische Tour über die Kante anzutreten. Eine andere Lösung fiel ihm nicht ein.
Rasch steckte er das Seilende durch den zweiten Karabiner, machte noch einen stabilen Knoten und prüfte die Haltbarkeit. Saß, wackelte und hatte Luft. Okay, dann los. Mateu konnte jeden Augenblick um die Ecke biegen.
Der Moment der Wahrheit war gekommen. Eric schluckte.
Blieb ihm wirklich keine andere Wahl, als sein Leben diesen mickrigen Haken anzuvertrauen? Wie Kinderspielzeuge sahen sie aus, wie sie da in dem felsigen Riss steckten. Und was dann? Würde er es schaffen, sein eigenes Gewicht mit bloßen Händen zu halten, oder würde ihm das Seil durch die behandschuhten Finger sausen und der Aufprall ihm sämtliche Knochen brechen?
Nun, er würde es bald erfahren.
Er setzte sich hin, schwang die Beine über die Kante und sah hinunter. Grundgütiger, war das tief. Er atmete tief ein, packte

das Seil und wollte sich gerade hinunterlassen, als über ihm ein Geräusch ertönte. Steinchen lösten sich und prasselten auf ihn herab.
Er hob den Kopf und starrte hinauf.

42

Jean-Baptiste Santini hatte sein Pferd in halsbrecherischem Ritt die Anhöhe hinaufgetrieben. Der Pfad war kaum noch zu erkennen gewesen. Er verlief zwischen wild wuchernden Myrtensträuchern, mickrigen Steineichen und Maccchiagestrüpp. Der Boden war übersät mit faustgroßen Granitbrocken, die für die Hufe seines Reittiers ein unzumutbares Risiko darstellten. Trotzdem hatte er nicht warten können, die Sorge trieb ihn unerbittlich vorwärts.
Warum nur war er auf Mateus Vorschlag eingegangen? Früher hätte er den Teufel getan, auf jemand anders zu hören, selbst wenn es sein eigener Sohn war. Doch mit dem Alter kam die Milde. Und mit der Milde die Zweifel.
Je mehr Zeit verstrich, desto mehr hatte er Angst davor, einen Riesenfehler gemacht zu haben.
Diese Geschichte war doch Irrsinn. Er hätte einfach abdrücken sollen, und die Sache wäre erledigt gewesen. Stattdessen jetzt diese vollkommen absurde Jagd durch die Berge. Es war ja nicht so, dass keine Arbeit auf ihn wartete. Eigentlich konnte er sich diesen Trip gar nicht leisten. Weder zeitlich noch logistisch oder emotional. Auf der Insel waren Kräfte am Werk, die sich seinem Vorstellungsvermögen entzogen und die dringender Aufklärung bedurften. Informationen mussten gesammelt und Entscheidungen gefällt werden. Aber Fortuna hörte nicht auf die Gebete eines alten Mannes. Sie gab ihm die Kar-

ten und zwang ihn zu spielen. Hoffentlich war es kein tödliches Spiel.

Er hatte den höchsten Punkt erreicht und war abgesprungen. Die Welt vor ihm sah aus wie abgeschnitten. Dort waren Gräser, Sträucher und Steine, doch einen Meter weiter – nichts mehr. Nur ein blaugrauer Schleier, hinter dem er mit viel Fantasie das Tal erahnen konnte, in dem sie heute Nacht campiert hatten.

Das Pferd hinter ihm gab keuchende Laute von sich. Er konnte sich jetzt nicht darum kümmern. Ein Geräusch drang von unten herauf. Ein Kratzen. Das Schlagen von Metall auf Stein. Da war jemand unter ihm!

Auf allen vieren kroch er vorsichtig nach vorn. Die Steine bohrten sich schmerzhaft in seine arthritischen Knie. Er biss die Zähne zusammen und schob seinen Kopf über den Abgrund.

Eine Handvoll Steine löste sich und prasselte nach unten.

* * *

Steinchen, Sand und Staub vernebelten die Luft und ließen Eric husten. Als er nach oben blickte, sah er ein Gesicht.

Jean-Baptiste Santini.

Er erstarrte. Er glaubte, seine Sinne würden ihm einen Streich spielen. Halluzination oder so. Doch das Gesicht wollte nicht weichen. Schnell wurde ihm klar, dass er sich das nicht einbildete. In diesem Moment kam Mateu um die Felsnase herum. Mit einem triumphierenden Ausdruck starrte er zu ihm herüber.

»Na, wohin denn so eilig, Giuliani? Sind wir in eine Sackgasse geraten? Tja, Pech, wenn man die Gegend nicht kennt.« Sein Lächeln wurde breiter, doch die Augen waren kalt.

Eric wurde sich seines Fehlers bewusst. Er hatte viel zu lange gezögert. Jetzt blieb ihm nur noch eine winzige Chance.

Noch war Mateu weit genug entfernt.
Er zog das Seil straff und wollte sich gerade abseilen, als Mateu sein Messer zog. Der Stahl funkelte wie vereiste Milch.
»Wohin denn so eilig, mein Freund? Glaubst du im Ernst, du könntest mir auf diesem Weg entwischen? Ich werde das Seil kappen, noch ehe du halb unten bist. Zehn Meter freier Fall, ich denke, dabei dürftest du dir zumindest beide Beine brechen.« Er schüttelte den Kopf mit gespielter Traurigkeit. »Zeit genug für mich, um wieder runterzusteigen und dir den Rest zu geben.« Er kam langsam näher. »Na, was denkst du jetzt? Überlegst du, ob du es vielleicht doch noch rechtzeitig schaffen wirst?«
Mateus Stimme hatte einen hypnotischen Klang. Beinahe, als würde er eine Beschwörung aufsagen.
Der Abstand betrug jetzt noch fünf Meter.
Erics Blick zuckte nach unten. Im Bruchteil einer Sekunde überschlug er die Distanz. Zähneknirschend musste er einsehen, dass Mateu recht hatte. Er würde es nicht rechtzeitig schaffen.
Sein Puls flatterte.
So eine Scheiße!
Er spürte seine Beine kaum noch. Sein Blick war auf das Messer gerichtet, alles andere verschwamm in der Unschärfe. Dieser kalt leuchtende Dorn war jetzt das Zentrum seiner Welt.
»Sieh es ein, mein Freund, es ist aus«, säuselte die Stimme. »Es gibt für dich keinen Weg hier raus. Lass es geschehen. Ich verspreche dir, dass ich schnell machen werde. Nur ein kurzer Moment des Schmerzes, dann ist es vorbei.«
Eric wich zurück. Seine Hände tasteten nach oben. Wenn er wenigstens die Knoten gelöst bekäme. Um zu kämpfen, brauchte er Handlungsspielraum. Doch nicht nur hatte sich das Seil irgendwie verheddert, die Knoten saßen stramm wie mit Kunstharz verklebt. Mit fahrigen Fingern zog er das Taschenmesser aus der Hose und klappte es auf.

Mateu schien zu ahnen, was er vorhatte, und lächelte nur. »Das hat doch alles keinen Sinn«, sagte er. »Selbst wenn du dich frei machen könntest, wohin willst du gehen? Der Sims endet dort drüben. Weiter würdest du ohnehin nicht kommen. Oder hast du gar vor, dich mit mir anzulegen? Mit diesem kleinen Messer?« Immer weiter rückte er vor. Die Distanz zwischen ihm und Eric betrug jetzt nur noch vier Meter. Er war nun bereits über den Punkt hinaus, an dem Eric die Friends in den Fels geklemmt hatte. Mit dem Rücken zur Wand, das Messer fest in der linken Hand, schob er sich im Seitwärtsgang vorwärts. Das Grinsen wurde breiter, siegessicher. Sein Kopf sah aus, als habe man ihm die Haut zu straff über die Knochen gespannt.

In diesem Moment hatte Eric eine verzweifelte Idee.

Keine Ahnung, wo die so plötzlich herkam, aber manchmal überraschte er sich selbst. Er war immer dann am besten, wenn er mit dem Rücken zur Wand stand. Und das tat er jetzt, *wortwörtlich*.

Er nahm die Hände von den Knoten und wich weiter zurück. Mateu folgte ihm. Unaufhaltsam. Er war ein Mann, dessen Schwäche darin bestand, dass es ihm an Fantasie mangelte. Er vermochte sich nicht vorzustellen, welche Energien, welchen Einfallsreichtum ein in die Enge getriebenes Tier entfalten konnte.

Eric ließ Mateu bis auf zwei Armlängen herankommen, dann stieß er sich mit aller Kraft vom Felsen ab und sprang nach vorn. Das Seil, das ihn mit dem Gestein verband, spannte sich hinter dem Korsen.

Mateu riss die Augen auf. Zu spät erkannte er, dass er einen Fehler gemacht hatte. Einen großen.

Er fuhr herum und versuchte sich festzuhalten, doch da war nichts, kein Ast, keine Wurzel, kein Strauch. Das gespannte Seil zog ihn aus seiner Standposition, brachte ihn aus dem Gleichgewicht und ließ ihn über die Kante taumeln.

»Nein!«
Der Schrei erreichte Erics Ohren, während Mateu hinabstürzte. Eigenartig, wie selektiv doch die Wahrnehmung im Moment des vermeintlichen Todes war. Eric erkannte instinktiv, dass dieser Schrei nicht aus Mateus Kehle stammte. Es war Jean-Baptiste, der so schrie. Der Alte hockte noch immer dort oben und hatte alles mit angesehen. Und nun würde er Zeuge werden, wie sein Sohn starb.
Das Seil riss an Erics Gurt, bremste den Sturz ab und veränderte seine Flugbahn. Statt senkrecht nach unten zu fallen, schickte es Eric auf einen gekrümmten Weg, der ihn zurück in Richtung Felswand trug. Eric sah das graue Monstrum auf sich zukommen, streckte Arme und Beine nach vorn und federte den Aufprall ab. Trotzdem reichte das nicht aus, um dem Sturz die ganze Wucht zu nehmen. Er rutschte weg, krachte seitlich mit der Schulter gegen den Stein und schrie auf.
Der Schlag presste ihm die Luft aus der Lunge. Ein scharfer Schmerz zuckte seine Seite empor. Vermutlich die angeknackste Rippe. Für einen Moment lang glaubte er, die Haken hätten sich gelöst, doch das war nur Einbildung. Seil und Befestigungssystem hielten.
Überraschenderweise.
Mateu hatte es irgendwie geschafft, die Felskante zu packen und sich dort festzuhalten. Er hing etwa drei Meter über Eric, doch er hatte schwer zu kämpfen. Mit panischen Bewegungen versuchte er, Halt zu finden. Nur an den Fingerspitzen baumelnd, hangelte er sich nach rechts in Richtung Seil. Er durfte es auf keinen Fall erreichen. Eric streckte die Beine aus, stemmte sich gegen den Fels und drückte sich davon weg. Der Zug auf seinen Händen ermöglichte es ihm, durch Umgreifen die Steilwand hochzulaufen. Sein Kraft-Gewicht-Verhältnis war eindeutig besser als das des Korsen, und so erreichte er ihn, noch ehe dieser das Seil zu packen bekam. Er löste eine Hand vom Seil, packte Mateus Bein und riss heftig daran.

Ein panischer Schrei löste sich aus Mateus Kehle. Seine rechte Hand rutschte ab. Er fing sich aber wieder, blickte nach unten, sah Eric und fing wie wild an zu strampeln und zu treten. Einer der Tritte erwischte Eric an der Schläfe, doch der ließ sich davon nicht irritieren. Wieder griff er nach einem Bein, hielt es fest und zog. Er spürte, wie Mateus Widerstand zu erlahmen begann. War dieser eben noch von Hass und Mordlust getrieben gewesen, ging es für ihn jetzt nur noch ums nackte Überleben. Ein Kampf, den er nicht gewinnen konnte. Eric war einfach in der besseren Position. Noch einmal packte er Mateu und riss an seinem Bein. Wütende Schreie ertönten. Ein Schuh löste sich und taumelte in die Tiefe.
Eric wich mit seinem Seil ein Stück weit nach rechts aus und begann hochzuklettern. Er wollte verhindern, dass Mateu auf die irrwitzige Idee kam, sich fallen zu lassen und ihn mit in die Tiefe zu reißen.
Doch der Sohn des Bandenchefs dachte gar nicht daran. Er hatte aufgegeben, Eric konnte es ihm ansehen. Wie ein verängstigtes Kind hing er an den Fingerspitzen der linken Hand, versuchte verzweifelt irgendwo mit den Füßen Halt zu finden und wimmerte. Unglaublich, aber wahr. Der große, stolze und mitleidlose Mateu flennte! Es war absehbar, dass ihm nur noch Kraft für einige wenige Sekunden blieb.
Eric packte das Seil, kletterte die letzten Meter hinauf und schwang sein Bein über die Kante.
Gerettet! Er sog die Luft in seine gequälten Lungen. Ein Gefühl unendlicher Erleichterung durchströmte ihn. Es war, als atmete er den reinen Nektar des Lebens ein.
»B… bitte«, ertönte Mateus Stimme, der nebenan mit dem Tode rang. »Hilf mir rauf, ich bitte dich.«
Eric richtete sich auf. Seine Muskeln waren wie aus Gummi. Mateus Finger waren bleich wie Knochen. Nicht ein Tropfen Blut floss mehr in ihnen. Einige der Nägel waren abgebrochen. Blaugraue Krusten bedeckten die Fingerspitzen.

»Warum sollte ich das tun?«, fragte er. »Du wolltest mich umbringen, schon vergessen? Du hast hoch gepokert und verloren. Spielschulden sind Ehrenschulden, heißt es nicht so?«
Ein heiserer Schrei löste sich aus Mateus Kehle. *»Ich will nicht sterben.«*
»Wer will das schon?«
»Ich ... ich verspreche dir, dass ich dich am Leben lassen werde. Geh, wohin du willst. Bleib von mir aus hier, aber lass mich nicht verrecken wie einen Hund. *Bitte!*« Tränen strömten über seine Wangen. Die Mischung aus Staub, Blut und Schweiß ließ sein Gesicht jünger erscheinen. Das Gesicht eines Knaben, dem soeben klar geworden war, dass dies die letzten Sekunden seines Lebens waren.
»Eric!«
Eric schaute nach oben. Das Antlitz von Jean-Baptiste war eine Maske des Entsetzens. Vielleicht lag es am Licht, aber er schien binnen der vergangenen Minuten um Jahre gealtert zu sein. Ein erschütternder, niederschmetternder Anblick. Konnte Eric es wirklich zulassen, dass er seinem Sohn beim Sterben zusehen musste? War er so abgebrüht? Andere hätten es getan. Und diese Typen hatten es weiß Gott verdient. Auge um Auge, Zahn um Zahn und der ganze Scheiß.
Doch tief in sich spürte Eric so etwas wie Mitleid. Sie mochten anders sein – verschlagen, hinterhältig, heimtückisch –, er war es nicht. Er wusste, dass etwas in ihm kaputtgehen würde, wenn er dieser wehrlosen Kreatur nicht half.
Also tat er es. Wider besseres Wissen und mit der Vorahnung, dass ihm dieser Schritt noch viel Ärger einhandeln würde. Einfach, weil er Eric Marchand war.
Er atmete tief ein, biss die Zähne zusammen und schüttelte den Kopf. Mit einem leisen Fluch auf den Lippen streckte er seine Hand aus und reichte sie Mateu.

43

»Hände hoch. Keiner rührt sich!«
Laurine, die hinter Mahmoud stand, beobachtete, wie der Chefinspektor mit gezogener Waffe auf die Männer zuging. Dafür, dass sie ihn lange für einen tapsigen Bären gehalten hatte, machte er jetzt gerade einen ziemlich entschlossenen Eindruck. Sie zweifelte keine Sekunde daran, dass er von seiner Waffe Gebrauch machen würde, sollte einer der Typen ihm krummkommen. Sogar seine Stimme war eine andere. Scharf und befehlsgewohnt.
»Kommt schon, Leute, runter mit den Waffen. Ich will, dass alle ihre Gewehre hier auf einen Stapel legen. Einer nach dem anderen und immer hübsch langsam.«
Die Männer reagierten nicht. Mit blutunterlaufenen Augen starrten sie die Neuankömmlinge an. Einer hob sein Gewehr, doch Mahmoud feuerte ihm direkt vor die Füße. Der Knall war ohrenbetäubend. Staub wirbelte auf.
»Ich werde mich nicht wiederholen. Die nächste Kugel lenke ich in Ihr Herz.« Er wedelte mit der Pistole. »Sie auch, Monsieur Santini. Weg von der Felskante!«
Der alte Mann kniff die Augen zusammen. Er fixierte erst Laurine, dann Mahmoud. »Kennen wir uns, Monsieur?«
»Noch nicht, aber das werde ich sofort ändern.« Mahmoud fummelte in der Innentasche seiner Jacke und zog seine Marke heraus. »Chef de Police Mahmoud Clément. Ich hätte da ein paar Fragen an Sie.«
»Ein paar Fragen?« Jean-Baptiste schien nicht zu wissen, was er davon halten sollte. Eigentlich war es ein Witz. Sechs schwer bewaffnete Männer gegen eine unbewaffnete Frau und einen Marokkaner mit einer mickrigen 9-mm-Pistole.
Doch Laurine hatte den alten Mann noch nie so sprachlos

erlebt. Irgendetwas schien ihn schwer erschüttert zu haben. Waren das etwa Tränen, die da in seinen Augen schimmerten?
»Sie kommen leider gerade etwas ungünstig«, sagte Santini mit heiserer Stimme. »Wir stecken hier in einer schwierigen Mission. Mein Sohn ...«
»Was ist mit ihm?« Mahmoud kniff die Augen zusammen. »Und wo ist Monsieur Marchand?«
»Sie ... sie sind beide noch dort unten.« Santini deutete den Abhang hinab. »Sie scheinen verletzt zu sein und benötigen dringend Hilfe.«
Mahmouds Pistole nahm die Männer der Reihe nach ins Visier. »Verletzt?« Die Stimme wurde noch eine Nuance schneidender. »Was ist geschehen?«
»Ein Unfall. Wir waren gerade dabei, die beiden heraufzuholen.«
Laurine spürte, dass das eine Lüge war. Ein Unfall? *Lächerlich.* Aber sie schwieg. Sie wollte nicht, dass die Situation eskalierte. Den Männern war anzusehen, dass sie nur auf den Befehl ihres Herrn warteten, um sich auf den Polizisten zu stürzen. Aber Jean-Baptiste wirkte viel zu unentschlossen. Irgendetwas Schlimmes musste dort unten passiert sein.
Bei dem Gedanken daran krampfte sich ihr Herz zusammen.
Mahmoud warf ihr einen knappen Blick zu. »Laurine, gehen Sie nach vorn und berichten Sie mir, was Sie da sehen. Und ihr anderen: Weg von der Kante. Nach rechts, wenn ich bitten darf. Zu den Pferden.«
Laurine wartete, bis der Weg frei war, dann ging sie nach vorn.
»Vorsichtig, hören Sie?«, rief Mahmoud.
Sie hob ihre Hand und gab ein Zeichen, dass alles okay war.
Schließlich machte sie das nicht zum ersten Mal. Sie kannte die Berge. Sie kannte sogar diese Wand. Vor einigen Jahren war dies einmal ein beliebter Treffpunkt für Kletterer gewesen, doch nachdem einer von ihnen tödlich verunglückt war, hatte man ihn geschlossen.

Das Gestein zeigte starke Spuren von Verwitterung. Die oberste Schicht des Granits hatte sich in feinen Gesteinsgrus verwandelt, der unter den Schuhen zu rutschigem Rollsplitt wurde.
Sie ging in den Vierfüßlerstand, dann legte sie sich auf den Bauch und robbte nach vorn. Sie schob ihren Kopf über die Kante, hielt sich sicherheitshalber an einem verkrüppelten Olivenbäumchen fest und schaute nach unten.
Der Anblick verschlug ihr den Atem. Da waren sie, Eric und Mateu. Beide waren am Leben, wirkten aber recht mitgenommen. Als hätte er ihre Anwesenheit gespürt, hob Eric seinen Kopf und guckte nach oben. Sein Blick traf sie mitten ins Herz. Sie lachte.

* * *

Eric wartete, bis das Seil wieder herabkam, stellte seinen Fuß in die Schlaufe und signalisierte mit einem Daumensignal das Okay. Dann ging es aufwärts.
Der Ruck, mit dem er hochgezogen wurde, erinnerte ihn schmerzhaft an die Ereignisse der jüngeren Zeit. Jeder Muskel und jeder Knochen in seinem Körper taten weh. Er fühlte sich wie eine zerbrochene Vase, die nur unvollständig wieder zusammengesetzt worden war. Und noch immer schien sein Abenteuer nicht zu Ende zu sein. Was zum Teufel tat Laurine denn hier? Auch wenn er sich über ihren Anblick freute, war sie in allergrößter Gefahr. Wieso war sie ihnen überhaupt gefolgt?
Die Felskante kam näher. Und wenn er oben war? Nicht auszuschließen, dass Santini ihn über die Kante stieß, kaum dass er seinen Fuß auf festen Boden gesetzt hatte. Das wäre der einfachste Weg, ihn loszuwerden.
Aber vor Laurines Augen? Vielleicht entsorgten sie sie ja gleich mit.

Eric hatte einen Punkt erreicht, an dem er alles gleichermaßen für wahrscheinlich wie unwahrscheinlich hielt.
Die Kante tauchte auf. Hände packten ihn, zogen ihn hoch und stellten ihn auf die Füße. Ein paar Meter weiter lehnte Mateu gegen einen Felsen. Offenbar hatte er sich übergeben. Er sah aus wie ein Boxer, der ausgezählt in der Ecke stand und sich von seinem Trainer wiederherstellen lassen musste. Jean-Baptiste war bei ihm und redete leise auf ihn ein.
Erics Blick wanderte weiter zu Laurine. In ihren Augen entdeckte er eine seltsame Mischung aus Vorwurf, Erleichterung und Sorge. Ein zaghaftes Lächeln umspielte ihre Lippen.
Vielleicht lag es ja an diesem merkwürdigen Zustand aus Reizüberflutung, Übermüdung und Entkräftung, dass er den Mut aufbrachte, das zu tun, wonach es ihn am meisten verlangte. Er ging auf sie zu, schloss sie in seine Arme und küsste sie. Vor versammelter Mannschaft. Es war ihm egal, was die anderen dachten. Sollte er sterben müssen, so wenigstens mit der Erinnerung an diesen Kuss. Er spürte, wie sie sich versteifte, doch dann wurde sie entspannter, legte ihre Arme um ihn und erwiderte den Kuss.
Himmel, roch sie gut. Wie eine Mischung aus Lavendel und Honig. War das immer schon so gewesen? Und wenn ja, wieso war ihm das nicht aufgefallen?
Ein zaghaftes Räuspern holte ihn zurück in die Realität.
»Monsieur Marchand, auf ein Wort.«
Eric blieb noch ein wenig länger stehen. Er wollte nicht, dass dieser Moment endete.
»Bitte, Monsieur, wir müssen reden.«
Wessen Stimme war das? Irgendwie kam sie ihm bekannt vor. Er löste seine Lippen von Laurines. Ihre Augen glänzten. Ein rosiger Schimmer lag auf ihren Wangen.
Verlegen senkte sie den Kopf und trat einen Schritt zurück. Hinter ihr stand …
»Chefinspektor?«

Er hatte Clément zwar vorhin gesehen, hatte ihn aber für einen von Santinis Männern gehalten. Kein Wunder, immerhin trug er Zivil. Braune Jacke, robuste Hosen, Wanderstiefel. Er sah aus, als wäre er auf Moorhuhnjagd.

»Ich grüße Sie, Monsieur Marchand. Ich dachte mir, Sie könnten vielleicht etwas Unterstützung brauchen. Alles okay bei Ihnen?«

»Ich fühle mich den Umständen entsprechend gut, das sagt man doch so, oder?« Seine Augen zuckten hinüber zu Laurine, aber sie wich seinem Blick aus. Er bemerkte, dass Clément eine Waffe in der Hand hielt. Er war der Einzige.

»Ganz sicher, dass es Ihnen gut geht? Sie sehen ziemlich ramponiert aus.«

»Und wennschon. Ich bin am Leben ...«

Der Chefinspektor fummelte in seiner Jackentasche herum und holte ein speziell geformtes Handy heraus. »Am Leben, ja, aber da können Sie von Glück sagen. Keine Ahnung, wie das hier ausgegangen wäre, wenn wir nicht rechtzeitig eingegriffen hätten. Na, zumindest habe ich hier oben wieder Empfang. Ich werde wohl mal besser den Hubschrauber anfordern ...« Er fing an, ein paar Tasten zu drücken.

Eric bemerkte augenblicklich, wie die Stimmungslage umschlug. Hatte eben noch skeptische Neutralität geherrscht, so wirkte die Haltung der Männer jetzt offen feindselig. Erics Blick zuckte zu den Santini hinüber. Der Alte hatte sich von seinem Sohn abgewendet und warf seinen Leuten vielsagende Blicke zu. Wortlose Kommunikation, Eric wusste, was das bedeutete. Ein knappes Signal, und die Situation würde eskalieren. Möglich, dass Clément einen oder zwei von ihnen erwischte, ehe sie ihn überwältigten, aber gegen den Rest der Bande hatten sie keine Chance. Sie würden über ihn und Eric herfallen und kurzen Prozess mit ihnen machen.

Er musste etwas unternehmen.

»Ich denke, wir brauchen keinen Hubschrauber«, sagte er. »Es

gab einen kleinen Kletterunfall, das war's. Ist doch nichts passiert.«
»Nichts passiert?« Der Daumen schwebte in der Luft. Die Augen des Inspektors wurden klein wie Kiesel. »Wollen Sie mir erzählen, das hier sei ein freundschaftliches Treffen?«
»So ähnlich, ja …« Eric lächelte entschuldigend.
»Dann ist also nicht Jagd auf Sie gemacht worden?«
»Auf mich? Wie kommen Sie denn darauf?«
»Ich rede von dieser Aktion hier. Wir folgen Ihnen schon eine ganze Weile. Wir haben Sie beobachtet und wissen ziemlich genau, was geschehen ist.«
»So, was denn?«
Cléments Augen wurden noch schmaler. »Wollen Sie mich verarschen? Die Schießerei letzte Nacht, die Flucht in die Berge, der überhastete Aufbruch …«
»Da müssen Sie sich irren.« Eric war überrascht, wie viel der Inspektor tatsächlich mitbekommen hatte. Wie lange waren sie ihnen denn schon auf den Fersen? Das Licht im Berg. Das war eine Taschenlampe gewesen!
Er hatte keine Ahnung, wie er mit dieser Lüge durchkommen sollte, trotzdem musste er seine Rolle weiterspielen, wenn er sichergehen wollte, dass sie die nächsten Minuten überlebten. Wobei – konnte man bei diesen Leuten wirklich von *sichergehen* reden? Im besten Fall musste er einfach auf ihr Wort vertrauen.
»Tut mir leid, aber ich weiß nichts von einer Jagd«, sagte er mit Bestimmtheit. »Es sei denn, auf Wildschweine. Und das ist ja nicht verboten, oder?«
Mahmoud starrte ihn verständnislos an. Ebenso die Korsen. Vor allem Vater und Sohn. Sie schienen nicht zu wissen, was sie von der Sache halten sollten.
Nur Laurine stand in diesem Moment auf seiner Seite.
»Scheint, dass wir uns geirrt haben, Mahmoud«, sagte sie, legte sanft ihre Hand auf den Lauf der Pistole und drückte ihn

nach unten. »Ich glaube, wir brauchen keinen Helikopter. Und es wäre vielleicht besser, wenn diese Sache nicht in den Polizeiakten auftauchen würde. Hm, was sagen Sie? Meinen Sie, Sie könnten darauf verzichten? Immerhin sind Sie ja nicht in offizieller Mission unterwegs, oder?« Sie sah ihn mit flehenden Augen an.

»Aber …« Ihm klappte der Unterkiefer herunter. »Habe ich hier etwas nicht mitbekommen? Wir waren doch überzeugt davon, dass diese Männer Marchand umbringen wollten. Warum glauben Sie jetzt, dass sie ihn in Ruhe lassen werden?«

»Ich muss einfach auf meinen gesunden Menschenverstand vertrauen«, sagte sie und sah die beiden Santini streng an. »Und das sollten Sie auch, wenn Sie klug genug sind.«

Vater und Sohn tauschten vielsagende Blicke aus.

Jean-Baptiste schien mit den Worten zu ringen. In schneller Folge wechselten Wut und Resignation auf seinem Gesicht. Irgendwann schüttelte er den Kopf und ließ die Schultern hängen. »Ja«, murmelte er. »Laurine hat recht. Marchand hat meinem Sohn das Leben gerettet, das kann ich nicht leugnen.«

»Also …?«

»Aber ich habe einen Schwur geleistet.«

Laurine verschränkte die Arme. Sie wirkte auf einmal wie eine korsische Mama, die ihren Söhnen die Leviten las. Ein Anblick, der Eric gefiel.

»Ich kann es nicht glauben, dass du immer wieder mit diesem Schwur anfängst. Das ist so … so – mittelalterlich!«

»Was soll ich denn machen?«, protestierte der Alte. »Ich musste es meinem Vater auf dem Sterbebett schwören. Als jemand, der die Traditionen ehrt, solltest du Verständnis dafür haben.«

»Traditionen sind eine Sache, Verbohrtheit eine andere. Wenn Eric Mateu wirklich das Leben gerettet hat, dann kannst du ihn unmöglich umbringen. Das wäre ein viel größerer Fluch als ein nicht eingelöstes Versprechen. Vielleicht könntet ihr ja … Moment mal.« Sie verstummte.

Eric sah sie neugierig an. Es war nicht zu übersehen, dass sie eine Idee hatte. »Woran denkst du?«

»Ich glaube, ich weiß, wie wir das Problem aus der Welt schaffen können«, sagte sie, und ein Strahlen huschte über ihr Gesicht. »Wieso habe ich vorher noch nicht daran gedacht?«

»Was meinst du?«

»Es gibt nur einen Weg, diesen Konflikt beizulegen«, sagte sie. »Du musst sterben, und dann wirst du begraben. Ganz so, wie es die Tradition verlangt. Und zwar nicht irgendein Begräbnis, sondern ein korsisches Begräbnis.«

»Ich weiß nicht, ob ich dir folgen kann. Sterben, begraben werden? Das klingt nicht sehr verlockend …«

»Vertrau mir.« Sie lächelte. Dann gab sie ihm einen Kuss. »Du wirst es verstehen, wenn du es siehst. Doch bis dahin ist noch einiges zu tun.« Sie sah die Männer streng an. »Was seid ihr bloß für ein jammervoller Haufen? Seid ihr Männer oder was? Wo ist eure Jagdbeute? Wollt ihr mir etwa erzählen, dass ihr noch kein einziges *Sanglier* geschossen habt? Was sollen eure Frauen von euch halten? Also aufgesattelt, und dann los. Wir haben nicht den ganzen Tag Zeit.«

44

Die Trauergemeinde war, dem Anlass angemessen, festlich gekleidet. Schwarze Mäntel, schwarze Röcke und Hosen, tief ins Gesicht gezogene Hüte. Gesprochen wurde nur wenig. Die Gesichter waren ernst. Einzig das Schuhwerk fiel aus dem Rahmen, denn der Weg hinauf zur Begräbnisstätte war steil und schwierig. Einen richtigen Pfad gab es eigentlich nicht, und so kam es, dass manche der Menschen sich von der Hauptgruppe entfernt hatten und querfeldein gelaufen waren.

Eine kleine Gruppe von Männern bildete die Vorhut. An der Spitze liefen Jean-Baptiste Santini, sein einziger Sohn Mateu sowie ein Priester, der eine Urne vor sich hertrug. Es waren auch einige ältere Personen unter den Trauergästen. Manche so alt, dass sie nicht allein gehen konnten, sondern geführt werden mussten. Im Schneckentempo krochen sie den Hang hinauf, und es dauerte eine ganze Weile, bis sie oben eingetroffen waren.

Eric hielt sich im Hintergrund. Er trug eine Regenjacke mit Kapuze, die er tief ins Gesicht gezogen hatte. Er war nur Zaungast bei dieser Veranstaltung.

Obwohl jeder wusste, was es mit diesem Ort für eine Bewandtnis hatte, gab es offensichtlich einige, die noch nie zuvor hier gewesen waren. Sie kannten ihn nur aus Geschichten, die bis weit in die Vergangenheit reichten. Geschichten voller Grausamkeit, Trauer und Elend.

Das Mausoleum war in den Jahren seit dem Niedergang in Vergessenheit geraten und existierte nur noch in Erzählungen. Ehemals stolzes Familiengrab, heute kaum mehr als eine Ruine oben auf dem Hügel.

Ein würdevolles Schweigen lag über dem Ort. Nach und nach trafen die letzten Besucher ein. Stumm und geduckt stand das Gemäuer oberhalb der zerbrochenen Treppenflucht und richtete seinen alterstrüben Blick auf die Menschen. So viele Besucher. Das hatte es seit Ewigkeiten nicht mehr gegeben. Was wollten die hier, warum störten sie den Frieden und die Ruhe? Irgendetwas Außergewöhnliches musste vorgefallen sein.

Eric hielt Laurines Hand, während sie die Trauergäste beobachteten, die, oben angelangt, kreisförmig um das Mausoleum standen. Neben ihnen befanden sich Letizia, Battista und Petru. Erics Patentante hatte – wie andere Trauergäste auch – ihr Gesicht mit einem Schleier verhüllt. Das war so üblich hier und half ihnen, ihre Tarnung aufrechtzuerhalten. Sogar Mahmoud war mit von der Partie. Eric sah ihn drüben zusam-

men mit seinem Assistenten Philippe Renard sowie drei anderen Polizisten in Zivil. Sie sorgten dafür, dass diese Zeremonie in friedlichen Bahnen verlief.
Eric schlug den Kragen seines Mantels hoch. Er spürte die Kälte des herannahenden Winters. Der Reif auf den Gräsern, der Schnee auf den Flanken des Monte Cintu – nicht mehr lange, dann würde hier oben alles unter einer Schneedecke versinken. In ein paar Monaten begann das neue Jahr. Ein Jahr voller Hoffnungen und Möglichkeiten. Was würde die Zukunft für ihn bereithalten? Wohin würde die Reise gehen? Er hatte nicht die geringste Ahnung. Genauso wenig, wie er die Frage beantworten konnte, ob er auf dieser Insel bleiben oder wieder nach Paris zurückkehren würde. Es gab Gründe, die für die Rückkehr sprachen, aber mindestens ebenso viele, die ihn zum Hierbleiben bewogen. Einer davon stand links von ihm.
Laurine blickte ernst zu der Gruppe von Männern hinüber, die sich an der Tür zu schaffen machten und versuchten, sie von Schmutz und Ablagerungen zu befreien. Die verkrustete Pforte musste mit Gewalt aufgebrochen werden.
Eine lange Zeit hörte man nur Kratzen und Schaben, vermischt mit angestrengtem Schnaufen, doch dann gab das Schloss nach und sprang mit einem laut hörbaren Krachen auf. Mit vereinten Kräften zogen die Männer an der quietschenden und ächzenden Tür, bis sie ganz geöffnet war.
Dunkelheit strömte wie Rauch aus dem Inneren.
Eric reckte den Hals. Er wollte ein paar Stufen hinaufgehen, wurde jedoch von Laurine am Arm festgehalten.
»Nein«, flüsterte sie. »Besser, du hältst dich im Hintergrund. Hier weiß niemand, wer du bist, und das soll auch so bleiben.«
»Aber es ist meine Beerdigung«, flüsterte Eric. »Mein Festtag. Wann hat man schon mal Gelegenheit, bei seiner eigenen Bestattung dabei zu sein?«
»Witzbold«, flüsterte sie zurück und lächelte verschmitzt. »Du solltest das ein bisschen ernster nehmen.«

»Bitte verzeih«, murmelte er. »Beim nächsten Mal, okay? Hey, bin ich das da vorn in der Urne, oder ist das ein Wildschwein?«

»Psst.« Laurine senkte die Stimme. Einige der Personen drehten bereits ihre Köpfe zu ihnen herüber.

Eric tat so, als müsse er sich schnäuzen. Natürlich war der Anlass ernster Natur – immerhin ging es darum, den Namen seiner Familie zu Grabe zu tragen. Ab dem heutigen Tage würde es die Giuliani nicht mehr geben. Er war der Letzte gewesen, und nun war er tot. Dokumente waren aufgesetzt und notariell beglaubigt worden. Es gab einen Eintrag im Sterberegister, versehen mit dem Vermerk, dass Eric Giuliani während einer Wanderung in den korsischen Bergen einem tragischen Unglück zum Opfer gefallen war. Briefe mussten vernichtet, Tagebücher verbrannt und Fotos unkenntlich gemacht werden. Geburts- und Sterbeurkunden mussten erstellt, manche Einträge geringfügig angepasst werden. Ein Rattenschwanz an Bürokratie, der nur dem Ziel diente, Spuren zu verwischen und Nachforschungen zu erschweren. Alles eine Frage der finanziellen Mittel. Die Umsetzung selbst war Routine. Die Korsen hatten Erfahrung damit, schließlich waren sie die Meister der Tarnung und Verschleierung. Wer nicht gefunden werden wollte, der wurde nicht gefunden – weder im Diesseits noch im Jenseits. So viel verstand Eric inzwischen von der korsischen Seele, dass ihn die Schnelligkeit und Präzision dieses Verfahrens nicht verwunderte.

Viel kurioser war da schon diese Trauerfeier. Denn bei aller Trickserei war es den Menschen offensichtlich ein Anliegen, dass der Tod einer Person nicht nur in den Akten verbrieft war, sondern in den Köpfen und Seelen seine Vollendung fand. Um ein Buch zu beenden, musste auch das letzte Kapitel gelesen werden. Zu sagen, man könne sich das sparen, weil man den Ausgang ohnehin schon kannte, zählte nicht. Selbst wenn sich in der Urne nicht die Asche eines Menschen befand, so genügte das offensichtlich, um das Bedürfnis nach Ritualen und

Traditionen zu befriedigen. Es gab ein Grab, eine Urne und einen Priester – alles hatte seine Richtigkeit. Das Kapitel war abgeschlossen, das Buch zusammengeklappt und konnte zurück ins Regal gestellt werden. Wen interessierte es da schon, wessen Staub das war, der im Mausoleum beigesetzt wurde?

Der Priester sprach ein paar Worte auf Korsisch, schwenkte das Aspergill mit dem Weihwasser und wies die Männer danach an, die Tür wieder zu verschließen. Als das geschehen war, fand die Zeremonie ihren Abschluss in einem gemeinsamen Gebet sowie einem korsischen Lied, das Jean-Baptiste zusammen mit seinem Sohn und anderen Clanmitgliedern anstimmte. Es dauerte nicht lange, und die meisten Trauergäste stimmten mit ein. Sogar die alten Frauen. Ihr Gesang hallte weithin über Berge und Täler, über Wiesen und Weiden und harzig duftende Hügel.

Auch wenn Eric die Zeremonie immer noch für eine ziemlich melodramatische Veranstaltung hielt, konnte er doch nicht umhin, Ergriffenheit zu empfinden. Er beneidete diese Menschen um ihre tiefe Verbundenheit mit den Ritualen und Traditionen ihrer Ahnen. Er wünschte sich, er würde dieses Gefühl auch eines Tages verspüren, und wenn auch nur für einen kurzen Moment.

Die Stimmen verstummten, und die Menschen machten sich auf den Abstieg. Der Letzte der Giuliani hatte seine Ruhe gefunden. Die Geister würden nun hoffentlich schweigen.

Laurine und Eric gesellten sich zu Letizia und den anderen und warteten, bis der Großteil der Menschen gegangen war. Mahmoud kam zu ihnen herüber und tippte zum Gruß leicht an die Krempe seiner Schiebermütze.

»Bewegende Zeremonie, Monsieur Marchand. Ich beglückwünsche Sie dazu, dass Sie das erleben dürfen.«

»Wobei ich nicht weiß, ob das ein Segen oder ein Fluch ist«, sagte Eric. »Aber ich habe ja noch ein bisschen Zeit, das herauszufinden. Zum Glück bin ich nicht abergläubisch, sonst

würde ich vermutlich keine ruhige Nacht mehr verbringen können.«
»Zumindest werden die Geister der Gegenwart Sie künftig in Ruhe lassen. Ich habe vorhin mit Monsieur Santini gesprochen. Er hat mir versichert, dass die Angelegenheit damit für ihn erledigt ist. Ich tendiere dazu, ihm zu glauben. Er weiß, dass er von nun an unter meiner genauen Beobachtung steht. Ob sein Sohn die Füße stillhalten wird, ist eine andere Frage. Aber ich glaube, es gibt eine Menge, worüber er nachdenken kann. Sehen Sie einfach zu, dass Sie ihn nicht provozieren.«
»Keine Sorge«, sagte Eric. »Ich weiß, wann Schluss ist.« Er berührte zaghaft Laurines Hand.
Der Chef de Police nickte ihr respektvoll zu. »Brillanter Einfall, Madame Altieri. Die Idee, ein Scheinbegräbnis durchzuführen, ist ebenso unkonventionell wie befriedigend. Wie kamen Sie darauf?«
»Das hatte mit der symbolischen Hinrichtung zu tun«, sagte sie. »Da ich nicht viel über das Ritual wusste, habe ich die Stunden genutzt, um mich diesbezüglich in einigen alten Büchern schlauzumachen. Dort stieß ich auf besagtes Begräbnis.«
Clément nickte. »Wie gesagt, genial. Wie es scheint, haben Sie damit alle Bedürfnisse befriedigt. Wenn es doch nur immer so einfach ginge.«
Sie zuckte die Schultern. »Einfach, na ja. Aber manchmal ist es doch gut, wenn die alten Gebräuche und Traditionen nicht völlig in Vergessenheit geraten.« Sie zwinkerte Eric zu. »Immerhin hast du so einen Ansatz für das Ende deines Romans gefunden.«
»Ist das wahr?« Battista hob verwundert die Brauen.
»Ja«, erwiderte er. »Meinem guten alten Kommissar Figuret wird ebenfalls ein Scheinbegräbnis zuteilwerden. Ich habe bereits mit Albert, meinem Lektor bei Gallimard, gesprochen,

und er ist begeistert. Das Leben imitiert die Kunst. Oder war es andersherum? Ach, ist ja auch egal.«
»Gratuliere, Monsieur Marchand«, sagte Jean-Baptiste Santini, der sich unauffällig zu ihnen gesellt hatte. »Es ist schön zu erfahren, dass Sie mit Ihrem Roman weiterkommen.«
Als er den Ausdruck in den Gesichtern der Anwesenden bemerkte, hob er die Hand. »Bitte seien Sie nicht alarmiert«, sagte er mit sanfter Stimme. »Sie haben nichts von mir zu befürchten. Ich wollte nur die Gelegenheit nutzen und mich persönlich von Ihnen verabschieden. Außerdem möchte ich unserem Gast zu dieser gelungenen Zeremonie gratulieren. Ich hoffe, es war alles zu Ihrer Zufriedenheit.«
»Ich bin so zufrieden, wie man als Toter nur sein kann«, sagte Eric, der kein gesteigertes Interesse verspürte, mit diesem Mann länger als unbedingt nötig zu reden. Er hatte nicht vergessen, was er durch diese Familie erleiden musste, und sich geschworen, Nachforschungen über den mysteriösen Tod seines Vaters anzustellen. Was diese Sache betraf, war das Buch noch längst nicht abgeschlossen.
»Sehr schön«, sagte der alte Santini. »Sie ahnen gar nicht, welche Last mir damit von den Schultern genommen wurde. Endlich kann ich dieses leidige Thema abhaken und mich neuen Herausforderungen stellen.« Er lächelte, auch wenn es etwas gezwungen wirkte. Vermutlich konnte ein Jean-Baptiste Santini niemals ungezwungen lächeln.
»Darf ich Sie alle noch zu einem kleinen Umtrunk in mein Haus einladen? Sie sind ebenfalls eingeladen, Chefinspektor Clément. Damit wären Sie der erste Polizist, dem ich so etwas anbiete.«
»Dann sollte ich mich wohl geschmeichelt fühlen.«
»Das können Sie halten, wie Sie wollen, Monsieur. Doch ich habe das Gefühl, dass wir beide uns auf einer Wellenlänge befinden.«
»Wenn Sie sich da mal nicht täuschen.« Mahmouds Ausdruck

wurde hart. »Auch wenn ich einmal ein Auge zugedrückt habe, werde ich Sie und Ihren Verein weiterhin mit Argusaugen beobachten. Vergessen Sie nicht, Sie stehen immer noch unter Verdacht wegen dieser Sache in Ajaccio.«
»Ajaccio? Ach, dann wissen Sie es noch gar nicht?«
»Wovon reden Sie?«
Santini senkte die Stimme. »Ich habe heute Morgen aus sicherer Quelle erfahren, wer hinter dem Anschlag auf den stellvertretenden Bürgermeister steckt. Ich dachte es mir schon länger, aber jetzt haben wir hieb- und stichfeste Beweise. Wenn Sie möchten, lasse ich Ihnen die Informationen über den offiziellen Weg zukommen.«
»Sie wollen mir Informationen zukommen lassen?«
»Aber ja. Eine Hand wäscht die andere. Sie haben mir geholfen, ich helfe Ihnen. So läuft das bei uns. Hier auf Korsika halten wir zusammen.«
»Der Anschlag in Ajaccio?« Eric runzelte die Stirn.
Santini nickte. »Der und die Sabotage an Ihrem Auto. Auch sie geht auf die Rechnung dieser Gruppierung. Inspector Clément war durchaus auf dem richtigen Weg, als er vermutete, die beiden Fälle würden zusammengehören. Nur, dass er an der falschen Stelle gesucht hat.«
»Wer war es denn nun?«, knurrte Clément.
»Das würde mich auch interessieren«, sagte Petru.
»Ja, ich dachte mir, dass die Presse das auch interessiert.« Santini zwinkerte dem Reporter zu. »Aber ich möchte diese Informationen nicht so zwischen Tür und Angel verbreiten. Alles wird seinen geregelten Gang gehen. Zuerst die Polizei, dann Sie. Lassen Sie sich überraschen. Es wird kein Spaziergang werden, so viel darf ich Ihnen verraten.«
»Können Sie uns nicht wenigstens einen kleinen Hinweis geben?«, fragte Eric.
Santini lächelte grimmig. »Haben Sie noch nicht genug Aufregung gehabt, Monsieur Marchand? Steht Ihnen der Sinn

nach mehr Abenteuern? Dann halten Sie sich an Chefinspektor Clément hier. Er wird in den nächsten Monaten mehr als genug zu tun haben.« Er wandte sich an den Polizeibeamten. »Sie wissen vermutlich, dass jemand in großem Stil Grundstücke an der Ostküste kauft, oder?«

»Das ist uns bekannt, ja«, sagte Clément.

»Dann wissen Sie vermutlich auch, dass dahinter eine Briefkastenfirma mit Sitz in Paris steckt. Ein türkischer Großinvestor, der dafür sorgt, dass die finanziellen Mittel nicht versiegen. Und ich versichere Ihnen, wir reden hier von richtig viel Geld. Genug, um ganze Ortschaften aufzukaufen.«

»Pasquale ist ihnen auf die Spur gekommen …«

»Sieht so aus, ja. Dabei hatte er Feinde in den eigenen Reihen. Paolo hat hinter dem Rücken seines Chefs die Formulare ausgefüllt und die Sache rechtens gemacht. Er war korrupt, und er wurde benutzt. Er hat sich gegen die Familie gestellt.«

»Paolo Cesari?«

»Ebender.«

»Darum haben Sie ihn also ermorden lassen. Ich verstehe …« Mahmouds Ausdruck verfinsterte sich.

»Mord?« Der Clanchef hob verwundert die Brauen. »Haben Sie denn Ihre eigenen Berichte nicht gelesen, Chefinspektor? Es war ein Unfall.«

»Verkaufen Sie mich nicht für dumm. Ich weiß, dass der Mann auf Ihr Konto geht, auch wenn ich es nicht beweisen kann. Aber das kommt noch, verlassen Sie sich darauf.«

Santini winkte ab. »Tun Sie, was Sie nicht lassen können, Chefinspektor. Aber wegen Paolos Schicksal sollten wir uns nicht in die Haare kriegen. Jetzt ist der Zeitpunkt, an dem wir alle zusammenstehen müssen. Nicht nur wir und die Polizei, sondern alle Clans auf der Insel.«

»Sie reden mal wieder in Rätseln.«

»Belassen wir es vorerst dabei. Sie bekommen die Unterlagen morgen per Kurier zugestellt. Danach können wir weiterreden. Um Ihnen zu demonstrieren, wie dramatisch wir die Situation einschätzen, hier noch eine kleine Information, die Sie interessieren dürfte. Ich komme gerade von einem Treffen der ranghöchsten Clanmitglieder, auf dem ein Zusammenschluss der verfeindeten Familien gefordert wurde. Und die Chancen dafür stehen nicht schlecht. Es sieht aus, als würden sämtliche verfeindeten Parteien schon bald wieder an einem Strang ziehen.«

»Nein …«

»Ich dachte mir, dass Sie das interessieren dürfte. Es gibt sogar schon einen Namen.« Sein Lächeln wurde breiter. »Der Tradition zuliebe und weil wir uns eine gewisse abschreckende Wirkung erhoffen, werden wir das neu entstandene Konglomerat *Brise de mer* nennen. Wie finden Sie das?«

Eric bemerkte, wie Clément erstarrte. Das Entsetzen stand ihm ins Gesicht geschrieben. Die Nachricht schien ihn hart zu treffen. »Sie wollen die *Brise de mer* auferstehen lassen? Das ist ein Witz, oder?«

»Ich fürchte, nein. Drastische Zeiten erfordern eben drastische Mittel, Chefinspektor.«

»Alles, nur das nicht. Ich beschwöre Sie …«

»Jeder Mann und jede Frau sind aufgerufen, sich uns anzuschließen. Auch Sie, Monsieur Marchand. Nur mit vereinten Kräften wird es uns gelingen, diese neue Gefahr abzuwehren.«

»Selbst wenn ich kein Korse bin?«

Santinis Augen wurden zu Schlitzen. »Vielleicht sind Sie es nicht auf dem Papier, aber doch im Herzen. Man sagte mir, Sie seien recht gut im Herausfinden bestimmter Informationen.«

»Möglich …«

»Jemanden wie Sie könnten wir brauchen. Jeder muss sich jetzt die Frage stellen, wo er steht. Das gilt für Sie alle. Denken Sie darüber nach. Irgendwann wird der Tag kommen, da ich Sie um Ihre Mithilfe bitten werde. Bis dahin sollten Sie wissen, wo Sie stehen. Und damit möchte ich mich empfehlen. Ich denke, Ich habe Ihre Zeit lange genug in Anspruch genommen. *Avvèdeci!*«

Er ging zurück zu seinen Männern, die ihn den Hügel hinabbegleiteten.

Eric sah in die Gesichter seiner Freunde und fragte sich, was nun wohl geschehen würde. Laurine, Letizia, Battista – sie alle wirkten sehr nachdenklich. Er wusste nicht, was er sagen sollte, aber er spürte, dass sein Abenteuer gerade erst begonnen hatte.

LESEPROBE AUS BAND 2:

VITU FALCONI

Der Schatz von Korsika

KRIMINALROMAN

1

Wellen schwappten leise gluckernd gegen die Bordwand. Hin und wieder stieg eine von ihnen etwas höher und versprühte feine Tropfen. Wind war aufgekommen, der den Geruch von Jod, Salz und Sonne mit sich führte. Die mitternachtsblauen Wogen wiegten die *Paladin* mit ruhigem Schlag, doch niemand hatte in diesem Moment Augen für die Schönheit des Meeres.

An Bord herrschte angespannte Stille.

François prüfte die Werte auf seinem Tauchcomputer und machte einen letzten Systemcheck. Der Gasdruck war optimal. Manometer, Zeitmesser, Puls- und Herzfrequenzsensoren arbeiteten fehlerfrei. Die Stirnlampe und der Handscheinwerfer waren ebenfalls in Ordnung. Die Minuten, ehe man ins Wasser stieg, waren die wichtigsten. Was man jetzt vergaß, konnte sich in der Tiefe rächen. Die See war keine rücksichtsvolle Ehefrau. Eher glich sie einer nervösen Geliebten; schön zwar, aber nachtragend und eifersüchtig, wenn man ihr nicht die volle Aufmerksamkeit schenkte. Wer von ihrer salzigen Umarmung aufgenommen werden wollte, der musste sich vorbereiten, durfte nicht eine Sekunde unachtsam sein.

Die Teammitglieder warteten gespannt auf die Beendigung seiner Vorbereitungen und den Moment, in dem er endlich ins Wasser steigen würde. Doch er nahm sich Zeit, ließ sich nicht drängen und genoss den Augenblick. Es fühlte sich an, als wäre die Luft aufgeladen von knisternder Energie.

Gewissenhaft prüfte er noch einmal die Ventile an seiner Doppelflasche, nahm einen Zug am Mundstück und nickte zufrieden. Das *Trimix* war in Ordnung. Das Atemgemisch aus Sauerstoff, Stickstoff und Helium war ursprünglich vom Militär entwickelt worden und stand nun auch Sporttauchern zur Verfügung. Eine spezielle Mischung für Tiefen bis einhun-

dertfünfzig Meter. Nicht, dass François vorhatte, so weit hinunterzugehen. Ihn interessierten nur die ersten fünfzig Meter. Aber was seine Gesundheit betraf, ging er kein Risiko ein. Es gab immer noch zu viele Taucher, die glaubten, man könne unterhalb von dreißig Metern mit Druckluft tauchen. Sie vergaßen dabei, dass der Stickstoff erhebliche Probleme verursachen konnte. Stieg man zu schnell wieder auf, bildeten sich aufgrund des abnehmenden Außendrucks Stickstoffbläschen im Blut und führten zu der berüchtigten Dekompressionskrankheit. Die Folgen: Schmerzen in den Gelenken und in den Arm- und Beinmuskeln. Dann folgten Schwindel, starke Müdigkeit, Kopfschmerzen, Brust- und Rückenschmerzen, Atemnot, Herz-Kreislauf-Probleme, Hörverlust, Sprachstörungen, Sehstörungen, Störungen des Bewusstseins, Lähmungen, Bewusstlosigkeit und schließlich der Tod.
Natürlich gab es auch Taucher, die ohne jegliches Equipment bis hundert Meter oder tiefer gingen. Freitaucher, Apnoeisten, *Verrückte.* Spinner, die testen wollten, wo ihre Grenzen lagen, und die dabei ihr Leben riskierten. Besonders verantwortungsvoll war das nicht. Dass sie außer einer Schwimmerbrille und einem Neoprenanzug nichts am Leibe trugen, war so ziemlich das Einzige, worum François sie beneidete. Er selbst glich momentan eher einem gestrandeten Wal denn einem Menschen.
Das Gewicht der Tauchausrüstung, einschließlich Weste und Bleisäckchen, betrug gute fünfzehn Kilo. Sobald er erst unter Wasser war, würde er davon nichts mehr spüren, aber noch war es nicht so weit. Noch war er der vollen Schwerkraft ausgesetzt.
Er konnte kaum erwarten zu sehen, was da unter ihnen war.
Das schiffseigene Ortungssystem hatte einen dunklen Schatten entdeckt. Eine schmale Kluft, etwa dreißig Meter lang und vier Meter breit. Vielleicht wirklich nur ein Schatten, aber es bestand eine winzig kleine Chance, dass es etwas anderes war.

Der Meeresabschnitt hier war nicht irgendeine unbedeutende Bucht. Was sich an dieser Stelle vor zweitausend Jahren abgespielt hatte, ließ auch heute noch das Herz jedes Schatzsuchers höherschlagen. Der Fund hatte in den Achtzigerjahren für Aufsehen gesorgt, inzwischen aber war es still um ihn geworden. Wie es schien, gab es nichts mehr zu entdecken. Angeblich war das Rätsel gelöst und der Fall abgeschlossen. Zumindest, wenn man den Pressemitteilungen des französischen Instituts für Unterwasserarchäologie in Marseille Glauben schenkte. Was François nicht tat. Er war überzeugt, dass der eigentliche Schatz noch gar nicht gefunden worden war.

Er beendete seine Vorbereitungen und richtete den Daumen nach oben.

Die Sonne brannte von einem wolkenlosen Himmel auf sie herab. Das Licht ließ die Farben verblassen. Holzplanken, Metallbeschläge, Taue und Kunststoffverkleidungen, alles wurde auf harte Kontraste reduziert. Selbst die Männer in ihren T-Shirts und Bermudas wirkten wie Scherenschnitte. Stumm standen sie da und beobachteten ihn hinter ihren Sonnenbrillen.

Magnus Hansen, Norweger und Leiter ihrer kleinen Freibeutertruppe, stand ebenfalls in voller Montur vor ihm. Er würde sein Partner bei diesem Tauchgang sein.

»Und? Wie sieht's aus? Geräte o.k.?« Sein Französisch war etwas holprig, aber deutlich besser als François' Norwegisch. »Bist du startklar?«

»*Mais oui*«, sagte François.

»Na, dann ab ins Wasser.«

»Kann kaum erwarten, endlich wieder Konservenluft zu schnuppern.« François setzte die Maske auf, biss auf das Mundstück und schlappte in Richtung Reling.

Unter dem Neopren begann es unangenehm heiß zu werden. Er atmete kräftig ein und aus. Für einen kurzen Augenblick

schmeckte das Gemisch, als habe jemand alte Zeitungen und Getriebeöl verdampft, doch das war nur der erste Moment. Jetzt war es wieder absolut neutral. Nur, dass es dazu neigte, einem den Mund auszutrocknen.
Er setzte sich auf die Reling, Rücken zum Meer, und warf einen letzten Blick zum Festland hinüber. Einen guten Kilometer entfernt leuchteten die roten Granitklippen der Bucht von Lava. Hier hatte vor gut dreißig Jahren alles angefangen. Die Seeigeltaucher, der Schwarzmarkthandel, der Einsatz der Polizei, die vielen Festnahmen – die Region war eine Quelle von Geschichten, Gerüchten und Spekulationen und hatte unter Schatztauchern eine gewisse Berühmtheit erlangt. Sollte es ihnen heute vielleicht endlich gelingen, das Rätsel zu lösen? François spürte, wie ein Kribbeln über seinen Rücken lief.
Magnus tippte ihm auf die Schulter, formte mit Daumen und Zeigefinger ein O und ließ sich hintenüberfallen. Klatschend traf er auf das Wasser.
François folgte seinem Beispiel. Er presste Lungenautomat, Tauchcomputer und Nitroxflasche an den Bauch, legte das Kinn auf die Brust und ließ sich ebenfalls fallen.
Das Wasser empfing ihn mit einem sanften Ruck. Schlagartig war das Gewicht verschwunden, und die Temperaturen wurden angenehm.
Das Wasser war glasklar. Die Sicht betrug fünfzehn Meter Minimum. Grünblaues Licht umgab ihn, ein Schwarm Mönchsfische tummelte sich unterhalb von Ruder und Schraube.
François lächelte hinter seiner Maske. Er fühlte sich wie ein Amphibium, das nach einem kurzen Moment der Orientierungslosigkeit an seinen Heimatort zurückgefunden hatte. Hier im Meer lag seine wahre Bestimmung. Nur hier fühlte er sich wahrhaftig frei. Doch es war nur ein kurzer Moment, den er sich gönnte, schließlich waren sie zum Arbeiten hier.
Die ersten fünf Meter erforderten die meiste Konzentration. Das Problem war der Auftrieb. Weste, Neopren, Atemluft – all

das zog einen nach oben. Als Profi wollte er natürlich so wenig Blei wie möglich mit sich nehmen, umso einfacher würde später das Auftauchen werden. Und Blei abwerfen? Niemals.
Er zwang sich also, seine Lunge zu entleeren, und begann mit dem Druckausgleich. Fünfundvierzig Meter. Kein Pappenstiel. Rein rechnerisch nahm der Druck alle zehn Meter um etwa ein Bar zu. Das bedeutete, dass dort unten fünf Kilogramm Gewicht auf jedem Quadratzentimeter des Körpers lasteten. Auch auf dem Trommelfell, diesem papierdünnen Häutchen am Ende des Gehörgangs. Aber der Druck hatte auch seine guten Seiten. Immerhin löste sich damit das Problem des Auftriebs von ganz allein.
Immer weiter ging es abwärts. Inzwischen war das Wasser deutlich kühler geworden. François begrüßte die schützende Schicht des Neoprens. Der Rumpf der *Paladin* ähnelte aus der Entfernung immer mehr einem Bügeleisen, das die Wasseroberfläche zerteilte. Wellen kräuselten sich um den Schiffsrumpf. Die Mönchsfische schwebten über den blass leuchtenden Himmel. Ein Barsch kreuzte ihren Weg. Dann tauchten die ersten Felsen auf.
Das Licht war bereits so weit geschwunden, dass sie ihre Lampen einschalten mussten. Lange, bleiche Finger tasteten durch die Dunkelheit, hoben einzelne Details hervor und ließen andere verschwinden.
Sie brauchten nicht lange, um zu finden, wonach sie suchten. Da lag sie. Die Felsformation, die ihnen auf dem Sonar angezeigt worden war. Wie ein gigantisches Maul erstreckte sich die Kluft über den Meeresgrund.
Inzwischen waren sie auf dreißig Meter Tiefe. Das leuchtende Display seines Tauchcomputers erhellte die Umgebung, während François näher an einen der großen Brocken herantrieb. Das Gestein war über und über mit Braunalgen überwuchert. Der stark verwitterte Granit bot einer Vielzahl von Tieren und Pflanzen eine Heimat. Schwämme, Seescheiden, Röhrenwür-

mer, daneben zahlreiche Krustenanemonen, die vorzugsweise die tiefen Spalten bevölkerten.
Er streckte seine Hand aus und berührte den Fels. Kleine Brocken lösten sich ab, rieselten in die Tiefe. Die Felswand war durchsetzt mit Rissen, Spanten und Höhlen. Wie ein Turm aus Bauklötzen, der von einem ungeduldigen Kind übereinandergestapelt worden war.
Ein Gefühl der Beklemmung überkam ihn, als er den Strahl seines Handscheinwerfers die Felswand entlang in die Tiefe gleiten ließ. Diese Felsformation erinnerte ein wenig an die Calanche. Eine Felslandschaft aus rotem Granit, die mit ihren bizarren Schlössern und Türmen als eines der größten Naturwunder Korsikas galt. Dies hier sah so ähnlich aus, nur mit dem Unterschied, dass es eben unter Wasser war.
Magnus war bereits einige Meter tiefer gesunken. Er blickte zu ihm herauf und gestikulierte dabei heftig. Hatte er etwas gefunden?
François spürte, wie sein Herz schneller schlug. *Bitte lass es keinen falschen Alarm sein,* dachte er. *Bitte, lieber Gott, mach, dass es das ist, worauf wir so lange gehofft haben.*
Er entließ einen Schwall Luft aus seiner Weste und begab sich in einen steilen Sinkflug. Magnus ließ ihm den Vortritt, schließlich war er es gewesen, der als Erster die Anomalie am Meeresboden entdeckt hatte. François wusste diese Aufmerksamkeit zu schätzen.
Der Druck auf den Ohren nahm zu. Er machte einen weiteren Druckausgleich, tat es jedoch halbherzig und ohne sich die nötige Zeit zu nehmen. Er konnte jetzt nicht mehr warten. Zu sehr beschäftigte ihn der Gedanke, was dort unten wohl auf sie warten mochte.
Und dann sah er es.
Was auf dem Sonar nur als diffuser Schatten zu sehen gewesen war, entpuppte sich im zuckenden Schein seiner Lampe als eine Struktur von beträchtlicher Abmessung und Alter.

Natürlich lagen hier nicht irgendwelche Holzplanken herum, die waren von der See längst zerstört worden, aber François war erfahren genug, um zu erkennen, dass der Meeresboden an dieser Stelle deutlich anders aussah. Auf einer Länge von vielleicht zwanzig oder dreißig Metern war der Schlamm dunkel verfärbt. Bakterien hatten sich hier niedergelassen, deren Ausscheidungen zu dieser Veränderung geführt hatten. Der Streifen war viel zu gerade und symmetrisch, um natürlichen Ursprungs zu sein. Darüber hinaus waren die Steine, die hier herumlagen, von eigentümlicher Größe und Ebenmäßigkeit. Konnte es sein, dass dies gar keine Steine waren …?

Mein Gott, dachte er. Es waren Amphoren. *Hunderte.*

Die meisten existierten nur noch als Bruchstücke, doch viele waren noch intakt. *Amphoren.* Das konnte nur bedeuten, dass es ein Schiff war und dass es aus römischer Zeit stammte.

Das Schiff.

François benötigte einen Moment, um sich zu sammeln. Sein Verstand war wie benebelt. War es nur der Schock, oder hatte er es beim Abtauchen vielleicht doch etwas zu heftig angehen lassen? Scheiß drauf! Dies war ein Moment, wie er einem vielleicht einmal im ganzen Leben widerfuhr. Ein wenig Aufregung war da verzeihlich, oder?

Er sah dieses Wunder dort unten liegen und wusste, dass es für ihn jetzt kein Halten mehr gab. Er musste sicher sein, dass er sich das nicht alles nur einbildete. Er musste es *fühlen.*

Mit einem heftigen Druck auf den Knopf seiner Tarierweste entleerte er den Rest des Luftvorrats und ließ sich komplett nach unten sinken. Der Lichtstrahl enthüllte einen Teppich von Tonscherben. Alles war damit bedeckt.

Der Aufprall fiel heftiger aus als erwartet. Der Boden schien zu erzittern und wirbelte eine erhebliche Menge Schwebteilchen in die Höhe. Eine Wolke aus Sand und Staub hüllte ihn ein, trübte das Licht seiner Lampen und raubte ihm die Sicht. Doch was er in den Tiefen des Schlamms mit seinen Fingern ertastete, entlockte ihm einen Freudenschrei. Da waren Strukturen. Kein Stein, kein Metall, dafür war es zu weich. Holz vermutlich oder eine andere organische Substanz. Leder oder Segeltuch?

Im Licht seiner Lampe blitzte etwas auf. Er griff danach und spürte das Gewicht. Es war Metall. Ein großer Klumpen zusammengebackener Münzen.

Mit hektischen Bewegungen versuchte er, die Seepockenverkrustungen mit dem Messer abzukratzen. An einer kleinen Stelle brach der Belag ab und ließ ihn einen Blick auf das werfen, was sich darunter befand. Das war kein einfaches Silber und keine banale Bronze. Nur ein Metall auf der Welt besaß so einen Glanz. *Gold!*

Atemlos blickte er zu seinem Freund hinauf.

Was er allein in diesen wenigen Augenblicken entdeckt hatte, war mehr wert als alles, was daheim auf seinem Bankkonto lag. Wie viel, das vermochte er nicht mal ansatzweise zu schätzen. Hunderttausend, vielleicht eine Million? Und welche Wunder mochten dort unten noch auf sie warten?

Er ließ den Brocken fallen, hob beide Hände und wedelte wild zu Magnus hinauf. Sein Freund hatte seine Position nicht verändert. Er schwebte etwa zehn Meter über ihm und kam nicht herab.

Warum?

Noch einmal winkte François. »Nun komm schon«, nuschelte er in sein Atemgerät. »Worauf wartest du denn noch? Hier unten wartet eine Sensation auf uns.«

Indes, Magnus blieb, wo er war. Er machte keine Anstalten, seiner Aufforderung zu folgen.

Eigenartig.

Irgendetwas stimmte nicht, seine Haltung verriet es. Zu angespannt, zu nervös. Statt nach unten zu blicken, wo die Musik spielte, sah er sich nach allen Seiten um, ließ den Strahl seiner Handlampe hektisch in alle Richtungen zucken.

François spürte ein warnendes Kribbeln in seinem Nacken. Was war nur los mit seinem Freund? Trieb sich vielleicht ein Hai herum? Wenig wahrscheinlich. Von den drei für den Menschen gefährlichen Arten gab es im Mittelmeer nur zwei: den Weißen und den Tigerhai, und in den Statistiken spielten beide kaum eine Rolle. Ein Haiangriff alle zwei Jahre. Gemessen an fünfzig Millionen Menschen, die an einem Sommertag durchschnittlich im Mittelmeer badeten. Das war ein Witz. Da starben deutlich mehr an einem Hitzschlag.
Trotzdem, irgendetwas beunruhigte Magnus. Zu dumm, dass sie nicht miteinander reden konnten.
François erinnerte sich, dass er letztes Jahr einen Antrag auf die Anschaffung von Helmtauchgeräten eingebracht hatte. Doch er war damit gegen Wände gelaufen. Klar, es war eine vollkommen andere Art des Tauchens. Zwei Helfer waren dafür nötig. Einer, der den Atemschlauch führte, wieder ein anderer, der die Anzeigetafeln kontrollierte, Tiefe und Tauchzeit im Auge behielt und mithilfe der integrierten Sprecheinrichtung mit dem Mann dort unten kommunizierte. Dafür aber hatte der Taucher die Hände frei. Er konnte unbegrenzt auf dem Boden des Meeres herumwandern, sich verständigen, mit der Helmkamera filmen und musste sich keine Gedanken um solche Dinge wie Dekompression machen. Natürlich war das Equipment nicht ganz billig, und so war letztlich niemand für die Idee zu begeistern gewesen. Jetzt ärgerte es François, dass er sich nicht vehementer eingesetzt hatte.
Er blickte nach oben. Das wenige Licht, das noch von der Oberfläche bis hier herunter gedrungen war, hatte sich verabschiedet. Als wäre dort oben eine dunkle Wolke aufgezogen. Doch das war eigentlich unmöglich. Eben noch war der Himmel strahlend blau gewesen. Der Wetterbericht hatte für die folgenden Tage wolkenlosen Himmel angekündigt. Aber es wurde hier unten zusehends dunkler. Und noch etwas war seltsam. War das Wasser eben noch glasklar gewesen, so be-

gann es sich jetzt mehr und mehr einzutrüben. Magnus war inzwischen kaum noch zu erkennen. Schwebteilchen schoben sich ins Blickfeld, wurden vom Licht der Handlampe zerstrahlt. Sand rieselte von den Felswänden herab. Und was war das für ein dumpfes Poltern?

François richtete das Licht auf die neben ihm aufragende Felswand – und erstarrte. Vom Fels war nicht mehr viel zu sehen. Er war eingehüllt in einen Schleier aus Sand und Staub, der unaufhörlich von oben herabregnete. Das Poltern nahm an Lautstärke zu. François meinte sogar eine Bewegung unter seinen Füßen zu spüren. Ein Schlingern, als bestünde der Boden aus Gummi. Wie Schuppen fiel es ihm von den Augen

Das war ein Erdstoß. *Ein gottverdammtes Erdbeben.*

Aber wieso fiel ihm das jetzt erst auf? Möglicherweise hatte es just zu dem Zeitpunkt eingesetzt, als François unten auf dem Grund aufgekommen war. Aufprall und Druck hatten seine Sinne verwirrt.

Aus dem Augenwinkel bemerkte er einen schwarzen Brocken, der wie ein Asteroid von oben auf sie herunterfiel. Magnus schien die Gefahr nicht zu bemerken, da er ausschließlich nach unten blickte. Noch immer versuchte er, François auf die drohende Gefahr aufmerksam zu machen.

François deutete nun seinerseits hektisch nach oben, doch Magnus schien nicht zu begreifen, was er meinte. Dann schlug der Felsen ein. Er traf die Druckluftflasche und brach das Ventil ab. Ein scharfes, metallisches Knacken ertönte, gefolgt von einem ohrenbetäubenden Zischen. Zu zweihundert Bar komprimiertes Gas entwich schlagartig aus den Druckluftflaschen und riss den unglücklichen Expeditionsleiter wie eine Strohpuppe mit sich. Einer Boden-Luft-Rakete gleich schoss der Expeditionsleiter in einer aufwärtsgeneigten Spirale in die Höhe. François sah noch kurz, wie der leblose Körper herumgeschleudert wurde, dann war er aus seinem Blickfeld verschwunden.

Himmel!

Er ließ Gas in seine Weste schießen und stieß sich vom Grund ab. Über ihm hatte sich der gesamte Himmel verdunkelt. Die Felswand kollabierte. Im Schein seiner Lampe sah er, wie sich riesige Brocken aus ihrer Verankerung lösten, krachend und polternd gegeneinander schlugen und unaufhaltsam auf ihn herabstürzten. Das Poltern schwoll zu einem Donnern an.

François stöhnte vor Entsetzen. Seine Zuversicht schrumpfte auf die Größe einer Erbse. Panisch strampelnd versuchte er, den Wagenladungen von Gestein zu entkommen. Die Lampe entglitt seinen Händen und fiel zu Boden. Mit hektischen Bewegungen suchte er nach der Schlaufe für das Notventil, doch er fand sie nicht. Wo *war das Scheißding, wenn man es brauchte?*

Ein Stein traf seine Schulter, ein anderer verfehlte nur knapp seinen Kopf. Er kippte um und musste mit ansehen, wie tonnenschwere Brocken auf ihn herabfielen. Sie zerschlugen die Lampe und tauchten alles in eine kryptische Finsternis. Dann traf ihn irgendetwas vor die Brust. Es presste ihm die Luft aus der Lunge und zermalmte ihn mit der Wucht eines Güterzuges.

Im Bruchteil einer Sekunde hauchte François Michaud sein Leben aus.